Lo Jakob

Vorübergehende Unzurechnungsfähigkeit

Lo Jakob

Vorübergehende Unzurechnungsfähigkeit

Roman

édition el!es
www.elles.de
info@elles.de
Umschlaggestaltung und Satz: graphik.text Antje Küchler
Umschlagfoto: © Pavlo Burdyak – Fotolia.com
ISBN 978-3-95609-112-4

1

Elfriede Suchaschewski!«

Wie immer, wenn Elf in der Öffentlichkeit aufgerufen wurde, zuckte sie zusammen. Starrten sie nicht schon wieder alle Leute um sie herum an, ein eindeutiges Grinsen auf den Zügen? Was für ein unpassender Name für jemanden wie Elf: flippige Klamotten, zierlich, dunkelhaarig, auffallend hübsch, aber vor allem erst Anfang zwanzig und nicht, wie ihr Name vermuten ließ, weit über sechzig. Wieder mal verfluchte sie ihre Eltern für ihren beschissenen Geschmack in Sachen Vornamen.

Na und? Andere Leute haben auch einen beschissenen Namen. Der Gedanke funkte ihr trotzig durch den Kopf und zauberte sogar ein kleines Lächeln auf ihr Gesicht. Sie eilte den Gang des Amtes entlang, das sich heute lächerlicherweise *Agentur für Arbeit* nannte, und trat in das ihr zugewiesene Büro.

»Frau Suchaschewski, Musikerin«, wurde sie mit emotionsloser Stimme empfangen, begleitet von einem unfreundlichen Blick in ihre Unterlagen. »Letzter Wohnsitz Stockholm?« Erst jetzt sah die Frau hinter dem Schreibtisch auf. Elf sah die hochgezogene Augenbraue.

»Das hab ich nicht umsonst so ausgefüllt.« Pampig kann ich auch, dachte sie.

Die Augenbraue hob sich noch mehr. »Schließlich wollen Sie etwas von uns hier.«

Elf hielt wohlweislich den Mund. Wer weiß, was herausgekommen wäre, hätte sie der Schnepfe hinter dem Schreibtisch klargemacht, wer hier unkooperativ war. Jetzt wusste sie: Hier war unten. Wesentlich tiefer ging es nicht.

»Proximale Femurfraktur, seit zwei Tagen auf Station. Zustand stabil. Keine Komplikationen. 1000 Milliliter Jono, 500 Milligramm Novalgin über Infusion.«

Professor Wertheimer nickte, während er sich über die Operationswunde beugte. »Physiotherapie planmäßig angefangen?«

»Ja«, antwortete Hanna, »gleich nach der OP.« Sie lächelte der Patientin aufmunternd zu und trat ans Fußende des Bettes, um die Sensibilität und Motorik der alten Frau zu prüfen. »Können Sie bitte mal die Zehen bewegen? Prima, vielen Dank.«

Zufrieden mit dem Ergebnis der Visite, wandte Professor Wertheimer sich ab. Der Trupp von Ärzten und Pflegekräften setzte sich in Bewegung.

»Herr Professor?«

Eine Stimme, die sich nach fünfzig Zigaretten und zwei Flaschen Whiskey am Tag anhörte. Der Oberschenkelhalsbruch wagte es tatsächlich, den Chefarzt anzusprechen.

»Gute Frau«, sagte er über die Schulter, »wenden Sie sich mit Fragen bitte an die Stationsärzte. Es gibt noch mehr Patienten mit komplizierteren Verletzungen als der Ihren.« Damit war er auch schon aus dem Zimmer.

Die alte Frau tat Hanna leid. Die meisten Menschen fühlten sich unsicher und hilflos im Krankenhaus. Sie blieb an der Tür stehen und fragte: »Was ist denn, Frau Doll?«

»Gehen Sie nur, Dr. Felsberg. Das hat Zeit. Der Professor sieht es bestimmt nicht gern, wenn Sie seine Visite bei den Patienten verplempern.« Der Aussage folgte ein verächtliches Kopfschütteln, das nicht Hanna galt. Mit einer energischen Handbewegung scheuchte Frau Doll sie aus dem Zimmer.

»Wo ist denn Dr. Felsberg?«, ertönte da auch schon Professor Wertheimers ungeduldige Stimme aus dem Nebenzimmer. Er winkte Hanna ans Bett eines Motorradunfalls. »Als aufstrebende junge Assistenzärztin erwarte ich von Ihnen während der Visite höchste Aufmerksamkeit. So, und jetzt sagen Sie mir mal bitte, was Sie von diesem Fall halten und welche weitere Behandlung Sie vorschlagen.«

Mit einem Krachen landete eine Sporttasche auf Elfs Gitarre.

»Förbannad, jävla skit«, schrie Elf. Fassungslos starrte sie die blonde Tussi an, die die Tasche geworfen hatte, und schnauzte wutentbrannt auf Deutsch weiter: »Pass doch auf!«

Völlig verblüfft wich die Frau zurück und hob ihre Tasche hoch, die sich mit einem metallischen Ächzen von der Gitarre löste. Elf hyperventilierte beinahe, als sie die gerissene E-Saite sah, die sich am Hals ihrer geliebten Gitarre kringelte.

Sie war jetzt seit einer Woche bei ihrem Bruder in ihrem neuen Zuhause in Stuttgart, und heute ließ sie eine Party zu ihren Ehren über sich ergehen. Vielversprechender Anfang, das mit der Gitarre.

»Entschuldigung«, wagte die blonde Frau einzuwenden, »aber ich dachte, man bewahrt Gitarren eigentlich nicht an der Garderobe auf.«

Statt einer Antwort warf Elf ihr einen vernichtenden Blick zu. Bebend vor Wut nahm sie ihre Gitarre und ließ den neuen Gast stehen.

Sie fühlte sich noch immer nicht »richtig«. Das neue Zuhause war ihr nicht vertraut, es war noch nicht ihres. Zuhause – das waren die stickigen Übungskabuffs an der Akademie und die helle, skandinavisch möblierte Wohnung ihrer Eltern in Stockholm. Überhaupt hatte sich viel verändert in den letzten dreizehn Jahren, die Elf in Schweden verbracht hatte. Aus der Zehnjährigen, die in Berlin zur Schule gegangen war, war eine zurückhaltende Musikerin geworden.

Dabei war das Haus, in dem sie ab jetzt wohnen sollte, eigentlich sehr schön. Ihre Großtante hatte es Elf und ihrem Bruder Fritz hinterlassen, und Fritz hatte es entrümpelt und renoviert. Jetzt gerade schallte die Stimme von Janis Joplin durch die Räume, leicht gedämpft durch die vielen Gespräche überall. Fast jeder hatte etwas zu trinken in der Hand, vereinzelt zogen Marihuanawolken durchs Haus. Im Wohnzimmer tanzten einige; in der anderen Ecke wurde ein Spiel ausgebreitet. Fritz hatte, obwohl er Sozialarbeiter war, Freunde aus allen möglichen Berufsgruppen:

Da war Silvie, die sich mit Nachtclubauftritten ihre Brötchen verdiente. Oder Rainer, ein Azubi von der Deutschen Bank, der aber trotzdem nett war – und, wie sie von Fritz erfahren hatte, einmal ein Jahr lang in einer namibischen Kirche den Pfarrer vertreten hatte. Andere arbeiteten mit Fritz zusammen oder kamen vom Theater, da Fritz in den Sommerferien Kindertheatertage organisierte.

Ein Paar fiel ihr auf: zwei Frauen, immer nah beisammen, aber nicht ineinander verklammert, lachend mit allen Kontakt aufnehmend und dennoch offenkundig verliebt und vertraut. Elf schluckte, nahm ihre Gitarre mit der kaputten Saite in die Hand und drückte sie unbewusst fest an sich.

Hanna amüsierte sich prächtig. Sie war zwar erledigt von einem langen Tag im Krankenhaus, aber wenn sie mit Lizzy und den anderen Mädels vom Tischtennisverein unterwegs war, hatte Erschöpfung keine Chance. Und die Partys bei Fritz waren sowieso ein Ereignis: coole Leute, gute Stimmung und – nicht zu vergessen – interessante Frauen. Hanna ließ ihre Blicke schweifen. Lizzy und ihre Tischtennis-Mädels zählten natürlich nicht. Nicht, dass Lizzy hässlich gewesen wäre, ganz im Gegenteil, aber ihr gegenüber empfand Hanna eher schwesterliche Nähe als erotische Herausforderung.

Am Durchgang zur Küche stand die Frau mit der Gitarre, mit der sie gleich bei ihrer Ankunft diese unschöne Begegnung gehabt hatte. Das war schon peinlich gewesen, dass sie ihre Tasche auf deren Gitarre geworfen hatte, aber diese unfreundliche Reaktion hätte nun wirklich nicht sein müssen. Hanna beschloss, die Frau unverschämt zu finden. Obwohl sie nicht schlecht aussah. Dunkle, halblange Haare, feingeschnittenes Gesicht, grüne Augen – interessante Farbe, wenn sie nicht so mürrisch dreinblicken würden –, auffällig ausgefallenes Outfit. Irgendwie machte sie einen zarten, sensiblen Eindruck.

Na ja, zart war sie wirklich nicht. Hat mich angeblafft, als ob ich eine Idiotin wäre. Hanna gab sich ihrer Empörung hin. *Ist eh nicht mein Frauentyp – zu zierlich, zu zart. Und so zickig hätte sie nicht werden brauchen.*

»Na, Frau Doktor, wie geht's deinem Stethoskop?« Der Gastgeber verdrängte ihre Gedanken über schlechtes Benehmen. Hanna kannte Fritz über Lizzy. Die beiden waren mal hinter der gleichen Frau her gewesen. Sie hatten sie beide nicht gekriegt, aber waren seitdem gute Freunde. Sowohl Fritz als auch Lizzy waren davon überzeugt, dass es sich nicht lohnte, für irgendwelche Liebeleien Freundschaften aufs Spiel zu setzen. Affären konnte man schließlich immer haben. Man durfte sie nur nicht zu wichtig nehmen, darin waren sie sich einig. Hanna war da anderer Ansicht – Lizzy zog sie gern damit auf, wie ernst sie alles nahm: die Liebe, den Beruf, das Leben generell. Trotzdem war sie inzwischen selbst gut mit Lizzys »Bruder im Geiste« Fritz befreundet.

Fritz setzte ein unsichtbares Stethoskop an Hannas Brustkorb und tat, als wolle er sie abhören. Lachend schubste Hanna seine Hand weg und wurde dann ernst: »Ehrlich gesagt hätte ich nicht gedacht, dass mich die Arbeit im Krankenhaus so fertigmacht auf Dauer. Diese Woche sind schon zwei Patientinnen auf meiner Station gestorben.«

»Oh. Das ist bestimmt nicht leicht für dich.« Fritz wusste, dass es in ihrem Beruf nur selten Anlass zum Scherzen gab.

Hanna murmelte: »Ich kenne die Leute ja nicht richtig, aber trotzdem tut's weh, wenn jemand stirbt. Ich fühle mich verantwortlich.« Das war mehr an sie selbst als an Fritz gerichtet.

Er legte ihr eine Hand auf den Arm. »Du schaffst das schon. Komm schon, du bist doch unsere toughe Frau Doktor. Und außerdem: Wer soll mich denn behandeln, wenn ich mal krank werde? Da erwarte ich schon die beste Betreuung.« Bei den letzten Worten zwinkerte er ihr zu.

Hanna lächelte leicht, dann funkelte ein Glitzern in ihren blauen Augen. »Gestern bin ich in der Klinik mit dem Aufzug gefahren und habe mal wieder die falsche Ebene erwischt. Grüne Station statt blauer. Und da kam mir der Gedanke, dass das doch ein Sinnbild für das Leben ist. Du weißt nie, wann du aussteigen musst. Vielleicht ist es manchmal sogar besser, auf grün auszusteigen.«

»Aha?«, machte Fritz nur.

Hanna sah von ihm zu Lizzy, die neben ihnen stand. »Na ja, im übertragenen Sinne. Ihr versteht schon.«

Lizzy schubste sie freundschaftlich. »Ich liebe deine philosophischen Anwandlungen. Auch wenn kein Mensch jemals versteht, was du sagen willst.« Sie legte Hanna den Arm um die Schultern und gab ihr einen lauten Kuss auf die Wange. Da Hanna um einige Zentimeter größer war als sie, musste sie sich dafür auf die Zehenspitzen stellen.

Bevor Hanna entweder die Bemerkung oder den Kuss sarkastisch kommentieren konnte, wurden sie unterbrochen. Die Frau mit der Gitarre, wie Hanna sie inzwischen bei sich nannte, trat zu Fritz und fragte: »Hast du noch Rotwein da? In der Küche hab ich keinen gefunden.« Hanna und Lizzy würdigte sie keines Blickes.

»Klar, ich hol dir gleich welchen. Kennst du eigentlich schon Hanna?« Fritz machte eine Armbewegung in Hannas Richtung, auf dem Gesicht ein auffällig breites Grinsen.

Hanna verdrehte die Augen. Es reichte schon, dass Fritz bei jeder Gelegenheit versuchte, sie zu verkuppeln. Aber mit dieser Zicke – das war die Krönung.

Ehe sie sich klarmachen konnte, dass Fritz von ihrer unerfreulichen Begegnung an der Garderobe nichts wissen konnte, kam von der anderen schon ein abweisendes »Nein«. Ein abfälliger Blick traf Hanna.

Fritz stutzte kurz, dann schlang er stolz den Arm um die Schultern der Zicke. »Und das ist Elf – meine Schwester und brillante Musikerin. Sie steht am Anfang einer großen Karriere und ist gerade aus Stockholm angekommen.«

Die missbilligenden Augen wanderten von Hanna zu Fritz. Auch bei Hanna erzielte dessen scherzhafte Lobeshymne nicht den gewünschten Effekt. Seinen Stolz ignorierend, taxierte sie seine Schwester.

»Elf – interessanter Name. So wie die Tankstelle früher?« Sie konnte nicht anders, sie musste sich ein Grinsen verkneifen.

Elf fuhr sich mit der Handkante über die Kehle. »Nein, Elf für die Zahl der Frauen, die ich wegen blöder Sprüche auf dem Gewissen hab.« Sie machte sich von Fritz los, drehte sich ohne ein weiteres Wort um und ging davon.

Hanna zog die Augenbraue hoch. Lizzy hatte dem Ganzen fasziniert zugeschaut. Und auch Fritz stand mit offenem Mund daneben.

»Was war das denn?«, fragte er Hanna mit hörbarer Entrüstung, als er sich wieder gefangen hatte.

Hanna zuckte nur mit den Schultern. Sie hatte keine Lust, Fritz und der neugierigen Lizzy ihr missratenes Zusammentreffen mit Elf zu erläutern.

Elf nahm ihre Gitarre und ging in den ersten Stock, in die Bibliothek. Es waren zwar wesentlich mehr Regale als Bücher dort untergebracht, aber Fritz hatte ein riesiges altes Ledersofa aufgestellt und eine schöne Bauhauslampe dazu. Beides hatte er im Sperrmüll gefunden. Das Sofa erinnerte sie in seiner monströsen Größe an ein altes Wikingerschiff – unverwüstlich, stattlich und einladend.

Im Dunkeln stand sie am Fenster und betrachtete den Mond. Der Partylärm drang zu ihr herauf, schwoll an und ab. In der Nähe, aber nicht mittendrin. Das genoss sie. Vorsichtig stellte sie die Gitarre in den Ständer.

Jetzt war sie also hier. In Stuttgart. Sie öffnete die Balkontüren, um ein wenig frische Luft hereinzulassen, setzte sich auf das mächtige Sofa und schlang eine der Wolldecken um sich herum, die dort lagen. Wie kitschig: Der Mond stand genau vor ihrem Fenster, als wolle er sie anleuchten. Der Abend roch ein bisschen frisch, erdig, nach Frühling, aber auch schon irgendwie nach Sommer. In Stockholm hatte es immer nach Meer gerochen. Auch im Winter. Und im Frühling ganz besonders.

Ob sie schlafen gehen sollte? Der Mond lächelte sie an. Irgendwer hatte unten jetzt von weißem Siebziger-Rock'n'Roll auf jazzigen HipHop umgeschaltet. *Das passt,* dachte Elf. Das Alte ist vorbei. Stockholm war fertig. Das konnte ihr gestohlen bleiben. Sie vermisste zwar das weiche, süße Brot, Birnenlimonade und ihre Freundinnen, allen voran Pernilla. Aber alles andere?

Von Deutschland wusste sie noch nicht viel, geschweige denn von Stuttgart. Aber zumindest hatten sie laut Fritz ziemlich viele gute Live-Acts hier, Clubs und eine große Musikszene.

Hannas Erschöpfung kroch wieder hoch. So langsam wurde ihr das Treiben um sie herum zu viel, und die unerfreuliche Begegnung vorhin hatte ihr die Laune versaut. Wie konnte Fritz nur eine dermaßen biestige Schwester haben? Die Ähnlichkeit zwischen den beiden war zwar nicht zu leugnen, die Augen und die Mundpartie – aber nicht die Art. Fritz war offen und freundlich. Seine Schwester offenbar das genaue Gegenteil.

Vielleicht sollte sie sich ein bisschen ausruhen und dann weiterfeiern. Sie machte sich auf die Suche nach Fritz. Der redete gerade zusammen mit Lizzy auf eine glutäugige Schönheit ein. *Immer die gleichen Spiele,* dachte Hanna, war aber zu müde, um sich zu amüsieren.

»Entschuldigt die Störung. Sag mal, Fritz, könnte ich mich eine Weile hinlegen? Ich bin total fix und alle.«

»Klar, Decken sind oben«, sagte er hilfsbereit. »Brauchst du sonst noch was?«

Hanna schüttelte den Kopf und ging zur Treppe. Sie hatte sich hier schon früher ab und zu aufs Ohr gelegt, kannte also den Weg.

Es war verblüffend: Als sie die Tür hinter sich schloss, verebbte der Partylärm, und die Bibliothek kam ihr wie eine kleine, geschützte Insel vor. Sie blieb ein paar Minuten an der Tür stehen, um ihre Augen ans Dunkel zu gewöhnen. Das Zimmer mit dem hellen Mondlicht, das durch die großen Fenster drang, hatte eine Stimmung wie ein altes, schönes Schwimmbad am frühen Morgen: ein wenig unwirklich, abgetrennt von der Welt und doch mittendrin.

Nein, nach Hause wollte sie noch nicht, sie wollte später noch ein wenig feiern. Aber jetzt gerade, da konnte sie nicht mehr. In einer Stunde wäre sie wieder fit. Als Ärztin hatte sie gelernt, überall irgendwie zu schlafen. Sie setzte sich auf das gigantische Sofa, griff nach einer Decke, kuschelte sich in die Ecke und schaute nach draußen.

Irgendjemand schlief schon auf dem Sofa, fiel ihr jetzt auf. Am anderen Ende, bis zum Hals in Decken eingemummelt. Hanna beschloss, dass es ihr egal war, schließlich war genügend Platz. Mittlerweile spürte sie ihre Müdigkeit noch mehr. Später würde sie sich noch ein wenig amüsieren. Kaum hatte sie den Gedanken zu Ende gedacht, schlief sie auch schon ein.

Elf träumte. Vom Engelspark in Stockholm, den skurrilen Figuren dort von Niki de St. Phalle und Jean Tinguely. Von den Seefahrern, die früher auf dieser Insel gehaust hatten. Von den Spaziergängen mit Frauen, die sie ersehnt und geliebt hatte. Von Würstchen und

Limonade. Das flüchtige Begehren, das sie in den schwedischen Sommern verspürt hatte, gesellte sich als Traumgefühl dazu. Die Unbeschwertheit, die damit verbunden gewesen war, als sie noch nichts entscheiden musste; nicht gegen jemanden oder etwas. Schule, musizieren, die vielen Feste, die Liebeleien, freudvoll, aber nicht so tief. Unproblematische Zärtlichkeiten. Es war einfach gar keine Frage gewesen, ob sie nun einen Freund hatte oder nicht. Sie hatte Freundinnen gehabt, viele. Es war so selbstverständlich gewesen – die Berührungen von Ewa, Pernilla, Mina, Lena.

Sie träumte auf Schwedisch. Eine melodische, singende Sprache, nicht so trocken wie das Deutsche. Die Sommerferien in der Stuga von Lenas Eltern: wie sie sich nach dem Baden gestreichelt hatten. Durch den Wald gelaufen waren, sich gegenseitig mit Blaubeeren gefüttert hatten. Nachts in einem Bett geschlafen mit karierter Wäsche. Morgens Flingor gegessen. Die meisten Sommarstugas sahen ähnlich aus: dunkles Falunrot, mit weißen Tür- und Fensterrahmen und einer Veranda. Die Kinder hatten im Dach ihre Zimmer, und morgens holte irgendjemand mit dem Fahrrad Milch und Brot. Sie spürte die Hände von Ewa auf ihrer Haut. Der warme Atem in ihrem Nacken ließ sie an Lena denken. Wer war es diesmal? Sehnsuchtsvoll erwiderte sie die Berührungen der anderen. Sie stritt mit sich selbst, halb träumend, halb bewusst: Warum bist du abgehauen, das war doch in Stockholm viel einfacher – sieh doch, fühl doch, was du hast. Das ist in Stuttgart nicht so.

Sie drängte die negativen Gedanken zurück. Sie wollte einen unbeschwerten Traum haben.

Ihre Forschungen drangen in tiefere Bereiche vor. Das ist Heimat, Frauenhaut spüren ist zu Hause sein. Sie gluckste leise. Das hatte Mina mal gesagt. Ihre Hand fand eine weiche Brust, umschloss sie. Sie stöhnte leise. Was für ein schöner Traum.

Hanna schlief unruhig. Eine Hand schob sich unter ihren Pullover. Da war eine Frau … sie roch gut. Wo kam sie her? Der Geruch war fremd und vertraut zugleich, die Hand war zart und fest, wie sie über Hannas Körper wanderte. Erst warm den Rücken hinauf, dann umschmeichelte sie ihren Hals, um anschließend wieder mit einzelnen Fingern sanft die Wirbelsäule entlangzukratzen. Hanna schmiegte sich den Bewegungen entgegen. Gleich, gleich wollte sie küssen, diesen süßen Mund, die Brustwarzen mit ihrer Zunge umspielen.

Diese leisen, fremden Liebeslaute waren schön. Was für eine entzückende Frau. Hanna verabschiedete sich langsam aus ihrem Traum. Doch es blieb dabei: Berührungen, Gemurmel, Atmen. Das war wirklich. Da machte sich tatsächlich jemand an ihr zu schaffen. Es fühlte sich gut an, die Hände und Finger wurden frecher und drangen tiefer. Hanna seufzte. Sie wollte nicht, dass es aufhörte.

So ganz war ihr immer noch nicht klar, ob sie nun träumte oder nicht. Sie war in ihrer Ausbildung so oft innerhalb von Sekundenbruchteilen vom Tiefschlaf in den totalen Wachzustand übergewechselt, dass sie eigentlich keinerlei Probleme hatte, sich unvorbereitet in der Wirklichkeit zurechtzufinden. Diese Frau war süß: auch bekleidet wie sie selbst, eine feste, schmale Person, der lange, braune Haare ums Gesicht spielten, mit hellen Strähnen drin. Das Gesicht selbst sah sie nicht. Wollte sie gerade auch nicht mehr, da die Unbekannte mittlerweile Zugang zu allen wichtigen Bereichen ihres Körpers gefunden hatte. Hanna schaltete ihren Verstand aus und ließ ihren Körper übernehmen. Verschwommen schwirrten noch Gedanken an One-Night-Stands in ihrem Kopf herum und daran, dass sie so etwas eigentlich kategorisch ablehnte, zumindest für sich selbst. Aber dies hier fühlte sich richtig an. Eine erregende Situation, wie sie sie noch nie erlebt hatte. Sie wollte nicht mehr nachdenken, nur noch fühlen, Haut, Haare, Mund, Hals, Ohren, Brüste, Hände. Sie schloss die Augen fester und bahnte sich mit der Zunge ihren Weg.

Elf verlor sich in ihrem herbeigesehnten Traum. Es war so wunderschön. Aber irgendetwas stimmte nicht ganz. Was war es? Sie konnte es nicht einordnen. Etwas war nicht so vertraut, wie es sein sollte. Die unbekannten Gesten und Gerüche vertrieben den Traum allmählich.

Wer war das? Wo war sie? Alles fühlte sich schwedisch an, so wie früher in der Schulzeit, aber es war doch heute . . . das konnte nicht sein. Und da war noch etwas anderes. Ein fremder Geruch – schön, aber fremd. Da passte nichts mehr in ihre Erinnerungen, da mischte sich zu viel Bekanntes mit Exotischem. Elf schreckte hoch. Sie versuchte sich von der Decke und dem fremden Körper zu befreien. Dabei verhedderte sie sich in Decken, ihren eigenen Haaren und in ihrer Verwirrung.

Unsanft wurde Hanna bei ihrer Erforschung der weichen Brüste unterbrochen. Die andere versuchte sich plötzlich von ihr loszumachen. Ihre ineinander verschlungenen Körper verwandelten sich in ein chaotisches Knäuel aus Gliedmaßen und Decken. Hanna spürte das Erschrecken der Frau, ohne es zu verstehen. Was war nur los? Hatte sie etwas falsch gemacht, eine unsichtbare Grenze überschritten? Oder hatte die Frau nur antesten wollen, wie weit sie gehen würde, und machte jetzt einen Rückzieher?

Elf hatte sich mittlerweile freigewühlt und ihre Orientierung halbwegs zurückgewonnen. Eine außerordentlich peinliche Lage, in der sie sich da wiederfand: Irgendjemand hatte sie gerade gestreichelt, es war lustvoll, innig und unbekannt zugleich gewesen. Das war es, was sie geweckt hatte. Das Unstimmige, Fremde, das aber eben auch vertraut war.

»Was war denn das?« Sie konnte sich nicht zwischen angenehmer Überraschung, Empörung und Verwirrtheit entscheiden, und genauso klang ihre Stimme auch. Ihre Augen begannen sich in der Dunkelheit zurechtzufinden. Und im nächsten Moment verschlug es ihr den Atem.

»Du?«, bekam sie nur noch heraus.

Hanna hatte sich von dem wühlenden Sofagespenst weg in die Ecke gesetzt und ihre derangierte Kleidung in Ordnung gebracht. Ihr gegenüber kämpfte die andere Frau immer noch mit der Decke. Als Hanna erkannte, wer sich da gerade aus dem Knäuel herausschälte, klappte ihr Mund auf und zu wie bei einem Fisch auf dem Trockenen.

Fritz' Schwester. Frisch aus dem Ausland. *Ach du liebes bisschen.* Mit allem hatte sie gerechnet, aber nicht mit der Frau, der sie vor kaum zwei Stunden fast die Gitarre zertrümmert hätte. Sie glotzte sie an, sekundenlang. Als es ihr bewusst wurde, stand sie auf und begann nervös herumzulaufen.

Elf schnappte immer noch nach Luft, fand keine richtigen Worte. Mit dem gestammelten »Aber ... du ...« kam sie auch nicht weiter. Hilflos griff sie sich die Decke und zog sich in die gegenüberliegende Ecke des Sofas zurück.

Der Mond schien nicht mehr direkt ins Zimmer, das Licht war diffuser geworden. Elf zuckte zusammen, als sich ihr Körper an das erinnerte, was sie im Kopf in den gerade geträumten Traum zurückschubsen wollte: Diese Frau hatte sie berührt. Sehr intim berührt. Doch sie war in Stuttgart – nicht in ihrem schwedischen Bilitis-Sommer. Diese leicht geteilten Zärtlichkeiten damals waren schön gewesen, wie eine Schule in Sachen Liebe. Sie hatten nie darüber sprechen müssen, das war später passiert. In diesem einen Sommer hatten sie sich gegenseitig verschenkt ohne Forderungen. Doch danach hatten alle aus ihrem Kreis exklusive Liebesbeziehungen gehabt, und die zwanglosen Zärtlichkeiten hatte es nie wieder gegeben.

Das war doch schon lange vorbei. Das war nicht jetzt. Wieso war es dann trotzdem so gegenwärtig?

Hanna wollte irgendetwas sagen. Verworren war die Situation auch so, aber wenn sie gar nicht darüber sprachen, konnte es nur noch peinlicher werden. Sie setzte sich in einen Sessel gegenüber dem Sofa und meinte: »Es ist doch sehr schön gewesen – bis jetzt.«

Das fahle, indirekte Mondlicht erleuchtete Elfs schmales Gesicht. Ihre Haare waren verwuschelt, und ihre Augen erschienen riesig groß.

Hanna versuchte es mit kühler Analyse: »Hast du irgendein Problem damit?« So ganz war ihr immer noch nicht klar, warum die zierliche Frau so panisch aussah. Doch dass es ein Problem gab, stand praktisch mit Leuchtbuchstaben in Elfs Gesicht.

Elf schüttelte sich. Dann fand sie endlich ihre Sprache wieder: »Warum hast du das gemacht? Was sollte das?« Ihre Stimme spiegelte wie immer ihre Seelenlage: hilflos, anklagend, aber auch ein wenig schuldbewusst.

Hanna sah sie verblüfft an. »Das ging doch von dir aus. Du hast es doch gewollt – zumindest am Anfang.«

Elf errötete und senkte den Kopf. Ja, so war es früher oft gewesen: Mitten in der Nacht waren sie wach geworden, ineinander verschlungen, hatten ihren Spaß aneinander gehabt und waren dann sofort wieder völlig entspannt eingeschlafen. Doch das hier war kein schwedisches Sommerhaus, und das war auch keine Mina oder Lena. Das war die Frau, die ihr arrogant gekommen war, nachdem sie fast ihr Instrument zerstört hatte.

Die totale Konfusion wollte einfach nicht weichen. Die Berührungen, die weichen Hände auf ihren Brüsten, das Kneten ihrer Pobacken liefen wie Schauerschatten in ihrem Nervenkostüm herum, die Küsse kühlten auf ihrer Haut noch ab. Gleichzeitig donnerte es in ihrem Kopf. Sie hatte so etwas schon sehr lange nicht mehr gemacht – und in dieser Art noch nie. Das hier, mit dieser Frau, das war zu viel.

»Smit. Stick!«, schrie sie Hanna an. Erst eine Sekunde später wurde ihr klar, dass sie Schwedisch sprach. Also wiederholte sie: »Hau ab. Hau bloß sofort ab.«

Hanna schluckte. »Was ist denn mit dir los?«

Sie spürte, dass Elf es furchtbar ernst meinte. Spürte, wie verwirrt sie war, wie orientierungslos. Dennoch, damit hatte sie nichts zu tun. Sie hatte sich ja nur kurz ausruhen wollen, wurde dann unerwartet in ein – sie musste es sich eingestehen – sehr erfreuliches, aufregendes sexuelles Zusammentreffen verwickelt, um daraus dann umso unerfreulicher und vor allem unbefriedigt herausgerissen zu werden und sich jetzt auch noch von der Verursacherin all der verzwickten Umstände anschreien zu lassen. Sie war kurz davor zurückzuschreien.

Aber was sollte sie sich hier mit Fritz' eindeutig verrückter Schwester herumstreiten? Rausschmeißen wollte die sie. Das ließ sich Hanna nicht zweimal sagen. Auch wenn ihr Gegenüber sehr durcheinander aussah und sogar etwas verloren.

Als die Tür hinter Hanna ins Schloss fiel, wollte Elf sich am liebsten verkriechen. Erst jetzt wurde ihr so richtig klar, wie tierisch peinlich das alles war.

Warum lag die überhaupt bei mir auf dem Sofa?

Mit einem arroganten Blick war sie gegangen, diese Hanna. Elf brach in Tränen aus. Es war total verrückt, dass sie sich nicht nur benutzt und gedemütigt fühlte, sondern vor allem einsam. Dabei hatte sie die Frau doch selbst rausgeschmissen. Aber jetzt schrie ihr ganzer Körper nach weiteren Berührungen.

Sie kroch unter die Decken zurück, zurrte sie fest um sich, so dass niemand einfach drunterkriechen konnte, und weinte sich leise in den Schlaf. Das war alles nicht wahr.

So unauffällig wie möglich huschte Hanna die Treppen hinunter. Sie schnappte sich ihren Mantel und die verfluchte Tasche, die so viel Schwung in ihre Ankunft hier gebracht hatte. Ihre Müdigkeit war verflogen, aber ihre Lust zum Feiern auch. Unerkannt verließ sie das Haus, schloss ihr Fahrrad auf und verstaute ihre Tasche. Nach Hause fuhr sie einen Umweg – durch den Schlossgarten, am Staatstheater vorbei. Die Enten waren schon wieder zurück und schliefen am Ufer des kleinen Sees. Ausnahmsweise gab es kein Spektakel irgendeiner Art, bei dem sich teuer, aber geschmacklos angezogene Stuttgarter und Stuttgarterinnen schlechten Sekt für teuer Geld einflößten und einem den Aufenthalt im Park so verleideten. Da waren die im Gebüsch stöhnenden Schwuletten viel amüsanter. Wobei auch sie Hanna in diesem Moment nicht wirklich brennend interessierten. Diese müßigen Überlegungen sollten lediglich vom Kernproblem ablenken: Was in aller Welt war da eigentlich gerade passiert?

Nach dem Rest einer ruhelosen Nacht, angefüllt mit verwirrenden Träumen von gesichtslosen Frauenkörpern, und einer Horrorschicht im Krankenhaus freute sich Hanna enthusiastisch auf ihr Tischtennistraining. Das würde sie wieder ins Gleichgewicht bringen. Die erotische Begegnung mit Fritz' Schwester war für sie der schlagende Beweis dafür, in welche verzwickten Situationen man geraten konnte, wenn man aus dem Bauch heraus entschied. Als typischer Kopfmensch vermied sie das normalerweise – aus gutem Grund. Aber das gestern Abend war wohl mehr dem Umstand zu verdanken, dass sie geschlafen hatte. Dabei konnte man sich ja nicht auch noch kontrollieren.

Sie hatte bereits versucht, während ihrer Mittagspause zu meditieren und die unangenehmen Erinnerungen zu bändigen. Ohne Erfolg. Sie riefen auch am Nachmittag noch Herzklopfen und Verlegenheit hervor, vor allem aber Wut. Auf sich selbst, weil sie sich von ihren Hormonen hatte steuern lassen. Auf Elf, weil die das Chaos von vorn bis hinten verursacht hatte. Fritz' Schwester mit dem unmöglichen Namen und der unverschämten Art.

Eindeutig gestört aus medizinischer Sicht. Das war eine zufriedenstellende Diagnose. *Kann aber unverschämt gut küssen.*

Woher dieser Gedanke nun wieder kam, wollte Hanna gar nicht wissen. Sie schob ihn weit weg. *Das Gehirn ist eines der am wenigsten erforschten menschlichen Organe,* sagte sie sich. Ihres war keine Ausnahme. Das von Elf wohl auch nicht. *Devianz und erotische Ausstrahlung schließen sich nicht unbedingt gegenseitig aus, dafür gibt es ja in der Medizingeschichte zahlreiche Beispiele ...* Mit solchen fachlichen Erörterungen verdrängte sie die Erinnerungen einigermaßen erfolgreich, bis sie in der Sporthalle eintraf.

Die Tischtennisplatten waren bereits aufgestellt und ihre Mitspielerinnen in ihren Trikots. Hanna zog sich rasch um und krempelte den rechten kurzen Ärmel ihres weißen T-Shirts komplett hoch, so dass ihr ganzer Arm bis zur Schulter freigelegt war – ihr Markenzeichen beim Spielen neben ihrem unglaublich fiesen angeschnittenen Aufschlag. Sie holte ihre Schläger aus der Tasche, legte sie bereit und wärmte sich auf.

Der Tischtennisverein und seine Frauenmannschaft, mit der sie zweimal die Woche trainierte, waren der Ort, an dem sie ihren Kopf abschalten und sich körperlich auspowern konnte. Hier brauchte sie nicht streng und kompetent zu sein, sondern konnte lachen und sogar albern sein, fernab von beruflichen Normen und Ansprüchen. Und da Lizzy in der gleichen Mannschaft spielte, nutzte Hanna die Trainingsstunden nicht nur für ihren Lieblingssport, sondern auch für ausführliche Gespräche über belanglose Dinge. Lizzy war seit unendlichen Zeiten ihre beste Freundin. Besser als jeder andere wusste sie, was hinter Hannas Fassade der zielgerichteten Pragmatikerin lag: außen tiefgekühlter Eisbecher, innen warmes Flammeri.

»11 zu 6«, rief Hanna, während sie mehr oder weniger hart trainierten. »Der Satz geht an mich. Du bist nicht richtig bei der Sache. Du hast dich wohl gestern zu sehr amüsiert.«

Tatsächlich war sie noch ganz frisch, während Lizzy deutliche Zeichen von Anstrengung zeigte – ihre Haare waren durcheinander, sie schwitzte und war außer Atem. Sichtlich froh über die Unterbrechung, lehnte Lizzy sich schwer atmend an die Platte.

»Ich amüsiere mich eben gern«, meinte sie und begutachtete betont interessiert die Gummibeschichtung ihres Schlägers. »Besonders, wenn attraktive Frauen anwesend sind.«

»Aha. Wer denn?«

Bei Lizzy konnte man nie genau wissen, wen sie als Nächstes ins Visier nahm. Sie wickelte auch gestandene Heteras gekonnt um den Finger. Da bewies sie eine unglaubliche, fast sportliche Eleganz. Hanna beobachtete Lizzys Liebesleben immer mit einer gewissen Faszination. Auch jetzt war ihre Neugier geweckt, wen Lizzy mit dem Attribut »attraktiv« versah. Meinte sie die Glutäugige, an der sie mit Fritz um die Wette gegraben hatte?

Lizzy grinste Hanna breit an. »Fritz' Schwester ist doch lecker. Elf – sieht aus wie eine Elfe.«

Diese Auskunft war wie ein gut gezielter Faustschlag in Hannas Solarplexus. Einen Moment lang konnte sie Lizzy nur anstarren.

Die ließ sich dadurch nicht beirren. »Hmm«, schwärmte sie. »Eine empfindsame Musikerin, direkt aus Schweden. Und kann auch gut Klavier spielen. Das ist doch schon mal einiges ...« Sie wedelte mit den Fingern und klimperte mit den Augen.

Hanna hatte den starken Drang zu flüchten. Vor diesem Gespräch, vor ihren Gedanken. Lizzys flapsiges Gerede wühlte alles wieder auf: ihr schlechtes Gewissen, die angenehmen Erinnerungen und die an das üble Ende. Gut, dass Lizzy nichts davon wusste. Und wenn es nach Hanna ging, sollte das auch so bleiben. Sonst würde Lizzy sie bis in alle Ewigkeit mit ihrem nächtlichen Abenteuer aufziehen und mit schlechten Witzen quälen.

Um sich zu sammeln, nahm Hanna betont lässig einen Schluck aus ihrer Wasserflasche. Dann ging sie auf Lizzys Seite der Platte hinüber und lehnte sich neben sie. Scheinbar uninteressiert kommentierte sie Lizzys Überschwang: »Na ja.«

»Was heißt da na ja? Gib's doch zu: Elf könnte dir auch gefallen.« Lizzy runzelte die Stirn und sah sie herausfordernd an. »Wenn du so zickig auf eine Frau reagierst, stehst du auf sie. Ich kenn dich besser als du dich selbst. Oder war da nicht was, gestern Abend, Frau Doktor?«

Hanna schnaubte: »So gut kennst du mich also. Ist ja beruhigend. Zu deiner Information – ich war distanziert, weil ich die Frau unverschämt finde. Ich hab versehentlich meine Tasche neben ihre Gitarre geworfen, als ich ankam.« Diese kleine Verfälschung der Wirklichkeit gönnte sie sich. »Und daraufhin hat Fritzens ‚elfenhafte' Schwester mich angeschnauzt, als ob ich debil wäre. Anmaßend. So eine Frau kann mir gar nicht gefallen.«

Lizzy wollte protestieren, aber Hanna kam ihr zuvor, indem sie ihren Schläger hob und Lizzys Mund damit abdeckte. »Und wenn überhaupt nur äußerlich«, beendete sie ihre Ausführungen. »Was sagt das schon.«

Besser, sie warf Lizzy einen Brocken hin, sonst würde sie nie lockerlassen. Wer weiß, was sie ihr dann noch alles aus der Nase ziehen würde. Lizzys Verhörkünste waren effektiver als die chinesische Wasserfolter. Hanna hatte ihr schon Dinge erzählt, die sie vorher geschworen hätte niemals preiszugeben.

Jetzt lachte sie auch schon triumphierend, als überlege sie sich schon die nächste Verhörrunde. Hanna betonte sicherheitshalber noch einmal: »Nur äußerlich, liebe Lizzy.«

Selbstzufrieden grinsend baute Lizzy sich vor Hanna auf. »Mal ganz davon abgesehen, dass sie dich eh total bescheuert findet. ›Elf wie die Tankstelle‹ ...« Sie tippte sich mit dem Zeigefinger an die Stirn.

Wurde sie jetzt von allen Seiten gemein angemacht? Hanna pustete die Luft aus. »Ist ja auch egal. Sie sei dein.«

Das hätte sie vielleicht nicht sagen sollen. So eine Gelegenheit aufzutrumpfen ließ sich ihre Freundin nie entgehen. »Wird sie auch bestimmt«, war Lizzys trockener Kommentar.

Zu Hannas Erleichterung wurde ihre Unterhaltung in diesem Moment unterbrochen. Ihre Trainerin und Teamkollegin Vera kam zielstrebig an ihren Tisch. »So, ihr zwei«, rief sie, »Schluss mit dem Gequatsche. Jetzt wird trainiert. Lizzy, du gehst rüber zu Micha, und ich spiel 'ne Runde mit Hanna. Ich glaub, in Zukunft trennen wir euch beide gleich von Anfang an.«

Lizzy und Hanna setzten gleichzeitig an zu protestieren, aber Vera hob abwehrend die Hände. »War ja nur ein Scherz, keine Panik! Wir wollen euch ja nicht euer ganzes Vergnügen nehmen.«

»Könntet ihr auch gar nicht. Stimmt's, Hanna-Schätzchen?« Lizzy musste das letzte Wort haben, bevor sie sich davonmachte.

Hanna war froh, mit Vera zu trainieren. Nicht nur, weil ihr dadurch die Fortsetzung des Gesprächs über Elf erspart blieb, sondern auch, weil Vera eine bessere und schnellere Spielerin war als Lizzy. Hanna wollte jetzt die sportliche Herausforderung einer gleichwertigen Gegnerin. Mit voller Absicht servierte sie Vera ihren ersten Aufschlag extrem niedrig, angeschnitten und schnell, wohl wissend, dass die andere auf die Provokation eingehen würde. Für die nächste Stunde würde ihr Gehirn auf Tischtennis schalten und nur noch ihre Motorik den Takt angeben. Keine weiteren Gedanken zum Thema letzte Nacht und Fritz' Schwester. Das war passé.

Die Morgensonne kitzelte Elf wach. Wie üblich erwachte sie nur langsam, tauchte erst allmählich aus ihren strudeligen Träumen auf: einer Mischung aus schwedischen Erinnerungen, Zukunftsvisionen, Melodien, Ängsten und Glücksmomenten. In dieser Nacht waren auch wieder die Erinnerungen an die Berührungen gekommen. Sie verfolgten sie seit jener unsäglichen Nacht, die sie am liebsten komplett vergessen hätte. Elf wischte diese physischen Eindrücke beiseite. Das war jetzt das Letzte, was sie brauchte.

Es ging seit Tagen so: aufwachen, das Traumkaleidoskop abschalten – diese verwirrende Vermischung von Bildern und Empfindungen, Sehnsüchten und Schuldgefühlen. Mehr oder weniger erfolgreich versuchte sie sich selbst gegenüber konsequent durchzugreifen: Melodien behalten, alles andere wegdrücken. Sie griff nach ihrer Gitarre. Die E-Saite war wieder aufgezogen und hatte ihr sogar ein paar neue Eindrücke von Stuttgart beschert. Der Mann in dem Laden hatte nicht nur eine gute Auswahl von verschiedenen Stahl- und Darmsaiten gehabt und sie kompetent beraten, sondern ihr auch gute Tipps im Hinblick auf Jobs geben können. Wie gut, das würde sich herausstellen. Auf jeden Fall wollte sie mit Musik ihr Geld verdienen. Viel mehr konnte sie auch nicht. Aber momentan hatte sie weder Kontakte noch einen Namen, nur ein paar Telefonnummern, die Fritz und jetzt der Typ aus dem Laden ihr gegeben hatten.

Sie klimperte. Wiederholte die melancholische Melodie, die in ihrem Kopf noch aus der Nacht herüberwehte. Dann nochmals, jetzt mit einer beschwingten Erweiterung. Sie spielte, setzte ab, begann von vorn, ergänzte, baute aus. Leise summte sie mit. Irgendwann schnappte sie sich einen Zettel, notierte die Griffe und machte weiter. Allmählich nahm es Konturen an. Sie gab sich ihrer Musik hin und hatte eine halbe Stunde später schon eine ganz brauchbare Version geschaffen.

Ihr Magen beschwerte sich mit lautem Knurren darüber, dass sie noch nicht gefrühstückt hatte. Sie legte die Gitarre zur Seite und ging in die Küche. Fritz musste längst auf der Arbeit sein, aber er hatte ihr einen Zettel dagelassen und sogar ein kleines Frühstück gerichtet; der Kaffee in der Thermoskanne war noch heiß. Es war fast zwölf Uhr. Elf schnappte sich den Milchkaffee und das Mobiltelefon und setzte sich auf die Terrasse.

Sie musste ihre Arbeitsliste durchtelefonieren. So langsam wurde es dringend, ihr Geld war ziemlich am Ende. Bisher waren ihre Anrufe immer nach demselben Schema abgelaufen: Ich möchte, ich kann, hätten Sie etwas. Sie können Gitarre spielen? Das ist nett. Klavier auch? Gut. Singen, ach ja? Wir melden uns bei Ihnen. Kommen Sie doch mal bei Gelegenheit vorbei, damit wir Sie kennenlernen können. Oder besser noch, schicken Sie ein Demoband und Ihre Bio. Dann melden wir uns.

Seit anderthalb Wochen ging das so. Die Clubs hatten so schnell auch keine Möglichkeiten. Wie denn ihr Repertoire wäre? Darauf konnte sie gar keine genaue Antwort geben: Blues, ein wenig Punk, folkmäßig manchmal, auch so moderneren Popkram konnte sie ganz gut. Einige Balladen hatte sie selbst geschrieben und auch fetzigere Stücke. Aber die musikalische Stimmung hier in Stuttgart war schwer einzuschätzen, und deutsche Sachen, da war sie nicht so drin.

In Stockholm hatte sie klassisch studiert: Klavier und ein wenig Marimba, dieses riesige Xylophon – eine Art Tisch mit Holzplatten, unter denen Klangröhren angebracht sind. Die Töne hatten sie so berührt. Aber das Instrument war ihr zu klobig, man konnte es nicht einfach mitnehmen.

Und hier in Stuttgart war das Arbeitsamt offenkundig überfordert. Musikpädagogische Frühförderung für Vorschulkinder in Heidelberg – das war alles, was sie ihr bisher angeboten hatten. Sie hatte keinerlei pädagogische Ausbildung und, verdammt noch mal, auch keine Neigung, kleinen Kindern im Stuhlkreis irgendetwas beizubringen. Und dann noch Heidelberg. Die Schnepfe vom

Arbeitsamt hatte keine Vorstellung davon, was Elf wollte. Aber vielleicht war das auch zu viel verlangt. Sie wusste es schließlich selbst nicht genau.

Sie beschloss, einem der Tipps aus dem Musikladen nachzugehen, und rief im Kurhotel in Bad Cannstatt an. Als sich jemand meldete, verlangte sie Frau Gäbler zu sprechen.

Frau Gäbler riefe zurück, ließ man sie wissen. Ja, wann denn? Innerhalb der nächsten halben Stunde. Das sei sehr nett. Die professionelle Hotelfreundlichkeit tat Elf gut. Sie holte sich einen neuen Kaffee. Vielleicht würde sich bald etwas Konkreteres ergeben und nicht immer nur diese leeren Standardantworten. Sie überlegte, kurz unter die Dusche zu gehen. Aber was, wenn die Tante doch zurückrief?

In diesem Moment klingelte es tatsächlich. Frau Gäbler war persönlich am Apparat. Elf Suchaschewski? Sie können Klavier spielen, Potpourris, Klassiker aus Jazz und Blues, vielleicht auch mal ein Freddy-Quinn-Lied? Bei Freddy Quinn zuckte Elf leicht zusammen. Na ja, das wüsste sie jetzt nicht so, aber im Prinzip sei das kein Problem.

Es wäre für die Kaffeezeit, erklärte die Dame, die Lobby gehe in einen schönen Cafébereich über, da stehe ein Schimmel. Den habe der Herr Direktor angeschafft, weil die wohl einen sehr schönen Klang hätten. Bechsteins wären ja wohl auch gut. Elf bejahte. Wie lange sie schon spielen würde? Siebzehn Jahre. Siebzehn Jahr, blondes Haar ... Frau Gäbler kicherte leise: So etwas würden sie sich vorstellen. Ihre Ausbildung? Königliche Akademie Stockholm. Den Abbruch des Studiums verschwieg Elf.

Sehr nett, das sei doch ein prima Hintergrund. Frau Gäbler meinte, Donnerstag bis Samstag von drei bis sechs. Ob ihr das recht sei. Sie wollten dreimal in der Woche für drei Stunden jemanden am Klavier.

Na, das wäre ja was: Klavier spielen zum Apfelstrudel mit Sahne.

Für ihre Ohren würden sich die Auskünfte schon ganz gut anhören, sagte Frau Gäbler, aber sie müsse doch darum bitten, ob Elf nicht für eine Woche mal Probe spielen könne. Gegen Bezahlung selbstverständlich. Die meisten Musiker wollten ja nicht im Hotel spielen. Das wäre wohl unter ihrer Würde. Oder so gescheiterte, die schon mit einem Weinbrand am Klavier säßen, noch bevor der erste Ton gespielt sei – das hätten sie nicht so gern. Es täte ihr ja auch leid, dass sie das so direkt erwähnen müsse, aber die Erfahrungen seien nicht so gut gewesen. Eigentlich wollten sie den Gästen einen netten Hintergrund bieten, der ihren gehobenen Ansprüchen im Hotel entspreche. Das hätten sie sich nicht so kompliziert vorgestellt. Wie schnell sie sich denn treffen könnten?

Elf schluckte. Jetzt war keine Zeit mehr, zimperlich zu sein. »Ich könnte direkt heute Nachmittag vorbeikommen.«

Frau Gäbler war entzückt: ein nettes Telefonat, informativ, und sie würde sich freuen, wenn sie sich heute noch treffen könnten. Wie wäre es um halb drei? Dann könnte sie sich ja eventuell schon heute ans Klavier setzen.

Elf stimmte zu. Das ging jetzt aber ziemlich fix. Sie verabschiedeten sich freundlich.

Nach den mühseligen Gesprächen mit den unverbindlichen, bohrenden Fragen, die ihr bisher immer gestellt worden waren, war das hier etwas Neues. Ziemlich klare Ansagen, superschneller Termin. Über das Geld würden sie dann persönlich sprechen. Endlich ein Lichtblick.

Sie sprang unter die Dusche. Mit Fritz hatte sie eine Woche Eingewöhnung vereinbart, Party, damit sie ein paar Leute kennenlernen konnte, und dann Jobsuche. Heute war schon Donnerstag, und bisher war nur dabei herausgekommen, dass sie a) unbedingt Bewerbungsunterlagen brauchte und b) unbedingt ein Demoband. Beides war nicht so einfach. Wobei das Demoband noch problematischer war. Sie hatte zwar ein paar Aufnahmen aus Stockholm, aber das waren Stücke von Chopin und zwei irische Folksongs, mit denen sie nicht hausieren gehen wollte, weil sie außer ihrer Technik nicht ihre Musik vorstellten. Nur: was war überhaupt ihre Musik? Der Gedanke schwebte vorbei und ließ sie ratlos zurück.

Sie schüttelte sich. Da kam richtig viel Arbeit auf sie zu. Einiges hatte sie zwar schon komponiert, sowohl ein paar Klavierstücke als auch ein paar Sachen für die Gitarre, aber war das ihre Musik? Oder ihre Schubladensongs? Irgendwie widerstrebte es ihr, darüber nachzudenken. Sie wusste nur ganz genau, dass eine weitere klassische Ausbildung ihr nichts genutzt hätte. Sie wollte keine klassische Karriere machen, obwohl sie das schwedische Pendant von *Jugend musiziert* gewonnen hatte.

Sie seifte sich ausgiebig ein. Wasser war immer gut. Das Rauschen der Dusche verwob sich mit der Melodie, die sie kurz nach dem Aufwachen entwickelt hatte. Darin war beides: Melancholie und Witz. So etwas Sehnsuchtsvolles mit dem Versprechen einer besseren Zukunft. Das Lied könnte gut werden.

Das kalte Wasser würde sie noch mal richtig wach machen. Sie drehte es voll auf. Es wirkte. Jetzt musste sie sich schon fast beeilen, sie hatte ein wenig getrödelt. Sie wollte Frau Gäbler nicht warten lassen. Ihr Herz begann aufgeregt zu klopfen: Sie sollte Barpianistin werden. *Na, wenigstens etwas.*

Frisch geschniegelt betrat sie das Hotel und meldete sich am Empfang. Die Rezeptionistin winkte ihrem Kollegen. »Könnten Sie Frau Suchaschewski bitte zu Frau Gäbler bringen?«

Der junge Mann lächelte freundlich: »Das wird nicht nötig sein. Hier ist sie schon.« Er deutete auf eine sehr gepflegt und elegant wirkende Frau, die quer durch die Lobby auf sie zukam.

»Sie sind Frau Suchaschewski? Wie schön. Und pünktlich.« Sie strahlte Elf herzlich an. »Etwas zu trinken? Ein Wasser oder etwas anderes?«

»Wasser wäre nett. Danke.«

Frau Gäbler strebte einer Sitzgruppe zu, ganz in der Nähe des Flügels. »Wollen Sie direkt loslegen«, erkundigte sie sich, »oder wie wollen wir es machen?« Dann korrigierte sie sich: »Nein, ich erkläre Ihnen jetzt nochmals genau, was wir von Ihnen erwarten.«

Sie deutete einladend auf die Sitzgruppe, und sie setzten sich.

»Also«, begann Frau Gäbler, »wir haben hier einen sehr guten Konditor, einen sehr schönen Cafébereich, wo morgens auch gefrühstückt wird, und wir möchten eine angenehme Umgebung schaffen. Das heißt für uns, nicht nur leise Musik aus der Konserve abspielen, sondern auch ein wenig Live-Atmosphäre und eine exklusivere Stimmung bieten. Daher möchten wir jemanden am Klavier, der die verschiedenen Stile ganz gut beherrscht, auch mal Musikwünsche unserer Gäste erfüllen kann, sowohl was den klassischen Bereich als auch was den modernen –«, sie lächelte, »– in

Anführungszeichen moderneren betrifft. Eine kleine Notenauswahl haben wir schon besorgt. Sollten Sie mehr benötigen, sagen Sie einfach Bescheid.«

Sie blickte Elf erwartungsvoll an. Elf nickte.

»Ja, und wir stellen uns vor, so wie wir in diesem Hause Kontinuität vermitteln wollen, sowohl was die hohe Qualität des Services als auch alles weitere betrifft, so wollen wir auch jemanden finden, der recht regelmäßig für die musikalische Unterhaltung sorgt. Und das auf einem gewissen Niveau.«

Wieder ein erwartungsvoller Blick. Elf nickte erneut. Frau Gäbler redete nicht lange herum, sie kam sofort zum Punkt. Elf wusste gar nicht, was sie sagen sollte.

»Wegen der Bezahlung«, fuhr Frau Gäbler auch schon fort, »wir zahlen ein Tageshonorar von 150 Euro. Und Probezeit.«

Wieder nickte Elf.

Auszahlung jede Woche, und versteuern müsse sie selbst. Damit erhob sich Frau Gäbler. »Natürlich müssen wir auf angemessener Kleidung bestehen, aber wir können Ihnen auch etwas zur Verfügung stellen: weiße Blusen und dunkle Röcke oder Hosen. Da haben wir genug in unseren Wäschekammern.« Sie lächelte wieder. »Und wenn Sie dann heute schon mal anfangen können, dann zeige ich Ihnen noch Ihren Spind und wo Sie sich umziehen können.« Sie blickte mit leicht hochgezogener Braue auf Elfs zerrissene Jeans.

Dann führte Frau Gäbler Elf in die Katakomben des Hotels, händigte ihr einen Schlüssel aus und bat um ihren Personalausweis, um sich eine Kopie machen zu können und die weiteren Arbeitspapiere vorzubereiten. »Jetzt wissen Sie ja Bescheid«, sagte sie abschließend. »Sollten Sie noch Fragen haben, wenden Sie sich gern jederzeit an mich, ich stehe Ihnen zur Verfügung. Wenn alles gut geht, können wir ja bald alles unterschriftsreif machen.«

Sie verabschiedete sich höflich von Elf, übergab sie einer Mitarbeiterin, die sie zu den Kleidern führen und ausstaffieren sollte, und ging.

Eine Viertelstunde später schlug Elf die ersten Akkorde an – leicht betäubt von dem Tempo, mit dem sie den Job ergattert hatte. Seit ihrem Telefonat mit Frau Gäbler waren gerade drei Stunden vergangen. Jetzt saß sie hier, einen schönen Flügel vor der Nase, gekleidet in eine schwarze Bundfaltenhose und eine weiße Bluse. Unbequem. Das musste sie morgen anders machen. Irgendwas von Fritz leihen oder sonstwie.

Sie spielte alles, was ihr in den Sinn kam. Rauf und runter. Jede Stunde hatte sie fünf Minuten Pause und bekam alkoholfreie Getränke, so viel sie wollte. Sogar ein Personalessen konnte sie sich bestellen.

Sie hatte einen Job. Heureka. Es war nicht viel, aber es war ein Anfang, und sie konnte zumindest Fritz etwas zurückzahlen von der Kohle, die er ihr geliehen hatte. Er hatte ja selbst nicht so viel. Und das Haus kostete auch.

In den letzten zwei Wochen hatte Hanna sich mit Arbeit überhäuft, indem sie zusätzlich zu ihren regulären Schichten im Krankenhaus weitere Dienste übernommen hatte. Ihr Professor hatte das mit Wohlwollen zur Kenntnis genommen und ihr bescheinigt, dass sie, wenn sie so weitermache, eine gute Karriere in Aussicht habe. Zur Belohnung hatte er sie mit in die Nuklearmedizin genommen: seine Vorzeigestation, die mit der neuesten Technik ausgestattet war. Er überreichte Hanna ihren Dosimeter, als handele es sich um das Bundesverdienstkreuz. Hanna fühlte sich auch fast genauso geehrt, als sie den Strahlenmesser an ihrem weißen Kittel befestigte. Nur medizinisches Personal, das sich öfter in der nuklearmedizinischen Abteilung aufhielt, musste einen Dosimeter tragen, um kein gesundheitliches Risiko einzugehen. Sobald die Strahlenmenge, der man ausgesetzt war, einen bestimmten Grenzwert überschritt, wurde man sofort ausgewechselt.

Dass sie nun einen Dosimeter erhalten hatte, bedeutete, dass sie nach den Wünschen von Professor Wertheimer in Zukunft öfters hierherkommen sollte. Hanna war mit sich selbst zufrieden. Die ganzen Überstunden hatten sich ausgezahlt. In jedweder Hinsicht: Nicht nur hatte sie beruflich einen großen Schritt vorwärts getan, sie hatte auch Abstand von ihrer privaten Konfusion gewonnen. Für ein Treffen mit Lizzy oder Fritz hatte sie keine Zeit gehabt. Noch nicht einmal für ihren Sport hatte sie sich freigenommen. Das war selten, aber sie hatte das Gefühl, dass ihr die kleine Auszeit gutgetan hatte. Sie war wieder ausgeglichen. Jetzt würde kein Thema, das Lizzy während des Trainings anschneiden mochte, sie mehr kalt erwischen.

Vera winkte ihr zu, als sie die Halle betrat. Hanna musste daran denken, wie Vera sie beim letzten Training nach allen Regeln der Kunst auseinandergenommen hatte, nachdem sie sie herausgefordert hatte. *Heute zahle ich es ihr zurück,* beschloss sie. Ihre sonst so weichen Lippen verzogen sich zu einem entschlossenen Grinsen.

»Na, führen wir Selbstgespräche?«, riss Lizzys Stimme sie aus ihren Gedanken. Sie drehte sich um, leicht irritiert über Lizzys triefenden Sarkasmus. Aber ihre gute Laune war nicht zu erschüttern.

»Liebste Freundin Lizzy, schön, dich zu sehen.« Sie grinste Lizzy an. Das Leben war schön.

»Nett, auch dich zu sehen, Workaholic. Ist Tischtennisspielen mit deiner alten, vernachlässigten Freundin dir zu öde, oder warum warst du nicht da und hast dich nicht mal gemeldet?« Lizzy schien tatsächlich ein bisschen angefressen zu sein.

Hanna schlug einen versöhnlichen Ton an: »Sei nicht so empfindlich, jetzt bin ich ja da. Ich spiel die ersten paar Runden nur mit dir. Obwohl Vera mir noch eine Revanche schuldet. Na, was sagst du?« Sie klimperte mit den Wimpern. »Ich gehöre ganz dir!«

Lizzy blinzelte verdutzt. Normalerweise gingen solche scherzhaften Flirtversuche eher von ihr aus. Sie musterte Hanna abschätzend von oben bis unten und fragte: »Muss das Tischtennisspielen mit einschließen?«

»Lizzy!« Sofort bereute Hanna ihre Strategie. Sie hatte nun wirklich nicht beabsichtigt, von ihrer Freundin so schamlos abgecheckt zu werden.

»Wusst' ich's doch, dass du's nicht ernst meinst«, flachste Lizzy.

»Halt die Klappe und lass uns spielen, bevor ich mir das auch noch mal anders überlege.«

Beim Einspielen schwiegen sie, was sehr ungewöhnlich war. Irgendwann konnte Hanna es nicht länger ertragen. »Okay, schon verstanden«, sagte sie. »Verzeih meine harschen Worte. Rede wieder mit mir.«

Wie erwartet ging Lizzy darauf ein: »Na gut, vergeben.«

»Was hast du die letzten zwei Wochen gemacht?«, lieferte Hanna ihr die Vorlage für ausführlichere Erzählungen.

»Dies und das. War ein paarmal an der Uni. Muss ja irgendwie dranbleiben.« Lizzys Journalismusstudium war eine endlose Geschichte. Hanna hatte ihr deswegen schon mehr als einmal die Leviten gelesen. Inzwischen hatte sie es aufgegeben bis auf die ein oder andere bissige Bemerkung, die sie sich ab und zu nicht verkneifen konnte.

Jetzt warf sie ironisch ein: »Wohl wahr.«

Lizzy fuhr unbeirrt in ihrer Aufzählung fort. »Hab Fritz besucht«, sagte sie in bedeutungsschwangerem Ton.

Hanna zog die Augenbraue hoch, kommentierte diese Aussage aber nicht weiter.

»Sie war nicht da – leider. Aber ich hab Fritz natürlich ausgequetscht.«

»Ach ja? Ist ja interessant.« Hannas Tonfall ließ keinen Zweifel daran, dass sie genau das Gegenteil dachte.

»Ja, in der Tat sehr interessant«, betonte Lizzy. Als Hanna ihr einen skeptischen Blick zuwarf, maulte sie: »Soll ich dir jetzt all die spannenden Details erzählen oder nicht, du alte Miesmacherin?«

Hanna grinste sie an. »Ja, leg schon los. Ich will dich ja nicht frustrieren.«

»Schätzchen, wer hier frustriert ist, steht außer Frage. Overworked and underfucked, sag ich nur«, schoss Lizzy zurück.

»Hey, pass auf. Du weißt, dass man mit einem gut gezielten, genügend schnell gespielten Tischtennisball jemanden ohne große Vorwarnung töten kann? Zack, an die Nasenwurzel, und ab in die Pathologie.«

»Oh Gottchen, sind wir heute wieder charmant. Nichtsdestotrotz werd ich dich jetzt über das Neueste aus dem Hause Suchaschewski informieren«, verkündete Lizzy.

Trotz ihres zur Schau gestellten Desinteresses war Hanna nun tatsächlich neugierig. »Wenn du deine üblichen Methoden angewandt hast, kann's tatsächlich spannend werden«, meinte sie.

Die implizite Aufforderung ließ sich Lizzy nicht zweimal geben. »Also, Elf und Fritz sind als Kinder von ihren Eltern nach Stockholm mitgenommen worden, da ihr Vater beruflich dahin versetzt worden ist. Am Anfang sind sie noch zusammen in die deutsche Schule gegangen. Dort wurde bei den vielen Feiern von deutschen und schwedischen Feiertagen die musische Begabung von

Klein-Elfriede entdeckt. Absolut süße Vorstellung, oder?« Sie bemühte sich gar nicht, ihren schwärmerischen Tonfall zu vertuschen.

»Wenn man Blockflöte spielende Kinder süß findet, ja.« Hanna musste diesem Überschwang an Begeisterung einen Dämpfer aufsetzen. Das war ja unerträglich.

»Und stell dir vor, nach ein paar Jahren Unterricht ist sie dann an der Königlichen Akademie Stockholm angenommen worden. Vor kurzem hat sie allerdings ihre Ausbildung abgebrochen und ist zu ihrem geliebten Bruder nach Stuttgart geflüchtet. Laut Fritz ist klassische Musik auf Dauer nichts für seine Schwester. Was sie jetzt machen will, weiß sie aber anscheinend auch noch nicht. Auf jeden Fall will sie versuchen, mit ihrer eigenen Musik Erfolg zu haben – du weißt schon, so mit Gitarre und Gesang.«

Lizzy hielt inne und sah Hanna auffordernd an. Offensichtlich erwartete sie tiefe Ehrfurcht. Königliche Akademie, nicht schlecht – das beeindruckte Hanna tatsächlich. Musste man dafür nicht ziemlich gut sein? Wie konnte man eine Ausbildung dort nur abbrechen? *Das ist ja komplett irre.* Ihr erster Eindruck, dass Elf schräg drauf war, hatte sich also bestätigt. Immerhin.

»Wird's noch spannender?«, provozierte sie Lizzy.

»Aber sicher, das Beste kommt noch.« Lizzy machte eine wirkungsvolle Pause. »Sie steht auf Frauen.«

»Wusst' ich schon.« Das war Hanna rausgerutscht, bevor sie darüber nachdenken konnte.

»Ach, woher denn?«, wollte Lizzy sofort wissen. »Schließlich hat sie kein leuchtendes L auf die Stirn tätowiert.«

Tja, woher wusste sie, dass Elf auf Frauen stand? Wohl nur deshalb, weil sie Erfahrungen aus erster Hand hatte – sozusagen. Hanna geriet ins Stottern. »Äh ... ja ... dachte ich mir eben. Fritz hat mal so eine Bemerkung gemacht ...« Puh, noch mal Glück gehabt, dass ihr diese Ausrede in letzter Sekunde eingefallen war.

Und Gott sei Dank, dass Lizzy nicht weiter nachhakte. Sie meinte nur: »Na ja, jedenfalls ist sie wohl eher der ernste Typ, was Beziehungen angeht. Fritz meinte, dass sie zwar in der Schule nichts ausgelassen hat, aber inzwischen richtig zölibatär lebt. Und außerdem steht sie nicht auf kleine, asphaltgraue Großstadtlesben, sondern mehr auf Wikingerschönheiten. Also, summa summarum, die Frau ist genau richtig für dich und umgekehrt.« Triumphierend grinste sie in Hannas Richtung.

Mit dieser Wendung des Gesprächs hatte Hanna nicht gerechnet. »Spinnst du jetzt komplett? Willst du mich verkuppeln oder was?!«

»Meine Fresse, reg dich doch nicht gleich so auf«, gab Lizzy zurück. »Wäre ja wohl mal an der Zeit für eine neue Freundin. Von Olivia hast du dich schließlich schon vor einem Jahr getrennt. Nicht, dass es ein Verlust war.«

Das war ein Thema, mit dem Hanna noch immer zu kämpfen hatte. Stirnrunzelnd sagte sie: »Das ist genau der Punkt. So eine Frau brauch ich wirklich nie wieder.« Damit war dieser Gesprächszweig für sie beendet.

Leider war Lizzy heute ausnahmsweise nicht bereit, das zu akzeptieren. »Nicht alle Frauen sind Nullnummern, so wie deine Exfreundin«, wandte sie ein.

Hanna schnaubte. »Nullnummer ist gut. Man könnte auch sagen: Totalversagerin, Schmarotzerin, charakterschwach. Ich könnte das endlos fortsetzen.«

Ihre Exfreundin Olivia hatte Hannas Ansicht nach durchaus ein großes L auf der Stirn gehabt, und zwar für ›Loserin‹. Ihr größtes Talent war, sich durchs Leben zu lavieren und keine Verantwortung zu übernehmen: Ausbildungsweg chaotisch, Finanzlage immer schwierig und Problemlösung meist auf Kosten anderer, hochfliegende Träume ohne eine Chance auf Verwirklichung. Olivia hatte sich von Hanna erhofft, dass diese alle ihre Ideen und ihren nicht gerade bescheidenen Lebenswandel finanzieren würde, war aber nicht bereit gewesen, selbst etwas dafür zu tun – außer bereit zu sein. Irgendwann hatte es Hanna gereicht, und seitdem war sie sehr skeptisch gegenüber Frauen, die nicht mit beiden Beinen im Leben standen.

Immerhin konnte Olivia sehr charmant sein, zumindest anfangs. Das war klasse gewesen. Aber nur verbale Tünche, wie Hanna im Rückblick erkannt hatte.

»Wie oft hab ich Olivia Geld geliehen und niemals wiedergesehen?«, fragte sie, rein rhetorisch natürlich. Sie merkte, wie sie sich in Rage redete.

Lizzy seufzte. »Oft!«

»Zu oft. Und deshalb hab ich mir geschworen, von bestimmten Frauentypen die Finger zu lassen. Sobald mich eine um Geld anpumpt, heißt es ›Auf Wiedersehen‹. Fertig.«

Verwundert starrte Lizzy sie an. »Ist das dein Ernst?« Offenbar kam Hannas Ausbruch etwas unerwartet.

»Vollkommen«, bekräftigte Hanna. »Nie wieder lass ich mich ausnehmen.« Die gerechte Empörung pochte auf ihr Recht. Schmarotzerin oder gescheitertes Wunderkind – wo war der Unterschied?

Als hätte Lizzy diesen Gedanken erraten, fragte sie: »Wie kommst du jetzt überhaupt darauf? Elf ist Musikerin. Sie scheint mir nicht derselbe Typ wie Olivia zu sein.«

»Musik!« Hanna schnalzte abschätzig mit der Zunge. »Kann man davon leben? Wohl eher nicht.«

»Schön für dich, dass du als Ärztin später mal Kohle scheffeln kannst«, bot Lizzy ihr Paroli. »Und auch noch edel, hilfreich und gut sein.«

»Verschon mich bitte mit deinem Sarkasmus. Ich weiß, was ich will. Und dazu gehört bestimmt keine Frau, die von einer Musikkarriere träumt. Das ist doch kindisch.« Hanna wollte nicht weiter darüber nachdenken, die schöne Ordnung der Schubladen in ihrem Kopf nicht in Frage stellen. Elf steckte in der mit der Aufschrift »Verantwortungslose Traumtänzerin«.

Lizzy seufzte. »Ach, liebe Freundin. Dass du das Leben immer so pragmatisch sehen musst.«

Aber Hanna ließ sich nicht von ihrem Hundeblick erweichen. Ihr Leben lief erstklassig, sie brauchte keine Lizzy, die sie vom Gegenteil überzeugen wollte. »Ich geh jetzt rüber zu Vera und hol mir meine Revanche«, erklärte sie und marschierte los, zwei Tische weiter, wo Vera trainierte. »Bis später.«

Lizzy starrte ihr nachdenklich nach.

Elf packte ihre Einkäufe aus. Sie hatte alles bekommen, was sie brauchte, um ein echt schwedisches Abendessen zu machen: Annas Mandelkuchen und Janssons Versuchung. Auf das Gesicht von Fritz freute sie sich jetzt schon. Er wusste noch nichts davon, dass sie das Geld für die ersten drei Tage im Hotel heute Morgen schon bekommen hatte. Frau Gäbler war zufrieden mit ihr und der Chef wohl auch – obwohl sie ihn noch nicht gesehen hatte –, und bisher lief alles ganz gut.

Während sie die Kartoffeln schnitt, ließ sie die älteren Damen, die im Hotelcafé ihre Törtchen und Kuchen verzehrten, Revue passieren. Eine sah aus wie im falschen Film: eine Schmetterlingsbrille, richtig mit Strass besetzt, und dazu gekleidet in Ensembles in Bonbon-Pastell-Farben. Das Grauen. Elf hätte sie ohne weiteres nach Florida versetzt. Aber nein, diese Dame war jeden Tag Punkt halb vier gekommen, hatte sich stets an den gleichen Tisch gesetzt und bekam, soweit Elf das beobachten konnte, umgehend ein Kännchen Tee und einen Teller mit Keksen. Ab und zu setzten sich andere Damen dazu und einmal auch ein netter alter Herr mit Fliege. Gepunktet.

Sie goss die Sahne über die Kartoffeln, Zwiebeln und Anchovis in der Auflaufform und schmunzelte in sich hinein. Janssons Versuchung – ihr Lieblingsgericht. Es war das Erste, was sie kochen gelernt hatte, und sie wusste, dass Fritz es ebenso mochte.

Die alte Dame mit dem unmöglichen Outfit hatte durch die Kellnerin anfragen lassen – mit einem Fünf-Euro-Schein verziert –, ob es möglich wäre, einmal das Stück *Take Five* zu spielen. Das hatte Elf getan und die Dame dabei beobachtet. Bei den ersten Takten hatte ein Lächeln deren Gesicht erhellt, aber ganz zurückhaltend. Dann hatte sie mit geschlossenen Augen zugehört und schon während der letzten Töne zu klatschen begonnen. Ganz leise. Elf hatte einen wehmütigen Ausdruck auf ihrem Gesicht zu erkennen geglaubt, aber sie war sich nicht ganz sicher.

Zufrieden beschaute sie ihr Werk. Jetzt musste das Ganze nur noch in den Ofen. Sie öffnete den neu erworbenen Wein, deckte noch schnell den Tisch und ließ sich dann mit einem Glas in der Hand nieder. Köstlich. Jetzt fehlte nur noch Musik. Sie schnappte sich die Fernbedienung und stellte die Stereoanlage an. Dann holte sie ihre Gitarre, klimperte die zweite Stimme dazu und summte mit.

Die Haustür wurde krachend zugeschlagen, und sie hörte, wie Fritz laut singend hereinkam. Der Gesang stoppte abrupt und und ging in ein fragendes »Elf?« über.

»Ich bin in der Küche«, rief sie zurück. Was so nicht ganz stimmte, da die Küche eigentlich eine Wohnküche war: ein großer Holztisch in der Mitte, links und rechts zwei lange Bänke, und ein paar Holzsessel standen ebenfalls herum. Ziemlich zusammengewürfelt, aber insgesamt eine harmonische Einheit bildend. Und seitdem Elf ihre Stereoanlage aus Schweden in die Küche eingebaut hatte, war an der zentralen Kommunikationsstelle im Haus endlich auch gute Musik zu hören. An einer Seite gingen Türen direkt auf eine Terrasse, und an der anderen Wand standen noch ein altes Sofa und Sessel.

Fritz kam schnuppernd in die Küche, krauste die Nase und sagte mit extra tiefer Stimme: »Ich rieche, ich rieche, ich rieche gutes Essen.« Er drückte seiner Schwester einen Kuss auf die Wange.

»Lass dich überraschen«, erwiderte Elf.

»Mich überrascht nix mehr bei dir. Außerdem weiß ich, was es gibt: Janssons Frestelse.« Er wechselte ins Schwedische. »Und wieso habe ich die Ehre?«

Elf antwortete ebenfalls auf Schwedisch: »Ich habe mein erstes Geld bekommen. Ich verdiene jetzt tatsächlich. Weißt du, ich habe es noch gar nicht richtig geglaubt, bis ich das Geld in den Händen hatte. Ich konnte es heute Morgen abholen.« Sie schenkte Fritz einen Wein ein. »Deswegen gehört es jetzt gefeiert, dass ich endlich auch was habe. Und du hast recht: Es gibt Janssons.«

Elf verteilte den heißen Kartoffelauflauf. Fritz freute sich unbändig. »Skål!«, brummte er in tiefem Bass und hob sein Glas.

»Skål«, antwortete Elf und lachte. Dann griffen sie zu.

Nach einer Weile gefräßiger Stille war der erste Hunger gestillt. Beide nahmen eine zweite Portion, aßen jetzt aber langsamer.

»Und, wie viel war's?« Der pragmatische Fritz.

Elf grinste: »450 Euro. Bar auf die Hand.«

»Und wie viel ist davon noch übrig?«, fragte Fritz streng.

Elf rechtfertigte sich sofort. »Ich musste mir noch neue Schuhe kaufen, fürs Hotel. In den dünnen Schlappen kann ich nicht spielen, und meine alten Reeboks kann ich da nicht anziehen. Und der Wein und so . . . Also so circa 350.«

»Bitte, Elf«, sagte Fritz ernst, »es wäre ganz gut, wenn das nächste Mal nicht sofort so viel weg wäre. Du musst es schließlich auch noch versteuern am Ende des Jahres.«

»Klar.« Elf sackte ein wenig zusammen und schaute weg.

Er lenkte sofort ein: »Ach, komm schon, Schwesterchen, das macht doch nichts. Wir schaffen das schon. Aber weißt du, ich wollte mal wieder raus und malen.«

Elf schaute ihn verwundert an. »Wie, immer noch?« Sie wusste, was »Malen« bei Fritz bedeutete: Graffitis. Ihr Bruder hatte seine ganze Jugend über in Stockholm gesprayt, aber sie war der Meinung gewesen, jetzt, als Sozialarbeiter im Jugendhaus, habe er das Thema hinter sich gelassen. In Stockholm hatten sie ihn ein paarmal fast geschnappt. Die Eltern hatten dann irgendwann mit ihm vereinbart, dass sie ihm das Studium bezahlten, sofern er dafür keine Häuser mehr verunstaltete, wie sie es genannt hatten. Fritz hatte dann Sozialarbeit und Drama studiert und war nach Deutschland gegangen. Und Elf war ohne brüderliche Zuwendung in Schweden bei den Eltern zurückgeblieben.

Seine Graffitis waren klasse gewesen. Wenn er Zeit für ein Piece hatte, waren das oft coole Figuren gewesen; seinen Tag, also sein Zeichen, hatte er in ganz Stockholm verteilt. So richtige Burner hatte er nicht so häufig gemacht, die brauchten zu viel Zeit. Das Beste war mal ein gigantischer Chromerunner gewesen. Ein riesiger nackter Frauenkörper, ganz silbrig, und die Haare und Schamhaare hatte er aus seinem Tag gestaltet. Irrsinnig eindrucksvoll . Man konnte es immer sehen, wenn man mit der roten T-Bana – nein, verbesserte Elf sich innerlich, das heißt ja Stadtbahn hier – in Richtung Universität/Mörby fuhr. Vielleicht war es heute noch da.

»Weißt du noch, dein Chromerunner?«, sprach sie ihre Gedanken aus. »Der war noch jahrelang zu sehen. Irgendwie hat den nie jemand weggemacht.« Sie grinste ihren Bruder an: »Und jetzt hier, fängst du wieder an?«

»Na ja, was heißt anfangen ... Ich mache das eigentlich schon eine Weile wieder. Hast du mein Tag noch nicht entdeckt?«

»Nee, wie auch? Ich habe gar nicht danach geschaut.« Elf stand auf. »Jetzt gibt es noch eine Überraschung«, verkündete sie, räumte ab, schaltete die Espressomaschine an und stellte Tellerchen und Kaffeetassen auf den Tisch.

»Wow«, kommentierte Fritz gespannt. Als sie zum Kühlschrank ging, hob er die Stimme ein wenig, um die Musik zu übertönen: »Aber um noch mal darauf zurückzukommen – ich kann es nicht lassen. Ich weiß auch nicht. Ab und zu muss ich raus und an eine Wand, auch wenn's nur ein schneller Throw-up ist. Im Jugendzentrum weiß niemand davon. Also bitte, verrate es nicht. Auch nicht versehentlich.«

Elf schob einen imaginären Riegel vor ihren Mund und drehte einen unsichtbaren Schlüssel im Schloss, den sie mit einer pompösen Geste hinter sich warf. Sie breitete die Arme aus und grinste ihren Bruder an. Fritz lachte.

»Gerade bereite ich mal wieder einen Burner vor«, erzählte er dann. »Ziemlich groß und diesmal nur schwarzweiß, ein paar Tupfer Silber und Grau mit dabei. Ein riesiger Kopf. So ganz nackte Frauen, das finde ich nicht mehr so hip.«

Elf kommentierte die Bemerkung lediglich mit einer skeptischen Miene und servierte den Mandelkuchen. Fritz vergaß seine Graffiti-Pläne sofort und bekam große Augen.

»Wann hast du den denn gemacht? Für mich allein?« Gierig wollte er den Kuchen zu sich ziehen.

»Aber hallo, ich will auch was Süßes«, protestierte Elf.

Fritz blinzelte anzüglich: »Noch nix gefunden? Die Freundin von Lizzy – Hanna, du weißt schon, die vom Fest –, die steht auch auf Frauen. Und ich dachte …«

»Liebes Bruderherz, bitte nicht kuppeln. Das steht dir nicht.« Elf strafte ihn mit einem finsteren Blick. »Kann ja sein, dass sie ganz gut aussieht, aber ihr Benehmen …«

»Das ist prinzipiell immer tadellos. Du weißt schon, gute Erziehung, gute Schule. Ganz fein. Und dann ihr Aussehen – genau dein Fall eigentlich, nordischer Wikingertyp. Die schöne Hanna. Wie wär's?« Er blinzelte erneut.

Elf runzelte die Stirn: »So, super Erziehung? Aber nicht bei mir. Was ihr Benehmen angeht, hab ich da andere Erfahrungen.«

Fritz merkte offenbar, dass sie keine Lust hatte, das Thema zu vertiefen, und dass er auch mit Flachserei nicht weiterkam. Er zuckte mit den Schultern und wandte sich dem Mandelkuchen zu. »Dann eben nicht. Wer nicht will, der hat schon«, brummte er kauend.

Der Kuchen war genauso kalt wie er sein musste, der Kaffee heiß und stark, süß und bitter zugleich. Elf nutzte den genussvollen Moment, um unauffällig das Thema zu wechseln: »Von wegen haben. Die ganze Kontakterei hier hat eigentlich immer nur ergeben, dass ich unbedingt mal ein Demoband schicken soll. Ich bin jetzt am Überlegen, wie ich an ein Demoband kommen kann.«

Fritz schaute hoch und sagte mit vollem Mund: »Ich kenn da 'nen Typen, Tim, ich geb dir mal seine Nummer. Da sollten dann aber auch ein paar eigene Sachen drauf sein, oder? Ich kenn mich da nicht so genau aus. Aber du komponierst doch?«

Diese direkte Frage erwischte Elf unvorbereitet. »Äh, ja, eigentlich schon … so ein paar Stücke habe ich. Aber noch nichts Richtiges.«

Etwas überrascht legte Fritz seine Gabel hin. »Aber als du vor vier Wochen angekommen bist, hast du doch gesagt, dass du jetzt was Eigenes machen willst. Dass Stockholm und die Akademie vorbei sind. Was willst du denn dann jetzt machen? Ich meine, einen Job hast du ja erst mal, das ist doch schon was. Dass die klassische Schiene nicht dein Weg ist, das habe ich auch verstanden. Aber irgendwelche Alternativen musst du doch im Kopf haben?«

Er bewegte sich gefährlich nahe auf ihre eigenen Ungewissheiten zu. Doch jetzt konnte Elf sich nicht mehr so elegant aus der Affäre ziehen. Sie antwortete zögerlich: »Ich weiß es nicht. Ich schreibe. Ein paar Texte, aber sie sind noch irgendwie unfertig. Und schwedisch singen, das klingt hier so fremd. Nach Folklore. Und meine Musik … ich bin mir immer noch nicht im Klaren, was ich selbst will.«

»Na ja«, sagte Fritz aufmunternd, »jetzt warte erst mal ab. Komm erst mal an. Ich finde, du hast schon sehr viel geschafft. Da kannst du dich ruhig erst mal drüber freuen. Aber spiel weiter, schreib und hör dir immer wieder selbst zu. Und ich höre dir auch gern zu, das weißt du. Setz dich doch nicht so unter Druck! Du kannst was, das weiß ich. Jetzt musst du einfach lernen, deiner Stimme zu vertrauen. Wenn du überzeugt bist, dann ist es auch gut.«

Elf stiegen die Tränen hoch. Sie versuchte es zu unterdrücken. Verdammt, sie war nun wirklich keine von den Frauen, die bei der erstbesten Gelegenheit losheulten.

»Aber ich fühle mich als Versagerin«, nuschelte sie. »Weil ich von der Akademie weg bin. Mama und Papa waren so sauer am Telefon.«

»Du hättest ihnen vielleicht eher Bescheid geben sollen, dass du Schweden verlässt, und sie nicht einfach vor vollendete Tatsachen stellen.« Fritz stand auf, ging um den großen Tisch und nahm seine Schwester in den Arm.

Das ließ bei Elf alle Dämme brechen. Sie weinte bitterlich. So kannte sie sich selbst gar nicht. Schluchzend stieß sie hervor:

»Aber ich weiß einfach nicht, wie ich klinge. So richtig ich. Ich habe die ganzen Jahre doch immer nur so Zeug gecovert. Nachgespielt. Von Debussy bis Massive Attack.«

Beruhigend strich Fritz ihr übers Haar. »Machen, kleine Schwester. Einfach machen. Was soll schon schief gehen.« Er drückte sie noch einmal, dann stand er auf und stellte die Musik lauter. Elf war dankbar, dass er ihr die Gelegenheit gab, sich zu fangen. Allmählich hörte sie auf zu schluchzen. Fritz kam wieder an den Tisch und reichte ihr ein Taschentuch.

»Fritz, du bist ein Schatz«, murmelte sie. »Machen ... du hast recht. Wie blöde, wie einfach. Ja, ich muss einfach nur machen.« Sie schnäuzte sich kräftig und lachte. »Komisch. Irgendwie habe ich den Wald vor lauter Bäumen nicht mehr gesehen. Und eigentlich mache ich ja sogar schon. Schon länger. Aber ich habe das nicht so ernst genommen. Das war eher so für mich, verstehst du? Und jetzt, als immer wieder die Frage nach diesem Scheiß-Demoband kam, habe ich einfach Panik bekommen. Aber ich muss ja nichts, was ich nicht will.«

Fritz nickte bekräftigend.

»Und jetzt brauche ich einen dicken Schnaps«, verkündete Elf.

»Zu Befehl, Maestra.« Fritz holte den Aquavit und zwei kleine Gläser aus der Tiefkühltruhe und schenkte ein. »Skål, Salute, Cheers!«

Elf grinste ihn an und leerte das Glas in einem Zug.

2

Hallo, Frau Doll. Wie geht es Ihnen?« Hanna hatte sich kurz Zeit genommen, auf der Medizinischen vorbeizuschauen, bevor ihr Dienst in der Nuklearmedizin losging. Es war erst sieben Uhr morgens, aber Frau Doll hatte um diese Zeit bereits ihr Frühstück bekommen.

Jetzt sah sie von ihrem Tablett auf. »Ah, Frau Doktor, welche Ehre. Sie waren ja schon lange nicht mehr bei uns simplen Fällen. Wir sind eben bar jeglicher medizinischen Herausforderung.« Sie zwinkerte Hanna zu. »Wie ich gehört habe, muss ich gratulieren? Nuklearmedizin?«

Die alte Frau nahm wirklich kein Blatt vor den Mund. Eine Eigenschaft, die Hanna zu schätzen wusste. Oft genug reichte der weiße Arztkittel schon aus, dass man behandelt wurde, als könne man über Leben und Tod entscheiden. Dabei war Hanna gerade einmal seit einem halben Jahr approbierte Ärztin.

Frau Doll jedoch war erfrischend. Mit ihrer tiefen Reibeisenstimme sagte sie Hanna auf gepflegte Art und Weise stets, was sie dachte. In ihrem Krankenblatt hatte Hanna gelesen, dass sie bereits 89 Jahre alt war. Das hätte sie nie vermutet; sie hätte sie höchstens auf Mitte siebzig geschätzt. Kurze, graue Haare, verschmitzte stahlblaue Augen, eine kleine Person, die in einem seidenen Herrenpyjama im Bett thronte – Frau Doll war definitiv nicht so, wie Hanna bisher alte Frauen erlebt hatte. Manchmal erinnerte sie in ihrer direkten Art fast schon an eine steinalte Version von Lizzy. Die behandelte sie mit genauso wenig respektvoller Distanz. Und wie bei Lizzy hatte Hanna das Gefühl, die alte Patientin lese in ihr wie in einem Buch. Am Anfang hatte Hanna das etwas unangenehm gefunden und sie auf Abstand zu halten versucht, was Frau Doll in vollem Bewusstsein von Hannas Strategie ignoriert hatte. Inzwischen war auf der ganzen Station bekannt, dass Guste Doll Hannas Spezialpatientin war.

Lieber hätte es Hanna jedoch gesehen, wenn Frau Doll überhaupt nicht mehr Patientin wäre. Der Oberschenkelhalsbruch, den sie sich bei einem Sturz in ihrem Badezimmer zugezogen hatte, heilte nicht so gut wie er sollte. Bei einer Frau in diesem Alter war das nicht unbedingt verwunderlich, aber Hanna machte sich doch Sorgen um Frau Doll. Sie musste aus dem Krankenhausbett raus und wieder laufen. Sonst bestand die Gefahr von Komplikationen, etwa eines Wundliegegeschwürs oder einer Thrombose, die schlimmstenfalls zu einer Lungenembolie führen konnte. Hanna hatte bisher immer diplomatisch versucht, Frau Doll zu motivieren, ohne sie zu verängstigen. Sie wurde das Gefühl nicht los, dass ihre Lieblingspatientin das Krankenhaus überhaupt nicht verlassen wollte.

Wahrscheinlich ist sie daheim sehr einsam. Hier hat sie wenigstens Menschen um sich rum. Für die dynamische Guste Doll war das vermutlich ein Lebenselixier. Vielleicht musste Hanna lediglich dafür sorgen, dass Frau Doll etwas hatte, wofür es sich lohnte aufzustehen. Sie nahm sich vor, der alten Dame zu versichern, dass sie nach ihrem Krankenhausaufenthalt nicht einfach nur daheim abgeliefert und sich selbst überlassen würde – jedenfalls nicht von ihr. Vielleicht könnte Guste Doll sogar die Großmutter sein, die Hanna nie gehabt hatte.

Nachdem sie diesen hehren Vorsatz gefasst hatte, wandte sie der Patientin wieder ihre volle Aufmerksamkeit zu. Wieder einmal hatte Frau Doll voll ins Schwarze getroffen. So spitz, wie sie das Wort »Nuklearmedizin« ausgesprochen hatte, war Hanna klar, was sie von Professor Wertheimers Steckenpferd und Hannas Wechsel hielt: nichts.

»Ja, Nuklearmedizin«, antwortete sie freundlich. »Das ist eine große Chance für mich. Oder sehen Sie das anders, Frau Doll?« Sie setzte sich ans Fußende des Bettes, vorsichtig darauf bedacht, Frau Doll nicht zu berühren und ihr Schmerzen zu bereiten. Eigentlich war es aus hygienischen Gründen nicht gestattet, dass sich Personal zu den Patienten aufs Bett setzte, aber Hanna machte in diesem Fall eine Ausnahme. Sie fragte sich, ob Frau Doll das wusste.

Die alte Patientin sah sie nachdenklich an. »Ist das das Richtige für Sie, meine Liebe? Sie sind viel zu feinfühlig für so ein Fachgebiet. Ich kenne mich ja in der Tat nicht besonders gut aus, aber mir scheint, dass Sie dort nicht sehr viel Kontakt mit Patienten haben.«

»Das stimmt«, gab Hanna zu. »Durch die Medikation sind die Strahlenwerte meistens zu hoch für einen direkten Umgang. Ärzte und Schwestern müssen hinter Schutzmauern bleiben, und Patienten dürfen bestimmte Bereiche nicht betreten. Aber ich sehe nicht ganz, worauf Sie hinauswollen?«

»Das ist doch klar wie Kloßbrühe! Sie taugen nicht für die Apparatemedizin. Das ist Verschwendung. Sie müssen mit Menschen arbeiten. Das können Sie.«

Die Vehemenz, mit der Frau Doll diese Auffassung vertrat, war überraschend. Hanna wollte gar nicht darüber nachdenken, ob die alte Frau vielleicht recht hatte. In lockerem Tonfall versuchte sie dem Gespräch den Ernst zu nehmen: »Ich weiß nicht, Frau Doll. Sie wollen mich nicht nur für sich selbst behalten?«

»Sehr gern.« Die alte Frau lachte in ihrem rauen Bariton. Hanna hatte einmal in einem Roman von einer solch tiefen, ausdrucksvollen Stimme gelesen, die »an Einhörner im Mondlicht« erinnerte. Diese Beschreibung passte bei Frau Doll perfekt, fand sie. Und was die alte Frau mit dieser Stimme sagte, ergab durchaus auch Sinn. Meistens zumindest. Heute jedoch konnte Hanna sich mit Frau Dolls Ansagen nicht anfreunden.

Sie öffnete gerade den Mund, um ihr das mitzuteilen, als die Tür aufging und eine der Stationsschwestern den Kopf hereinsteckte. »Dr. Felsberg, die Ambulanz hat für Sie angerufen. Sie sollen runterkommen. Da wurde wohl jemand eingeliefert, der Ihre Adresse bei sich hatte.«

Eingeliefert? Ihre Adresse …? Hanna begriff nicht. »Wie bitte?«, stammelte sie und starrte die Schwester an.

Guste Doll berührte sie an der Hand, die in ihrer Reichweite auf der Bettdecke lag. »Jemand, den Sie kennen, hatte wohl einen Unfall. Gehen Sie nachsehen«, sagte sie in einem weichen Tonfall, den Hanna bisher nicht von ihr kannte.

Die Schwester schien erleichtert, dass Frau Doll die Erklärung übernommen hatte. »Sie sollen sich bei Oberschwester Berger melden«, sagte sie hastig, dann war sie bereits wieder verschwunden.

Verstörende Bilder jagten Hanna durch den Kopf. Ihr Vater, blutüberströmt … ein Autounfall … er war geschäftlich ständig unterwegs. Dann fiel ihr ein, dass es auch Lizzy sein könnte. Viel wahrscheinlicher sogar. Lizzy war regelrecht leichtsinnig, wenn sie nachts auf der Straße war. Es war Samstagmorgen, und freitags ging sie immer aus.

Um Gottes willen. Das durfte nicht sein. Genau so etwas hatte sie immer befürchtet: Jemand, an dem ihr lag, wurde schwer verletzt eingeliefert, und sie musste zusehen. Die Bilder in ihrem Kopf rasten immer schneller, immer blutrünstiger. Hanna schnappte nach Luft. Sie musste ihre Panik in den Griff kriegen.

Da spürte sie, wie Frau Doll ihre Hand drückte. Hörte ihre leise Stimme: »Sie können nicht sicher sein, was passiert ist. Machen Sie es nicht schlimmer, als es mit großer Wahrscheinlichkeit ist.« Sie schien genau zu wissen, was sich in Hanna abspielte. »Gehen Sie nachschauen. Das ist das Beste.«

Gehorsam erhob sich Hanna, warf Frau Doll noch einen kurzen, dankbaren Blick zu und ging aus dem Zimmer.

Elf spielte eine verswingte Variation von *You are my sunshine,* ließ ihre Blicke schweifen und hing ihren Gedanken nach. Ihr war aufgefallen, dass ihre Trinkgelder exponentiell zunahmen, wenn sie ab und zu in die Runde lächelte. Kurz ging ihr durch den Kopf, dass sie ganz schön tief gesunken sei: Jetzt spielte sie hier in einem Hotel zum Nachmittagstee für alte Damen und deren Begleitung, angezogen wie aus einem Katalog für Berufsbekleidung, und lächelte breit, um ein paar Euro mehr aus den Taschen besagter Damen zu ergattern. Von der Königlichen Akademie Stockholm ins Kurhotel in Bad Cannstatt. *Erstklassige Laufbahn als Musikerin, Elf.*

Sie grinste in sich hinein, froh darüber, dass sie ihren Sarkasmus noch nicht ganz verloren hatte. In letzter Zeit hatte sie schon befürchtet, ins Lager der Tränenausbrüche und Heularien überzuwechseln. Sie hatte zwar ab und zu melancholische Anwandlungen, aber die letzten Wochen, das war eine echte Krise.

Wobei das Gespräch mit Fritz vor ein paar Tagen einiges entkrampft hatte. Sie würde sich selbst nicht mehr so unter Druck setzen. Alles erst mal ganz locker angehen. Dieser Einstellungswechsel wirkte bereits: Sie hatte einige Stücke fertig komponiert und zwei ganz neue angefangen. Ihre Eltern hatte sie auch angerufen. Ihr Vater hatte im Hintergrund herumgebrummelt, während ihre Mutter besorgt gefragt hatte, was sie so mache. Elf hatte versucht, alles so gut es ging zu erklären. Warum sie aus Stockholm wegmusste, die Akademie verlassen hatte, zu Fritz gezogen war. Ihre Mutter war wirklich bemüht gewesen, das hatte sie gemerkt. Aber so ganz verstanden hatte sie sie nicht.

Es war nicht so, dass ihre Eltern verständnislos gewesen wären. Im Gegenteil. Als sie damals mit der Neuigkeit ankam, dass sie auf Frauen stand, waren sie wirklich cool gewesen. Ihr Vater hatte es sogar geschafft, einen Scherz zu machen, von wegen, er könne sie gut verstehen, er stehe auch auf Frauen. Und ihre Mutter hatte ihren Schock hervorragend vertuscht und gefragt, wer denn die Auserwählte sei. Dass es keine gab beziehungsweise gleich mehrere, hatte sie nicht wirklich souverän verarbeitet. Aber sie hatte sich bemüht, auch damals.

Das jetzt schien die beiden allerdings gewaltig aus der Bahn geworfen zu haben. Die talentierte Tochter, zu der sie von aller Welt beglückwünscht wurden – so hübsch und so eine begnadete Musikerin –, wich von ihrem vorgezeichneten Weg ab und machte sich davon. Ohne Geld, ohne Berufsperspektiven. Das war wohl schwer zu verkraften, das sah Elf ein.

Sie probierte eine kleine Improvisation und leitete über zu *Take Five.* Gerade hatte sie gesehen, dass die Dame mit der Schmetterlingsbrille wieder an ihrem üblichen Platz saß. Und sie tat ihr den Gefallen nicht nur wegen des Trinkgelds, sondern auch, weil das kleine Lächeln, mit dem die Dame dem Lied jedes Mal andächtig lauschte, sie wärmte. Dann fand sie den Job gar nicht mehr so übel. *Alten Damen eine Freude bereiten nach bester Pfadfinderinnen-Tugend. Ist doch nicht das Schlechteste.*

Da sah sie plötzlich Frau Gäbler auf den Flügel zusteuern, mit einer bedenklichen Miene statt des sonst so heiteren Gesichtsausdrucks. Das konnte nichts Gutes bedeuten. Jetzt hatte sie sich gerade auf diesen Job eingestellt und mochte ihn sogar irgendwie … Womöglich war sie nicht adrett genug gekleidet in ihrem Herrenhemd? Oder hatte zu oft *Take Five* gespielt? Oder war es etwa verboten, Trinkgelder anzunehmen? Elf gab sich gedanklich einen Tritt in den Hintern, während sie weiterklimperte. *Werd nicht hysterisch. Du wirst gleich erfahren, was los ist. Sie wird dich schon nicht rauswerfen.* Gekonnt ließ sie das Lied ausklingen und wandte sich Frau Gäbler zu, die mittlerweile neben dem Flügel stand.

»Frau Suchaschewski, es tut mir leid, dass ich Sie unterbrechen muss. Da ist jemand am Empfang für Sie. Eine junge Dame. Wegen einer dringenden Familienangelegenheit.«

Elf hatte sich mental bereits auf eine Standpauke eingestellt. Mit dieser Information konnte sie erst einmal nichts anfangen. Eine junge Dame? Wer konnte das sein? Vielleicht war es eine Verwechslung. Es wusste ja eigentlich niemand, dass sie hier spielte. Außerdem kannte sie kaum jemanden in Stuttgart, schon gar keine jungen Damen.

Aber als sie beim Empfang ankam, stand da tatsächlich eine junge Frau. Ungefähr ihre Größe, sehr kurze braune Haare, modische Klamotten, Sonnenbrille auf und unangezündete Zigarette in der Hand. Als die Frau sich ihr zuwandte und die Brille abnahm, erkannte Elf sie: Das war Lizzy, die beste Freundin ihres Bruders.

Sie hatte sie auf dem Fest kennengelernt, und einmal war sie auch zusammen mit ein paar anderen abends zu Besuch gekommen. Elf erinnerte sich, dass sie sie als nett eingestuft hatte, obwohl Lizzy sie ziemlich unverblümt abgecheckt hatte. Fritz hatte ihr später erzählt, dass Lizzy ein schlimmer Finger sei, und sich über seinen eigenen Witz halb totgelacht.

»Verstehst du nicht, Elf, eine Lesbe als schlimmen Finger zu bezeichnen ist irgendwie superkomisch!«

Als Elf nur abfällig gegrunzt hatte, hatte er aufgegeben und ihr stattdessen Einzelheiten über Lizzys Liebesleben erzählt. Beeindruckend, aber nicht ihr Fall – weder die Frau noch ihr Paarungsverhalten. Aber als Kumpel von Fritz fand sie sie definitiv passend.

Lizzy lächelte leicht gequält, als Elf nun auf sie zutrat. Elf reagierte mit einem fragenden Gesichtsausdruck. »Hallo«, grüßte sie. »Lizzy, stimmt's? Woher weißt du, wo ich arbeite?«

Die Frage kam etwas schärfer als beabsichtigt. Aber es konnte ja sein, dass Lizzy sie womöglich als ihr nächstes Opfer auserkoren hatte und Fritz ihr dabei geholfen hatte, sie zu finden. Er wollte sie ja anscheinend unbedingt verkuppeln.

Lizzy schien kurz konsterniert wegen des strengen Tons, fing sich aber schnell wieder. »Äh, hallo, Elf. Fritz hat mir erzählt, dass du hier Klavier spielst. Und jetzt bin ich hier, weil ... oh je, das ist echt schwierig.«

Elf starrte sie unerbittlich an. Nach einer Sekunde unbehaglichen Schweigens gab sich Lizzy einen Ruck.

»Fritz hatte einen Unfall und wurde ins Krankenhaus eingeliefert. Er ist vor ein paar Stunden operiert worden. Ich bin hier, um dich abzuholen und hinzubringen.«

Elf starrte sie einen Moment nur an. Ihr Verstand konnte den Worten keinen Sinn entnehmen. »Was?«, brachte sie mühsam heraus.

»Fritz ist im Krankenhaus«, wiederholte Lizzy. »Es ist nichts Lebensgefährliches. Er wurde operiert, und du sollst am besten gleich hinkommen.«

Elfs Gedanken standen still. Ihr Inneres schien zu gefrieren. Ihr großer Bruder hatte einen Unfall ... Erst alle Fakten sammeln, ermahnte sie sich. Schnell zu ihm fahren. Jetzt musste sie ausnahmsweise mal für ihn stark sein. Plötzlich sprudelten die Worte regelrecht aus ihr heraus: »Wo, wann, wie, welches Krankenhaus, wie geht es ihm?«

»Ich hab keine Ahnung, was passiert ist. Ich weiß nur, dass er im Hildegardhospital ist«, antwortete Lizzy. »Wenn das geht, kann ich dich jetzt gleich hinfahren. Ich bin mit dem Auto gekommen.«

Elf schluckte. Ihr war schwindlig. Wie ferngesteuert ließ sie Lizzy stehen und machte sich auf die Suche nach Frau Gäbler, um ihr Bescheid zu sagen. Was ihre Chefin zu ihr sagte, nahm sie kaum richtig wahr: Dass es in Ordnung sei, sie könne gehen. Dass sie Verständnis habe, dass es schrecklich sei, dass der Bruder im Krankenhaus liege. Und sie hoffe, es sei nichts Schlimmes. Sie solle doch dann bitte anrufen und mitteilen, wann sie wieder käme.

Etwas ruhiger ging Elf zu Lizzy zurück, und gemeinsam verließen sie das Hotel. Elf ging stumm hinter Lizzy her auf einen dunkelblauen Kleinwagen zu.

»Hab ich mir extra von meiner Mitbewohnerin geliehen. Meiner ist in der Werkstatt«, versuchte Lizzy das drückende Schweigen zu brechen.

»Gut«, kommentierte Elf.

Sie war ja in der Tat dankbar, dass Lizzy sie abholte. Aber Small Talk ging jetzt gerade so gar nicht. Vielleicht sollte sie ihrer Fahrerin das sagen ... »Sorry, Lizzy. Ich bin echt froh, dass du gekommen bist. Ich bin nur gerade nicht in Gesprächslaune.«

Lizzy war sichtlich erleichtert. Ihre Körperhaltung lockerte sich. »Alles klar. Kein Problem. Mach dir keinen Kopf. Sieh mich einfach als dein Taxi an.«

Schweigend fuhren sie durch die Stadt, wesentlich schneller als erlaubt. Lizzy kannte alle Blitzen auf dem Innenstadtring und bremste jedes Mal rechtzeitig ab. Am Krankenhaus angekommen, parkte sie das Auto im Halteverbot und legte einen Presseausweis auf das Armaturenbrett. »Auch von meiner Mitbewohnerin«, erklärte sie der skeptisch blickenden Elf.

An der Anmeldung der Unfallstation empfing sie eine resolut wirkende Frau, die, wie sich herausstellte, die Oberschwester der Station war. Nachdem Elf sich als die Schwester von Herrn Suchaschewski zu erkennen gegeben hatte, klärte sie sie bereitwillig über seinen Zustand auf. Keine ernsten Verletzungen bis auf den komplizierten Bruch – das war beruhigend. Aber Elf wollte ihn jetzt doch gern persönlich begutachten.

»Zimmer null-fünfzehn. Dr. Felsberg ist auch gerade bei ihm«, sagte die Oberschwester.

Elf nickte. Das war praktisch, dann könnte sie ja gleich mit seinem behandelnden Arzt sprechen. Warum Lizzy so dämlich grinste, kapierte sie nicht.

Sie öffnete die Tür zu Zimmer null-fünfzehn. Das Erste, was sie sah, war die arrogante Blonde vom Sofa, die am Bett ihres schwer geschundenen Bruders stand. Komplett in Arztmontur, Stethoskop um den Hals, schwarze Hornbrille auf der Nase – von oben bis unten die kompetente Ärztin, die sie offensichtlich war.

Das darf ja wohl nicht wahr sein, war alles, was Elf denken konnte. *Das ist also Dr. Felsberg. Passt ja.*

Sie konnte sich nicht helfen, sie musste Hanna anstarren. Und das lag nur zum Teil an der unerwarteten Situation. Nicht nur, dass sie nicht damit gerechnet hatte, die andere wiederzusehen, schon gar nicht hier als Ärztin – vielmehr wurde ihr siedend heiß, als sie daran dachte, dass sie im Prinzip mit dieser Frau geschlafen hatte. Verdammt noch mal, sie sah noch viel besser aus als Elf sie in Erinnerung hatte. Die schöne Hanna, hatte Fritz gesagt … Sie schluckte schwer. Ihr ganzes Blut schien sich in ihrem Gesicht zu sammeln. War es möglich, in einem Arztkittel sexy auszusehen? Für Dr. Felsberg offenbar schon.

Reiß dich am Riemen, Elf. Dein Bruder ist verletzt, und du sabberst wegen einer Blondine. Einer Ärztin, die irgendwelche Spielchen mit dir getrieben hat, nicht zu vergessen.

Sie versuchte, eine gefasste Miene aufzusetzen, und positionierte sich am Fußende des Bettes, während Hanna ins Krankenblatt starrte.

Für Hannas Geschmack wurde das Zimmer so langsam eindeutig zu voll. Ihre Erleichterung darüber, dass weder ihr Vater noch Lizzy zermetzelt auf der Ambulanz eingeliefert worden waren, sondern Fritz lediglich mit einem Bruch und einigen kleineren Blessuren da lag, machte einer tiefen Genervtheit Platz.

Als sie ihn nach seiner Einlieferung gesehen hatte, war sie allerdings kurz schockiert gewesen. Es sah schlimmer aus, als es tatsächlich war, da er überall kleine Schnitte hatte. Blutüberströmt war er wirklich gewesen. Ohne Bewusstsein auch. Deshalb war sie gerufen worden. In seinem Geldbeutel hatte Fritz eine Karte, auf der stand, dass Dr. Hanna Felsberg, Hildegardhospital, im Krankheitsfall zu benachrichtigen sei. Das war eigentlich ein Scherz gewesen, einer von Fritz' verrückten Einfällen an einem Abend bei Lizzy. Hanna hatte gerade ihre erste Stelle als Assistenzärztin angetreten, und Fritz war tief beeindruckt gewesen, dass er jetzt eine richtige Medizinerin kannte. Dass er die Karte immer noch hatte und dann auch noch einen schweren Unfall haben würde, hätte Hanna nie gedacht.

Zum Glück war er nicht lebensgefährlich verletzt. Lediglich der Bruch des rechten Beins war bedenklich: mehrfach gebrochen, zum Teil gesplittert, offene Unterschenkelfraktur. Deshalb war er auch ohnmächtig gewesen, die Schmerzen waren unerträglich bei solchen Brüchen, vor allem beim Transport. Er war direkt in den OP gebracht worden. Hanna durfte bei der Operation assistieren. Erst danach, als Fritz im Aufwachraum lag, kam ihr in den Sinn, zu fragen, ob seine Familie bereits verständigt worden sei.

Man teilte ihr mit, das Krankenhaus habe seine Benachrichtigungspflicht erfüllt, indem man die Person auf der Karte verständigt habe, also sie selbst. Das Weitere läge an ihr. Hanna konnte sich ein »Großartig« nicht verkneifen. Was wusste sie schließlich über Fritz' Familie? So gut wie nichts. Er hatte eine Schwester, die bei ihm wohnte – und die sie eigentlich lieber vergessen wollte.

Schließlich hatte sie sich doch durchgerungen, bei Fritz zu Hause anzurufen. Fast schon erleichtert hatte sie zur Kenntnis genommen, dass niemand erreichbar war. Das hatte allerdings ihr Problem nicht gelöst, dass sie jemanden von Fritz' Familie verständigen musste. Die Eltern waren doch in Schweden, oder wie war das? Nach einigem Grübeln kam ihr die erlösende Idee, Lizzy zu verständigen und ihr die Kommunikation zu überlassen. Lizzy war ja viel enger mit Fritz befreundet als sie. Allerdings war Hanna nicht darauf vorbereitet gewesen, dass Lizzy die Schwester gleich ins Krankenhaus bringen würde.

Jetzt musste sie hier in diesem kleinen Zimmer mit ihr um Fritz' Bett herumstehen und sich von ihr anstarren lassen, als sei sie aussätzig. Ihr war die Situation auch nicht angenehm, nach dem, was passiert war – in jener Nacht auf dem Sofa. Und davor, und danach. Deshalb konnte man aber doch trotzdem gesittet miteinander umgehen, jetzt, in dieser besonderen Situation. Auch wenn man sich nicht mochte. Fritz' Schwester sollte sich wirklich mal zusammenreißen. Gut, sie war geschockt, dass ihr Bruder verletzt war, und er sah ja auch schlimm aus mit den ganzen Schnitten und Verbänden. Aber das war kein Grund, sämtlichen Anstand fahren zu lassen und sie so anzuglotzen.

Wieder sah Hanna ihren ersten Eindruck bestätigt: *Psychische Störung, ganz eindeutig. Wenn nicht, dann sehr, sehr sonderbar.* Aber sie war ja schließlich Ärztin und den Umgang mit kranken Menschen gewohnt. Man musste lediglich Gelassenheit und Milde ausstrahlen, das half. Sie würde dieser Elf genau so begegnen, als ob sie eine schwierige Patientin sei. Mit dieser Strategie zufrieden, ignorierte sie Elf erst einmal und wandte sich Fritz zu. Er war schon im Aufwachraum aus der Narkose erwacht, döste aber inzwischen wieder vor sich hin. Jetzt gerade öffneten sich seine Augen ein wenig, und er versuchte, Hanna zu fixieren, die direkt neben ihm stand. Als er sie endlich erkannte, lächelte er.

»Ein Engel, ich bin im Himmel«, murmelte er.

Hanna lachte. »Dir geht es ja anscheinend schon ganz gut.«

Lizzy und Elf am Fußende des Bettes wirkten erleichtert. Wenn Fritz gleich Scherze machte, konnte es nicht wirklich schlimm sein. Hanna richtete ihm das Kopfteil des Bettes auf, damit er Elf und Lizzy sehen konnte.

»Schwesterlein. Compañera Lizzy. Seid ihr an mein Sterbebett gekommen?« Er musste husten.

Elf war sofort auf der anderen Seite des Bettes. »Möchtest du was trinken?«, fragte sie besorgt und hob die Hand, um sie ihrem Bruder auf die Schulter zu legen.

»Nicht«, fuhr Hanna dazwischen. »Das geht nicht. Er darf die ersten vier Stunden nach der OP weder essen noch trinken.« Sie bemühte sich im letzten Moment um einen verständnisvollen Tonfall. Doch Elf schaute sie an wie ein weidwundes Reh.

Oh je, das ist wohl alles zu viel für die empfindsame Künstlerseele, dachte Hanna sarkastisch. Wofür sie sich aber sofort maßregelte: *Sei nicht so gemein. Sie ist geschockt und will sich nur vergewissern, dass es ihrem Bruder gutgeht.*

Bloß warum brachte die Begegnung mit Elf sie dermaßen aus der Fassung, dass sie ihre ärztliche Professionalität vergaß und den mitfühlenden Umgang mit den Patienten und ihren Angehörigen außer Acht ließ? *Fritz' Unfall lässt mich eben auch nicht kalt. Er ist schließlich ein guter Freund.*

Elf hielt jetzt respektvollen Abstand zu Fritz. Sie hatte sich einen Stuhl herangezogen und sich neben dem Bett niedergelassen. »Bruderherz, bin ich froh, dass du okay bist.« Ein schiefes Lächeln huschte über ihre Züge.

»Okay ist übertrieben.« Fritz stöhnte leise, als er versuchte, sich ein wenig in Elfs Richtung zu drehen.

»Was ist denn eigentlich passiert?«, erkundigte sie sich. »Anscheinend weiß niemand was Genaues.« Ein fragender Blick Richtung Hanna, dann sah Elf wieder zu Fritz.

Hanna konnte sich gerade noch daran hindern, die Augen zu verdrehen. Musste Elf ihren Bruder so unter Druck setzen? Fritz hatte schließlich eine Operation hinter sich, und der angestrengte Ausdruck in seinen Augen und die verkniffenen Gesichtszüge ließen darauf schließen, dass er Schmerzen hatte. Zugegeben: Hanna

interessierte es auch, was dazu geführt hatte, dass er in diesem Zustand eingeliefert worden war. Aber Fritz war von dem kurzen Gespräch bereits eindeutig erschöpft.

Er murmelte: »Das war vielleicht eine Scheiße.« Dann schloss er die Augen und verzog das Gesicht. Nach einer längeren Pause brachte er schließlich heraus: »Eine verdammte Katze war's.«

Elf schnaubte ungläubig. »Du bist nicht zufällig auch auf den Kopf gefallen?«

»Das ist nicht witzig. Es war eine Katze.«

Hanna beobachtete das Gespräch zwischen Bruder und Schwester. Sie schienen sich sehr nahe zu sein. Hanna hatte keine Geschwister und konnte sich nicht vorstellen, wie es wäre, einen Bruder zu haben, der jetzt hier läge. Lizzy war am ehesten so etwas wie eine Schwester für sie. Hanna warf ihrer besten Freundin einen Blick zu. Die stand noch immer am Fußende des Bettes und war ausnahmsweise ganz zahm. *Es wäre schrecklich, wenn Lizzy was passieren würde. Ich würde wahrscheinlich durchdrehen und die Nerven verlieren. Unkontrolliert losheulen würde ich beim Anblick einer malträtierten Lizzy in einem Krankenhausbett.* Mit einem Mal erschien ihr

Elf in einem neuen Licht. Sie war wohl doch nicht so ganz ohne Haltung.

»Eine Katze?!«

Elfs zweifelnde Nachfrage ließ Hanna gleich wieder innerlich aufstöhnen. Was sollte das denn werden, ein Verhör?

Fritz' Antwort klang zögerlicher als vorher: »Wegen der lieg ich jetzt hier.«

»Aha.« Elf schien ihm nicht zu glauben.

Hanna leuchtete nicht ganz ein, warum das jetzt so wichtig war. Aber sie wollte nicht unterbrechen. Die beiden schienen sich viel mehr zu sagen als die gesprochenen Worte. Zwischen ihnen lief ein stummer Dialog ab, bei dem Hanna nicht mitkam.

Fritz sah seine Schwester mit festem Blick an, als wolle er seine Worte in sie einbrennen. »Ja, ich wollte sie retten und bin gestürzt.«

Elf erwiderte den Blick auf dieselbe Weise. »Retten?«

Fritz ließ sich zurücksinken, als resigniere er. »Von 'ner Mauer.« Er starrte an die Decke und ignorierte das empörte »Fritz!« von Elf. Als er wieder sprach, war seine Aussprache undeutlich: »Bitte, Elf. Morgen. Ja? Sei mir nicht böse, ich bin so müde.« Er schien ausgepumpt zu sein.

Hanna sah den Moment gekommen, einzugreifen. »Wir lassen Fritz jetzt besser mal in Ruhe schlafen. Das ist das Beste nach einer OP. Kommt.«

Sie ging vom Bett weg und bedeutete Lizzy mit einer Geste, ihr zu folgen. Wider Erwarten wirkte das auch auf Elf, die sich von ihrem Stuhl erhob. Fritz hatte bereits die Augen geschlossen, als die drei Frauen gemeinsam das Zimmer verließen.

»Ja, Mor. Es geht ihm soweit ganz gut. Macht euch bitte nicht so viele Sorgen.« Das Telefon am Ohr, ging Elf im Haus hin und her. Das Gespräch mit ihrer Mutter dauerte jetzt schon eine halbe Stunde, dabei musste sie noch eine Tasche mit Sachen packen, die Fritz im Krankenhaus brauchte. Schlafanzug, Toilettenbeutel, Hausschuhe ... Hatte Fritz überhaupt Hausschuhe? Und brauchte er welche, wenn er nicht gehen konnte? Wo hatte er eigentlich seine Unterlagen zur Krankenversicherung?

»Ich gehe heute wieder zu ihm«, fuhr sie fort. »Er hat wie gesagt noch nicht viel erzählt.«

In diesem Moment war sie echt froh, dass Fritz in ein Mobiltelefon investiert hatte und das alte, schwarze Telefon ihrer Großtante, das wahrscheinlich schon antiquarischen Wert hatte, nur noch als Zweitanschluss benutzt wurde. Sie ging die Treppe hinauf in den ersten Stock. Bestimmt hatte Fritz alle Unterlagen auf dem Schreibtisch in seinem Zimmer. Sie wollte zwar nicht unbedingt in seinen Sachen herumwühlen, aber Fritz' Versicherungsnummer oder, noch besser, seine Versicherungskarte musste sie unbedingt finden. Sie war bereits gestern darum gebeten worden, die Unterlagen so schnell wie möglich im Krankenhaus abzuliefern. Was würden sie dort sonst mit ihm machen? Ihn in die Abstellkammer schieben?

Mit halbem Ohr hörte sie ihrer Mutter zu. Das Gespräch drehte sich im Kreis.

»Nein, du musst wirklich nicht herfliegen. Ich kümmere mich um alles.« Das sagte sie jetzt schon zum fünften Mal, offensichtlich ohne Wirkung zu erzielen. »Er wird auch sonst gut versorgt. Eine Freundin von ihm ist Ärztin in dem Krankenhaus und betreut ihn.«

Sie wühlte sich durch das Chaos auf Fritz' Schreibtisch. Anscheinend hielt ihr Bruder nicht viel von Aktenordnern oder Ablagen. Lohnzettel lagen zwischen Rechnungen vom Pizza-Express, Entwürfe für Graffitis verschmierten die Unterlagen zum Haus.

Moment – was fragte ihre Mutter da? »Nein, das ist nicht seine Flamme. Sie ist bloß eine Freundin. Was soll denn das, Mama?« So langsam ging ihr das Gespräch auf die Nerven. Ob die Ärztin seine Verlobte sei – das war ja absurd. Hanna Fritz' Verlobte! Natürlich kam ihrer Mutter nicht in den Sinn, dass es auch Frauen gab, die nicht an Männern interessiert waren. *Wenn Hanna überhaupt mit jemandem aus dieser Familie was anfangen würde, dann mit mir und nicht mit Fritz.* Jetzt hatte sie wirklich keine Lust mehr, weiter mit ihrer Mutter zu reden und verständnisvoll zu tun.

»Ich muss jetzt Schluss machen. Ich melde mich heut Abend noch mal. Hejdå, Mor. Puss-en-ar för far!«

Sie atmete tief durch. Endlich abgewimmelt. Und da war ja auch Fritz' Versicherungskarte. Sie klebte an einem Versandkatalog für Reformhausprodukte. Elf machte die Karte los und überlegte kurz, ob Fritz' Chaos doch eine tiefere Ordnung zugrunde lag, als ein Entwurf ihr Interesse weckte. Mit Wachskreide angelegt, war auf einem großen Blatt ein Kopf zu sehen. Schwarzweiß mit silbernen Highlights. Daneben lag ein aus einem Magazin herausgerissenes Foto, offensichtlich die Vorlage. Miles Davis mit Trompete. Elf war schwer beeindruckt. Das war das Beste, was sie bisher von Fritz gesehen hatte. Bestimmt war das der Burner, den er plante. Das würde viel Arbeit werden. Und sehr gefährlich, wenn er nicht legal irgendwo eine Wand bekam, weil es lange dauern würde. Falls er erwischt würde, wäre es keine Jugendstrafsache mehr.

Das kurze Gespräch gestern im Krankenhaus fiel ihr ein. Sie hatte gleich ein komisches Gefühl gehabt. Irgendwas war faul gewesen an Fritz' Geschichte mit der Katze. War er womöglich beim Sprayen verunglückt?

Elf ging in ihr Zimmer und legte sich zum Nachdenken auf ihr Bett. Wirklich eingerichtet war ihr Zimmer eigentlich noch nicht. Sie hatte nur wenige Möbel aus Stockholm mitgebracht, darunter ihr Futonbett, das sie selbst gebaut hatte, und ansonsten vor allem ihre Bücher und ihre Fotos. Elf war eine ganz passable Fotografin und hatte einige Abzüge selbst im Labor vergrößert. Aus Sehnsucht hatte sie sich drei Stadtansichten von Stockholm aufgehängt. Sie starrte auf ihr Lieblingsbild, das sie im Engelska Parken geschossen hatte: eine alte Frau beim Zeitunglesen neben einer Figur von Niki de Saint Phalle.

Es war komisch, allein im Haus zu sein. Dabei hatte sie sich gestern eigentlich schon darauf eingestellt, hier alles für Fritz zu managen. Nachdem sie aus dem Krankenhaus heimgekommen war, hatte sie zuerst einige Zeit gebraucht, um den Schock über Fritz' Unfall zu verarbeiten – anfangs hatte sie gedacht, sie würde es nicht packen ohne ihn. Zu kurz war sie erst aus Schweden wieder in Deutschland, zu wenig gefestigt war ihre Gefühlslage, von ihrer beruflichen Situation und der damit verbundenen Krise erst gar nicht zu reden. Aber die praktischen Überlegungen hatten schnell die Oberhand gewonnen. Elf hatte sich ganz bewusst dafür entschieden, alles zu meistern und sich nicht in eine Panik hineinzusteigern.

Lizzy hatte im Krankenhaus noch angeboten, sie heimzufahren und ihr zu helfen, aber das hatte sie abgelehnt. Sie wollte erst mal allein sein. Außerdem kannte sie Lizzy ja kaum. Sie war den ganzen Weg vom Krankenhaus nach Hause gelaufen. Der Marsch hatte ihr gutgetan, auch wenn sie ihn sich eigentlich kürzer vorgestellt hatte. Ungefähr hatte sie gewusst, dass das Krankenhaus am Rande der Innenstadt lag und sie in den Stuttgarter Westen musste, aber ihre Orientierung in der neuen Stadt war noch nicht die beste. Sie musste mehrmals nach dem Weg fragen und sah einige Ecken, die sie bisher noch nicht kannte – und auch niemals mit Stuttgart assoziiert hätte. Die Schwabstraße, die sie versehentlich bis ganz zum Schwabtunnel entlanggelaufen war, sah mehr nach Berlin-Kreuzberg aus. Der Tunneleingang kam ihr vor wie die Kulisse für einen französischen Liebesfilm, der im Paris der Jahrhundertwende spielte. Grün überwuchert führten links und rechts des Tunnels steile Treppen mit schmiedeeisernen Geländern nach oben, und die Tunnelöffnung war geschmückt mit klassizistischen Ornamenten. Elf ertappte sich dabei, erstaunt nach oben zu starren. Das alles war so … so unschwäbisch – obwohl der Name der Straße und des Tunnels etwas anderes erwarten ließen. Doch als sie schließlich noch einmal nach dem Weg fragte, erklärte ihr ein älterer Mann die Route zum Vogelsang, wo sie und Fritz wohnten, in breitestem Schwäbisch, das sie fast nicht verstand.

Sie seufzte und setzte sich auf. Liegen funktionierte nicht. Vielleicht Gitarre spielen; das beruhigte sie sonst immer. Elf griff nach ihrer Ovation und begann sie zu stimmen. Was für ein Klang. Das Instrument hatte damals ihre ganzen Ersparnisse aufgefressen, aber sie hatte es nie bereut. Es war jede Krone wert gewesen und war es bis heute.

Wieder wanderten ihre Gedanken zu der Geschichte mit der geretteten Katze. Sie musste heute aus Fritz herausbekommen, ob er etwas Illegales gemacht hatte. Wenn, war es wahrscheinlich schon zu spät, um ihm irgendwie zu helfen. Sie wollte es nur wissen.

Elf schlug den ersten Akkord ihres neuen Stücks an. *Sad Song* hatte sie es genannt. Ja, traurig war sie gewesen, als sie es geschrieben hatte. Aber auch schon fast drüber hinweg.

Und jetzt? Wie geht's mir jetzt?

Die erste Begegnung mit Hanna ging ihr nach. Sie hatte sie verdrängt, aber das Telefonat mit ihrer Mutter hatte sie wieder daran erinnert. *Was wollte sie während der Party in der Bibliothek? Und – viel wichtiger – wie kam sie zu mir auf das Sofa? Wenn ich sie zuerst berührt habe, warum hat sie mitgemacht? Und warum war sie hinterher so cool?*

Abrupt legte sie die Hand auf die Saiten über dem Schallloch und würgte den Akkord ab, den sie gerade gespielt hatte. *Die hat irgendein perverses Spielchen mit mir gemacht,* ging es ihr durch den Kopf. *Die wollte sich dafür rächen, dass ich sie so angefahren hab. Erst wegen meiner Gitarre, dann wegen dem blöden Scherz. Elf wie die Tankstelle … Schieb's dir sonstwohin. Die ist es wahrscheinlich nicht gewöhnt, so behandelt zu werden. Vornehme Erziehung, Ärztin, womöglich viel Geld im Hintergrund und dazu noch das gute Aussehen. Die hat bestimmt dutzende Frauen, die sie umschwärmen. Und ist zum Abkotzen arrogant.* Von Sekunde zu Sekunde wurde sie wütender. *Und dann mal eben so eine Kleine aus dem Ausland flachlegen … Was bildet die sich eigentlich ein?*

Entschlossen legte sie ihre Gitarre zurück in den Koffer. Das reichte jetzt. Sie würde sofort ins Krankenhaus fahren. Fritz schuldete ihr ein paar Erklärungen. Sie wollte wissen, wie er mit so jemandem wie dieser Ärztin befreundet sein konnte. Und das mit der Katze konnte er sonstwem erzählen.

»Und du bist da einfach auf dieses Gelände gegangen?« Hanna schaute Fritz ungläubig an. Da ihr Dienst erst in einer Stunde begann, trug sie noch ihre normale Kleidung, nicht die weißen Krankenhausklamotten. Sie stand lässig an die Wand gelehnt, gegenüber von Fritz' Bett.

Er sah sie offen an. »Na ja, ich wusste nicht genau, was hinter diesem Kreischen steckte. Es war mir nicht klar, ob da ein Mädchen schreit, das irgendwie Probleme hat, oder was da los ist. Und auch wenn's eben ein Tier gewesen ist, ich konnte doch nicht einfach weitergehen, als wär nichts.«

Um seine Mundwinkel zuckte es, als er sich zurücklehnte. Hanna fragte sofort nach: »Alles okay? Hast du Schmerzen?«

Er schüttelte den Kopf. In diesem Augenblick ging die Tür auf, und Elf kam ins Zimmer, schwer bepackt mit mehreren Taschen.

»Hi, alles klar? Geht es dir besser? Ich habe hier alles mitgebracht, was du so brauchst. Und liebe Grüße von Mor und Far, ich habe sie gerade davon abhalten können, hier einzufliegen. Grüße und Küsse soll ich dir bestellen. Hiermit erledigt.« Während ihrer wortreichen Begrüßung packte sie diverse Utensilien aus, kippte eine Tüte mit Süßigkeiten aufs Bett und legte einen getüpfelten Schlafanzug daneben.

An dieser Stelle meinte Hanna etwas unterkühlt: »Ich glaube, das reicht jetzt. Vielleicht sollte nicht alles aufs Bett.«

Elf erschrak. Offenbar hatte sie Hanna bisher gar nicht wahrgenommen. Doch bevor sie etwas sagen konnte, klopfte es laut, und Lizzy kam mit einem bunten Blumenstrauß ins Zimmer gerauscht.

»Hallo, du kranker Kerl. Hallo, Hanna, Elf.« Sie umarmte Fritz vorsichtig und küsste Hanna auf die Wange, was diese leicht zurückweichen ließ. Elf nickte sie zu, dann schaute sie sich suchend um und ging mit der Bemerkung »Ich glaub, hier fehlt 'ne Vase« wieder vor die Tür.

Elf schien den peinlichen Moment mit Hanna inzwischen überwunden zu haben. Mit etwas Verspätung begrüßte sie Hanna ebenfalls: »Hallo.«

Hanna nickte und deutete mit dem Kinn auf Fritz. »Du kommst im richtigen Moment. Fritz wollte sich gerade offenbaren. Er fing an zu erklären, wie es zu dem Unfall kommen konnte.«

»Ja, das hätte ich auch gern etwas ausführlicher gewusst«, wandte sich Elf an ihren Bruder. Der hatte sich etwas tiefer unter seine Bettdecke zurückgezogen. Aber bevor er Einwände erheben konnte, kam Lizzy ohne anzuklopfen wieder herein, den Wald- und Wiesenblumenstrauß in einem alten Gurkenglas in den Händen.

»Hanna hat mir schon gestern Abend gesagt, dass du nicht auf den Kopf gefallen bist, aber deine Beine wohl reichlich lädiert sind«, erklärte sie, an Fritz gerichtet. »Nix, was die Zeit nicht heilen kann. Ist es so?« Sie setzte sich zu ihm aufs Bett. Elf stand mit den halbleeren Taschen im Zimmer herum und wusste sichtlich nicht, wohin mit sich.

Hanna zog sich einen Stuhl heran und bemerkte in die Runde: »Ja, das habe ich Fritz auch schon gesagt. Alles wird gut, es muss nur heilen – operiert ist alles, fixiert und genäht. Aber jetzt bitte ein bisschen mehr Ruhe. Er ist noch nicht so belastbar, wie ihr vielleicht denkt. Das gilt insbesondere für dich, Lizzy.« Ihr strenger Blick glitt von Lizzy zu Elf. Dann wandte sie sich an Fritz: »Aber schaffst du es, uns nun noch mal allen zu erklären, wie das jetzt passiert ist?«

Fritz wirkte nicht so begeistert, setzte sich jedoch auf und räusperte sich. Elf begann, das von ihr verursachte Durcheinander aufzuräumen. Den Pyjama und die anderen Kleidungsstücke legte sie in den Schrank, die Waschsachen in die kleine Nasszelle, und die Süßigkeiten verstaute sie im Nachttisch.

Erst als sie sich auf einen Stuhl gesetzt hatte, begann Fritz endlich mit seiner Erzählung: »Also, ich war da in der Nähe eines Clubs am Pragsattel ... und da gab es ein jämmerliches Geräusch, von dem ich nicht wusste, was es ist. Ich kenne das Gelände da einigermaßen, und so hintenrum gibt es ja zumindest bei Nacht einige dunklere Ecken. Und da ich nicht sicher war, wer oder was da geschrien hat, bin ich halt aufs Gelände und wollte nachsehen. Dann kam kein Geräusch mehr, und dann war ich erst mal unsicher – und dann hörte ich das Maunzen, und da balancierte oben auf dieser Brandmauer diese kleine Katze. Zuerst habe ich sie nicht gesehen, weil sie sich nicht bewegte. Und dann ...«

Elf unterbrach ihren Bruder: »Bitte, Fritz, sag nicht immer ›und dann‹, das macht mich ganz verrückt.«

»Auf jeden Fall«, fuhr Fritz ungerührt fort, »habe ich dann kapiert, dass dieses Tierchen da irgendwie Probleme hatte, hab ein paar Kisten zusammengestapelt und versucht, die Katze da runterzuholen. Das hat einige Zeit gedauert, weil ich den Kram erst zusammenbauen musste. Und dann hatte ich die Katze im Arm, und dann bin ich gestürzt. Wie, das weiß ich nicht mehr. Und dann war schon die Polizei da«, schloss er mit einem Seitenblick zu Hanna.

Es klopfte, und der Arzt, der Fritz operiert hatte, trat ein. »Guten Tag«, grüßte er, »mein Name ist Dr. Hörner, ich möchte mit Herrn Suchaschewski kurz allein reden. Darf ich Sie alle kurz hinausbitten?« Er trat an das Krankenbett. Die drei Frauen erhoben sich. Hanna grüßte den Arzt noch einmal persönlich, und er nahm sie nickend zur Kenntnis, bevor sie hinter Lizzy und Elf den Raum verließ.

»Was ist denn mit ihm?«, fragte Elf etwas verzagt, nachdem sich die Tür hinter ihnen geschlossen hatte. »Wie lange dauert es noch?« Sie sah Hanna dabei nicht an.

Milde und Gelassenheit, rief sich Hanna ihre Strategie ins Gedächtnis. In freundlich-distanziertem Ton erklärte sie Elf: »Keine Sorge, bisher heilt alles gut ab. Die Physio hat schon begonnen.

Morgen sollte er aufstehen können. Dann entscheiden wir, ob er nach Hause kann oder noch in die Reha muss.«

»Der Fritz«, mischte sich Lizzy lachend ein. »Immer im Dienste der Nächstenliebe. Klettert nachts auf Mauern rum und rettet Katzen.« Sie knuffte Hanna gutgelaunt auf den Oberarm. Hanna lächelte. Aber es entging ihr nicht, dass Elfs Gesicht sich verdüsterte, bevor sie sich schweigend abwandte.

Es dauerte nicht lange, bis der Arzt wieder herauskam und die drei zu Fritz zurückkonnten. Hanna brannte darauf, endlich Genaueres von ihm zu erfahren. Doch er winkte ab und meinte nur: »Seid mir nicht böse, Mädels, aber ich bin schon ziemlich geschafft.«

Elf wandte sich zu Hanna und Lizzy um. »Danke für den Besuch, aber ich muss noch einige praktische Sachen mit Fritz regeln. Und er ist ja eigentlich erst frisch operiert und noch ein bisschen unter Schock.«

Ausnahmsweise musste Hanna ihr recht geben. »Gehen wir«, meinte sie zu Lizzy. Und an Fritz gewandt: »Ich komme jeden Tag vorbei. Außerdem finde ich es beachtenswert, dass du die Katze retten wolltest. Gute Besserung.«

»Fritz, der Katzenheld«, kicherte Lizzy wieder. »Ciao, bis bald! Und alles Gute.« Sie schnappte sich Hannas Arm, zog sie zur Tür und verkündete im Hinausgehen: »Und wir beide haben uns jetzt einen riesigen Eisbecher verdient.«

Elf setzte sich aufs Bett. Endlich war mal Ruhe in diesem Zimmer. Eigentlich das erste Mal. Sie schaute Fritz unverwandt an.

»Danke, dass du mir die Sachen gebracht hast ...«, setzte er an.

Sie fiel ihm ins Wort: »Das will ich jetzt nicht hören.«

Fritz wand sich und tat erst einmal so, als ob er sie nicht verstanden hätte. Sie musste deutlicher werden: »Also, noch mal, Fritz, was war da los?«

Erst nachdem er versucht hatte, Elf nochmals abzulenken, indem er umständlich die Haferkekse aus dem Nachttisch befreite und sie Elf anbot, bequemte er sich mit einem schiefen Lächeln zu der Frage: »Dir kann ich auch gar nichts vormachen, oder?«

Elf fand das nicht komisch und ging auf den lockeren Ton nicht ein. »Komm schon, Fritz, das stinkt doch an allen Ecken und Enden. Du warst nicht wegen irgendeiner Katze da, oder?« Eigentlich war die Frage rein rhetorisch. Aber sie wollte es aus seinem Mund hören.

Fritz seufzte tief und gab sich dann einen Ruck. »Die Bullen kommen heute noch vorbei. Das hat mir Dr. Hörner gerade eröffnet. Und ja, ich habe mal wieder Mr. Bubba gespielt. Mit allem Drum und Dran. Das Zeug war natürlich überall verstreut.« Er schluckte. Sein Gesichtsausdruck schwankte zwischen Schuldbewusstsein und Zerknirschung. »Ich habe dir doch von dem Burner erzählt, den ich vorhabe, äh – vorhatte. Der wird wohl 'ne Weile nicht fertig werden jetzt.«

Er schwieg. Elf tat es ihm nach. Die Informationen waren nicht wirklich neu, aber trotzdem mussten sie erst mal sacken.

Als sie nichts sagte, brach es aus Fritz heraus: »Ja, verdammt noch mal. Ich habe gesprayt. Bist du jetzt zufrieden? Ich geb's zu. Und bin dabei gestürzt. Die Bullen werden mich vermutlich gleich verhaften. Wegen Sachbeschädigung, Einbruch und was weiß ich.«

»Scheiße.« Elfs Kommentar war kurz und trocken. Kein Wie-konnte-das-nur-passieren-Gejammer; sie akzeptierte einfach, dass es so war. »Jävla skit«, wiederholte sie auf Schwedisch.

»Elf, bitte«, sagte Fritz, und seine Stimme nahm einen beschwörenden Ton an, »bitte zu niemandem ein Wort. Wenn Hanna etwas erfährt, dann ist hier die Hölle los. Hanna hat so hohe moralische Ansprüche. Und du weißt ja selbst, dass Sprayen bestraft werden kann. Hanna ist da eher systemgläubig. Ich kann es mir auch einfach nicht leisten, in die Nähe einer Anklage zu kommen, auch wenn die vielleicht niedergeschlagen werden muss.«

Elf seufzte resigniert. Sie verstand ihren Bruder. Für Fritz war Sprayen einfach wichtig, genauso wie für sie die Musik.

Fritz fuhr fort: »Außerdem ist Graffiti Kunst. Die meisten haben das schon begriffen. Aber sie denken eben, das sollen die machen, wo sie dürfen. Bitte, Elf, erspare dir und mir einen Haufen Ärger.«

»Die Geschichte mit der Katze klingt ganz glaubwürdig«, meinte Elf nachdenklich. »Jetzt müssen wir erst mal sehen, dass dir das die Polizei auch abnimmt. Hast du irgendwas angefasst? Ich meine, die Dosen – wegen Fingerabdrücken?«

»Nein, hatte glücklicherweise so Chirurgenhandschuhe. Die hat Hanna mir mal fürs Knoblauchschneiden mitgebracht.« Er schnaubte belustigt. Wenn er sich schon wieder amüsieren konnte, hatte Elfs ruhiger Ton Wirkung gezeigt.

»Okay«, sagte sie feierlich, »ich verspreche bei meiner Familienehre: zu niemandem ein Wort.« Sie grinste ihren Bruder an. Dabei sah sie zum ersten Mal, wie fertig Fritz war. Sein Gesicht war grau, und seine Augen schienen tief in ihre Höhlen gesunken zu sein.

»Schwesterlein, du und ich, durch dick und dünn«, sagte er, aber sein Grinsen war schwach. »Weißt du, ich war hier in Deutschland noch nie in einer Crew ... hab keine Unterstützung oder so.«

Elf erwiderte: »Okay. Aber so ganz verstehe ich diese Hanna nicht. Warum du nicht willst, dass sie etwas erfährt, meine ich. Ihr seid doch schließlich gut befreundet, oder?«

»Na ja, sie ist eben so eine Anständige, Pflichtbewusste. Hält zu ihren Freunden, aber so Illegales, das ist nicht ihr Ding.«

Elf öffnete schon den Mund, um weiterzufragen. Auf einmal erschien es ihr unglaublich wichtig, mehr zum Thema Hanna zu erfahren. Die war ja doch einigermaßen attraktiv ... Doch sofort verdrängte sie diese Gedanken. Erstens ging es Fritz überhaupt nicht gut, zum Zweiten war da diese Nacht, an die sie sich nicht erinnern wollte – und andererseits doch –, und zum Dritten war Hanna hochnäsig. *Genau. Arrogant und hochnäsig.*

Während sie diesen Überlegungen nachhing, schlief Fritz langsam ein. Er hielt Elfs Hand fest umklammert.

Sie schreckte hoch, als es klopfte. Ein Polizist öffnete die Tür. Elf sprang auf und stellte sich instinktiv vor Fritz. Mit einer Handbewegung bat sie die beiden Polizisten, einen Mann und eine Frau, auf den Krankenhausflur.

»Wir möchten zu Herrn Friedrich Suchaschewski«, sagte die Frau.

Elf schluckte. Zum Glück kamen in diesem Moment zwei Krankenschwestern auf sie zu, die ein Bett schoben. Sie öffneten die Tür zu Fritz' Zimmer und brachten den Patienten hinein, und Elf und die Polizisten mussten zur Seite treten. Die Unterbrechung gab ihr Zeit, sich zu sammeln.

»Ich bin Elf Suchaschewski, seine Schwester«, sagte sie, als die Tür sich wieder schloss.

Die Polizistin nickte. »Wir wollten Ihren Bruder zu seinem Unfall befragen.«

»Mein Bruder ist ziemlich erschöpft«, erklärte Elf mit freundlichem Lächeln, »können Sie vielleicht morgen wiederkommen?«

Die beiden Polizisten nickten, doch der Polizist merkte an, dass sie seitens der behandelnden Ärzte ein »Okay« bekommen hätten. Elf erwiderte, dass die sich da wohl etwas vertan hätten. Seine Verletzungen seien doch gravierend. Er habe schon seinen Besuch wegschicken müssen und sei eben eingeschlafen.

»Hat er Ihnen etwas über den Vorfall erzählt?«, erkundigte sich der Polizist. »Es wurde eine Sprayer-Ausrüstung in seiner Nähe gefunden.«

Elf zuckte innerlich zusammen, behielt aber ihr Lächeln bei. »Nein, er hat nichts erwähnt. Er wollte wohl nur eine Katze retten.«

Da bog Hanna um die Ecke, jetzt allerdings im weißen Kittel, mit zusammengebundenen Haaren und – ganz Ärztin – einem Stethoskop um den Hals. Und einer strengen Brille. Sie steckte die Hände in die Taschen ihres Kittels und trat auf die Gruppe zu. Elf reagierte blitzschnell.

»Frau Dr. Felsberg, die beiden Polizisten wollen zu Fritz. Er ist gerade eingeschlafen und war vorhin so fertig.«

Hanna nickte, nahm die Hände aus den Taschen und sagte mit betonter Kühle: »Unter diesen Umständen muss ich Sie bitten, Ihr Gespräch auf den morgigen Tag zu verschieben, bis Herr Suchaschewski wieder ansprechbar ist. Es kann bei dieser Art von Stürzen durchaus zu posttraumatischen Belastungsstörungen leichterer Art kommen.«

Die beiden Polizisten verabschiedeten sich widerwillig. Als sie außer Hörweite waren, drehte sich Hanna zu Elf. »Warum wollen die Fritz verhören? Was ist da los?«

»Nichts«, beeilte sich Elf zu antworten. »Sie wollen Fritz nicht verhören, nur befragen.«

»Ja und, wo ist da der Unterschied? Du wolltest ja offensichtlich nicht, dass sie zu ihm reingehen. Ist irgendwas nicht in Ordnung?« Der Ausdruck auf Hannas Gesicht lag irgendwo zwischen Sorge und Misstrauen.

»Moment mal«, versuchte Elf zu bremsen. Genau das musste Fritz gemeint haben, als er von Hannas Anstand und Pflichtbewusstsein gesprochen hatte. »Fritz ist gerade eingeschlafen. Er war total groggy. Ich weiß auch gerade nicht besonders gut weiter. Und du bist ja Eis essen gegangen.«

Hanna schnaubte empört. »Ich habe in fünf Minuten Dienstbeginn – für die nächsten achtzehn Stunden. Dann werde ich wohl vorher mit einer Freundin Eis essen gehen dürfen. Außerdem wollte ich nur noch mal kurz bei Fritz reinschauen und sehen, wie es ihm geht, und da finde ich die Polizei vor seiner Tür, die du offensichtlich nicht zu ihm lassen willst.«

Ihre entrüstete Reaktion erschien Elf leicht überzogen, aber sie sagte nichts dazu. »Fritz hat nichts Ungesetzliches getan«, log sie mit Leichtigkeit.

Hanna schüttelte den Kopf. »Also, irgendwie stimmt hier etwas nicht.«

»Hier stimmt alles. Fritz hat eine Katze gerettet. Er hat kompliziert gebrochene Knochen, ist gestern operiert worden, und Frau Doktor meint, hier stimmt etwas nicht?« Elfs Stimme wurde lauter. »Na super. Vielleicht stimmt bei dir was nicht? Oder würdest du deinen Bruder, der gerade neben dir eingeschlafen ist, im Krankenhausbett von zwei Bullen aufwecken und interviewen lassen? Wahrscheinlich, so wie du dich hier aufführst. Damit dem Recht Genüge getan ist, oder, Miss Perfect?« Sie hatte sich in Rage geredet. Die Wucht der zweischneidigen Gefühle, die sich plötzlich Bahn brachen, überraschte sie selbst. Hanna wich verblüfft zurück.

»Ich dachte, man steht zu seinen Freunden«, setzte Elf nach. »Wenn du vorhattest, mir das Leben zu versauen, hättest du früher kommen müssen!« Sie brach ab. Schluckte. Auf einmal war ihr schlecht. Aber was führte Hanna sich hier auch so selbstgerecht wie eine Klostervorsteherin auf.

»Kannst du wenigstens dafür sorgen, dass Fritz ein Telefon bekommt bis morgen früh?«, fragte Elf mit etwas ruhigerer Stimme. Als Hanna nicht sofort antwortete, fügte sie schnippisch hinzu: »Oder ist sich Frau Doktor zu fein dazu?«

Jetzt war Hanna offenbar wirklich perplex. »Telefon, ja klar, kein Problem. Kann ich machen.«

Elf drehte sich rasch um. Scheiße, warum verhielt sie sich immer so irrational, wenn diese Frau in der Nähe war? Der ganze Ausbruch war idiotisch gewesen, regelrecht kindisch. Ohne ein weiteres Wort hastete sie Richtung Ausgang und ließ eine ziemlich verwirrte Hanna zurück.

»Vielen Dank, Hanna.« Fritz sah schon wesentlich besser aus als am Vortag, stellte Hanna fest.

»Ich hab dir das Telefon besorgt«, erklärte sie, »weil deine Schwester es mir gestern befohlen hat.« Offenbar klang ihr Befremden darüber hörbar durch, denn Fritz sah sie scharf an.

»Was ist da eigentlich los mit euch?«, fragte er. »Ist mir da irgendetwas entgangen?«

Hanna war heilfroh, dass in diesem Moment die Tür aufging und die beiden Polizisten hereinkamen. Sie hätte nicht gewusst, wie sie Fritz gegenüber Rechenschaft hätte ablegen sollen über den scharfen Ton, den sie gerade angeschlagen hatte – und sich selbst gegenüber auch nicht.

Nach einer freundlichen Begrüßung zückte die Polizistin einen Notizblock. Ihr Kollege fragte in Hannas Richtung: »Können wir, Frau Doktor?«

»Ja, selbstverständlich, es spricht nichts gegen eine Befragung. Oder, Herr Suchaschewski?« Hanna wollte ihre freundschaftliche Verbindung zu Fritz nicht allzu deutlich werden lassen.

»Herr Suchaschewski«, begann der Beamte auf Fritz' angedeutetes Nicken hin, »wir haben gestern Morgen eine anonyme Telefonmeldung erhalten, dass auf dem Pragsattelgelände ein Sprayer aktiv war. Ohne diese Meldung hätten wir Sie nicht gefunden, und Sie hätten noch viel länger da liegen können. Für uns ist es natürlich sehr wichtig, jetzt nochmals den Vorgang aus Ihrer Sicht zu rekonstruieren. Vielleicht können wir mit Ihrer Hilfe den Sprayer finden.«

Fritz räusperte sich. »Also … ich ging da am frühen Morgen entlang, es war noch nicht richtig hell, als ich dieses Schreien oder Kreischen hörte. Und da ich nicht sicher war, was das war, wollte ich einfach mal nach dem Rechten schauen. Ja, und dann …« Er erzählte, was Hanna zum großen Teil gestern schon gehört hatte: von der Rettung der Katze, dem Sturz, seinen Hilferufen. Sie stand in der Ecke, als müsse sie die Befragung medizinisch überwachen.

Der Polizist setzte nach: »Herr Suchaschewski, wir haben mehrere Dosen Lackfarben gefunden. Offensichtlich zum Sprayen, da ein großer Kopf in genau diesen Farben an der Mauer zu sehen war. Ferner haben wir eine Unterschrift von einem ›Mr. Bubba‹ gefunden, wobei wir noch nicht wissen, ob diese gestern oder schon früher angebracht worden ist.«

Fritz schaute kurz zu Hanna, die gespannt zuhörte. *Jetzt kommt's,* dachte sie. *Von wegen Katze … Er hat die ganze Zeit Märchen erzählt.* Diese Erkenntnis verschlug ihr für einen kurzen Moment den Atem.

»… können Sie uns sachdienliche Angaben machen?«, drang die Stimme des Polizisten dann wieder zu ihr durch. Sie horchte auf. Jetzt wurde es interessant.

Aber Fritz antwortete nur: »Nein, leider, ich habe nichts gesehen.«

»Auch nicht, als Sie sich dem Ort des Geschehens näherten?«, insistierte die Polizistin.

»Nein, dabei habe ich Ausschau gehalten, weil ich dachte, es könnte vielleicht auch ein Kind oder eine junge Frau sein. Ich war mir ja nicht sicher, was das für ein Geräusch war – nur dass es sehr gequält klang.« Fritz' Stimme klang fest. Wenn er log, dachte Hanna, tat er das ziemlich professionell.

»Sie haben auch nicht eine oder mehrere Personen in der Nähe gesehen, die Sie uns beschreiben könnten?«

»Nein, so leid es mir tut. Haben Sie denn das Kätzchen noch gefunden? Ist ihm etwas passiert?«

Ganz schön dreist, dachte Hanna. Die Wahrscheinlichkeit, dass es dieses Kätzchen wirklich gegeben hatte, erschien ihr von Minute zu Minute kleiner.

»Nein«, antwortete der Polizist, »weder Katzen noch Sachbeschädiger. Wie auch immer, Herr Suchaschewski, wir bedanken uns für Ihre Mitarbeit und wünschen Ihnen gute Besserung. In den nächsten Tagen wird noch ein Kollege vorbeischauen, damit Sie Ihre Aussage unterschreiben können.«

Die beiden Polizisten verabschiedeten sich. Keine Sekunde später saß Hanna auf dem Stuhl neben Fritz' Bett.

Elf sah die Polizisten aus Fritz' Zimmer kommen, und ihr Herz begann nervös zu klopfen. Eilig ging sie hinein.

Hanna saß neben Fritz' Bett und redete leise, aber heftig auf ihn ein. Als Fritz antwortete, wurde seine Stimme lauter: »Aber du hast dich hier auch reingeschlichen. Du bist ja gar nicht meine behandelnde Ärztin hier. Du drehst das so, wie du es gerade brauchst.«

Hanna bekam rote Ohren und rückte etwas von Fritz ab. Offensichtlich wurde ihr erst jetzt bewusst, dass Elf das Zimmer betreten hatte. In diesem Moment sah Hanna überhaupt nicht so arrogant aus wie sonst, sondern irgendwie weicher.

Elf trat sich innerlich selbst in den Hintern für diese Überlegungen. Aber sie konnte nicht abstreiten, dass Hanna eine unheimliche Wirkung auf sie hatte. Ehe sie sich noch mehr in ihren konfusen Gedanken verheddern konnte, stand das Objekt dieser Gedanken vom Bett auf.

»Du hast doch bestimmt die Wand verschmiert. Zutrauen würde ich dir das.«

Sofort wich die Verwirrung wieder der Wut. »Das ist doch totaler Blödsinn«, fauchte Elf.

»Immerhin war die Polizei hier!«, gab Hanna zurück.

»Aber doch nur, um ihn zu befragen. Er ist doch nicht verdächtig, er ist Sozialarbeiter!«

»Der immerhin sehr gut zeichnen kann.«

»Aber doch nur auf Papier. Und in seinem Job ist wirklich ausgeschlossen, dass er etwas mit illegalen Aktivitäten zu tun hat. Das ist doch absurd. Fritz hat immer für alle offene Ohren, er weiß sicherlich einiges über Sprayer und vielleicht sogar, wer Mr. Bubba ist. Aber er kann doch seine Kids nicht verpfeifen. Oder Wissen aus seinem Job der Polizei weitergeben. Er ist doch für die eine Vertrauensperson.«

Hanna schaute Elf erstaunt an. »So habe ich das noch gar nicht betrachtet. Er schützt seine Schützlinge ...« Das Letzte sagte sie leiser, eher zu sich selbst. Mittendrin ging ihr Piepser los.

»Bis später«, verabschiedete sie sich von Fritz und eilte hinaus.

Elf setzte sich auf Fritz' Bett. »Die ist ja wirklich sehr moralisch veranlagt, deine Ärztin.«

»Mit so einer Schwester kann dir nix passieren«, sagte Fritz mit verschwörerischem Grinsen. »Danke, Elf, das war echt super.«

»Mit so einem Bruder kann dir allerdings einiges passieren. Was macht dein Bein?«

Fritz begann ausführlich aufzuzählen, was alles kaputtgegangen war und wie lange seine Heilung wohl dauern würde. Bei der ausführlichen Schilderung verschiedener Reha-Maßnahmen stieg Elf aus. Hannas rote Ohren kamen ihr wieder in den Sinn. Sie schmunzelte in sich hinein. Doch nicht so unerschütterlich. Und verdammt attraktiv. Wenn sie bloß nicht so zickig wäre. Hanna mit der Brille und dem streng zurückgebundenen blonden Haar. Der Mund war auch nicht zu verachten – und in dem Kittel, das war schon zum Dahinschmelzen.

Hier verbot sich Elf strikt weiterzudenken.

Hanna räkelte sich und streckte die Beine aus. Vom Fußende ihres Bettes kam ein empörtes Maunzen.

»Entschuldigung, Lopez«, murmelte sie, schlug die Augen auf und blickte direkt in ein strahlend grünes Augenpaar. Der Kater fixierte sie, als wolle er abschätzen, wie lange es noch dauern würde, bis seine menschliche Mitbewohnerin sich erheben und den Dosenöffner betätigen würde.

»Du bist verfressen.« Hanna streckte die Hand aus, um Lopez am Kopf zu kraulen, wie er es so gern mochte. Aber der Kater sprang mit einer katzenhaften Aufforderung, die sich nach »Los, steh auf« anhörte, in Richtung Flur davon.

Hanna ächzte. Sie hatte in letzter Zeit zu wenig Schlaf bekommen. Jetzt einfach noch mal weiterschlafen ... Sie warf die Bettdecke zurück, stand auf und fuhr sich durch die verwuschelten Haare. Ein Blick in den Kommodenspiegel neben ihrem Bett ließ sie nochmals ächzen. »Hanna, du hast schon besser ausgesehen.« Die Pyjamahose war heute früh noch das Attraktivste an ihr. Dunkelblaue Seide sah immer schön aus. Doch den Inhalt zweifelte Hanna heute an. Sie beugte sich vor und betrachtete die Ringe unter ihren Augen. »Geht noch, könnte schlimmer sein«, murmelte sie. Aber ihre Haare waren eine Katastrophe. Blonde Strähnen standen in alle Richtungen.

Hanna streckte ihrem Spiegelbild die Zunge raus. Sie brachte ihre Haare einigermaßen in Ordnung, schnappte sich einen Pulli und zog ihn über ihr Unterhemd, während sie barfuß hinter Lopez herging.

Ihre Wohnung hatte Hanna schon seit zwei Jahren, seit sie in Stuttgart war. Sie war damals ein richtiges Schnäppchen gewesen. Eine Zwei-Zimmer-Altbauwohnung im Stuttgarter Westen zu einem erschwinglichen Preis, Parkett, hohe Räume, Balkon. Hanna hatte ihr Domizil mit Sorgfalt eingerichtet und fühlte sich hier sehr wohl. Ihr Vater hatte einige Antiquitäten beigesteuert, wie die Kommode neben ihrem Bett; den Rest hatte sie mit modernen Möbelstücken ausgestattet. Hanna liebte schönes Holz. Ihr Bett war aus Kirsche, einem rötlichen Holz, geölt und glänzend poliert, das Design schlicht. Auch die restliche Einrichtung war in diesem Stil gestaltet – einfach, sachlich, ohne Schnickschnack, aber mit viel Geschmack ausgesucht. Nur in ihrem zweiten Zimmer, das als Wohn-, Ess- und Fernsehzimmer diente, hatte sie einen Druck aufgehängt, der eine ganze Wand einnahm: »Das türkische Bad« von Jean-Auguste-Dominique Ingres. Nackte Frauen in einem Hamam, einem türkischen Dampfbad. Sinnliche Stimmung, verschwenderische Dekors, ineinanderfließende Frauenkörper. Das Bild stand in scharfem Kontrast zum Rest der Wohnung. Beides zusammen sagte sehr viel über Hannas Wesen aus, wenn man es zu deuten verstand.

Das Holz fühlte sich unter Hannas Füßen wunderbar kühl und glatt an. Und sie liebte es, wie Lopez sich mit seinem glatten schwarzen Fell an ihre Beine drängte. Sie hob den Kater auf und nahm ihn auf den Arm. Minutenlang stand sie so da: Lopez über der Schulter, ihre Wange an sein duftendes Fell geschmiegt, sein Schnurren im Ohr wie eine Beschwörungsformel.

»Mein kleines Glück.« Hanna lächelte und summte dem Kater ins Ohr: »Du und ich, Lopez. Ich und du …« Kaum ein Mensch, der Hanna kannte, hätte diese weiche, zärtliche Seite an ihr vermutet. Ihre pragmatische, manchmal unterkühlte Art hatte Lopez noch nie kennengelernt. Bei ihm konnte Hanna sie selbst sein, so wie sie wirklich war, hinter der Fassade – genau wie bei Lizzy. Die war es auch, der Hanna Lopez verdankte. Vor zwei Jahren war er Lizzy zugelaufen, völlig verwahrlost, abgemagert und mit einer Verletzung an einem Vorderfuß. Da Lizzy wusste, wie sehr Hanna Katzen mochte, hatte sie ihn zu ihr gebracht. Es war Liebe auf den ersten Blick gewesen. Bei Hanna; bei Lopez konnte man das nicht so genau sagen. Er war wohl einfach froh gewesen, bei Hanna unterzukommen und sich von ihr wieder aufpäppeln zu lassen. Auch wenn er zuerst für eine Katze gehalten wurde. Lizzy hatte ihn Jenny genannt, weil sie Jennifer Lopez gerade scharf fand. Als sich bei der Tierärztin herausstellte, dass Jenny ein kastrierter Kater war, hatte Hanna ihn kurzerhand umgetauft.

Nachdem sie Lopez gefüttert hatte, setzte sie sich mit einem Müsli auf ihren Balkon. Ihre Wohnung lag im fünften Stock, und sie hatte eine spannende Aussicht auf den Stuttgarter Westen mit Hinterhöfen, Dächern und in größerer Entfernung die Hügel, über die sich Stuttgart ausbreitete. In ihrer spärlichen Freizeit saß Hanna hier oft mit Lopez und beobachtete das Treiben um sich herum. In der Balkontür war eine Katzenklappe, und eine Katzenleiter lehnte an der Hauswand. So musste Lopez nicht immer nur in der Wohnung hocken und darauf warten, dass Hanna endlich heimkam, sondern konnte Streifzüge über die Dächer der angrenzenden Häuser machen.

Hanna stopfte sich ein Kissen in den Rücken, lehnte sich auf ihrem Holzstuhl zurück und legte die Füße auf die Balustrade. Lopez hatte inzwischen fertig gefrühstückt und machte es sich auf dem Stuhl neben ihr gemütlich. Seine gleichmäßigen Bewegungen, während er sich putzte, waren für Hanna fast so beruhigend wie eine tiefe Meditation. Bei diesem entspannenden Anblick konnte sie sogar ihre Gedanken besser ordnen.

Die letzten drei Wochen waren aufreibend gewesen. Seit Fritz ins Krankenhaus eingeliefert worden war, hatte sie jeden Tag bei ihm vorbeigeschaut. Sie hatte mit seinem zuständigen Arzt gesprochen, Fritz beraten und seinen Befürchtungen über den Zustand seines Beins zugehört. Das alles neben ihren üblichen Pflichten auf der Medizinischen und der Zusatzbelastung mit der Nuklearmedizin. *Kein Wunder, dass ich mich ausgelaugt fühle. Und dann auch noch fast täglich Fritz' Schwester zu begegnen …*

Die ständigen Zusammentreffen mit Elf wurden immer schlimmer. Hanna wusste nicht, was schieflief, aber sie schien mit ihr dauernd aneinanderzugeraten. Zwar war Hanna von ihrer anfänglichen Meinung, dass Elf im medizinischen Sinne gestört sei, inzwischen abgekommen, aber für ihren Geschmack war Elf auf jeden Fall zu ausgeflippt. So zierlich und zerbrechlich sie wirkte, so stark war sie gewesen, und so energisch hatte sie sich für ihren Bruder eingesetzt während der ganzen Zeit. Das musste Hanna ihr zugestehen. Aber ansonsten … *Ich kann einfach nicht mit ihr. Die hat doch einen Knall. Mal ganz davon abgesehen, dass sie mich ständig anschnauzt.*

Fritz würde bald entlassen werden. Endlich. Dann müsste sie Elf nicht mehr ständig sehen. Obwohl – Fritz hatte bereits angedeutet, dass er sich ihre Hilfe erhoffte, wenn er daheim war. Er war etwas ängstlich, was die Heilung seiner Brüche anging, hatte auch noch immer Schmerzen, und er wünschte sich, dass sie ihm zusätzlich zum Physiotherapeuten bei seinen Übungen helfen würde. Was Hanna ihm nicht verweigern konnte. Also würde sie Elf wohl noch länger ertragen müssen. Aber wenigstens würde sie sie nicht mehr ständig im Krankenhaus antreffen, in ihrem eigenen Revier.

Es war komisch, aber Elf ging ihr nicht aus dem Kopf. Einerseits war sie froh, wenn sie sie nicht sehen musste, andererseits ertappte sie sich häufig dabei, wie sie über sie nachdachte. Irgendwas an ihr zog sie an. Zum Teil waren das die Erinnerungen an jene Nacht. Da hatte sie eine Elf erlebt, die sehr sinnlich war. Sie hatte jedes Mal Herzklopfen, wenn sie daran zurückdachte, wie unglaublich sich ihr Körper angefühlt hatte. Aber sonst wusste sie nicht, wieso sie Fritz' Schwester auch nur einen weiteren Gedanken schenken sollte. *Basta.*

Hanna stand auf, ging in die Küche und holte sich ein Glas Orangensaft. Lopez hob den Kopf, als sie sich wieder setzte, um zu sehen, ob sie ihm etwas Leckeres mitgebracht hatte. »Nichts für dich, mein Süßer«, sagte sie entschuldigend. Er rollte sich wieder zusammen und setzte sein Nickerchen fort.

Dann waren da noch Frau Dolls andauernde spitze Bemerkungen über ihre Tätigkeit in der Nuklearmedizin. Die verfolgten sie regelrecht. Gestern hatte sie sogar davon geträumt. Sie wollte es ja gegenüber ihrer Lieblingspatientin nicht zugeben, aber manchmal überfielen sie doch Zweifel in Bezug auf ihre Laufbahn in der Nuklearmedizin. Natürlich war es eine riesige Chance, die ihr Professor Wertheimer ermöglichte. Die Station war auf dem neuesten medizinischen und technischen Stand. Sie sollte sich glücklich schätzen. Aber irgendwie war sie nicht wirklich zufrieden. Sie hatte nie in diese Fachrichtung gehen wollen, sondern sah sich als Allgemeinmedizinerin. Nur – ohne eigene Praxis hieß das wahrscheinlich, im Krankenhaus bleiben zu müssen. Das war nun auch nicht so toll. Mit der Nuklearmedizin hatte sie die besten Voraussetzungen für eine rasante Karriere. Warum sollte sie das wegwerfen, bloß weil sie es nicht so geplant hatte? Wenn Professor Wertheimer meinte, sie sei geeignet, dann war das eine verdammt hohe Ehre, von der andere junge Ärzte nur träumen konnten. Frau Doll lag mit ihrer Einschätzung daneben. *Ende der Überlegungen.*

Mit einem Knall stellte Hanna ihr Glas auf dem kleinen Tisch ab. Lopez hob alarmiert den Kopf und gab einen fragenden Laut von sich.

»Das Leben ist schwer, Lopez«, seufzte Hanna. Sie streichelte ihm über den Kopf und kraulte ihn hinter dem Ohr. Lopez gab mit seinem Schnurren zu verstehen, dass er das ganz anders sah und sie sich viel zu viele Gedanken machte.

»Katzen haben es wirklich gut.«

Es klingelte. Hanna erwartete niemanden, schon gar keine Störung dieses seltenen ruhigen Morgens. »Wer ist denn das?«

Sie ging an die Sprechanlage. Niemand antwortete. Stattdessen hörte sie bereits Schritte auf der Treppe. Da hatte wieder jemand die Haustür unten nicht richtig zugemacht. Hanna konnte das nicht ausstehen, weil die Wohnungstüren Milchglasscheiben hatten und sie keine Lust auf ungebetene Besucher. Zu ihr in den fünften Stock, ohne Aufzug, verirrte sich zwar nie jemand – aber jetzt klopfte doch jemand an ihre Wohnungstür. Hanna seufzte und machte auf. Olivia.

»Na, wo hast du dich denn die ganze Zeit rumgetrieben?«, fragte sie unbekümmert, und damit war sie auch schon in der Wohnung, ehe Hanna reagieren konnte.

Verdammt. Ihre Ex war so ungefähr die letzte Person, die Hanna jetzt hätte sehen wollen. Bestimmt wollte sie wieder irgendwas von ihr.

»Olivia, dir ebenfalls ein herzliches Hallo. Was willst du?« Aus dem Augenwinkel sah Hanna, wie Lopez auf dem Balkon aufschreckte und mit schräggestellten Ohren über die Katzenleiter flüchtete. Der Kater hatte Olivia noch nie leiden können. *Hätte ich mal besser auf Lopez' Katzeninstinkte gehört, bevor ich mich mit ihr eingelassen habe …*

Resignierend folgte Hanna ihrer Ex in die Küche. Die bediente sich gerade an ihrem Orangensaft. Direkt aus der Flasche. Hanna klappte der Unterkiefer herunter.

»Verdammt, Olivia, was soll das? Du kannst hier nicht einfach reinschneien, als ob du bei mir wohnen würdest.«

»Ach, Hanna-Schätzchen. Mach dich mal locker. Ich bin nur hier, weil ich dich vermisst habe.«

Hanna fragte sich zum tausendsten Mal, was sie jemals an dieser Frau gefunden hatte. Gut, sie sah nicht schlecht aus – groß, sehr schlank, dunkle lockige Haare. Und sie hatte so ein aufregendes Timbre in der Stimme. Manchmal. Wenn es nicht vom grauenerregenden Inhalt überdeckt wurde. Das mit Olivia war mehr etwas Sexuelles gewesen, das war Hanna inzwischen klar. Auf geistiger Ebene hätte sie genauso gut eine Außerirdische sein können, so fremd war sie Hanna. Sie hatte die Trennung nie bereut.

»Hast du mich auch vermisst?« Da war es wieder, dieses Timbre. Aber Hanna war inzwischen immun.

»Lass den Scheiß«, gab sie kalt zurück. »Sag, was du willst. Ich hab wenig Zeit, mein Dienst beginnt bald.«

»Immer vielbeschäftigt, die Frau Ärztin. Hast du nicht mal fünf Minuten übrig für deine liebe Olivia?« Sie streichelte Hannas Wange. Die starrte sie nur an, die Zähne zusammengebissen, ohne ein Wort zu sagen. Bis Olivia aufgab, sich wegdrehte und murmelte: »Schon verstanden.«

»Olivia, es ist längst aus. Wir sind nicht mehr zusammen.«

»Ja, ja, schon zigmal aus deinem schönen Mund gehört. Aber man kann's ja trotzdem mal probieren.«

»Lass mich einfach in Ruhe.«

»Werde ich auch, versprochen.« Olivia hatte sich Hanna wieder zugewandt und fixierte sie selbstbewusst. »Du könntest mir aber trotzdem einen Gefallen tun. Ich hab da so ein Projekt am Laufen, mit ein paar Leuten. Wir wollen T-Shirts vermarkten. Selbst entwerfen, drucken lassen und fertig. Ist die pure Geldquelle.«

Hanna warf ihrer Ex einen skeptischen Blick zu. Wieder eine von Olivias glanzvollen Ideen.

»Ehrlich. Diesmal läuft alles super, Hanna. Aber ich musste meinen Job im Callcenter aufgeben. Keine Zeit mehr. Und Daddy gibt mir kein Geld. Ich mach's kurz, kannst du mir was leihen? Nur bis alles läuft. 500 Euro reichen fürs Erste.«

Hanna explodierte innerlich vor Wut. Das war nicht zu fassen. Olivias Dreistigkeit kannte keine Grenzen. Dachte die eigentlich, Hanna wäre blöd? »Nein.« Ihr Ton war eisig. Genauso ihre Miene.

Davon ließ sich Olivia jedoch nicht abschrecken. »Komm schon, Hanna. Du hast mir doch schon öfter was geliehen.«

Das war definitiv das falsche Stichwort. Denn genau das hatte Hanna seitdem schon oft und bitter bereut. »Nein«, sagte sie hart. »Geh jetzt.« Sie fühlte sich wie ein Vulkan kurz vor der Explosion. Wenn sie ihrer Wut nachgab, würde sie sich nicht mehr kontrollieren können. Ihr frostiges Verhalten half, den Ausbruch zu verhindern.

»Hanna ...«, versuchte es Olivia noch einmal.

»Verschwinde. Ich will dich nie wieder sehen.« Hanna wies mit unmissverständlicher Geste auf ihre Eingangstür.

Endlich gab sich Olivia geschlagen. Sie knallte die Tür hinter sich zu, dass die Milchglasscheibe klirrte.

Hanna stieß die Luft aus und stützte sich am Kühlschrank ab. Sie fühlte sich erschöpft – aber irgendwie auch gut. Es war das erste Mal gewesen, dass sie es geschafft hatte, Olivia in ihre Grenzen zu weisen.

Elf klopfte an die Tür von Zimmer zwei-fünfundzwanzig. Die Stationsschwester hatte gemeint, sie würde Hanna hier finden. Anscheinend kam sie vor Dienstbeginn immer zu einer Patientin, die hier lag. Es war etwas nervig, dass Fritz gerade jetzt dringend mit Hanna sprechen wollte, und vor allem, dass er ausgerechnet sie schicken musste, um sie zu holen. Aber abschlagen konnte Elf ihm die Bitte nicht.

Auf ein »Herein« öffnete sie die Tür und trat in das Zimmer, in dem zwei alte Frauen in ihren Krankenhausbetten lagen. Die eine schnarchte mit offenem Mund vor sich hin. Die andere saß in ihrem Bett und blickte neugierig in Elfs Richtung. Ein Pyjama mit Paisley-Muster, ein kleines, faltiges Gesicht, umrahmt von einem grauen Kurzhaarschnitt, Krücken neben dem Bett – das Bild einer alten Frau auf dem Sprung zu neuen Abenteuern, schoss es Elf durch den Kopf. Unpassend. Trotzdem strahlte die Frau genau das aus.

»Entschuldigung«, sagte Elf, »ich suche Hanna … ich meine Dr. Felsberg.« Es war das Erstaunen über die ungewöhnliche Erscheinung, die ihr den ungeliebten Vornamen herausrutschen ließ.

»Kommen Sie rein, junge Frau. Sie kommt bestimmt gleich.«

Eine überwältigende Stimme umschmeichelte Elf. *Wahnsinn.* Tief, rau und weich zugleich, klingend. Ihre musische Seele wurde direkt in Schwingungen versetzt.

Hastig sagte sie: »Ich kann auch auf dem Flur warten, kein Problem.« Sie wollte hier nicht dumm herumsitzen, in einem Krankenzimmer bei einer wildfremden alten Dame. Aber als sie bereits die Hand hob, um der alten Patientin zum Abschied freundlich zuzuwinken, hielt diese sie zurück.

»Nein, nein, nichts da. Nehmen Sie sich einen Stuhl und setzen Sie sich zu einer alten Frau.« Sie zwinkerte Elf zu.

Fasziniert von der kleinen Person mit der schönen Stimme und den kecken Augen willigte Elf ein: »Also gut.«

»Was wollen Sie denn von Dr. Felsberg? Kennen Sie sie privat?«

Nicht nur frech, auch neugierig. Aber die Frau gefiel ihr. Elf zog sich einen Stuhl neben das Bett und antwortete: »Ja, privat, kann man so sagen. Mein Bruder liegt hier, und sie kümmert sich um ihn.«

»So.« Kurz, kryptisch – und dennoch schwang alles Mögliche in der kurzen Silbe mit. Elf konnte es nicht einordnen. Es war, als wisse Frau Doll genau, von was und wem sie sprach.

Sie fühlte sich bemüßigt weiterzuerzählen: »Er will sie dringend sprechen, deshalb suche ich sie.«

Einen fragenden Blick aus hellblauen Augen erwiderte Elf mit einem leicht verwirrten. Was erwartete die alte Frau von ihr?

Da zwinkerten die frechen Augen vergnügt. »Ach, entschuldigen Sie, wie unhöflich, Sie auszufragen und mich nicht vorher vorzustellen. Doll, Guste Doll. Oberschenkelhalsbruch.«

Elf musste unwillkürlich lachen. »Elfriede Suchaschewski, Elf genannt. Musikerin.« Aus einem Reflex heraus sagte sie ihren kompletten Namen, den sie doch eigentlich verabscheute. Aber es schien korrekt zu sein gegenüber der alten Dame. Sie reichten sich förmlich die Hand. Es war lange her, dass Elf eine so spannende Begegnung mit einem fremden Menschen gehabt hatte. Ganz zu schweigen von einem so alten Menschen.

»Ah, Musikerin, sehr interessant. Welche Richtung, und welches Instrument spielen Sie denn? Ich bin eine begeisterte Musikhörerin. Und auch nicht so altmodisch wie mein Alter vielleicht vermuten ließe. Zumindest nicht in dieser Hinsicht.« Wieder ein amüsiertes Glitzern im eisblauen Blick.

Ehe sie sich's versah, erzählte Elf Frau Doll ihre halbe Lebensgeschichte. Von der Königlichen Akademie und ihrem Gefühl von Eingesperrtsein, das sie dort fast erdrückt hätte. Wie sie dann von Stockholm nach Stuttgart geflüchtet war. Von der Enttäuschung ihrer Eltern und von ihrer eigenen Unsicherheit über ihren Entschluss.

»Und jetzt arbeite ich in Bad Cannstatt im Kurhotel als Pianistin zur Teezeit. Nicht gerade eine berauschende Karriere. Ich bin eine Mietspielerin: Sie wünschen – wir spielen«, schloss sie ihre Erzählung, die Frau Doll immer wieder mit Zwischenfragen unterbrochen hatte.

Jetzt sagte die alte Dame: »Seien Sie mal nicht so streng zu sich selbst. Es dauert, bis man seinen Weg findet. Sie suchen immerhin. Manche Menschen stellen erst am Lebensende fest, dass sie die ganze Zeit auf der falschen Spur waren. Und manche merken es nie.« Der Schalk war völlig aus ihrer Mimik verschwunden.

»Hm«, machte Elf. »Es ist schwierig, in meiner Situation Geduld aufzubringen.«

Wieso schilderte sie eigentlich einer völlig fremden Person ihre Gefühlslage? Elf schüttelte innerlich den Kopf. Aber mit der alten Frau fühlte sie sich unbestreitbar wohl.

»Wer spricht denn von Geduld, meine Liebe?«, gab diese zurück. »Abwarten und Däumchen drehen ist nicht die richtige Taktik. Streben, Sie müssen allzeit streben und niemals nachlassen.« Jetzt war er wieder ein wenig da, der Schalk im Blick.

»Sie sind gut. Das klingt nicht gerade verlockend.« Trotz der Frustration, die in diesem Kommentar mitschwang, lächelte Elf ihre neue Bekanntschaft an. »Woher kommt denn Ihre Weisheit? Sie scheinen sich damit beschäftigt zu haben.«

»Ich war Journalistin«, erklärte die alte Dame mit unverhohlenem Stolz.

»Journalistin. Das erklärt zumindest, warum ich Ihnen meine Lebensgeschichte erzählt habe. Geschickte Fragen zu stellen gehört wohl zum Beruf.« Elf war beeindruckt. Sie hatte nicht erwartet, dass die alte Frau überhaupt einen Beruf nannte. Lehrerin vielleicht. Aber Journalistin, das war früher nicht unbedingt üblich gewesen für eine Frau.

Prompt bestätigte Frau Doll ihre Gedanken: »Zu meiner Zeit war das für eine Frau kein Zuckerschlecken. Meine männlichen Kollegen haben immer darauf gewartet, dass ich ins Straucheln gerate. Dann hätten sie ihr Weltbild wieder geraderücken können: dass Frauen nicht dafür geeignet sind, Journalisten zu sein.«

Elf seufzte innerlich erleichtert auf. Wie gut, dass sie einige Generationen später geboren war. »Was das Frauenbild angeht, da hat sich ja einiges getan. Ich glaube nicht, dass ich da ähnlichen Vorurteilen begegnen werde«, meinte sie. »Schon gar nicht als Musikerin.«

Frau Doll schien nicht ihrer Meinung zu sein. Sie schüttelte unwillig den Kopf. »Seien Sie da mal nicht so sicher. Gerade in der Musikbranche halten sich die alten Rollenklischees doch besonders stark.«

Das Gespräch wurde ja richtig spannend. Elf brannte darauf zu erfahren, was Frau Doll über die Musikbranche dachte. Doch in diesem Moment ging die Tür auf, und der Grund für ihre Anwesenheit in diesem Zimmer stand konsterniert im Türrahmen.

»Was machst du denn hier?«, schnappte Hanna in Richtung Elf.

Schlagartig verflog Elfs gute Laune. »Ich wusste nicht, dass das hier ein geschlossener Bereich ist.« Hanna konnte einem wirklich den Tag ruinieren. Wie immer war sie perfekt anzusehen, wie sie da stand: die blonden Haare streng zurückgebunden, die himmelblauen Augen umrahmt von ihrer schwarz umrandeten Brille, ihr makelloser weißer Arztkittel fast bis oben hin zugeknöpft, so dass nur der Ansatz einer faltenlos gebügelten weißen Bluse zu sehen war. Das Ideal blonder Schönheit, verpackt als Ärztin. Widerstreitende Gefühle brodelten in Elf auf. Wie bei jeder Begegnung mit Hanna schien ihr jegliches Gleichgewicht abhanden zu kommen, so dass Hannas arrogantes Verhalten sie umso mehr traf. Ihre ätzende Antwort war die einzige Reaktion, mit der Elf sich zu helfen wusste.

Unfreundlich starrten sich die beiden an. Frau Doll geriet in Vergessenheit, bis sie sich irgendwann einschaltete: »Wir haben uns sehr nett unterhalten und auf Sie gewartet, Dr. Felsberg.«

Jetzt wollte Elf nur noch weg aus diesem Zimmer. Vor allem aus Hannas Gegenwart. Schade, dass ihr Gespräch mit Frau Doll so plötzlich zu Ende war. Aber offensichtlich verband Hanna etwas mit der alten Frau, womöglich war sie eine Verwandte von ihr. Der Charme schien sich ja nicht vererbt zu haben. Sie wandte sich an Hanna und wünschte, es wäre das letzte Mal: »Ich geh dann mal. Fritz muss dich dringend sprechen.« Dann drehte sie sich noch einmal zu Frau Doll, die ihren Austausch mit Hanna vom Bett aus aufmerksam und mit einem seltsamen Ausdruck im Gesicht beobachtet hatte.

»Gute Besserung weiterhin. Und vielen Dank für das anregende Gespräch. Wenn Sie wieder aus dem Krankenhaus raus sind, kommen Sie mich doch mal besuchen. Nur für Sie allein mach ich dann auch ›Sie wünschen – wir spielen‹.«

Frau Doll lachte, dass es Elf von dem Klang ganz anders wurde, und zwinkerte ihr wieder zu. »Das wäre das Mindeste.« Sie streckte Elf ihre zierliche, zerknitterte Hand hin. »Es war sehr nett, Sie kennenzulernen.«

»Das Vergnügen war ganz meinerseits.« Elf lächelte breit. Formvollendet verabschiedete sie sich und verließ das Zimmer, ohne Hanna weiter zu beachten.

»Ist Ihnen eine Laus über die Leber gelaufen?«, wollte Frau Doll wissen. Sie betrachtete Hanna mit einem fragenden Blick, der zeigte, dass sie mit ihrem Verhalten nicht ganz einverstanden war.

»Wieso denn?«, fragte Hanna zurück. Sie hatte das Gefühl, sich verteidigen zu müssen. Das sah sie überhaupt nicht ein. Was war nur mit ihrer Lieblingspatientin los? Frau Doll saß in ihrem Bett wie eine Oberrichterin, die noch ausklügeln musste, wie das Urteil lauten sollte. Und Hanna war sich sicher, dass ihr in diesem Fall die Rolle der Angeklagten zukam. Im Bett nebenan schnarchte leise Frau Dolls Zimmergenossin, in seliger Unkenntnis der angespannten Atmosphäre.

»Sie haben Ihre nette junge Bekannte sehr harsch behandelt.«

Daher wehte also der Wind. Gut, sie war nicht freundlich zu Elf gewesen. Aber wieso sollte sie auch? Frau Doll kannte Fritz' Schwester offenbar noch nicht sehr gut. Sie konnte sich nicht anmaßen, Hannas Verhalten ihr gegenüber zu beurteilen. »So nett ist die gar nicht«, erklärte Hanna trocken.

Fast empört schoss Frau Doll sofort zurück: »Das schien mir aber doch so zu sein. Und auch äußerst intelligent und hübsch.« Das Letzte sagte sie in einem Ton, der beinahe vermuten ließ, dass sie Hanna für beschränkt hielt, weil sie das Offensichtliche nicht auch bemerkt hatte.

»Mag sein.« Hanna wurde langsam sauer. Auch noch Frau Doll. Sie konnte das Loblied auf Elf Suchaschewski nicht mehr hören.

Aber Frau Doll ließ sich wie immer nicht von ihrem Gedankengang abbringen. »Das ist doch sicherlich die Schwester von Ihrem Bekannten, der mit dem schweren Beinbruch eingeliefert worden ist vor zwei Wochen.«

Resigniert antwortete Hanna: »Vor drei Wochen. Ja, ist sie.« Sie ergab sich in ihr Schicksal. Sollte Frau Doll doch sagen, was sie zu sagen hatte.

Das tat sie auch. »Ich hätte gedacht, Sie wären mehr angetan von der jungen Frau.« Ein bedeutsamer Blick aus einem glitzernden Augenpaar traf Hanna.

»Wie meinen Sie das, Frau Doll?« Jetzt war Hanna doch ein bisschen irritiert. Frau Doll war zwar immer sehr direkt, aber so persönlich war sie noch nie geworden.

»Nun, ich hatte vermutet, Sie und Frau Suchaschewski – so heißt sie doch, nicht wahr? – könnten liiert sein.«

Hanna blieb für einen Moment die Luft weg. »Was – was deuten Sie da an?« Das war ja unglaublich. Woher wusste Frau Doll denn, dass sie lesbisch war? Sie selbst hatte es ihr nie explizit gesagt. Das tat sie im Krankenhaus grundsätzlich nicht. Sie war deshalb keine Schranklesbe, aber es gab Schlachten, die man nicht schlagen musste. Mit Absicht verheimlicht hatte sie es jedenfalls nie. Ihre Kollegen wussten es alle, und wer fragte, bekam die richtige Antwort. Aber wie das eben so war, wer fragte denn schon.

Frau Doll hatte es offensichtlich nicht nötig. »Meine Liebe, ich bin zwar alt, aber nicht dämlich«, sagte sie ein wenig pikiert.

Mittlerweile hatte Hanna sich wieder gefangen. »Entschuldigung, dass ich Sie unterschätzt habe. Sie haben natürlich recht. Mein, äh …«, sie suchte nach dem richtigen Wort, »… Interesse gilt Frauen. Aber mit Elf liegen Sie falsch.«

Frau Doll zog die linke Augenbraue hoch, so dass sie fast unter ihrem Haaransatz verschwand.

Hanna fühlte sich bemüßigt nachzusetzen: »Ja, ganz falsch. Sehen Sie mich nicht so skeptisch an. Ehrlich gesagt finde ich sie unerträglich.«

Frau Doll grunzte, wie nur sie es konnte – auf eine Weise, die sich zutiefst abfällig anhörte. »Ich will nicht mit meiner Weisheit prahlen, Dr. Felsberg. Aber ich schätze, ich sehe mal wieder mehr als Sie.« Zum Abschluss lächelte sie überzeugt.

Da Frau Doll nun offenbar gesagt hatte, was es ihrer Meinung nach zu sagen gab, wollte auch Hanna das Thema nicht weiter vertiefen. »Wenn es Ihnen sonst gutgeht, mache ich mich jetzt mal auf den Weg. Professor Wertheimer führt heute auf der Nuklearmedizin einen Rundgang mit der Presse durch. Da sollte ich nicht zu spät kommen.«

Sie hatte sich bereits zur Tür gedreht, als Frau Doll noch einmal sprach.

»Ja, gehen Sie nur. Sie wissen ja, was ich davon halte. Und vergessen Sie nicht, über Elf, die Musikerin, nachzudenken.« Frau Doll hatte ihre Lesebrille und einen Roman hervorgeholt. Sie lächelte Hanna nochmals gutmütig zu.

Hanna antwortete mit einem genervten Blick – halb gespielt, halb echt –, bevor sie das Zimmer endgültig verließ. Jetzt wollte ihr auch noch Frau Doll einreden, dass Elf … ja, was? Zu ihr passte? Auf sie stand? Absurd. Eine geeignete Affäre wäre? Dachte Frau Doll in solchen Kategorien? Die Liebe ihres Lebens werden würde? Aber sicher. Frau Doll musste Nebenwirkungen von den Medikamenten haben. Elf in diesem Zusammenhang, das war lächerlich. *Werde ich die Frau denn gar nicht mehr los?* Mit diesem Gedanken betrat Hanna den Aufzug.

»Ach, auch hier.«

Wenn man vom Teufel spricht, oder wie hieß dieses Sprichwort – das Hanna noch nie hatte leiden können, weil es immer zutraf. Mit einem wenig begeisterten Ausdruck stand Elf ihr im Aufzug direkt gegenüber.

Allein mit Elf Suchaschewski im Lift. Na wunderbar. Hanna durchzuckte die Eingebung, dass sie Elf nicht mehr so nah gewesen war, seit sie mit ihr zusammen auf dem Sofa gelegen hatte. Sie rückte ein Stück von ihr ab.

»Willst du nicht drücken?«

Hanna starrte Elf kurz und völlig verständnislos an. Als ihr klarwurde, dass sie vergessen hatte, den Etagenknopf zu betätigen, stieg ihr sofort die Hitze ins Gesicht. Vor allem in die Ohren. Sie beeilte sich zu drücken, lehnte sich betont lässig an die Wand und prüfte, ob ihre Haare alle eng am Kopf saßen. Hoffentlich strahlten ihre Ohren nicht in allzu leuchtendem Rot.

Mit einem »Pling« setzte sich der Aufzug in Bewegung. Er fuhr mit einer Langsamkeit, die Hannas Nerven aufs Äußerste strapazierte. Die Aufrechterhaltung ihrer abweisenden Fassade kostete sie alle verfügbare Energie. Sie wollte nur noch raus. Als der Lift endlich mit einem weiteren »Pling« zum Halten kam und sich die Türen öffneten, war sie mit einem Satz draußen. Erst als sie die Stockwerksfarben sah, mit denen sämtliche Etagen zur einfachen Orientierung markiert waren, bemerkte sie, dass sie erst auf der blauen Ebene war – nicht auf der grünen, wo die Nuklearmedizin lag. *Verdammt.*

Sie drehte sich um und stieg wieder ein. Peinlich. Elf grinste breit. Hannas Ohren wurden noch heißer. *Verdammt, verdammt.*

Mit dem üblichen »Pling« schlossen sich die Türen wieder. Immer noch lächelnd drehte sich Elf zu ihr. Ein leichtes Gefühl von Übelkeit stieg in Hanna auf. *Wahrscheinlich kostet sie es jetzt aus, sich über mich lustig machen zu können.*

Aber Elf sagte völlig unerwartet: »Das Leben ist wie ein Aufzug – man weiß nie, wann man aussteigen muss. Stimmt's?«

Hannas eigene Lebensweisheit. Soweit sie sich erinnerte, auf Fritz' Fest erfunden. Der Aufzug setzte sich wieder in Bewegung. *Hat Elf das damals gehört? Nein, da war sie nicht dabei. Hat die Frau womöglich Humor und hat sich das gerade selbst ausgedacht?* Es konnte nicht anders sein.

Hannas Gedanken liefen Amok. Die harte Fassade bröckelte. Die Frau ihr gegenüber erschien auf einmal in einem völlig neuen Licht. Elf hatte Humor. Und guten Geschmack. Ganz so übel konnte sie also nicht sein. Ein Lächeln hatte sie sich wohl verdient. Und innerhalb von Millisekunden entschloss sich Hanna dazu, dass Elf auch als Person eine Chance verdiente. Zum ersten Mal lächelte sie Elf offen und ehrlich an.

»Trefflich erkannt.«

Elf lächelte zurück. Zaghaft zuerst, verwirrt, so als wisse sie nicht, wie ihr geschah. Als Hanna ausstieg, war Elfs Lächeln zu einem warmen Strahlen geworden.

3

Zielstrebig, aber noch etwas wackelig bewegte sich Frau Doll auf ihren Krücken über den Parkplatz. Hanna beobachtete sie mit einer Mischung aus Sorge und Misstrauen, während sie das Auto abschloss. Sie hatte sich den BMW ihres Vaters geliehen, um die alte Frau zu chauffieren. Denn Frau Doll hatte sich vor zwei Tagen selbst aus dem Krankenhaus entlassen. Für Hanna war das sehr überraschend gekommen, aber Ärzte und Physiotherapeut hatten grünes Licht gegeben – und Hanna hatte eingesehen, dass Frau Doll ihren Zustand vorher dramatisiert haben musste. Hatte sie bis vor kurzem gar nicht über ihre Rückkehr nach Hause reden wollen, so hatte sie plötzlich aus unerfindlichem Grund ihre Meinung geändert und wollte so schnell wie möglich aus ihrem Krankenhausbett raus. Sie hatte geradezu einen Aktivitätsschub.

Hanna beeilte sich, zu der alten Frau aufzuschließen. Frau Doll wollte zwar keine Hilfe beim Laufen, aber Hanna wollte auf alle Fälle an ihrer Seite sein, falls sie sich übernahm oder stolperte. *Du wirst noch zur Glucke auf deine alten Tage,* dachte Hanna und grinste. Sie wusste selbst nicht genau, warum sie so besorgt um ihre Lieblingspatientin war. Oder warum sie sich darauf eingelassen hatte, ihr als Chauffeurin zur Verfügung zu stehen und sie herumzufahren.

Die freche alte Dame hatte bei ihr angerufen und ihr auf dem Anrufbeantworter unmissverständlich mitgeteilt, sie erwarte von ihr am Donnerstag um fünfzehn Uhr abgeholt zu werden. Hanna hatte ihren Ohren nicht getraut, als Frau Dolls rauchige Stimme ihr vom Band entgegenschallte, ohne eine Spur von Zögerlichkeit oder Unsicherheit im Umgang mit der Technik, wie ihr das schon bei alten Leuten begegnet war. Als sie sie zurückgerufen hatte, um zu erfahren, wohin sie denn gefahren werden wolle, hielt Frau

Doll sich allerdings bedeckt. Sie meinte lediglich, sie wolle ausgehen, und Hanna sollte sich ausnahmsweise nicht weiß anziehen, obwohl es sie ausgezeichnet kleide. Mit dem von Hanna heiß geliebten Lachen hatte sie sich dann verabschiedet und eine amüsierte, aber auch etwas konfuse Hanna am Telefonhörer zurückgelassen.

Jetzt waren sie also vor dem Kurhotel in Bad Cannstatt angekommen, und Hanna hatte keine Ahnung, was ihre alte Freundin hier wollte. Frau Doll hatte sich richtig herausgeputzt – zumindest soweit Hanna das beurteilen konnte, da sie sie bisher lediglich in ihren Schlafanzügen gesehen hatte. Die alte Dame trug ein schlichtes Kostüm mit einer Seidenbluse darunter und hatte einen Hauch Rouge aufgelegt. Hanna fand, sie sah entzückend aus. Nur ihre grell pinkfarbenen Krücken passten nicht zu ihrer dezenten Erscheinung. Hanna schmunzelte, während sie Frau Doll beobachtete, wie sie energisch in Richtung Eingang humpelte.

»Wieso starren Sie mich so an? Haben Sie noch nie eine Alte mit Krücken gesehen?«, wurde sie unvermittelt aus ihren Gedanken gerissen. Frau Doll war wie immer unverschämt. Aber sie zwinkerte ihr zu.

Hanna musste lachen. Diese alte Frau war einfach unglaublich. Obwohl sie nicht wusste, worauf diese Unternehmung hinauslaufen würde, hatte Hanna richtig Spaß mit ihr. Dabei mochte sie es eigentlich überhaupt nicht, herumkommandiert, nicht ernst genommen und im Dunkeln gelassen zu werden. Sie war eine Planerin und liebte einen strukturierten Tagesablauf. Aber Frau Doll war offenbar dabei, ihr zu beweisen, dass lediglich die richtige Person kommen musste, um ihre Spontaneität hervorzukitzeln.

»Ich dachte eigentlich nur gerade, dass Sie sehr schick angezogen sind«, rechtfertigte sich Hanna. »Kann ich überhaupt so mit Ihnen mitgehen? Ich wusste ja nicht, wo wir hingehen.«

»Papperlapapp. Sie sehen gut aus. Sie würden auch noch in einem alten Kartoffelsack gut aussehen. Aber schwarz steht Ihnen ausgezeichnet. Klassisches Understatement, sehr gut.«

Das hatte Hanna nicht erwartet. »Danke für das Kompliment.« Sie lächelte schüchtern.

Inzwischen waren sie durch eine Glastür in das Foyer des großen Hotels gelangt. Hanna war von der Atmosphäre sehr angetan: Jugendstil, schnörkelige Verzierungen an Wänden und Mobiliar, aber nicht überladen, alles wirkte geschmackvoll – und vor allem auch teuer. Sie sah sich um, während sie neben Frau Doll einen Saal betrat, in den das Foyer überging. Klaviermusik schwebte unaufdringlich im Raum. An kleinen Tischen saßen vor allem ältere Leute. Das Klappern von Kaffeetassen mischte sich mit dem Piano und den leisen Gesprächen des Publikums.

Hanna atmete auf. Ein harmloser Kaffeenachmittag mit Klavierbegleitung. Warum hatte Frau Doll nur so geheimnisvoll getan?

Die steuerte bereits einen freien Tisch in der Nähe des Flügels an. Als Hanna ihren besorgten Blick von der alten Frau abwandte, die sich mühsam mit ihren Krücken einen Weg zwischen Tischen und Stühlen hindurchbahnte, blieb er für einen Moment an der Person hängen, die am Klavier saß.

Elf.

Sie blieb abrupt stehen. Das war es also, Frau Dolls kleines Geheimnis. *Elf spielt hier Klavier, und sie dachte, wenn sie mir das vorher sagt, komme ich nicht mit.*

Ihre Augen klebten an Elf, die bisher noch nicht aufgeschaut hatte. Die langen Haare hingen ihr ins Gesicht und verdeckten den Blick ins Publikum. Nach einer ziemlich langen Weile ertappte Hanna sich selbst beim Starren und riss sich mit einem innerlichen Ruck los. Frau Doll hatte sich bereits umgedreht und sah sie an.

»Kommen Sie?« Ein zartes Lächeln umspielte ihre Mundwinkel, ihre eisblauen Augen blitzten.

Hanna enthielt sich jedes Kommentars und ging zu Frau Doll an den Tisch. Sie setzten sich. Frau Doll lehnte Hannas Hilfe ab, und Hanna verfolgte besorgt ihre mühevollen Bewegungen und schaffte es dadurch, Elf nicht mehr anzuschauen. Während Frau Doll ihre Krücken verstaute, hielt sie es aber dann doch nicht mehr aus.

Bisher hatte sie sich Elf noch nicht wirklich an einem Klavier vorgestellt. Natürlich wusste sie, dass Fritz' Schwester sehr musikalisch sein musste; aber zu sehen, wie Elfs Finger mühelos über die Tastatur glitten und die Töne hervorbrachten, die den Raum ausfüllten, war etwas völlig anderes. Hannas Blick hing gebannt an den geschickten Händen. Elf hatte ein weißes Herrenhemd an, dessen Ärmelaufschläge über ihre Handgelenke rutschten. Trotzdem fand sie jeden Akkord mit Leichtigkeit und spann eine leichte

Melodie. Sie wirkte ungeheuer … kompetent. Das Klavierspielen schien ihr Element zu sein, in dem sie aufging. Sie war vollkommen vertieft in ihr Spiel und hatte Hannas Anwesenheit noch gar nicht bemerkt. Hanna war überrascht, dass der Anblick eine seltsame Rührung in ihr auslöste.

Fast ein wenig schuldbewusst wandte sie den Kopf zu Frau Doll. Die alte Frau schaute sie aufmerksam an. Mit einem Mal fühlte Hanna sich bloßgestellt.

»Was?!«, schnappte sie.

Frau Doll zuckte mit keiner Wimper. Sie hielt den Blickkontakt noch eine weitere Sekunde, dann betrachtete sie demonstrativ die Speisekarte in ihrer Hand. »Wie wäre es mit einem schönen Stück Torte?«, schlug sie vor. »Zur Feier des Tages. Schließlich sehen wir uns sozusagen das erste Mal privat.«

Hanna hatte sofort ein schlechtes Gewissen. Völlig ohne Grund hatte sie ihre Ex-Patientin angefahren. Sie lächelte sie versöhnlich an. »Stimmt. Bisher hatten wir ja nur eine Geschäftsbeziehung.«

Bei der bereits herbeieilenden Bedienung bestellten sie Kaffee in Kännchen und zwei Stück Torte, eine Sachertorte für Frau Doll und Nusstorte für Hanna. Anschließend schwiegen sie. Auch als sie ihren Kaffee bekamen, rührten sie wortlos in ihren Tassen.

Elf hatte inzwischen ein anderes Stück angefangen. Irgendwas Verswingtes, Hanna kannte es nicht. Ihre Augen hafteten längst wieder an der Pianistin. Elf war so anmutig an ihrem Instrument, von ihrer schwierigen Art war nichts zu spüren. Sie strahlte Ruhe und Selbstsicherheit aus.

Vielleicht war sie bisher immer unsicher, wenn sie so biestig zu mir war …

Hanna schalt sich in Gedanken selbst. Ihre neue Einstellung Elf gegenüber in Ehren, aber sie musste es ja nicht gleich übertreiben. Sie hatte sich lediglich vorgenommen, ihr eine Chance zu geben. Das musste noch lange nicht heißen, dass sie ihre beste Freundin werden würde. Während sie Elfs Spiel weiter fasziniert betrachtete, breitete sich ein seltsames Gefühl in ihr aus, eine angenehme Wärme.

Ich wusste nicht, dass ich so empfänglich für Klaviermusik bin. Hannas Blick verweilte auf Elfs feingliedrigen Händen.

»Sie spielt gut, nicht wahr?«, riss Frau Doll sie aus ihren Grübeleien.

»Hm, fürs Hotelcafé reicht es.« Hannas Bemerkung fiel bissiger aus, als sie beabsichtigt hatte. Aber sie hatte keinen Nerv für eine Neuauflage ihres letzten Gesprächs über Elf.

Frau Doll reagierte mit ihrer gewohnten Offenheit: »Hanna, Sie sind heute wirklich eine Kratzbürste. Ich darf Sie doch Hanna nennen? Am besten, wir reden über etwas anderes. Was macht Ihre Karriere, das ist vielleicht ein bekömmlicheres Thema?« Sie schob sich ein großes Stück Torte in den Mund und kaute genüsslich, als wolle sie das Adjektiv »bekömmlich« sinnlich erlebbar machen.

Hanna musste unwillkürlich lächeln und protestierte nicht, als Frau Doll sich temperamentvoll nach Einzelheiten zu ihren Plänen erkundigte.

Elf spielte in Gedanken versunken. Sie war nicht wirklich bei ihrer Musik an diesem Nachmittag. Aber das war auch nicht nötig. Sie hatte ihr Repertoire inzwischen verinnerlicht und hätte es noch im Halbschlaf spielen können. Das gab ihr die Gelegenheit, über die verschiedenen Probleme nachzudenken, mit denen ihr Leben offenbar nie müde wurde sie zu überraschen. Das profanste davon war Geld. Zuerst kommt das Fressen, dann die Moral – Fritz hatte mit Brecht geprahlt. Leider hatte er recht. Er bekam jetzt nur noch Krankengeld, und Elfs Einkünfte durch die Klimperei reichten auch nicht sehr weit. Sie lebten über ihre Verhältnisse. Elf hatte ein schlechtes Gefühl deswegen. Fritz würde ohne sie mit seinem Geld ganz gut auskommen, aber jetzt hatte er seine kleine Schwester durchzufüttern. Die Frustration ließ sie den nächsten Akkord zu stark anschlagen, und sie fuhr erschrocken auf. Am liebsten hätte sie einfach weitergehämmert, sich musikalisch ausgetobt. Doch sie zwang sich, ruhig weiterzuspielen, während sie in Gedanken kochte.

Kann es noch beschissener werden? Fritz lag daheim rum mit einer Die-ganze-Welt-kotzt-mich-an-Einstellung und gab sich keine Mühe mit seinen Physio-Übungen. Dementsprechend schlecht verlief seine Heilung. Elf ging ihm aus dem Weg, soweit es ging. Sie hoffte, dass er bald seinen Platz in der Rehaklinik bekommen würde und dann erst mal weg war. Und mit ihm sein ständiger Besuch. Zu allen möglichen und unmöglichen Zeiten kamen irgendwelche Leute vorbei, um nach Fritz zu sehen. Fraßen den

Kühlschrank leer und qualmten. Besonders Lizzy hätte eigentlich gleich einziehen können mit ihren verdammten Rommé-Karten.

Okay, sie war ungerecht. Aber das Gequatsche ging ihr auf die Nerven. *Am angenehmsten von allen ist noch Hanna,* dachte sie plötzlich. Hanna war bisher zweimal da gewesen und hatte Fritz' Verbände gewechselt. Elf hatte sie weder gesehen noch gehört, und das war mehr, als sie von allen anderen Besuchern sagen konnte. Obwohl sie in diesem Fall gern etwas gesehen oder gehört hätte. Sie hatte schon einige Male an ihre letzte Begegnung im Aufzug gedacht. Der Gedanke zauberte auch jetzt ein Lächeln auf ihr Gesicht. Mühelos ließ sie ihre Finger über die Tastatur gleiten und gönnte sich nach langer Zeit mal wieder einen Blick ins Publikum.

Conny, die Bedienung heute Nachmittag, lief hektisch wie immer zwischen den Tischen herum. Es schien voll zu sein. Elf suchte nach bekannten Gesichtern. Das Lonely Heart – so nannte Elf insgeheim die Dame mit der Schmetterlingsbrille – saß nicht an seinem Stammplatz. Sie drehte sich leicht, um die restlichen Tische sehen zu können. Das G im nächsten Akkord wurde zu einem schrillen F, als sie auf Hanna und Frau Doll starrte.

Elf kam es vor wie endlose Sekunden, die sie wie erstarrt in dem Missklang verharrte, auch wenn das Publikum höchstens einen kleinen Fehlgriff bemerkte. Dann riss sie sich zusammen und spielte weiter. Aber ihre Finger hatten sich in chinesische Essstäbchen verwandelt, die sie nur mühsam dazu bringen konnte, die richtigen Noten anzuschlagen. Zum Glück konnte sie nach diesem Stück eine Pause machen.

»Schön gespielt. Sehr gefühlvoll«, lobte Frau Doll einige Minuten später und strahlte Elf an, als sie an den Tisch trat.

Elf lächelte zurück und warf einen Seitenblick auf Hanna. »Danke. Ich bemühe mich.« Im nächsten Moment senkte sie den Blick und studierte die rote Nelke in der scheußlichen Keramikvase, die heute als Tischdekoration fungierte.

»Ich finde auch, dass du wirklich gut spielst.«

Bei Hannas Worten hob Elf überrascht die Augen. Hanna lächelte sie an. Elf spürte ein Flattern im Magen.

Verdammt. Vielleicht war es doch besser, als sie unfreundlich zu mir war. Sie wusste nichts zu sagen. Hannas Anblick schien ihr gesamtes Vokabular aus ihrem Hirn gelöscht zu haben. Frau Doll rettete Elf aus ihrer Notlage.

»Setzen Sie sich doch. Haben Sie kurz Zeit, oder müssen Sie gleich weiterspielen?«

»Fünf Minuten Pause kann ich machen. Das ist okay.« Elf nahm den Stuhl Hanna gegenüber und betrachtete eingehend das Muster der Tischdecke. Fliederfarbene Blumen auf weißem Grund, gestickt.

Warum bin ich nur plötzlich so kommunikationsunfähig? Vielleicht, weil sie absolut umwerfend aussieht. Blonde Frau im schwarzen Outfit. Irgendwie sehr distinguiert und intellektuell. Hannas Anblick in Kombination mit ihrer freundlichen Haltung war fast zu viel für sie.

Frau Doll setzte munter ihre Fragerunde fort: »Hatten Sie im Krankenhaus nicht versprochen, ich dürfte mir ein Lied wünschen, wenn ich Sie hier besuchen komme?«

Elf war froh, dass die alte Dame das Gespräch in Gang hielt. Zumal Hanna auch nicht viel zu sagen hatte. »Natürlich, das gilt noch. Was wollen Sie hören? Ich hoffe, dass ich damit dienen kann.«

»Ehrlich gesagt habe ich mir das noch gar nicht überlegt. Hanna, haben Sie einen Wunsch?«

Elf bemerkte, dass Hanna ihr auf die Hände gestarrt hatte. Jetzt wandte sie ihren Blick mit offensichtlichem Unwillen ab und sah auf. »Für mich soll's rote Rosen regnen.« Sie lächelte leicht. »Hast du das im Repertoire?«

Elf versuchte ihre Verlegenheit in den Griff zu bekommen. Der warme Ausdruck in Hannas Augen machte ihr das nicht leicht. Und jetzt auch noch der romantische Wunsch ... »Tut mir leid, leider nicht. Da habe ich noch eine kleine Lücke aufzuarbeiten.«

»Wo üben Sie denn normalerweise?«, klinkte sich Frau Doll wieder ein.

Halb erleichtert, halb enttäuscht riss sich Elf von Hanna los und wandte sich der alten Frau zu. »Momentan am Klavier leider gar nicht. Ich habe aus Stockholm nur meine Gitarre mitgebracht. Wenn hier wenig los ist, kann ich manchmal neue Stücke einspielen oder ausführlich improvisieren. Ansonsten konzentriere ich mich jetzt eben mehr auf die Gitarre.«

»Hätten Sie denn Interesse, am Klavier zu üben?«

»Natürlich. Ich sollte nicht aus der Übung kommen. Wer weiß, für was das Klimpern noch gut sein wird.« Elf verzog den Mund.

»Dann ist das beschlossen«, erklärte Frau Doll in einem Ton, der Widerspruch gar nicht erst aufkommen ließ. »Sie kommen zu mir zum Klavierspielen.« Bekräftigend klopfte sie auf den Tisch.

»Sie haben ein Klavier?«, fragte Hanna erstaunt.

»Einen Flügel.« Frau Doll sah herausfordernd in die Runde. »Und in nächster Zeit werde ich sowieso keine einzige Note spielen. Was sagen Sie?« Sie sah Elf an.

Die wusste gar nicht, wie ihr geschah. »Das wäre fantastisch. Danke.«

»Keine Ursache. Dafür bekomme ich schließlich gratis ein Konzert von Ihnen.«

Elf erhob sich und lächelte Frau Doll noch einmal zu. »Ich muss weitermachen. Ist Ihnen jetzt ein Musikwunsch eingefallen?«

»Spielen Sie was aus der Dreigroschenoper für mich. Oder sonst irgendwas von Weill.«

Elf nickte. Ihr Blick traf den von Hanna. Eine lange Sekunde schauten sie sich an, dann drehte sich Elf um und schritt zum Klavier.

»Elf!« Fritz' Stimme schallte durchs ganze Haus. »Elfriede! Verdammt!«

Elf hastete die Treppe hinunter, frisch geduscht und sich gerade noch ein T-Shirt über den Kopf ziehend.

»Es hat seine Grenzen, Fritz«, rief sie in Richtung Wohnküche. »Nicht mal du darfst mich so nennen. Da kannst du noch so krank und missmutig sein.«

Im Wohnbereich lag Fritz auf dem Sofa, mehrere Kissen im Rücken, Zeitungen und Magazine in einem unordentlichen Haufen um ihn herum. Der Fernseher lief ununterbrochen, irgendein Verkaufssender im Wechsel mit Viva. Hier hatte Fritz alles im Blick: die Küche, den Eingang, die Treppe zum Obergeschoss. Elf kam sich vor wie im Überwachungsstaat. *Big Brother is watching you.* Seit zwei Wochen lag er nun schon hier und ließ sich bedienen.

»Ja, ja«, brummte er, »lass mich in Ruh.«

»Was jetzt? In Ruhe lassen oder was?« Elf warf einen genervten Blick auf das Chaos auf und neben dem Sofa.

»In Ruhe lassen und einkaufen. Lizzy kommt nachher vorbei. Salvatore vom Kindertheater auch. Bier, Chips, irgendwas Gesundes für Hanna. Saft oder so.«

»Sonst noch was, der Herr?«, fauchte Elf.

»Ja, Zigaretten.«

Es klingelte. Das Schrillen ließ Elf die Haare zu Berge stehen. Schon wieder Besuch.

»Du kannst mich echt mal, Fritz«, herrschte sie ihren Bruder an. »Ich hoffe, du kommst bald in Reha. Ich dreh noch durch. Und wer ist das schon wieder? Ist das hier ein Irrenhaus oder was?!« Noch während sie die letzten Worte brüllte, riss sie die Tür auf. Und konnte einen Moment lang nur starren. Auf der Treppe stand Hanna.

»Ich hoffe doch nicht«, reagierte sie trocken auf Elfs Ausbruch. »Obwohl man in der letzten Zeit manchmal den Eindruck hatte.«

Wie macht die Frau das nur, dass ich keine drei Wörter mehr intelligent über die Lippen bringe? »Hanna«, war alles, was Elf krächzend zustande bekam.

Hanna sah fantastisch aus. Heute trug sie kein Schwarz, und trotzdem wirkte sie kühl-intellektuell. Ihre modische Bluse ließ einen Hauch eines aufregenden Dekolletés erahnen, und ihre lässig sitzende Hose betonte ihre sportliche Figur. Elf blinzelte.

Fast schüchtern kam von Hanna: »Darf ich reinkommen in das Irrenhaus?«

Elf machte einen Schritt zur Seite. »Entschuldige, natürlich.«

Hanna trat in den Flur, in dem vor ein paar Wochen ihr erstes unerfreuliches Zusammentreffen stattgefunden hatte. Heute erinnerte nichts mehr an ihre anfängliche Abneigung. Irgendetwas hatte sich gewaltig verändert, stellte Elf fest.

»Hängt der Haussegen schief bei euch?«, fragte Hanna, während sie ihre Tasche von der Schulter nahm.

Mit gedämpfter Stimme antwortete Elf: »Ehrlich gesagt steh ich kurz davor, Fritz zu erwürgen. Er ist unausstehlich. Und sein ständiger Besuch auch.«

Hanna schmunzelte und zog eine Augenbraue hoch.

»Damit bist natürlich nicht du gemeint«, beeilte sich Elf hinzuzufügen. »Du hockst schließlich nicht stundenlang hier rum, qualmst wie ein Schlot und lässt dich mit Bier volllaufen.« Die Karikatur einer Bier trinkenden und fläzenden Hanna erschien vor ihrem inneren Auge. Sie musste lachen. »Nicht, dass das zu dir auch nur annähernd passen würde.«

Hanna lächelte. »Wie meinst du das denn? Muss ich mich beleidigt fühlen?«

Elf grinste zurück und schob die Hände in die Hosentaschen. An diesen neckenden Umgangston könnte sie sich gewöhnen. Und nach Hannas schalkhaftem Lächeln zu urteilen, beruhte das auf Gegenseitigkeit. *Dazu noch die umwerfende Optik … Verdammt sexy.*

»Hanna!«, dröhnte es aus dem Wohnbereich. »Das wird auch so langsam Zeit. Meine Verbände jucken!«

Elf verdrehte die Augen. »Du siehst, was ich durchmache«, flüsterte sie.

Hanna flüsterte zurück: »Verstehe vollkommen. Letztes Mal, als ich da war, hat er mich auch wie seine persönliche Krankenschwester behandelt. Ich musste ihm einen Strohhalm für sein Bier besorgen und ihn auf die richtige Länge für sein Glas abschneiden.«

»Pfff«, prustete Elf abfällig.

»Und das Beste war, dass Lizzy die ganze Zeit danebensaß und dämliche Sprüche von sich gegeben hat. Gemeinsam sind die zwei gerade echt Gift.«

»Wohl wahr.«

Die beiden lächelten sich verschwörerisch an. Dann seufzte Elf theatralisch und sagte: »Komm mit in die Höhle des Löwen. Wir können uns leider nicht ewig hier draußen verstecken.«

»Elf! Elfriede!«, schallte es ihnen aus dem Wohnbereich entgegen, noch bevor sie eingetreten waren.

»Halt die Klappe, Fritz. Nenn mich noch einmal so, und ich lass dich auf deinem Sofa verrotten.« Elf war mit ihrer Geduld am Ende. Krank war ihr Bruder wirklich unerträglich.

Im Brustton der Überzeugung behauptete er: »Das würde Hanna nie zulassen.«

»Sei dir da mal nicht so sicher.« Das kam von Hanna. »Dir geht es ja offensichtlich schon wieder ganz gut, wie ich sehe. Gut genug, um deiner Schwester auf die Nerven zu gehen.« Sie hatte ihre Tasche abgestellt und kramte nun darin herum.

Fritz sah verdutzt von einer zur anderen. »Hey, Moment mal. Seit wann stehst du auf Elfs Seite? Ihr könnt euch doch nicht ausstehen.«

Hanna unterbrach ihre Suche nach dem Verbandsmaterial und sah zu Elf, die sie gespannt anblickte und lächelnd die Augenbrauen hochzog. Daraufhin grinste Hanna. »Die Zeiten ändern sich«, sagte sie zu Fritz, ohne die Augen von Elf abzuwenden.

Elfs Augenbrauen wanderten noch höher, und sie grinste zurück.

»So«, kam Hanna dann auf den Zweck ihres Besuchs zu sprechen, »jetzt seh ich mir mal deinen Verband an. Und dann gehen wir ein Stück.«

Dieser Vorschlag schien das Rätsel um die Beziehung zwischen Elf und Hanna augenblicklich aus Fritz' Gedankenwelt zu verbannen. »Bist du verrückt?«, protestierte er. »Ich kann noch nicht gehen.«

Hanna verdrehte die Augen. »Natürlich kannst du. Du kommst ja auch jeden Tag hier zum Sofa.«

»Ich schlaf hier.«

»Und zum Klo?« Hanna ließ nicht locker.

Damit hatte sie ihn erwischt. Elf stellte sich heimlich feixend schräg hinter ihn, damit er ihre Reaktion nicht sehen konnte. Hanna hatte das echt gut raus. Das musste die viele Übung mit schwierigen Patienten sein. Und Fritz war definitiv kein leichter Patient.

»Mit Krücken und Elfs Hilfe«, gab Fritz zu.

»Okay, dann machen wir das auch so – erst mal.« Zufrieden mit diesem Ergebnis fing Hanna an, Verbandsmaterial zurechtzuschneiden.

Verbandswechsel, igitt. Das wollte Elf nicht sehen. »Ich lass euch allein. Ich bin oben, falls ihr mich braucht.«

»Ja, ja, hau nur ab«, moserte Fritz. »Du musst ja nicht den ganzen Tag hier liegen.«

»Fuck you, Fritz.«

»Geh einkaufen, verdammt.«

»Du kannst mich.« Elf zeigte ihm den Mittelfinger und ging die Treppe hoch.

Als sie sich noch einmal umsah, traf ihr Blick den von Hanna. Sie schenkte Hanna ein konspiratives Grinsen und zwinkerte ihr heimlich zu, bevor sie um die Biegung verschwand.

Hanna erklomm die Treppe in den ersten Stock. Sie hatte mit Fritz seine Übungen absolviert und festgestellt, dass es effektiver wäre, wenn Elf ihr beim nächsten Mal helfen könnte. Außerdem wollte sie sich einfach noch verabschieden. Und vielleicht, vielleicht noch einmal einen Blick auf Elfs entzückende Rückseite werfen.

Entzückend? Woher kam der Gedanke? Er war zum ersten Mal aufgetaucht, als sie Elf vorhin in die Wohnküche zu Fritz gefolgt war. Genau genommen war sie dabei mit nichts anderem beschäftigt gewesen als damit, Elfs Hintern zu taxieren. Klein und knackig. Siedend heiß war ihr in den Sinn gekommen, wie sie in jener Nacht in der Bibliothek genau diesen Hintern geknetet und ihre Hand auf Entdeckungsreise in die verlockende Spalte geschickt hatte. Südwärts, in wärmere Gefilde. Tropische Feuchte hatte sie erwartet …

Warum in aller Welt waren diese Erinnerungen plötzlich wieder so deutlich gewesen? Egal. Der neue, friedliche Zustand mit Elf gefiel ihr. Und der leicht flirtende Unterton auch. Elf konnte richtig charmant sein, wenn sie wollte. Wie sie ihr auf der Treppe zugezwinkert hatte … *Nicht schlecht. Sehr süß bei so einer Frau. Butch im Elfengewand.* Hanna lächelte vor sich hin.

Aus der Bibliothek hörte sie Gitarrenklänge und eine leise Singstimme. Die Tür stand offen. Hanna spähte um die Ecke. Sie wollte Elf nicht unterbrechen. Ihr Klavierspiel war ja schon beeindruckend gewesen, obwohl es nur Hintergrundgeklimper für Kaffee und Kuchen gewesen war. Bis auf das Stück von Weill natürlich. Hanna hatte es nicht gekannt, aber Frau Doll war sehr angetan gewesen.

Frauen, die Gitarre spielten und dazu sangen, hatten etwas, was Hanna tief berührte. Wenn die Frau gut war. Und Elf war sehr gut. Ihre Stimme umschmeichelte Hanna wie ein warmer Sommerwind. Tiefer als ihre Sprechstimme, mit einer leicht rauchigen Qualität. Sie traf Hanna direkt ins Herz, ohne den Umweg über die Ohren und das Gehirn.

Elf saß auf dem gigantischen Monster von einem Ledersofa und war in ihr Spiel vertieft, so dass Hanna sie wie schon im Café unbemerkt beobachten konnte. Wieder fiel ihr Blick auf Elfs Hände. Feingliedrig und doch kräftig. Mit Leichtigkeit griff Elf die Akkorde und schlug die Saiten an. Hanna ließ ihre Augen weiterwandern. Elf war wirklich sehr hübsch. Eine zarte Elfe, da hatte Lizzy ausnahmsweise mal recht. Ihre halblangen braunen Haare umspielten ihr Gesicht, das dadurch noch schmaler wirkte. Grüne Augen, das wusste Hanna noch, weil es ihr gleich bei ihrer ersten Begegnung aufgefallen war. Und ein sehr schön geschwungener Mund. Sinnlich mit einem verletzlichen Zug. Hanna starrte auf Elfs Mund. *Beim Singen noch schöner.*

Sie lehnte im Türrahmen, ganz gebannt von Elfs Anblick und ihrer Musik und gerade gar nicht bereit, sich zu maßregeln wie sonst. Der Moment war zu zauberhaft. Früh genug würde er enden.

Als hätte sie Hannas Gedanken aufgefangen, hörte Elf mitten im Lied auf zu spielen und lehnte sich vor, um etwas aufzuschreiben. Sie probierte einen anderen Akkord und beugte sich murmelnd wieder zu ihrem Notenblatt.

Jetzt musste Hanna sich bemerkbar machen, sonst würde es peinlich werden. Sie räusperte sich. Elfs Kopf fuhr hoch, und sie schaute Hanna kurz verwirrt an. Dann stahl sich ein Lächeln auf ihr Gesicht.

»Hallo. Ich hab dich gar nicht kommen gehört.«

»Tut mir leid«, entschuldigte sich Hanna. »Ich wollte dich nicht stören.«

»Du störst nicht. Komm rein.«

»Äh, ja.« Hanna fiel wieder ein, wann sie das letzte Mal hier in der Bibliothek gewesen war. Das war auch mit Elf gewesen. Kein guter Gedanke. Sie spürte, wie ihr heiß im Gesicht wurde. *Bitte keine roten Ohren, nicht jetzt.*

»Deine Musik gefällt mir«, sagte sie schnell, um von ihren Ohren abzulenken. »Was war das für ein Stück?«

»Ein selbst komponiertes. Hab es *Sad Song* genannt. War schlecht drauf, kurz nachdem ich aus Schweden weggegangen bin.« Elf schüttelte den Kopf und lächelte. »Das ist passé, Gott sei Dank.«

Sie stellte ihre Gitarre beiseite und strahlte Hanna an. Kleine Fältchen bildeten sich um ihre Augen. Hanna lächelte zurück. Elfs Aura nahm sie gefangen wie ein Zauberbann, der sie auf ewig dazu verdammte, dümmlich lächelnd dazustehen und Elf anzuschmachten.

Sag was, du wirkst debil. Gut, dass sie sich schon vorher das einzig sichere Thema zurechtgelegt hatte, das sie mit Elf anschneiden konnte. »Ich wollte mit dir über Fritz reden.«

»Gibt's Probleme mit seiner Heilung?«

»Nein, keine Sorge. Es verheilt alles sehr gut. Mal abgesehen von seiner miesen Stimmung.«

»Mies ist kein Ausdruck.« Elf schnaubte verächtlich.

»Deswegen wollte ich auch mit dir reden«, erklärte Hanna. »Er muss mehr üben. Die paar Sitzungen Physio reichen nicht. Dann hat er auch nicht mehr so viel Zeit rumzumotzen.«

»Schön wär's.«

»Wenn er jetzt anfängt zu laufen«, führte Hanna weiter aus, »bräuchte ich deine Hilfe für die Übungen.«

»Natürlich. Klar helfe ich. Sofort?«

»Übermorgen, wenn ich wieder komme, um nachzusehen. Okay?«

»Okay.«

»Gut. Sehr gut.« Hanna wusste nichts mehr zu sagen.

»Ja.« Elf offenbar auch nicht. Sie sahen sich an. Schwiegen.

»Dann geh ich mal«, sagte Hanna schließlich. Sie ging zur Tür und drehte sich noch einmal um, um sich zu verabschieden. Elf sah sie mit einem fragenden Gesichtsausdruck an. Sie wollte etwas sagen, das konnte Hanna sehen. Aber sie schien sich nicht sicher zu sein, ob sie es wirklich tun sollte.

»Ja?«, fragte Hanna aufmunternd. Und neugierig.

Elf gab sich einen sichtbaren Ruck. »Auf die Gefahr hin, dass sich das Verhältnis zwischen uns wieder verschlechtert, was ich nicht möchte, muss ich dich was fragen.«

Hanna nickte. *Was kommt denn jetzt?*

»Was ist eigentlich in der Nacht von der Party damals passiert? Hier, zwischen uns?«

Nanu, dachte Hanna. Konnte Elf sich etwa an gar nichts mehr erinnern? *Das kann nicht sein.*

»Ich habe keine Amnesie«, stellte Elf klar. »Ich meinte mehr, wie es überhaupt dazu kam. Wieso lagst du bei mir auf dem Sofa? Wer hat angefangen – du weißt schon?« Sie senkte den Kopf. Offenbar hatte sie der Mut wieder verlassen.

Es musste Elf große Überwindung gekostet haben, das Thema anzusprechen. Und Hanna war klar, dass es angesprochen werden musste. Wenn sie befreundet sein wollten, musste das aus der Welt geschafft werden ... *Will ich befreundet sein mit Elf? Oder ist das mehr eine sexuelle Anziehung, die wieder verfliegen wird?* Aber eigentlich spielte das keine Rolle. Die Situation hatte eindeutigen Klärungsbedarf, so oder so.

Hanna ging ins Zimmer zurück und setzte sich ans andere Ende des Sofas, in ausreichendem Abstand zu Elf. »Du hast recht. Wir sollten darüber reden.«

Überrascht hob Elf den Kopf. Sie hatte wohl gedacht, Hanna würde einfach gehen – das stand ihr deutlich ins Gesicht geschrieben.

Hanna seufzte und fing an zu erzählen: »Ich hatte vor der Party einen ziemlich langen und anstrengenden Dienst im Krankenhaus. Ich war erschöpft, und nach unserem kleinen Clash ...« Sie lächelte Elf entwaffnend an. »Elf wie die Tankstelle. Entschuldige.«

Elf schnaubte kurz und winkte ab.

»Ich wollte mich etwas ausruhen«, fuhr Hanna fort, »und bin hierhergekommen. Dass bereits jemand auf dem Sofa lag, hab ich gesehen, aber nicht, dass du es warst. Ich wollte mich einfach auf die andere Seite legen, das Ding ist ja schließlich riesig.« Sie hatte das Gefühl, sich rechtfertigen zu müssen. Im Nachhinein fand sie es selbst komisch, dass sie sich einfach zu jemandem dazugelegt hatte. Aber in dem Moment damals war ihr der Gedanke nicht gekommen. Sie war müde gewesen. Hanna schluckte. Sie wusste nicht weiter.

Elf sah sie erwartungsvoll an. Offensichtlich wollte sie jetzt alles genau wissen. »Und dann?«, drängte sie.

»Weiter weiß ich ehrlich gesagt auch nicht so genau. Ich muss eingeschlafen sein. Wie ich auf deine Seite kam, ist mir ein Rätsel.« Selbst für Hannas eigene Ohren hörte sich die Erklärung ziemlich mau an. Dementsprechend skeptisch schaute Elf drein.

Um nicht den Faden zu verlieren, sprach Hanna gleich weiter: »Als ich so langsam im Halbschlaf zu mir kam, hattest du schon deine Hände unter meinem Pulli.« Kaum hatte sie die Worte ausgesprochen, fiel ihr auf, wie wenig taktvoll sie sie formuliert hatte.

Elf schlug stöhnend die Hände vors Gesicht. »Oh Gott. Wie peinlich.«

Hanna musste schmunzeln. Anscheinend war Elf das Ganze noch unangenehmer als ihr. Und offenbar konnte sie sich tatsächlich nicht daran erinnern, dass sie diejenige war, die im Schlaf die intimen Berührungen initiiert hatte. *Intim? Mehr als intim. Wenn ich mir das nicht total zusammenphantasiere, hatte sie ihre Hand schon in meiner Unterhose.* Aber, und das ließ sich genauso wenig abstreiten, sie selbst hatte das genossen. *Sehr sogar.*

»Wieso peinlich?«, fragte sie.

Zwischen ihren Händen hindurch, die sie immer noch vor dem Gesicht hatte, grummelte Elf: »Ich habe dich praktisch im Schlaf überfallen. Geht's noch billiger?«

So peinlich berührt war Elf unglaublich charmant. Geradezu liebreizend. Hanna musste lächeln, dann rief sie Elf in Erinnerung: »Wie du weißt, hab ich mitgemacht.«

Das brachte Elf endlich dazu, den Kopf zu heben und sie anzusehen. »Ja, wieso hast du mich nicht gestoppt?«

Hanna hielt dem intensiven Blick aus grünen Augen stand. »Ich wollte dich nicht stoppen.«

Elf sah sie ungläubig an. Was Hanna veranlasste nachzusetzen: »Ich fand es ehrlich gesagt total schön.« Sie ließ ihren Worten ein zurückhaltendes Lächeln folgen.

War das jetzt zu viel Ehrlichkeit? Wie hört sich das denn an? Da hätte sie ja gleich sagen können: ›Ich nehm's, wo ich's kriegen kann.‹ Jetzt wurde sie doch langsam nervös unter Elfs Blick. Deren grüne Augen blitzten, während sie Hanna musterte.

»Ich mach so was normalerweise nicht«, stellte Hanna klar. Auf einmal war es ihr unglaublich wichtig zu erklären, dass sie nicht so war, wie Elf vermutete. Und was Elf vermutete, war unschwer zu erkennen.

»Was machst du nicht?«, platzte Elf heraus.

Hanna versuchte einen Scherz daraus zu machen: »Sex mit fremden Frauen, die ich vorher beleidigt habe.« *Scherze machen, wenn man nervös ist, funktioniert nicht.*

»Aha«, war Elfs Antwort. Sie schien sich bestätigt zu fühlen in ihrem Bild von Hanna.

Verdammt, ich komm rüber wie der lesbische Vamp. »Überhaupt Sex mit fremden Frauen. Punkt.«

Elf schien die Antwort zu akzeptieren, auch wenn sie immer noch distanziert wirkte. »Ich auch nicht«, sagte sie. »Auch wenn du mir das jetzt wahrscheinlich nicht glauben wirst.«

Hanna zog spöttisch eine Augenbraue hoch. Wenn Lizzy ihr nicht erzählt hätte, dass Elf nicht rummachte, hätte sie das tatsächlich nicht geglaubt. Nicht, nachdem Elf in jener Nacht mit einer Zielstrebigkeit in ihre Hose gelangt war, die von viel Praxis sprach.

»Hast du eigentlich eine Freundin in Schweden?« Die Frage rutschte Hanna heraus, bevor sie darüber nachdenken konnte. *Verdammt, was geht dich das an. Halt dich zurück.* Aber es interessierte sie brennend.

»Du meinst so eine Langstreckenbeziehung?« Elf lachte. »Nein, hab ich nicht. Das wäre auch nichts für mich.«

»Entschuldige, dass ich gefragt habe.«

»Ist okay.« Elf begutachtete Hanna nachdenklich. Nach kurzem Schweigen sagte sie: »Dann habe ich jetzt auch eine Frage gut.«

Skeptisch gab Hanna zurück: »Okay, schieß los. Ich weiß allerdings noch nicht, ob ich sie beantworten werde.«

Elf ließ sich Zeit. Sie betrachtete Hanna ausführlich. Hanna kam es wie lange Minuten vor, die Elfs durchdringender Blick auf ihr ruhte. Das Lächeln war aus ihrem Gesicht verschwunden, und der verletzliche Zug um ihren Mund wurde sehr auffällig. Sie fuhr sich durch die Haare – eine Geste, die Hanna kurz ablenkte, da Elfs zartgliedrige Hand sofort ihren Blick auf sich zog. Dann endlich rang sich Elf durch: »So, wie du aussiehst, hast du sicherlich einen Harem an der Hand. War das ein willkommenes Spielchen für dich, hier mit mir auf dem Sofa?«

Hanna verschlug es den Atem. Sie musste erst mal schlucken. Das war wirklich die letzte Frage, mit der sie gerechnet hätte.

»Ich weiß jetzt nicht, ob das ein Kompliment war oder die schlimmste Beleidigung, die ich jemals gehört habe«, sagte sie, als sie ihre Sprache wiederfand. »Mir ist klar, dass du mich nicht kennst, sonst würdest du gar nicht auf die Idee kommen, so was zu fragen.« Prustend atmete sie aus. Ärger war in ihr aufgeflammt. Das war einfach unverschämt. Als sie jedoch Elfs offenen Gesichtsausdruck sah, die Unsicherheit, die aus ihrer Miene sprach, wurde ihr klar, dass es Elf sehr ernst war. Sie verdiente eine ehrliche Antwort.

Ruhiger sagte Hanna: »Fürs Protokoll: Ich mache solche Sachen nicht. Nicht nur Sex mit fremden Frauen, sondern generell Spielchen jeder Art. Affären, Dreiecksbeziehungen, Lügengeschichten, das ist mir alles zuwider.« Die Inbrunst, mit der sie das sagte, musste sie nicht spielen. Ihre ethischen Vorstellungen waren sehr gefestigt und nicht mit derlei Niederungen der menschlichen Natur vereinbar. Sie wusste nicht genau, warum sie sich verpflichtet fühlte, Elf noch weiter Auskunft zu gewähren – aber es war ihr wichtig, dass Elf verstand, dass sie nie ein Spiel mit ihr getrieben hätte. »Meine letzte Beziehung ist über ein Jahr her, und genauso lange hatte ich auch keinen Sex mit einer anderen Frau. Von unserem ungeplanten Zusammentreffen mal abgesehen.«

Jetzt wirkte Elf tatsächlich etwas belämmert. Hanna schien ihre Prinzipien überzeugend rübergebracht zu haben. Sie sah ihr verlegenes Gegenüber durchdringend an. »Alle Fragen und Unklarheiten beseitigt?« Einen leicht ärgerlichen Unterton konnte sie sich jetzt doch nicht verkneifen.

Betreten murmelte Elf: »Ja. Sorry. Das war daneben.«

»Ja, das war's.« Hanna war beinahe schon wieder besänftigt. Eine reumütige Elf war nett. *Sehr nett.*

»Ich habe mir die wildesten Gedanken darum gemacht«, murmelte Elf, »und alles Mögliche zusammengereimt. Können wir das Ganze jetzt einfach vergessen?«

Hanna hätte lieber gesagt: *Lass uns da weitermachen, wo wir aufgehört haben.* Aber die Vernunft gebot ihr zu antworten: »Ja, lass es uns vergessen.« Friedfertig lächelte sie Elf an. »Würdest du mir zur Aussöhnung was vorspielen?«

Als Hanna neben Elf aus dem ersten Stock herunterkam, war im Wohnzimmer eine angeregte Unterhaltung im Gange. Lizzy saß bei Fritz, ein Spiel Rommé auf dem Tisch ausgebreitet, ein leerer Pizzakarton auf dem Fußboden. Das Gespräch verstummte abrupt, als Elf und Hanna in Sichtweite kamen. Lizzys Gesichtsausdruck war mehr oder weniger geschockt. Fritz blickte eher neugierig drein. Er schien nicht recht zu wissen, was er von dem neu gefundenen Frieden zwischen Hanna und Elf halten sollte.

»Hi, Lizzy«, grüßte Elf. »Ich hoffe, zu dir ist er netter als zu mir.« Offenbar, dachte Hanna, wollte sie so tun, als sei es das Normalste der Welt, dass sie beide in trauter Zweisamkeit die Treppe herunterkamen.

»Hi, Elf. Hanna.« Das war alles, was Lizzy sagte. Ihre sonst so übersprudelnde Art war sichtlich gebremst. Hanna und Elf gemeinsam in der Bibliothek, friedlich über einen längeren Zeitraum – es war offensichtlich, dass Lizzy nicht sicher war, was das zu bedeuten hatte.

Währendessen nahm Fritz das Gekabbel mit seiner Schwester wieder auf. »Ich bin stets 1a korrekt zu den Damen. Stimmt's, Lizzy?«

Lizzy war gedanklich noch ganz woanders. Da es ihr augenscheinlich die Sprache verschlagen hatte, antwortete Hanna an ihrer Stelle: »Da scheint ja deine Schwester nicht dazuzugehören.« Dass sie sich zur Mahnerin von Elfs Leiden unter ihres Bruders schlechter Laune aufschwang, ließ Lizzy noch irritierter dreinschauen.

Fritz' lapidares »Nö, Verwandtschaft zählt nicht« entlockte Hanna ein Schnauben. Elf warf in einer gespielt dramatischen Geste die Hände in die Luft.

»Da seht ihr, was ich durchmache. Mein Bruder ist ein Monster.« Sie starrte ihn durchdringend an und streckte ihm die Zunge heraus, den Schalk im Blick.

Fritz ging auf ihre verspielte Stimmung mit einer Grimasse ein. »Aaaahhhrgg!!«

»Hilfe, ich wohne mit dem Hulk zusammen. Er wird schon ganz grün.«

»Du hast Glück, dass ich nicht laufen kann.«

»Ja, allerdings, Monster-Bruder. Und weil ich so nett bin, werde ich mich jetzt mal um das Chaos in der Küche kümmern, das deine Leute gestern Abend hinterlassen haben.«

Hanna nutzte den Augenblick, um sich auch zu verabschieden. Sie konnte Lizzy ansehen, dass sie einige Fragen auf Lager hatte, die sie jetzt auf keinen Fall hören wollte. Und beantworten schon gar nicht. »Ich muss jetzt auch mal gehen«, sagte sie, bevor irgendjemand dazwischenfunken konnte. »Nachtdienst. Ich komm dann übermorgen für deine Übungen. Ciao, Fritz, Elf. Wir sehen uns beim Training, Lizzy.« Sie winkte in Richtung Lizzy und Fritz. Elf, die schon am Durchgang zur Küche stand, schenkte sie ein Lächeln, das rückhaltlos erwidert wurde.

Doch so schnell ließ sich Lizzy nicht abspeisen. Noch während Hanna sprach, hatte sie sich schon erhoben. Der lächelnde Blickkontakt zwischen Hanna und Elf konnte ihr nicht entgangen sein. »Warte«, hielt sie Hanna zurück, »ich komme kurz mir dir raus.«

War ja klar gewesen. Hanna fügte sich in ihr Schicksal. »Okay.« Erfahren würde Lizzy jedenfalls nichts von ihr.

Schweigend traten sie vors Haus.

»Was gibt's?«, fragte Hanna, sobald die Tür hinter ihnen ins Schloss gefallen war. Sie wollte es hinter sich bringen. Sollte Lizzy doch fragen. Fragen konnte man vieles, Antworten waren eine andere Sache. Und im Grunde gab es ja auch nichts zu erzählen.

Na ja, fast nichts.

Sofort war Lizzy im vollen Verhörmodus. »Was geht hier eigentlich vor?«

»Was meinst du?«, fragte Hanna unschuldig, während sie ihr Fahrrad aufschloss.

Lizzy hatte für dieses Ausweichmanöver jedoch keine Geduld. »Was ich meine? Schätzchen, du verschwindest für fast zwei Stunden mit Elf in der Bibliothek, und du fragst mich, was ich meine?«

Hanna zuckte mit den Schultern. »Ja, na und?«

»Wie, na und? Darf ich dich daran erinnern, dass du noch letzte Woche davon gesprochen hast, wie unmöglich du Fritz' Schwester findest? Ich zitiere: Ein durch und durch undurchschaubares Subjekt. Das waren deine Worte.« Lizzy klang regelrecht empört.

Trotzdem blieb Hanna hartnäckig: »Ja. Und deine Aussage lautet?«

»Ich habe keine Aussage. Ich will wissen, was du da oben zwei Stunden lang mit der süßen Elf getrieben hast.« Ihre Augen blitzten, und sie stemmte die Hände in die Hüften. Anscheinend war sie sicher, dass sie Hanna schon noch knacken würde.

Hanna im Gegenzug war vollkommen genervt. Das hatte ihr gerade noch gefehlt, eine Lizzy mit einer Mission. »Getrieben!«, sagte sie verächtlich. »Wie hört sich das schon wieder an. Und außerdem geht es dich gar nichts an, wenn du mir so kommst.«

»Liebe Hanna-Freundin. Es geht mich wohl etwas an. Sonst muss ich mir auch immer dein Gezeter anhören. Und davon, wie daneben Elf ist, hab ich wirklich den Kanal voll.«

Hanna blieb stur und betrachtete eingehend den Rosenbusch neben ihrem Fahrrad. Am besten gar nichts sagen. Aber eigentlich hätte sie es besser wissen müssen: Lizzy war nicht so schnell loszuwerden.

Die versuchte es nun offenbar mit einer anderen Taktik. »Komm, sei lieb. Und erzähl der alten Lizzy, wieso du plötzlich so gut mit Elf kannst.«

»Wir haben uns zusammengerauft«, gab Hanna widerwillig zu.

»Und weiter?«

»Nichts weiter. Wir haben uns über Fritz unterhalten, und das war's.« Das entsprach halbwegs der Wahrheit. Immerhin.

»Das war's, aha.« Lizzy starrte Hanna unerbittlich an. Hanna sah deutlich, dass sie eine heiße Spur witterte und sich eine geeignete Methode zurechtlegte, um Hanna festzunageln. Schließlich sagte sie: »Dir ist aber schon klar – so süß wie Elf ist, wird sie nicht lange auf dem Markt bleiben. Du solltest die Gelegenheit ergreifen, solange sie sich bietet.«

Hanna brauchte ein paar Sekunden, bis ihr dämmerte, was Lizzy da andeutete. Als es ihr klarwurde, war ihre Empörung umso größer. »Manchmal widerst du mich richtig an, Lizzy«, fauchte sie. »Hör dir doch mal selbst zu. Total respektlos. Und billig.«

Lizzy grinste nur triumphierend.

Mit Nachdruck setzte Hanna hinzu: »Außerdem hab ich dir's schon tausendmal gesagt: Elf interessiert mich nicht.« *Gelogen, gelogen, Hanna! Aber das muss Lizzy ja nicht wissen.* Mehr den Tatsachen entsprechend, zumindest so, wie Hanna sie sah: »Das ist keine Frau für eine Beziehung. Nicht für mich.«

Lizzy ächzte entnervt. »Jetzt kommt die Leier wieder von wegen unzuverlässig, unsichere Zukunft, Musikerin, tralala. Hanna, du bist echt borniert.« Sie schien mit ihrer Geduld am Ende zu sein.

Achselzuckend gab Hanna zurück: »Dann bin ich eben borniert. Wenn das heißt, dass ich ohne das Chaos von manchen Leuten leben kann, dann ist das so. Mehr gibt's dazu nicht zu sagen. Schluss. Basta. Fini.«

Lizzy platzte der Kragen. »Wann hattest du das letzte Mal die Hände einer anderen Frau auf deinen Titten?«

»Was soll das?«, entrüstete sich Hanna. Aber die Frage warf sie völlig aus der Bahn. Worauf war Lizzy aus? Auf keinen Fall würde Hanna zugeben, dass das erst vor kurzem gewesen war. Elfs wunderbare Hände. Sie hatte das Gefühl, die zärtlichen Finger wieder auf ihren Brustwarzen zu spüren. Irritiert verschränkte sie die Arme vor der Brust.

Die Geste ging nicht unbemerkt an der aufgebrachten Lizzy vorbei. »Ja, klemm nur schön deine Schätze ein. Irgendwann sind sie alt und schrumpelig, dann will auch keine mehr dran.«

»Lizzy, du bist so widerlich.« Hanna schnappte sich ihr Fahrrad und schwang sich darauf. »Und in diesem Sinne: Leck mich.« Damit wollte sie Lizzy stehen lassen, doch die hatte wie immer das letzte Wort.

»Gern, wenn's was helfen würde.«

Im Davonfahren blieb Hanna nur noch, Elf zu imitieren: Lizzy bekam ihren Mittelfinger zu sehen. Ihr Lachen folgte Hanna um die Kurve.

Sergej Prokofievs Klavierkonzert Nr. 5 hallte durch die großzügige Altbauwohnung.

Frau Doll thronte in einem ausladenden roten Brokatsessel und lauschte andächtig. Was für eine gefühlvolle Pianistin, diese Elf. Sie spielte mit einem Ausdruck, der geradezu überwältigend war und die kleinen Mängel auf der technischen Seite ausglich. Aber Frau Doll hatte einen von persönlichem Stil geprägten Vortrag schon immer mehr zu schätzen gewusst als einen technisch perfekten. Elf hatte eine starke, komplexe Persönlichkeit, die in ihrer Interpretation von Prokofiev aus jedem Ton quoll.

Was für ein Privileg, im eigenen Wohnzimmer ein solches Privatkonzert genießen zu dürfen. Auch wenn Elf eigentlich nur üben wollte. Aber das tat sie auf einem so hohen Niveau, dass es Frau Doll fast schon unwirklich erschien. An dieser jungen Frau war tatsächlich eine Konzertpianistin verlorengegangen. Aber

Frau Doll war klar, welche Opfer ein solcher Berufsweg verlangen würde. Wenn Elfs Herz nicht daran hing, dachte sie, dann war ihre Entscheidung gegen eine Konzertlaufbahn die beste, die sie treffen konnte.

Unterdessen hatte Elf ihr kleines Publikum längst vergessen. Sie spielte vom Blatt, und das schwierige Stück erforderte ihre volle Konzentration. Obwohl sie schon seit Wochen nicht mehr geübt hatte, bemühte sie sich um den richtigen Ausdruck ebenso wie um Technik und Akkuratheit. Sie war komplett vertieft, nahm um sich herum nichts mehr wahr.

Erst zum Ende ihres Spiels hin kam sie wieder zurück in die Welt. Frau Doll war eine aufmerksame und zurückhaltende Zuhörerin gewesen. Sie gab keinen Mucks von sich, bis Elf die Hände von den Tasten nahm.

Elf lächelte sie schelmisch an. »Wie war ich?«

»Das bin ich schon lange nicht mehr gefragt worden.« Frau Doll lachte schallend heraus. »Und leider konnte ich nicht immer sagen, was ich jetzt zu Ihnen sagen kann: Fantastisch!«

Verlegen schlug Elf die Augen nieder. »Danke.«

»Na, na, na, keine falsche Bescheidenheit. Das haben Sie nicht nötig.«

»Soll ich jetzt vielleicht mit etwas Leichterem nachlegen?«, fragte Elf die alte Dame. Schließlich stellte diese ihr ihre Wohnung zum Üben zur Verfügung, da musste sie sich schon ein bisschen revanchieren und zu ihrer Unterhaltung beitragen.

»Spielen Sie, was Sie möchten«, entgegnete Frau Doll, »und ignorieren Sie mich einfach. Sie sind ja schließlich zum Üben hier und nicht für mein persönliches Vergnügen. Obwohl sich das bisher ganz ausgezeichnet kombiniert, wie mir scheint.« Sie lächelte.

Elf zog aus ihrer Tasche ein weiteres Bündel Notenblätter heraus und legte sich das erste Stück zurecht. »Ich muss Sie warnen«, bemerkte sie dabei. »Das wird jetzt nicht so ein Genuss, ich habe noch keines der Stücke gespielt. Ich werde mich erst zurechtfinden müssen.«

Frau Doll winkte ab. »Wer Prokofiev spielt, liebe Elf, wird mit dem meisten anderen auch kein großes Problem haben.«

»Mal sehen«, gab Elf skeptisch zu bedenken.

Sie fing an zu spielen. Eine beliebte Melodie, die auch Frau Doll sicherlich sofort erkannte: *Für mich soll's rote Rosen regnen.* Elf fing an mitzusummen, und auch ihre Zuhörerin stimmte rauchig mit ein. Sobald Elf den letzten Ton gespielt hatte und sich lächelnd zu Frau Doll drehte, fragte diese unschuldig: »Hatte sich nicht Hanna das Lied gewünscht, als wir bei Ihnen im Café in Bad Cannstatt waren?«

Ertappt! Elf fing an, umständlich ihre Noten zu ordnen, obwohl Frau Doll sie ohne Zweifel bereits durchschaut hatte. »Kann sein«, versuchte sie das Ganze zu umschiffen.

»So, so.«

Elf blickte auf. Frau Doll betrachtete sie amüsiert.

»Was wollen Sie damit sagen?«, fragte Elf fast ein wenig pampig.

»Nichts. Wer bin ich denn, dass ich mir eine Meinung dazu erlauben dürfte?«, antwortete Frau Doll im selben unschuldigen Ton wie zuvor.

»Ha!« Elf hatte längst begriffen, dass sie bei Frau Doll nicht diplomatisch sein musste. »Erstens, wozu haben Sie denn keine Meinung? Und zweitens bin ich mir bei Ihnen sowieso sicher, dass Sie in diesem Fall längst eine haben. Da könnte Sie niemand auf der Welt davon abhalten.«

»Werden Sie mal nicht frech, junge Dame! Aber wo Sie recht haben ...« Frau Doll strahlte. Ganz offensichtlich genoss sie es, dass Elf ihr auf Augenhöhe begegnete und sie nicht behandelte, als sei sie zerbrechlich.

»Und wie lautet nun Ihre Meinung?«, fragte Elf nach. Im Grunde rein rhetorisch, da Frau Doll ihre Meinung sowieso früher oder später zum Besten geben würde.

Die alte Dame räusperte sich. »Sie drehen den Spieß ganz schön rum. Eigentlich wollte ich Ihnen ein paar Würmer aus der Nase ziehen.«

Elf zog besagte Nase kraus. »Keine Würmer drin.«

Frau Doll ließ ihr klingendes Lachen erschallen. Dann konstatierte sie ohne Umschweife: »Ich frage mich, wann Sie und Hanna endlich Ihre gegenseitige Anziehung akzeptieren werden. Und meine Meinung dazu ist, dass es nicht früh genug sein kann. Sie wären ein wunderschönes Paar.«

So viel Direktheit traf Elf doch etwas unvorbereitet. Ihr Herz und ihr Atem stockten für einen Moment.

»Optisch würden wir vielleicht ganz gut zueinander passen«, stimmte sie zögernd zu, als sie sich wieder gefangen hatte. »Aber sonst?« Frau Dolls Analyse erschien ihr ein wenig zu einfach.

»Optisch«, erklärte die sofort, »wären Sie der Hammer, wenn ich mir diesen neumodischen Ausdruck erlauben darf. Und was gibt es sonst auszusetzen? Die Chemie zwischen Ihnen stimmt doch seit Neuestem.« Sie ließ Elf nicht aus den Augen.

»Ja, wir verstehen uns gut, seit wir ein paar Dinge geklärt haben«, gab Elf zu. »Aber wie kommen Sie überhaupt darauf, dass es diese sogenannte Anziehung zwischen uns gibt? Bin ich so durchschaubar? Das wäre mir schon peinlich.« Hatte sie Hanna angeschmachtet, ohne es zu bemerken? Allmählich bewegte sich dieses Gespräch in eine Richtung, die Elf unbehaglich war.

Frau Doll schüttelte nachdrücklich den Kopf. »Das sind doch nicht nur Sie allein. Auch Hanna ist ganz hin und weg von Ihnen, aber sagen Sie ihr bloß nicht, dass ich das gesagt habe. Sie selbst hat das mir gegenüber auch nicht zugegeben. Aber Guste Doll hat dafür ein Näschen. Mein Instinkt ist in diesen Dingen unfehlbar.« Sie zwinkerte Elf verschwörerisch zu.

Elf schluckte. Warum auf einmal dieses Herzklopfen? »Schön wär's. Aber ich glaube, dieses Mal werden Sie sich täuschen.« So schnell ließ sie sich nicht überzeugen.

»Aber wieso denn?« Die alte Dame blieb beharrlich. »Wenn ich Sie recht verstehe, leugnen Sie gar nicht, in Hanna verliebt zu sein. Und Hanna wird auch noch zu ihren Gefühlen stehen. Was wird Sie also davon abhalten, ein Liebespaar zu werden?« Ihrer Meinung nach schien alles bereits klar wie Kloßbrühe.

»Verliebt!«, entfuhr es Elf erschrocken. So weit hatte sie selbst noch nicht einmal gedacht. Sie überlegte kurz. Aber tief drinnen wusste sie, dass Frau Doll recht hatte, jedenfalls was ihre eigenen Gefühle anging.

»Könnte sogar sein – bei mir«, brummte sie. »Aber Hanna – ich weiß nicht. Sie ist immer so ... so ...« Sie suchte nach Worten.

»So korrekt? So unnahbar? So geradlinig?«, half Guste Doll.

Das traf es auf den Punkt. Elf nickte. »Ja. Genau. Und ich glaube wirklich, dass sie mich für ein bisschen ausgeflippt hält. In ihrer Gedankenwelt scheint kein Platz zu sein dafür, ein Studium an einer Musikakademie zu schmeißen. Und das auch noch, um einem nicht näher festgelegten Ziel nachzujagen.«

»Da könnten Sie recht haben. Aber dann muss sie eben akzeptieren lernen, dass nicht alle Menschen einen solch abgesteckten Weg wie sie selbst gehen.« Für Frau Doll war nichts ein Hindernis, nicht einmal Hannas festgeschriebene Lebens- und Moralvorstellungen.

Doch Elf zweifelte weiterhin. »Ich weiß nicht ...« Die Wahrscheinlichkeit, dass sie und Hanna zusammenkommen würden, erschien ihr immer mehr zu schrumpfen, je länger sie mit Frau Doll darüber sprach.

Aber die ließ sich nicht von ihrer Ansicht abbringen. »Und vielleicht zieht Hanna das ja auch ein Stück weit an«, fuhr sie fort, »dieses Unkonventionelle an Ihnen.« Sie nickte wie zur Bestätigung und schien damit das Gespräch als beendet zu betrachten.

Elf wandte sich wieder dem Flügel zu und machte mit Fingerübungen weiter. Stupide, schon tausendmal gespielt, genau richtig, um dabei nachzudenken. Könnte es sein, dass Hanna tatsächlich an ihr interessiert war? »Interessiert«, was für ein Wort. Sie nahm schon Frau Dolls Vokabular an. Ihr Verhältnis hatte sich drastisch verbessert, das stimmte. Vor allem das Gespräch über den Sofa-Vorfall hatte einiges geklärt. Dass das Ganze für Hanna offensichtlich auch ein unvorhergesehenes Ereignis gewesen war, das sie aus der Spur geworfen hatte, sprach für sie und hatte Elfs Bild von ihr auf den Kopf gestellt. Aber auch wenn sie abgemacht hatten, das Ganze zu vergessen – Elf konnte es nicht. In den letzten Tagen waren ihre Gedanken im Gegenteil wieder vermehrt in diese Richtung abgeschweift. Eigentlich schade, dass sie sich nicht allzu genau an die Einzelheiten dieser Nacht erinnern konnte. Wie gern hätte sie noch gewusst, wie es sich angefühlt hatte, ihre Hände unter Hannas Pullover zu haben. Nur verschwommen war ihr noch gegenwärtig, wie sie Hannas Brüste gestreichelt hatte. Allein der Gedanke ließ eine heiße Welle durch sie hindurchschießen und ihre Finger auf den völlig falschen Tasten landen. Frau Doll zuckte in ihrem Sessel zusammen.

Hanna ging ums Haus herum in Richtung Terrassentür. Seit Fritz aus dem Krankenhaus gekommen war und auf der Couch herumlag, ohne aktiv zu seiner Genesung beizutragen, war die Tür immer offen. Elf hatte es irgendwann gereicht, den Portier für Fritz' Besuch zu spielen. Was Hanna gut verstehen konnte.

Die Küche sah aus wie Sau. Bierflaschen, Pizzakartons und zwei randvolle Aschenbecher. Der Geruch war dementsprechend. *Arme Elf,* dachte Hanna sofort. Und musste gleich darauf lächeln. *Kann es sein, dass wir hier einen Fall von Vernarrtheit haben, Dr. Felsberg? Der gerade dabei ist, sich möglicherweise in eine Verliebtheit zu steigern?* Das Bild von Elf, wie sie vor zwei Tagen in der Bibliothek für sie gespielt hatte, erschien vor ihrem inneren Auge. Das war ein intensiver Moment gewesen. Hanna war sich vorgekommen wie der privilegierteste Mensch auf der ganzen Welt. Im Zentrum von Elfs Blick, umgeben von ihrer Stimme, ihrer Musik, hatte sie es kaum fassen können, dass das alles nur für sie stattfand. Aber dass sie nur für Hanna spielte, daran hatte Elfs Blick keinen Zweifel gelassen. Ganz von selbst waren Hannas Gedanken wieder zu der Nacht der Party geschweift. Wie Elf sich angefühlt hatte. Zart und stark zugleich. Erregend. Wundervoll. Sie hatte Elfs Hände fixiert und sich zurückerinnert, wie diese feingliedrigen Finger, die der Gitarre so gekonnt süße Harmonien entlockten, ihre Brüste gestreichelt hatten, bis sie vor Spannung zu implodieren glaubte.

Hanna schüttelte den Kopf. *Reiß dich zusammen.* Das würde doch eh zu nichts führen. Keine Frauen mehr wie Olivia – das hatte sie sich geschworen. Und Elf war definitiv eine Frau, deren Lebensweise in diese Richtung ging.

»Hallo, ist da jemand?«

Fritz' Ruf brachte Hanna zu Bewusstsein, dass sie mitten im Chaos der Suchaschewskischen Küche stand und vor sich hin sinnierte. Sie ging die paar Meter zur Couch und stellte ihre Tasche auf einem Haufen Zeitschriften ab.

»Wie geht es meinem Patienten heute?«, fragte sie Fritz, der offensichtlich den Weg ins Badezimmer an diesem Tag noch nicht gefunden hatte. Unrasiert und mit zerzausten Haaren lag er an mehrere Kissen gelehnt auf seinem Lager.

Seine Laune hatte sich auch noch nicht gebessert. »Frag nicht«, knurrte er. »Scheiße.«

»Okay, das ist die richtige Einstellung. So wirst du bestimmt in kürzester Zeit wieder fit.« Hanna wusste sich nicht mehr zu helfen. *Wenn gar nichts mehr geht, probier es mit Sarkasmus.*

»Lass mich doch in Ruhe mit deinem erhobenen Zeigefinger-Gehabe.« Fritz fuhr sich durch die Haare. Ein kleiner Versuch, Gepflegtheit herzustellen, der nicht besonders erfolgreich war.

»Gern«, konterte Hanna. »Dann kannst du ja sehen, welche Wunder der Physiotherapeut bewirken kann, wenn du ihn einmal die Woche für dreißig Minuten an dein Bein lässt und ansonsten hier vergammelst. Wäre mir eine echte Erleichterung.«

Fritz lenkte sofort ein: »Ach, komm schon, Hanna, war nicht so gemeint. Ich bin dir unendlich dankbar, dass du vorbeikommst und dich um mein Wohl sorgst.«

Hanna seufzte tief und ließ sich auf dem Sitzkissen gegenüber der Couch nieder. »Fritz, du musst echt an deiner Laune arbeiten«, sagte sie ernst. »Elf scheint zwar Nerven wie Drahtseile zu haben, aber ich glaube, allzu viel kannst du ihr nicht mehr zumuten.« Ihr war schleierhaft, wie Elf das die letzte Zeit überhaupt ausgehalten hatte. Nicht nur, dass Fritz seine schlechte Laune mit Vorliebe an denen ausließ, die ihn pflegten; das Chaos, das er zusammen mit seinem häufigen Besuch hinterließ, hätte auch eine hauptberufliche Pflegekraft in den Wahnsinn getrieben. Und jetzt ließ er sich auch noch gehen.

Fritz machte eine wegwerfende Handbewegung. »Ach was! Die kennt mich. Das ist halb so schlimm.«

Nahm er wirklich nicht wahr, dass er die Geduld seiner Schwester überstrapazierte? *Elf ist einfach zu gutmütig.* »Wenn sie dich dann erwürgt hat, werde ich vor Gericht für sie aussagen«, erklärte Hanna.

»Ha ha, sehr witzig.« Fritz verzog gespielt dramatisch das Gesicht. »Aber mal was anderes«, wechselte er dann das Thema, »es freut mich, dass ihr euch jetzt anscheinend ganz gut versteht.«

Hanna nickte. Worauf wollte Fritz hinaus? *Da kommt doch bestimmt noch was.*

Nach einer kleinen, wirkungsvollen Pause fuhr er fort: »Guck nicht so abweisend. Ich will gar keine Details erfahren, wie, weshalb, warum. Ich finde es nur gut, dass ihr nicht mehr ständig aufeinander losgeht.«

Hanna schmunzelte. »Ja, ich auch.«

Noch eine Pause, dann legte er nach: »Und falls da mehr sein sollte – meinen Segen als großer Bruder hast du.« Er grinste Hanna breit an, als habe er soeben den großen Coup gelandet. Als er Hannas schockiertes Gesicht sah, gefror ihm das Grinsen.

»Wie bitte?«, brachte Hanna mühsam hervor. Fritz' Bemerkung hatte sie kalt erwischt.

Er hielt es offenbar für angebracht, zurückzurudern: »Mein ja nur.«

Hanna, schwankend zwischen Verlegenheit und gerechter Empörung, war kurz davor zu explodieren, als das Objekt ihrer Diskussion die Treppe herunterkam. Sie sprang auf. In diesem Augenblick konnte sie sich keine perfektere Augenweide vorstellen als Elf auf dem letzten Treppenabsatz, in ausgebleichten alten Jeans und einem T-Shirt mit V-Ausschnitt, mit einem scheuen Lächeln auf den Lippen, das ihr zu gelten schien.

»Hey.«

»Hey.«

Hanna spürte ihr Herz schneller schlagen. Ihr fiel nichts weiter ein, was sie sagen könnte, aber es war egal. Sie stand einfach da und erwiderte Elfs Lächeln.

»Können wir dann mal anfangen?«, riss Fritz' Stimme sie aus diesem verzauberten Moment. Sie wusste nicht, wie lange sie und Elf sich angelächelt hatten. Es konnten Augenblicke sein oder auch Stunden.

Mit Mühe wandte sie sich von Elf ab und bedachte Fritz mit einem strengen Blick. »Plötzlich so eilig?«

Er griff in einen der Papierstapel neben seinem Lager und zog scheinbar willkürlich ein Blatt Papier daraus hervor. »Ich hab heute den Bescheid gekriegt, dass endlich ein Reha-Platz für mich frei ist«, verkündete er. »In vier Tagen kann ich hin.«

Er hielt Hanna das Schreiben hin, die die Augenbrauen hob und es durchlas. Elf kam vollends die Treppe herunter und lehnte sich an die Rückseite der Couch.

»Endlich«, bemerkte Hanna. »Das wurde aber auch Zeit.« Sie reichte Elf den Brief der Krankenversicherung mit einem verschwörerischen Blick. Fritz, dem das nicht entging, reagierte beleidigt.

»Kannst wohl nicht erwarten, mich loszuwerden?«

Elf sah auf ihn hinunter, eindeutig um einen versöhnlichen Tonfall bemüht. »Um ehrlich zu sein, Bruderherz, bin ich doch etwas am Rande des Nervenzusammenbruchs.«

Fritz gab nur Gebrummel von sich, verkniff sich aber immerhin abfällige Bemerkungen. Hanna spürte die Spannung zwischen Bruder und Schwester und startete einen Beschwichtigungsversuch: »Wenn du erst in vier Tagen wegmusst, kannst du ja noch zu meinem Geburtstag kommen.« Sie sah von Fritz zu Elf. »Beziehungsweise ihr beide.« *Bitte sag ja.*

Skeptisch fragte Fritz: »Wie soll ich denn zu dir in den fünften Stock hochkommen?«

»Ich feiere nicht bei mir in der Wohnung«, erklärte Hanna. »Lizzy hat das dieses Jahr in die Hand genommen. Sie organisiert ein Tischtennismatch bei der Villa Berg.« Mit diesem abgefahrenen Vorschlag hatte Lizzy die schlechte Stimmung zwischen ihnen wieder ausgebügelt. Sie hatte vor, eine Tischtennisplatte in den Rosensteinpark zu transportieren, Stuttgarts Central Park. Hannas Gäste sollten Tischtennisschläger mitbringen und alles, was man für ein leckeres Picknick brauchte. Lizzys Angelegenheit waren Getränke, Tischtennisplatte und die Parkverwaltung, inklusive eventuell anfallender Strafgebühren wegen unerlaubten Benutzens einer städtischen Wiese als Tischtennisanlage. Hanna hatte den Plan zuerst als komplett verrückt eingestuft, aber inzwischen freute sie sich sehr auf ihren Geburtstag.

»Lizzy hat die Villa Berg angemietet?«, fragte Fritz erstaunt.

Elf dagegen sah verständnislos drein. »Entschuldigt, dass ich von nichts eine Ahnung habe, aber was ist das für eine Villa?«

Hanna sah Elf an und fragte sich, ob sie je einen so dringenden Wunsch gehabt hatte wie den, dass Elf zu ihrem Fest kam. *Ich werde über alle Maßen enttäuscht sein, wenn sie nicht kommt.*

Sie atmete tief durch und erklärte: »Das ist ein altes Gebäude mitten im Rosensteinpark. Da hat es eine riesige Wiese davor, auf der die Leute grillen und flanieren mit Blick runter auf Bad Cannstatt. Sehr idyllisch. Lizzy will da eine Tischtennisplatte hintransportieren. Die Idee ist, dass dann alle picknicken und spielen, bis es Nacht wird.«

Fritz sah begeistert aus. »Das ist typisch Lizzy. Und da will sie eine Tischtennisplatte hinbringen? Cool.«

»Habt ihr Lust zu kommen?«, fragte Hanna, scheinbar ruhig. Sie traute sich nicht, Elf anzuschauen. Wahrscheinlich stand auf ihrem Gesicht deutlich zu lesen, wie sehr sie wollte, dass Elf kam.

»Gern«, hörte sie Elfs Stimme. Sie sah auf. Elf lächelte. Jetzt fehlte nichts mehr, um Hannas Geburtstag rundweg wunderbar werden zu lassen.

Fritz meldete sich grinsend zu Wort: »Wenn du mir einen Rollstuhl besorgst, wird mich nichts davon abhalten.«

»Okay.« Hanna strahlte. »Ich freu mich.« Ihr war bewusst, dass ihr das Grinsen bis zu den Ohren reichte. Bestimmt war sie auch wieder rot geworden.

Sei nicht albern.

Sie riss sich zusammen. »Dann also mal los«, wandte sie sich energisch an Fritz. »Dein Bein braucht Bewegung.«

Elf stand unschlüssig daneben, als Hanna sich Fritz' Bein widmete. »Dann braucht ihr mich gar nicht?«

Hanna sah auf. »Erst mal nicht«, gab sie zu. Sie wollte nicht, dass Elf wieder ging. Zumindest ein paar Worte hätte sie gern noch mit ihr gewechselt.

»Dann geh ich wieder hoch. Ruft einfach, falls ich helfen soll.« Elf drehte sich um und war schon halb die Treppe hoch, als sie stehen blieb. »Hanna?«

Hannas Blicke waren ihr gefolgt. »Ja?« Ein kleiner, hoffnungsvoller Funke glomm in ihr auf.

»Komm doch später zu mir in die Bibliothek, wenn du Lust hast. Ich spiel dir ein Stück vor, das ich überarbeitet habe.« Das klang selbstsicher, selbstverständlich, wie nebenbei. Aber unterschwellig spürte Hanna Elfs Zweifel, ihre aufgeregte Nervosität und die Überwindung, die diese Aufforderung sie kostete.

Zögernd streifte sie sich eine unbändige Strähne hinters Ohr. »Nur, wenn du willst.«

»Nichts täte ich lieber.«

Hanna war es völlig egal, dass Fritz ihr seliges Lächeln von seinem Platz aus genau sehen konnte.

»Elf?«

Die Bibliothek war leer. Es war ganz still. Hanna blieb unsicher in der Tür stehen. Sollte sie Elf jetzt suchen? Welches der anderen Zimmer hier oben war eigentlich das von Elf? Im Grunde wusste sie kaum etwas über das Zusammenleben von Elf und Fritz. Wie sie das Ganze geregelt hatten, besitztechnisch und finanziell. Elfs Job im Café war schließlich kaum als geregelte Arbeit zu bezeichnen, und Fritz verdiente als Sozialarbeiter auch kein Vermögen … Vielleicht sollte sie Lizzy mal danach fragen.

»Elf?«

Noch mal würde sie nicht rufen. Vielleicht hatte Elf es sich ja anders überlegt.

»Komm rein.« Die Aufforderung kam aus dem Raum, der direkt an die Bibliothek anschloss und offenbar nur von dieser aus zu betreten war. Hanna ging an dem Monstrum von Sofa vorbei und schaute neugierig in das Zimmer hinein. Elf lag seitlich ausgestreckt auf einem Futon, den Ellenbogen aufgestützt, ein aufgeschlagenes Buch vor sich.

»Ich will dich nicht stören«, meinte Hanna und lehnte sich an den Türrahmen.

Elf lächelte sie offen an. »Du störst mich nicht. Ich habe auf dich gewartet.«

Hanna sah sich im Zimmer um. Schränke gab es nicht, das einzige größere Möbelstück war das Futon, auf dem Elf lag. *Spartanisch eingerichtet. Aber ordentlich. Sehr schöne Fotografien an den Wänden.* »Hast du die selbst geschossen?«

Elf schaute ebenfalls zu den Bildern hoch. »Ja, in Stockholm. Manchmal überkommt mich die Sehnsucht, dann starre ich stundenlang auf die Fotos. Am Ende erinnere ich mich jedes Mal wieder, warum ich weggegangen bin.«

»Und warum bist du weggegangen?« Im gleichen Moment, in dem Hanna die Frage aussprach, wurde ihr bewusst, dass sie damit vielleicht zu intime Bereiche anschnitt. »Entschuldige«, setzte sie hastig hinzu, »das geht mich nichts an.«

Elf betrachtete Hanna eindringlich, so als überlege sie angestrengt. Schließlich sagte sie: »Nein, kein Problem. Ich muss lernen, meine Entscheidungen vor anderen Leuten außer Fritz zu rechtfertigen.« Sie setzte sich auf. »Aber das kann länger dauern. Willst du das wirklich hören?«

»Ja.« Hanna nickte. »Die Frage beschäftigt mich ehrlich gesagt, seit Lizzy mir erzählt hat, dass du in Stockholm auf die Musikakademie gegangen bist.« Was trieb Elf an, wie war die Person wirklich, die sie anfangs als hochgradig schwierig eingestuft und in letzter Zeit als sensible Gesprächspartnerin kennengelernt hatte? Hanna war neugierig auf Elf. So neugierig wie schon lange nicht mehr auf einen anderen Menschen.

Elf machte eine einladende Geste. »Dann komm rein und setz dich.«

Da Elf keine Stühle oder Sessel hatte, ließ Hanna sich im Schneidersitz auf dem wunderschönen dunkelroten Perserteppich nieder, der jedem Antiquitätengeschäft zur Ehre gereicht hätte. Sie strich mit der Hand über die dicht geknüpfte Wolle. »Schön.«

Elf schien das Kompliment zu freuen. »Von meiner Großtante«, erklärte sie.

Hanna nickte. »Erzähl mir also von Elfriede Suchaschewski und wie sie nach Stuttgart gelangt ist.«

Wie zu erwarten drohte Elf scherzend mit dem Zeigefinger. »Pass bloß auf! Wie du weißt, reagiere ich auf meinen Namen empfindlich. Oder willst du wieder zurück auf Los?«

An ihre streitbare Anfangszeit erinnerte sich Hanna nur zu gut. Sie lachte. »Bloß nicht. Das war wirklich unerträglich.«

»Du hast mich vollkommen auf dem falschen Fuß erwischt. Außerdem warst du nicht gerade dein gewohntes charmantes Selbst.« Elf zwinkerte bei diesen Worten.

An ihren Ohren spürte Hanna einen Anflug von Wärme. Sie überspielte die Wirkung des Kompliments mit einer huldvollen Verneigung. »Danke. Du warst auch nicht wirklich in bester Stimmung die meiste Zeit, wie mir schien.«

»Und schon wären wir beim Thema«, griff Elf diese Feststellung auf. »Als ich in Stuttgart angekommen bin, war ich wechselweise entweder mit Heulen beschäftigt oder mit schweren Wutanfällen auf das Schicksal. Wenn wir uns gesehen haben, meistens Letzteres, da ich dich als weitere Prüfung einer ungerechten Welt angesehen habe.«

»So ähnlich wie Pest und Cholera?« Hanna ließ sich nicht davon abhalten, dem Gespräch einen lockeren Unterton zu geben. Elf lachte.

Wenn sie lacht, ist sie umwerfend. In Hannas Bauchgegend breitete sich eine angenehme Wärme aus.

»So ähnlich.« Elf war wieder ernst geworden. »Ich hab Stockholm ziemlich fluchtartig verlassen. Ehrlich gesagt bin ich einer Auseinandersetzung mit meinen Eltern aus dem Weg gegangen. Sie hätten nie verstanden, dass ich das Studium abgebrochen habe.«

»Bist du dir sicher?«

»Sehr sicher. Wir haben am Telefon ein paarmal ansatzweise darüber gesprochen, und sie sind total enttäuscht von mir. Sie haben versucht, mich zu verstehen, aber hauptsächlich waren sie sauer. Schließlich haben sie das Töchterchen schon als Konzertpianistin gesehen.«

»Und du willst keine Konzertpianistin sein?«

»Nein.« Elf schrie fast. Als Hanna sie erschrocken ansah, bemühte sie sich zu erklären: »Das kann ich mir inzwischen überhaupt nicht mehr vorstellen. Früher hielt ich das für absolut erstrebenswert. Aber irgendwann ist mir klargeworden, dass ich nicht mein halbes Leben mit Üben am Klavier verbringen will, um dann einer Konzertreise nach der anderen hinterherzujagen.«

Hanna zog die Augenbraue hoch. Mehr brauchte es nicht, Elf sprudelte schon weiter.

»Musik machen hat mir immer Spaß gemacht. Ich habe das richtiggehend gebraucht. Aber am Schluss war es an der Akademie nur noch Stress. Ich hab es plötzlich verabscheut.«

»Aber hättest du es nicht trotzdem weiter durchziehen können?«, fragte Hanna.

Als Elf antwortete, wirkte sie resigniert: »Ja, wahrscheinlich. Aber wofür? Ich will meine eigene Musik machen. Was könnte mir da ein Abschluss von der Königlichen Akademie schon nützen?« Sie unterbrach sich plötzlich und sprang vom Bett auf. »Hat dir mein Troll von Bruder was zu trinken angeboten? Was frag ich überhaupt, natürlich nicht. Ich hol schnell was.«

Elf war aus dem Zimmer, noch bevor Hanna etwas einwenden konnte. Das schien ja tatsächlich ein heikles Thema zu sein. Sie hoffte, dass sie nicht zu sehr in frischen Wunden gestochert hatte.

Kurz darauf kam Elf mit einer Flasche Bio-Multivitaminsaft und zwei Gläsern zurück. »Hab ich extra für deine Visiten gekauft«, verkündete sie, »und vor der Besucherhorde versteckt. Nicht, dass anzunehmen ist, dass Fritz' Kumpels inklusive Lizzy auch nur in die Nähe von so was Gesundem gingen.« Mit einem schiefen Grinsen stellte sie die Gläser auf ihrem kleinen Nachttisch ab, der in einem früheren Leben einmal ein Fußschemel in orientalischem Design gewesen war. Hanna vermutete auch hier die verstorbene Großtante dahinter.

Sie war sich nicht sicher, ob sie das Gespräch an dem Punkt fortsetzen sollte, an dem Elf so eindeutig abgebrochen hatte. *Was soll's,* dachte sie schließlich. *Wer nicht fragt, bleibt dumm.*

»Ich hab überhaupt keine Ahnung von der Musikbranche«, versuchte sie einen unverfänglichen Wiedereinstieg. »Weder von der klassischen noch von der Unterhaltungsbranche.«

Elf hielt kurz inne beim Einschenken und sah Hanna ernst an. »Du kannst meine Entscheidung bestimmt nicht verstehen. In der Medizin ist wahrscheinlich alles ziemlich strukturiert und vorhersehbar. Du hilfst Menschen – Punkt. Bei der Musik ist irgendwie alles komplizierter. Erstens mal ist nur in wenigen Bereichen wirklich gesichert Geld zu verdienen, wenn du nicht gerade berühmt bist. Zweitens machen viele Musiker Musik, die sie selbst grauenvoll finden, nur um Erfolg zu haben und Kohle zu scheffeln. Und das will ich nicht. Ich will mich einfach nicht verbiegen.« Sie stellte die Flasche beiseite und hielt Hanna eines der beiden vollen Gläser hin.

»Danke«, sagte Hanna und nahm einen Schluck. »Ich spiel jetzt mal den Advocatus Diaboli: Ist das nicht unrealistisch?«

Elf pustete die Luft aus. »Gute Frage. Aber ich muss es trotzdem probieren. Wie Frau Doll sagen würde: Wer es nicht zumindest versucht, hat schon verloren.« Sie setzte sich Hanna wieder gegenüber.

»Oh ja, Frau Doll und ihre Lebensweisheiten«, lachte Hanna. »Was sie mir schon alles geraten hat, ließe sich in einem tausendseitigen Werk nur mühsam zusammenfassen.«

Elf kicherte. »Was gibt es denn bei dir zu kritisieren?« Sie prostete Hanna mit dem Saftglas zu und trank es halbleer.

»Wenn du wüsstest!« Hanna grinste sie an.

»Ja, würde ich gern.«

Diese ernsthafte Antwort hatte Hanna nicht erwartet. Auf ihren skeptischen Blick hin fuhr Elf fort: »Ich habe dir die Umstände meiner schlimmsten Lebenskrise geschildert, die vermutlich noch in der großen Katastrophe enden wird. Jetzt kannst du zumindest eine kleine Unzulänglichkeit der ansonsten perfekten Dr. Hanna Felsberg rauslassen. Was Frau Doll als Unzulänglichkeit sieht, selbstverständlich.«

»So schlimm bin auch nicht. Jeder Mensch hat schließlich Fehler.« Hanna nippte verlegen an ihrem Glas.

Elf beobachtete sie. »So, so«, meinte sie. »Und was hat Frau Doll also konkret an dir zu kritisieren?« Sie maß Hanna mit einem beredten Blick.

Für einen Moment hielt Hanna die Luft an. Dann gab sie zähneknirschend preis: »Sie hält meine Entscheidung für die Nuklearmedizin für komplett falsch.«

Fragend zog Elf die Augenbrauen hoch. »Und wie kommt sie zu dieser radikalen Meinung?«

Hanna wand sich wie unter der Streckfolter. Auf diese Offenbarungen war sie nicht vorbereitet. Aber Elf hatte ja recht: Sie schuldete ihr diese Offenheit, und sie würde sich nicht drücken. »Sie meint, dass die Gerätemedizin nichts für mich ist. Dass ich mehr dafür geeignet sei, direkt mit den Menschen zu tun zu haben. Sie sieht mich wohl eher als Hausärztin oder was weiß ich.« So, das reichte jetzt. Wenn es nach ihr ging, war das Kapitel damit abgeschlossen.

Doch Elf ließ nicht locker. »Könnte ich mir auch gut bei dir vorstellen«, bekräftigte sie Frau Dolls Urteil.

Hanna sah sie erstaunt an. Ein wenig zögerlich gab sie zu: »Ja, ich eigentlich auch.«

»Und weiter?«, setzte Elf nach.

Hanna hatte die Augen niedergeschlagen und zog mit dem Zeigefinger das Muster auf dem Teppich nach. Als sie wieder aufschaute, fiel sie in Elfs intensiven grünen Blick. Elf musste sie die ganze Zeit angesehen haben. Für einen Moment vergaß Hanna zu atmen, so sehr nahm dieses Grün sie gefangen. Dann fiel ihr ein, dass Elf noch immer auf eine Antwort wartete.

Sie sagte das Erste, das ihr in den Sinn kam: »Frau Doll hält meinen zuständigen Professor im Krankenhaus für das größte lebende Arschloch abgesehen von George W. Bush.«

Elf prustete los. »Frau Doll ist echt ein Unikat!«

Erleichtert atmete Hanna durch und grinste. »Und das hat sie ganz genau so formuliert«, bestätigte sie. Gott sei Dank, das Elektronenmikroskop von Elfs Blick hatte sie freigegeben. Elfs Erheiterung erfüllte sie mit einer kribbeligen Wärme.

Wie macht sie das nur?

»Ist er's?«, fragte Elf.

»Was?« Hanna hatte den Faden verloren. *Nimm dich zusammen, du machst dich ja lächerlich.*

Elf half ihr schmunzelnd auf die Sprünge: »Das größte Arschloch und so weiter.«

Betont sachlich antwortete Hanna: »Ein Sympathieträger ist er nicht. Mir gegenüber hat er sich bis jetzt aber immer korrekt verhalten.«

»Und macht es dir Spaß in der Nuklearmedizin, was auch immer du da den ganzen Tag machst?«

Hanna zog angestrengt die Augenbrauen kraus. »Spaß ist, glaub ich, das falsche Wort. Ich sehe das mehr als eine Gelegenheit. Wer weiß, ob ich jemals wieder die Chance kriege, auf so einem innovativen Gebiet zu arbeiten. Für meine Karriere als Medizinerin ist das unglaublich wertvoll.«

»Du bist die erste Person, die ich kenne, die tatsächlich eine Karriere hat«, war Elfs Kommentar zu dieser logisch durchdachten Analyse.

»Berufstätige Menschen haben im Allgemeinen eine Karriere«, gab Hanna pikiert zurück. Elf hatte einen wunden Punkt getroffen.

In vorsichtigerem Ton sagte Elf: »Das kommt wohl auf die Definition an. Du bist auf jeden Fall die Erste, die ich kenne, die bewusst eine bestimmte Laufbahn vor Augen hat und dezidiert eine Karriere anstrebt.«

Hanna warf ihr einen irritierten Blick zu.

Elf legte nach: »Ich will dich nicht angreifen damit. Versteh das nicht falsch, schließlich kann man bei mir sogar von einer Anti-Karriere sprechen. Darf ich trotzdem noch mal nachfragen?«

»Frag schon.« Hanna schwirrte der Kopf. Aber sie war einigermaßen besänftigt. Wenigstens bewies Elf selbst eine gewisse Sachlichkeit, so wie sie ihren eigenen Werdegang analysierte. Sie brauchte also ihren Eindruck, mit Elf auf einer Wellenlänge zu liegen und auf Augenhöhe zu kommunizieren, nicht sofort wieder zu revidieren.

»Versteh ich das richtig«, begann Elf, »du bist in die Nuklearmedizin gewechselt, weil es eine Chance auf eine große Karriere ist, nicht weil du das Fachgebiet so spannend findest?«

»Ja, könnte man so zusammenfassen«, gab Hanna etwas unwirsch zu.

Elf öffnete den Mund und schloss ihn gleich wieder, als überlege sie, ob sie ihre nächste Frage wirklich stellen sollte. Letztendlich entschied sie sich dafür: »Könnte es nicht sein, dass du dich damit auf ein Gebiet festlegst, das dann deine ganze weitere berufliche Laufbahn bestimmt, ohne dass du es wirklich gern machst?«

Hanna zupfte am Teppich und studierte das dezente mäandernde Muster. »So hab ich das noch nicht hinterfragt.«

»Gibt es denn andere medizinische Fachgebiete, die dich mehr interessieren würden?«

»Du bist echt hartnäckig.« Hanna schaute wieder auf und geradewegs in Elfs Augen. *Grüne Elfenaugen.*

Elf lächelte ein feines Lächeln. »Ich bin in einer Lebenskrise, da kommen die großen Sinnfragen von ganz allein.«

Und sie schien ehrlich interessiert an Hannas Einstellung und ihren Vorstellungen, ihre Fragen hatten nichts Bewertendes. Das machte es Hanna leichter, weiterzusprechen: »Eigentlich dachte ich bis vor kurzem noch, dass ich mich nach Ablauf meines befristeten Vertrags im Krankenhaus alternativen Heilmethoden zuwenden wollte. Traditionelle Chinesische Medizin, Naturheilverfahren und so.«

»Das ist ja mal echt eine totale Kehrtwende.« Elf war erstaunt.

»Wohl schon.« Hanna hob ein wenig die Schultern. »Wenn du es Frau Doll nicht verrätst. So ganz überzeugt bin ich von meiner Entscheidung auch noch nicht wirklich.«

Bei Frau Doll oder Lizzy wäre jetzt ein Sturm an Belehrungen und Vorwürfen über sie hereingebrochen, da war sie sich sicher. Die Fragerei und Seelenerforschung wäre hier noch lange nicht vorbei gewesen, sondern hätte erst ein Ende gefunden, wenn Hanna entweder einen riesigen Fehler eingestanden oder äußerst vehement dem Ganzen einen strikten Riegel vorgeschoben hätte. Würde Elf sie auch so angehen? Instinktiv ging sie innerlich in Deckung. Sie hatte noch niemandem von ihren Zweifeln erzählt und auch nicht darüber nachgedacht, wie sie reagieren würde, wenn Elf sie jetzt ähnlich in die Mangel nahm wie ihre beste Freundin oder ihre ehemalige Lieblingspatientin.

»Hört, hört«, erklang Elfs lachende Stimme. »Mit diesem Eingeständnis hast du dir ein Ständchen verdient.« Sie stand auf und streckte Hanna die Hand hin. »Komm.«

Hanna war perplex. Das war alles? Keine Moralpredigt, keine bohrenden Nachfragen? Aber dann ließ sie sich von Elf hochziehen und konzentrierte sich ganz auf den Augenblick der Berührung. Elfs Hand fühlte sich fest an, eine zarte Hand, die zupacken konnte. Widerstandslos folgte sie Elf in die Bibliothek.

»Setz dich auf das Monstersofa. Ich muss noch kurz eine Saite wechseln, die mir gerissen ist.« Elf lächelte Hanna an und holte ihre Gitarre vom Ständer.

Elfs Hand beraubt, schaute Hanna sehnsüchtig zu, wie Elf sich geschickt an ihrer Gitarre zu schaffen machte – ein Bein auf dem kleinen Beistelltisch aufgestellt, über das Instrument gebeugt, dass ihr die Haare ins Gesicht fielen. Sie hatte die Entwicklung der letzten zwei Minuten noch nicht verarbeitet. Es war so viel auf einmal gewesen: die Offenbarung ihrer Zweifel, Elfs Reaktion darauf, die Berührung ihrer Hände. Und jetzt saß sie hier auf dem Sofa in freudiger Erwartung eines weiteren Privatkonzerts.

Während sie die Bewegungen von Elfs Händen beim Entfernen der kaputten Saite verfolgte, bemerkte sie: »Da scheint ja öfter mal eine Saite den Geist aufzugeben.« Beim letzten Mal war sie nicht ganz unbeteiligt daran gewesen.

Elf holte gerade die neue Saite aus ihrer Plastikverpackung. Sie hob den Kopf und schaute Hanna etwas verdutzt an, dann grinste sie. »Eigentlich höchst selten. Es sei denn bei mutwilliger Zerstörung.« Den scharfen Beigeschmack dieses Kommentars milderte sie ab, indem sie Hanna zuzwinkerte.

Hannas Ohren wurden knallrot. »Hab ich mich dafür eigentlich schon entschuldigt?«

Elf wandte ihren Blick zur Decke und sagte: »Lass mich gründlich nachdenken ...«

Hanna ächzte peinlich berührt. »Ist schon gut. Die Antwort lautet nein. Und das tut mir genauso leid wie die Tatsache, dass ich meine Tasche auf deine Gitarre geworfen habe.«

»Ist okay. Wirklich.« Elf grinste übers ganze Gesicht.

Die Hitze in Hannas Ohren intensivierte sich. Aber sie konnte es damit noch nicht bewenden lassen. Jetzt musste sie klarstellen, dass sie inzwischen wusste, was für einen Fauxpas sie sich geleistet hatte.

»Nimmst du meine hochoffizielle Entschuldigung an?«

Elf musterte sie schmunzelnd. »Hochoffiziell ja.«

Ein erleichterter Seufzer entfuhr Hanna. Sie erkundigte sich: »Wie kann ich Wiedergutmachung leisten?«

Das Grinsen auf Elfs Gesicht wurde noch breiter. Es sah aus, als wolle sie eine schlagfertige Antwort geben und überlege es sich dann anders. »Sei still«, sagte sie nur, »hör dir meine kompositorischen Änderungen an und sag mir dann knallhart deine unverfälschte Meinung darüber. Das würde ausreichen.«

Der Schalk, der in Elfs grünen Augen aufgeblitzt war, war Hanna nicht entgangen. Und sie konnte sich auch denken, in welche Richtung ungefähr die Erwiderung gegangen sein mochte, die Elf zuerst auf der Zunge gelegen hatte. Irgendwie hatte Elf da weniger wie eine zarte, unschuldige Elfe ausgesehen als vielmehr wie ein Pan, der darüber nachsann, wie er die Nymphe vor seinen Augen am besten verführen könnte.

Hanna wäre in diesem Moment durchaus bereit gewesen, Elfs Nymphe zu sein. Sie schluckte den Kloß hinunter, der sich in ihrem Hals gebildet hatte. »Abgemacht.«

Sie war sich gar nicht sicher, wozu sie jetzt ihre Einwilligung gab: dazu, Elfs Musik anzuhören, oder zu dem, was unausgesprochen geblieben war.

»Ist Hanna gegangen?«, hörte Elf Fritz' Stimme. Sie war in der Küche damit beschäftigt, einen Salat zu machen. Mit einer aufgeschnittenen roten Paprikaschote in der einen und einem scharfen Küchenmesser in der anderen Hand trat sie zu Fritz hin. »Ja«, sagte sie, »du hast geschlafen. Sie wollte dich nicht wecken.«

Beim Anblick ihres Bruders stutzte sie. »Du siehst fertig aus. Sind die Übungen so anstrengend?« Fritz wirkte noch zerwühlter als am Nachmittag und regelrecht geschlaucht.

Er stöhnte. »Hölle. Dabei hab ich das Bein immer nur fünf Zentimeter hin und her bewegt. Die Schmerzen kannst du dir echt nicht vorstellen.«

Elf ging in den Küchenbereich zurück und begann die Paprika kleinzuschneiden. »Vielleicht ist es ganz gut, wenn du jetzt in Reha kommst«, bemerkte sie laut in Fritz' Richtung. »Die können sich viel besser um dich kümmern. Hanna ist schließlich Ärztin und keine Physiotherapeutin.« Sie warf die Paprikastückchen in die bereits fertige Salatsoße und fragte: »Isst du einen Salat mit?«

»Ja, und kannst du mir noch den Rest Pizza von gestern Abend bringen?«

»Iiih! Die war doch gestern schon eklig.« Elf holte sie trotzdem aus dem Kühlschrank. Sie stellte alles auf ein Tablett und trug es ins Wohnzimmer. Der kleine Tisch vor Fritz' Krankenlager war überladen mit Fernbedienungen, einem MP3-Player, zwei vollen Aschenbechern und Fritz' Medikamenten.

»Na klasse«, fluchte Elf, stellte ihr Tablett auf den Boden und begann das Tischchen leerzuräumen.

»Findest du, ich hab zu viel von Hanna verlangt?«, wollte Fritz wissen. »Ständig herkommen und Übungen machen und so?« Ausnahmsweise schien er sein altes kommunikatives Selbst zu sein.

Elf sah ihn an. »Irgendwie schon. Wobei sie es bestimmt gesagt hätte, wenn es ihr über den Kopf gewachsen wäre.«

Sie räumte die Teller vom Tablett, tat ihnen beiden Salat auf und reichte ihrem Bruder den Rest seiner Pizza Diavolo, die aussah, als ob ein Auto darübergefahren wäre. »Vielleicht solltest du ihr als Dankeschön was schenken«, überlegte sie.

»Gute Idee. Sie hat ja eh Geburtstag.« Fritz biss mit Appetit in den unansehnlichen Lappen Pizza. Elf verzog angewidert das Gesicht.

»Was Edles natürlich. Hanna hat Klasse«, gab sie zu bedenken.

»An was dachtest du? Diamanten vielleicht?«

Was ihr Bruder als Scherz gemeint hatte, fand Elf gar keine schlechte Idee. »Warum nicht?«

»Du hast sie ja nicht mehr alle, Elf.« Fritz wedelte mit seinem Stück Pizza. »Weißt du, wie es gerade finanziell bei mir aussieht? Erst die Renovierung hier, die mein ganzes Erspartes aufgebraucht hat. Dann dein plötzlicher Einzug – sei mir nicht böse – auf meine Kosten. Und jetzt nur noch Krankengeld. Dein Job im Café bringt unter dem Strich auch nicht so viel ein. Ich weiß bald echt nicht mehr weiter.«

»Du hast recht.« Elf stocherte in ihrem Salat. Sie hatte plötzlich den Appetit verloren.

»Ich will dir keinen Druck machen«, setzte Fritz hinzu, »aber irgendwie musst du Geld auftreiben, Elf. Der Job in Bad Cannstatt reicht einfach nicht. Letzte Woche kam schon eine Mahnung von den Stadtwerken. Die drehen uns irgendwann noch den Saft ab.«

Elf war entsetzt. »Dass es so schlimm ist, hast du mir gar nicht gesagt.« Sie stellte ihren Teller mit dem fast unangerührten Salat auf dem Tisch ab. Ihre Gedanken rasten. Hatte sie überhaupt irgendwelche Aussichten, an Geld zu kommen? »Am Sonntag hab ich wieder ein Vorstellungsgespräch bei einer Band«, fiel ihr ein. »Das klang ausnahmsweise vielversprechend.«

Fritz schnaubte und legte jetzt auch seine Pizza beiseite. »Sei doch mal realistisch, Elf. Bis da die erste Kohle fließt – das dauert doch ewig.«

Höchstwahrscheinlich stimmte das. Elf stand auf und fing an, hin und her zu gehen. »Was soll ich denn machen?«

Fritz blieb kurz still, dann schlug er vor: »Frag Mor und Far.«

Elf blieb abrupt stehen und starrte ihn an. »Ich glaub, du spinnst. Die sind eh noch total sauer, dass ich einfach abgehauen bin. Ich kann sie nicht um Geld anpumpen.«

Fritz nickte verständnisvoll. »Dann frag ich eben für dich«, bot er an. Im Grunde waren ihre Eltern gutmütig und hatten ihre Kinder bisher noch nie hängen lassen.

Trotzdem funkelte Elf ihren Bruder an. »Untersteh dich, auch nur daran zu denken. Zur Not versetz ich Großtante Gerdas Perserteppich.« Und damit stürmte sie die Treppe in den ersten Stock hoch.

»Aber den liebst du doch heiß und innig«, rief Fritz ihr hinterher, doch das hörte sie nicht mehr.

4

Frau Doll saß auf einer Bank, ein gepolstertes Kissen im Rücken, ihre Krücken griffbereit neben sich an die Bank gelehnt, und besah sich amüsiert das Treiben um sie herum. Es war ein wunderschöner Juninachmittag. Angenehm warme Temperaturen, Sonnenschein und ein laues Lüftchen. Sie saß mit direktem Blick auf die Villa Berg und genoss sowohl den architektonischen Ausblick als auch Hannas Geburtstagsparty. Sie hätte auch gar nichts dagegen gehabt, eine Partie Tischtennis mitzuspielen, aber das Zusehen war in ihrem Alter nicht ganz ohne Vorzüge. Immerhin stand beziehungsweise saß sie auch so im Mittelpunkt, denn die kleine Gruppe hatte sich rund um die aufklappbare Tischtennisplatte und zwei Parkbänke gesellt. Auf der einen thronte sie selbst, die andere war mit Kuchen und anderen Snacks vollgeladen. Im Gras auf diversen Decken ausgebreitet waren Picknickutensilien, eine Kühlbox und Getränke.

Sie musste schmunzeln: Vorhin war sie der frechen Person mit Namen Lizzy ganz schön in die Parade gefahren. Und zwar fast wortwörtlich. Sie hatte sich gerade von einem sehr hilfsbereiten Taxifahrer mit dem Rollstuhl das steile Stück Weg von der Straße aus hochschieben lassen und war zu der kleinen Gruppe von Hannas Freunden hingerollt, als sie Lizzy mit pompöser Geste erklären hörte, es handele sich bei dem prachtvollen Gebäude um eine Jugendstilvilla, die unter Denkmalschutz stehe. Unbeabsichtigterweise war sie Lizzy in die Kniekehle gerollt und hatte richtiggestellt, es handele sich keineswegs um Jugendstil, sondern der Sommersitz des württembergischen Königspaares sei Mitte des 19. Jahrhunderts erbaut und der italienischen Renaissance nachempfunden worden. Aber tatsächlich stehe er zusammen mit der dazugehörenden Parkanlage unter Denkmalschutz. Hanna hatte gelacht und sie zu ihrer großen Freude als »die unvergleichliche Frau Doll – ehemalige Patientin und inzwischen Freundin« vorgestellt. Zähneknirschend hatte sich die angefahrene Person als Lizzy Schönle zu erkennen gegeben, hatte aber ebenfalls lachen müssen, als Frau Doll ihr mit einem rauchigen »Ist mir ein besonderes Vergnügen« zuzwinkerte. Von dieser Lizzy hatte Hanna ihr schon einiges erzählt. Ein ausgekochtes Schlitzohr – das war der Eindruck, den Frau Doll aus ihren Erzählungen gewonnen hatte und den sie nun bestätigt sah.

Inzwischen war sie gut versorgt worden mit Speisen und Getränken. Das nette schwule Pärchen, Bernd und Christian, hatte ihr eine vorzügliche Apfel-Tarte eigener Produktion serviert, und Hanna hatte mit einem alkoholfreien Fruchtcocktail mit ihr angestoßen. Jetzt beobachtete sie Hanna, wie sie zum dritten Mal als Siegerin aus einer Runde Mäxle hervorging. Ausgelassen winkte sie Frau Doll zu. »Ich habe schon wieder gewonnen«, lachte sie. Ihre ganze Erscheinung strahlte regelrecht. Sie trug die Haare, die sie sonst meistens in irgendeiner Form bändigte, heute offen. Ein weites Hemd in himmelblau ließ ihre Augen noch blauer wirken.

»Weiter so«, rief Frau Doll zurück.

Das war ihrer Meinung nach Hannas wahres Gesicht – nicht diese trockene, strenge Ärztin, die sie im Krankenhaus gab. Das war nur mühsam erkämpfte Fassade. Aber solange Hanna das nicht selbst merkte und etwas gegen diese Diskrepanz unternahm, konnte nicht einmal Frau Doll sie aus der Reserve locken.

Aber vielleicht gelingt das ja der Person, die da gerade im Anmarsch ist.

Elf schob einen jungen Mann, der ebenfalls im Rollstuhl saß, mühsam den Berg herauf. Er half zwar mit den Armen mit, aber sie schienen dabei kein eingespieltes Team zu sein. Frau Doll schmunzelte still vor sich hin, als Hanna, kaum dass sie die Neuankömmlinge sah, ihren Tischtennisschläger zur Seite legte und zu den beiden hinsprintete.

So, so.

»Hallo, ihr zwei. Wird langsam Zeit, dass ihr auftaucht.« Hanna übernahm die eine Seite von Fritz' Rollstuhl und stemmte sich gegen den Griff. Sie hätte Fritz um die halbe Welt geschoben, so sehr freute sie sich, dass Elf endlich da war.

»Hallo, Geburtstagskind«, grinste Fritz aus seinem Rollstuhl zu Hanna hoch.

»Hallo, Hanna.« Elf sah Hanna mit einem etwas schüchternen Lächeln an, das Hannas Herz überfließen ließ. Sie schien dankbar, von ihrer Unsicherheit ablenken zu können: »Der Kerl ist total schwer.«

Doch mit Hannas Hilfe ging es jetzt schneller. Gemeinsam schoben sie Fritz das letzte, besonders steile Stück hoch.

»Herzlichen Glückwunsch«, sagte Elf leise zu Hanna.

»Danke«, flüsterte Hanna zurück und strahlte. Für einen kurzen Moment gab es nur sie beide.

»Ich hab dir einen Kuchen gebacken. Einen schwedischen. Ich hoffe, du magst ihn.« Elf deutete mit dem Kinn in Fritz' Richtung. Erst jetzt bemerkte Hanna die runde Kuchenform, die auf seinem Schoß lag.

Sie beschloss, diesen Kuchen zu mögen, auch wenn er nach Pappe schmecken würde. »Bestimmt.«

Dass Fritz vor sich hingrinste, nahm keine von beiden wahr.

An der Wiese oben angekommen, übernahm Fritz seinen Rollstuhl selbst. Er drehte sich gekonnt auf den zwei Rädern um und strahlte Hanna an. »Herzlichen Glückwunsch auch von mir.«

»Hi, Leute«, tönte Lizzy im selben Moment und war mit zwei Sätzen bei ihnen. Sie klopfte Fritz auf die Schulter. »Du hast dich von deinem Lager runtergewagt. Sehr gut.«

Hanna bemühte sich, die Vorstellungsrunde so schnell wie möglich hinter sich zu bringen. »Fritz, kennst du Bernd und Christian schon? Vera, Chris und Steffi vom Tischtennis sind dir ja hinlänglich bekannt. Und auf der Bank hier Frau Doll, eine ehemalige Patientin von mir. Das ist Fritz, und das hier ist seine Schwester Elf.« Hoffentlich kamen ihre unterschiedlichen Freunde miteinander aus. Das war ja schon eine sehr gemischte Gruppe.

Aber alle lächelten freundlich, sagten brav hallo und begrüßten sich. Hanna war erleichtert. *So weit, so gut.*

»Von Ihnen habe ich schon viel gehört«, schaltete sich Frau Doll ein und lächelte Fritz interessiert zu. Hanna fragte sich, warum sie nicht schon früher darauf gekommen war, die beiden bekanntzumachen. Frau Doll und Fritz würden bestimmt gut miteinander auskommen.

Sie stupste Fritz gutmütig an. »Mit Tischtennis wird's ja bei dir

nichts, Fritz. Du kannst Frau Doll Gesellschaft leisten.«

»Wir können unsere Krankengeschichten austauschen«, pflichtete Frau Doll bei. »Ist das nicht ein verlockendes Angebot?«

Fritz strahlte Frau Doll an. »Da kann Tischtennis definitiv nicht mithalten.« Er mühte sich auf dem Gras mit seinem Rollstuhl ab und parkte ihn neben Frau Dolls Bank.

Etwas später wurde die Tischtennisplatte zum Buffet umfunktioniert. Elfs Kuchen kam neben die Apfel-Tarte und andere Köstlichkeiten. Eine riesige Thermoskanne mit Blumenmuster spuckte Kaffee aus, und Hannas beste Porzellanteller waren auf der Wiese zwischen den Gästen ausgebreitet. Hanna registrierte die gesprächige und lockere Stimmung unter ihren Gästen mit Erleichterung. Als Gastgeberin war sie immer etwas unentspannt, das wusste sie. Sie machte sich zu viele Sorgen darüber, ob alle sich wohlfühlen würden, ob alles gut schmeckte und ob der Nachmittag wie geplant ablaufen würde. Lizzy fand das zwanghaft. Die hatte natürlich keine Probleme damit, ganze Horden einzuladen und nur einen Kasten Bier zu besorgen. Alles Weitere fand sich immer irgendwie.

Dann bin ich halt ein bisschen zwanghaft. Auf jeden Fall scheinen alle Spaß zu haben. Sie betrachtete Elf. Es war doch eigentlich ihr Geburtstag – und sie war noch gar nicht dazu gekommen, mit ihrem am heißesten ersehnten Gast zu reden. Sie lehnte sich zu Elf hinüber.

»Spielst du eine Runde mit mir?« Sie deutete auf die Tischtennisplatte.

Elf lachte und schüttelte den Kopf. »Nee, bestimmt nicht.«

Hanna hätte ihr gern die ausgebüchste Strähne aus der Stirn gestrichen. »Ich lass dich auch gewinnen«, versuchte sie Elf zu ködern.

Wieder lachte Elf. »Das wäre ja noch peinlicher.«

Hanna betrachtete sie verschmitzt. Irgendwie würde sie es schon schaffen, Elf zu überreden. »Ich hab Geburtstag heute.«

Elf verdrehte die Augen. »Das ist ein echtes Totschlagargument. Damit kannst du ja praktisch alles einfordern.«

Hab ich dich! Hanna grinste triumphierend. »Alles? Dann muss ich ja glatt noch mal überlegen.« Sie ließ ihren Blick provozierend über Elf schweifen.

Deren Miene schien zu sagen: *Ja, alles – und vor allem das, was dein Blick suggeriert.* Aber Hanna war sich nicht sicher, ob diese Deutung nicht nur Wunschdenken war. Denn gleichzeitig sah sie einen Hauch von Scheu in Elfs Augen.

»Fast alles«, spielte Elf dennoch das Spiel mit, dessen Regeln sie beide erst noch bestimmen mussten.

»Meine Schwester übt bei Ihnen Klavier, stimmt's?«, fragte Fritz die winzige alte Frau, die neben ihm saß und alles mit aufmerksamen Blicken verfolgte.

Jetzt richtete sie ihre hellblauen, blitzenden Augen auf ihn. Sie sprühten vor Energie. »Ja. Sie ist extrem begabt. Aber da erzähle ich Ihnen nichts Neues.«

»Ich bin auch mächtig stolz auf sie.« Fritz sah zu Elf hinüber. Sie war gerade damit beschäftigt, zusammen mit Hanna die Tischtennisplatte freizuräumen.

Frau Doll klopfte auf seinen Rollstuhl. »Wir lagen zur selben Zeit im Hildegardhospital, wussten Sie das?«

»Ja, Hanna hat Sie immer als Ausrede benutzt, um aus meinem Zimmer zu flüchten, wenn es ihr zu viel wurde«, sagte Fritz grinsend. Er wusste von Elf, wie sie Frau Doll kennengelernt hatte und dass sie Hannas Lieblingspatientin gewesen war.

Frau Doll lachte rau. »Haben Sie sie denn so geärgert im Krankenstand?«

»Ja, das auch.« Jetzt fiel Fritz' Lachen etwas verlegen aus. »Aber es ging, glaub ich, mehr um Elf. Die beiden haben sich am Anfang nur in den Haaren gehabt. Ein Wort, und bumm – schon ist eine von beiden wieder explodiert. Die haben sich echt verabscheut.«

Er und Frau Doll sahen gleichzeitig zu Hanna und Elf hin, die inzwischen angefangen hatten zu spielen. Elf mit Mühe den Ball übers Netz bringend, Hanna ganz darauf bedacht, Elf leichte Bälle zuzuspielen. Die beiden sahen aus wie die besten Freundinnen. Oder doch eher nach ein bisschen mehr.

»Man kann es kaum glauben, wenn man das jetzt so sieht«, sagte Fritz nach einer Weile stillschweigender Beobachtung.

Frau Doll nickte nachdenklich. »Kennen Sie das Sprichwort: Gegensätze ziehen sich an?«

Überrascht wandte Fritz den Blick zu seiner Sitznachbarin. In der Generation, der sie angehörte, war es schließlich nicht selbstverständlich, zwei Frauen als mögliches Liebespaar zu betrachten. »Geht das in die Richtung: Was sich liebt, das neckt sich?«, fragte er vorsichtig nach.

Frau Doll grinste. »So in etwa, mein Lieber.«

Sie waren sich einig. Fritz nickte. Dann wandten sie ihre Aufmerksamkeit wieder Hanna und Elf zu. Hanna war gerade dabei, Elfs miserable Vorhand zu verbessern, indem sie hinter ihr stand und ihr die Hand führte. Elf sah aus wie vom Blitz getroffen, und Hannas Ohren überzog ein rötlicher Farbton. Frau Doll warf Fritz einen Blick zu und zog vielsagend eine Augenbraue hoch.

Bei Einbruch der Dunkelheit war nur noch ein Teil der Gäste übriggeblieben. Frau Doll hatte sich als Erste verabschiedet, und auch Fritz hatte nicht viel länger ausgehalten; er hatte Schmerzen und wurde nörgelig. Lizzy hatte ihn in dem geliehenen Transporter, mit dem sie die Tischtennisplatte geholt hatte, nach Hause gefahren.

Obwohl sie damit niemanden aus der Runde kannte außer Hanna, war Elf geblieben. Hannas Blick hatte ihr die Entscheidung leicht gemacht. Als Hanna dann vorschlug, ihr den Ausblick auf Stuttgart bei Nacht zu zeigen, jubelte Elf innerlich.

Sie setzten sich von den restlichen Gästen ab und umrundeten die Villa. An der Freitreppe blieben sie stehen und sahen hinunter auf die beleuchtete Stadt.

»Wow«, entfuhr es Elf.

»Ja, schön.« Hanna sah Elf an, während sie das sagte, und Elf war nicht ganz klar, was oder wen sie damit meinte. Ein Schauer überlief sie.

Sie drehte sich zu Hanna um. Einen Moment lang sahen sie sich in die Augen, ohne dass eine von ihnen ein Wort sagte.

Elf brach als Erste das beredte Schweigen: »Ich hab dir dein Geburtstagsgeschenk noch gar nicht gegeben.«

»Ich bekomme noch ein Geschenk?«

Elf biss sich auf die Lippen und wünschte, sie hätte nichts gesagt. Sie hatte das Geschenk in einem spontanen Impuls gekauft, aber jetzt war sie sich überhaupt nicht mehr sicher, ob es nicht völlig unangemessen war. »Ich hab es gesehen und dabei sofort an dich gedacht«, sagte sie. »Aber vielleicht findest du es unpassend.«

»Was ist es? Ein Paar Unterhosen?«

Hannas Scherz nahm Elf ein wenig von ihrer Unsicherheit. Sie lachte. »Nein. Vollkommen falsche Richtung.« Trotzdem konnte sie sich nicht überwinden, das Geschenk auch tatsächlich zu überreichen. *Hätte ich bloß nicht davon angefangen.*

»Wirst du es mir geben?«, fragte Hanna vorsichtig.

Elf griff zögernd in ihre Hosentasche und zog ein kleines Päckchen heraus. Es war in ein Notenblatt verpackt und hatte ungefähr die Größe einer Schmuckschachtel. »Ich hoffe, es gefällt dir«, sagte sie und reichte es Hanna schüchtern.

»Danke. Darf ich es gleich aufmachen?«

Elf nickte nur. Gebannt sah sie Hanna dabei zu, wie sie das Papier entfernte und die schwarze Schachtel darunter begutachtete. Ein wenig zu ausgiebig begutachtete, für Elfs Geschmack. »Mach auf«, bat sie mit wachsender Nervosität. Sie wollte es hinter sich bringen.

Hanna hob den Deckel der Schachtel an. Zum Vorschein kam ein in ein Samtpolster gebetteter schlichter Silberring, der an manchen Stellen die Lichter der Großstadt reflektierte und glitzerte. Hanna starrte den Ring an, dann Elf.

Die erklärte hastig: »Der Ring ist nichts Besonderes. Du brauchst jetzt nicht denken, Cartier oder so. Fritz und ich haben darüber geredet, dass du etwas Besonderes kriegen solltest, weil du uns so viel geholfen hast. Und ich dachte sofort, du bist eine Frau für Silber und Diamanten, und als ich den hier bei einer Schmuckdesignerin gesehen hab, musste ich ihn kaufen.«

Die Worte waren nur so aus ihr hervorgesprudelt. Hanna sah sie immer noch schweigend an. Elfs Magen schien plötzlich aus Blei zu bestehen.

»Du findest es also daneben«, murmelte sie. »Es tut mir leid. Wir können ihn bestimmt umtauschen. Du kriegst was anderes.« Sie sah überallhin, nur nicht auf Hanna. Am liebsten wäre sie im Erdboden verschwunden.

Hannas nachdenklicher Blick ruhte auf ihr. Dann hörte Elf endlich auch ihre Stimme: »Nein, ich find ihn schön. Ich würde ihn gern behalten.«

Elf sah sie fragend an. Ihr Herz flatterte.

»Wirklich. Ich war nur kurz überwältigt. Und außerdem ist das ein viel zu teures Geschenk.«

»Wie gesagt, es ist nicht Cartier«, sagte Elf verlegen. »Und das sind auch nur minikleine Diamantsplitter. Du kannst ihn ruhig annehmen.«

Verdammt. Das war wirklich daneben. Typischer Elf-Fehlgriff. Ich kann ihr nie wieder unter die Augen treten. Sie wagte einen Blick. Hanna sah immer noch nicht begeistert aus.

»Also, dann danke. Auch an Fritz natürlich.«

Oh Gott. Wie komm ich hier nur jemals raus? Elf zwang sich, die Wahrheit zu sagen: »Äh – der Ring ist nur von mir.« Die Katastrophe konnte sie nun eh nicht mehr abwenden.

»Danke«, sagte Hanna, noch ein bisschen verwirrter. Elf hatte ihr einen Ring geschenkt. Nicht: Elf und Fritz hatten ihr ein schönes Schmuckstück geschenkt. Das konnte alles Mögliche bedeuten. Oder gar nichts. Bei Elf wusste man nie.

Sie nahm den Ring aus der Schachtel und betrachtete ihn eingehend im Halbdunkel. Steckte ihn an den linken Mittelfinger. Er passte.

»Du hast ein gutes Augenmaß.«

Erst jetzt bemerkte Hanna das nervöse Flackern in Elfs Augen. *Sie ist sich unsicher. Da haben wir was gemeinsam.*

Eine Welle aus Gefühlen überrollte sie, als ihre Blicke sich trafen. Sehnsucht – Sehnsucht nach Elf, die ihr diesen Ring aus dem Nichts heraus geschenkt hatte. Die Welle überschwemmte ihr Herz, wollte überfließen. Aber wie würde Elf es aufnehmen, wenn sie sie jetzt einfach küssen würde? Schließlich war der Ring nicht als Liebesgabe gemeint.

Oder?

Aus Elfs Augen war das Flackern verschwunden, stattdessen sah Hanna auch in ihnen einen sehnsuchtsvollen Ausdruck. Wenn sie das richtig las.

Ich will sie küssen. So sehr. Ihr Mund ist so schön. Hanna konnte ihren Blick nicht davon abwenden. Wie magisch angezogen näherten sie sich einander. *Ich werde sie küssen. Gleich.*

»Hey, ihr zwei Turteltäubchen! Kommt wieder zurück. Ich hab 'ne Flasche Gin mitgebracht, damit peppen wir jetzt diesen spießigen Fruchtcocktail auf.«

Hanna und Elf zuckten zurück, als Lizzys Stimme durch die Nacht schallte und sie angejoggt kam. Sie schlang den einen Arm um Hanna und stupste mit dem anderen Elf an. »Kommt schon. Seid schön brav gesellig. Und Hanna hat noch gar nicht mit mir angestoßen.«

Lizzy, du verdammte Idiotin. Beste Freundin hin oder her – das war definitiv der falsche Moment.

Auch Lizzy schien einzusehen, dass sie womöglich etwas Entscheidendes unterbrochen hatte. Ihr »Alles andere hat Zeit bis später, oder?« klang schon nicht mehr ganz so resolut, sondern fast entschuldigend. Dennoch zog sie Hanna mit sich, und Elf trottete notgedrungen hinterher.

Kurz bevor sie die Gruppe auf der Wiese wieder erreichten, machte Hanna sich los und ließ Lizzy vorausgehen. Sie wartete auf Elf.

»Kommst du nachher noch mit zu mir?«

Elfs Augen blitzten im Dunkeln. Sie nickte. Ihr Blick schien sich an Hanna festzusaugen, zuerst an ihren Augen, dann an ihrem Mund.

»Komm rein. Vorsicht, Katze.«

Lopez kam angelaufen, neugierig, wer da Fremdes mit in die Wohnung kam. Elf ging sofort in die Hocke und hielt ihm die Hand hin. Lopez kam vorsichtig näher und stupste dann ihre Finger mit seiner feuchten Katzennase an, und Elf kam der Aufforderung nach und streichelte ihm über Kopf und Rücken. Enthusiastisch warf er sich an Elfs Schenkel und drückte seinen Kopf gegen ihre Hand, den Schwanz freudig erhoben, freundlich schnurrend.

Hanna konnte nur staunen. Wenn es also nach Lopez ging, war Elf die richtige Wahl. Hoffentlich irrte er sich da nicht ... Als sie die beiden beobachtete und Elf den Kopf hob, um sie aus der Hocke heraus anzulächeln, während sie weiter Lopez streichelte, wurde ihr plötzlich klar, dass sich Lopez auf keinen Fall irrte. Elf war der Hauptgewinn. Der Sechser im Lotto.

Nervös fragte sie: »Möchtest du was trinken? Wasser, Saft, Wein? Ich glaube, ich habe sogar noch eine Flasche Champagner im Kühlschrank liegen. Hat mir Frau Doll für gewisse Fahrdienste geschenkt.«

Elf antwortete nicht, sah sie nur versonnen von unten herauf an. Lopez betrachtete sie ebenfalls mit einem katzenhaft milden Ausdruck.

»Also Champagner? Ich hole zwei Gläser.« Atemlos wandte sich Hanna um und eilte in die Küche. Nur weg aus Elfs intensivem Blick.

Als sie mit zwei Sektkelchen zurückkam, waren Elf und Lopez aus dem Flur verschwunden. Hanna fand sie im Wohnzimmer. Lopez auf dem Sofa, Elf vor den Hamam-Frauen stehend, mit einem unleserlichen Gesichtsausdruck.

»So ein dekadentes Gemälde hätte ich niemals in deiner Wohnung vermutet«, sagte sie, als Hanna eintrat.

»So?« Hanna reichte ihr ein Glas.

»Ja, du wirkst so geradlinig und kühl. Kontrolliert. Das hier ist wollüstig und sinnlich. Heiß, heiß, hundert Grad ...« Elf schmunzelte. »Das lässt tief blicken, Hanna.« Sie nahm einen kleinen Schluck Champagner.

»Wie tief?«

Hanna musste ebenfalls einen Schluck trinken, um ihre plötzlich sehr trockene Kehle zu befeuchten. Elf machte sie ganz kribbelig. Ein Schauer lief ihr den Rücken hinunter, und ein zweiter machte sich angenehm prickelnd zwischen ihren Beinen breit.

Elfs Blick ruhte auf ihrem Dekolleté. Erst jetzt bemerkte Hanna, dass ein weiterer Knopf ihres Hemdes aufgegangen war. Der Ansatz ihrer Brüste war mehr als deutlich zu sehen. Elf schien von dem Anblick wie gelähmt.

»Ich weiß noch nicht, wie tief«, murmelte sie, ohne den Blick abzuwenden.

Auch Hanna war erstarrt wie das sprichwörtliche Reh im Scheinwerferlicht, unfähig, sich von der Stelle zu rühren. Da riss sich Elf abrupt von dem Anblick ihres Ausschnitts los.

»Entschuldige ... ich weiß gar nicht, was in mich gefahren ist. Ich verhalte mich wie der letzte Macho. Es ist besser, ich gehe jetzt.« Sie stellte ihr Glas ab und drehte sich um.

Hanna war klar: Wenn sie jetzt nicht reagierte, wäre Elf verschwunden. Der bisher so wundervolle Abend jäh beendet. Und sie selbst frustriert bis an die Schmerzgrenze.

»Nein, warte.«

Sie machte einen großen Schritt in Elfs Richtung und fasste sie am Oberarm. Elf blieb stehen. Fragend schaute sie Hanna an. Sie standen sich sehr nahe. Elfs Atem strich sanft über Hannas Gesicht. Hanna versank in Elfs Augen. Überirdisch grün wirkten sie in diesem Moment.

»Geh nicht«, hauchte Hanna. »Ich habe es genossen.«

Elf hob die Augenbrauen.

»Wie du mich angesehen hast«, beantwortete Hanna die unausgesprochene Frage. Ihr wurde bewusst, dass sie immer noch den Sektkelch in der Hand hielt.

»Trink noch einen Schluck.«

Sie hielt Elf das Glas hin. Nach kurzem Zögern nahm diese einen kleinen Schluck. Hanna hob das Glas an ihre eigenen Lippen und nippte an der gleichen Stelle, von der Elf gerade getrunken hatte.

»Ich würde auch noch einen Knopf öffnen, wenn ich dich damit zum Bleiben überreden könnte«, flüsterte sie.

»Das wird nicht nötig sein.«

Jetzt war es Hanna, die eine Augenbraue hochzog.

Elf präzisierte: »Nicht, dass ich was dagegen hätte, wenn du noch einen Knopf öffnen würdest. Im Gegenteil. Ich wollte nur sagen, dass ich auch bleiben würde, wenn du alle wieder zumachst. Also, was ich meine, was ich sagen wollte, ist ...« Sie unterbrach sich und verdrehte die Augen. »Was wollte ich sagen? Ich bin ganz konfus. Du machst mich konfus.«

Hanna musste schmunzeln. *Ich mache sie also nervös. Gut. Sie mich auch.* Sachte legte sie einen Zeigefinger auf Elfs Lippen.

»Schhh ...« Langsam bewegte sie den Finger, fuhr die Konturen von Elfs Mund nach. »Du hast einen sehr schönen Mund.« Ihr Finger verharrte im rechten Mundwinkel. »Was würdest du sagen, wenn ich ihn küssen wollte?«

Elf blinzelte, unfähig, ein Wort herauszubringen. Hannas Sinnlichkeit umhüllte sie wie ein Mantel. Die kühle Hanna – doch jetzt versprühte sie Sex im Überfluss. Und das nur für sie, Elf. Sie konnte es nicht fassen. Fieberhaft suchte sie nach einer Antwort auf Hannas Frage, irgendetwas, das sie sagen könnte, aber ihre Gedanken überschlugen sich, in ihrem Kopf herrschte ein einziges Chaos. Aus dem Augenwinkel sah sie den Schatten von Hannas Brüsten sich unter dem Hemd abzeichnen. Hannas Finger in ihrem Mundwinkel kitzelte sie erregend, ihre blauen Augen musterten sie verlangend.

Unter dem Ansturm der Sinneseindrücke brannte irgendwo eine Sicherung durch. Das konfuse Gedankenkarussell blieb einfach stehen, und Elfs Instinkte übernahmen. Langsam beugte sie sich vor und küsste Hanna. Zuerst ganz zart. Hannas Lippen waren weich, hießen sie willkommen. Vorsichtig tastete Elf sich mit der Zunge vor, erspürte Hannas Lippen, drängte sich dann frech dazwischen. Hannas Zunge traf auf ihre, ebenfalls vorsichtig zuerst, auslotend, dann fordernder. Fast stürmisch drang Elf mit ihrer Zunge in Hannas Mund ein. Hanna stöhnte leise. Dadurch ermutigt ließ Elf ihre Hände Hannas Rücken entlangstreichen.

Oh Gott! Kein BH. Sie hatte es gewusst. Ihre Knie wurden ganz weich. Hannas Brüste in so unmittelbarer Reichweite – das war fast zu viel. Elf musste sich mühsam beherrschen, ihre Hände nicht auf Hannas Brüste zu legen, zu sehen, ob sie sie ganz umfassen konnte, die Brustwarzen zu reizen, bis sie hart wurden ... Sie stöhnte in Hannas Mund. Vielleicht würde sie ohnmächtig werden von der Reizüberflutung. Hannas Brüste berühren und sterben, wäre das nicht die Erfüllung?

Hannas freie Hand war inzwischen ganz in der Nähe ihrer eigenen Brüste angelangt. Ein Pfeil der Erregung schoss durch Elf hindurch, als Hanna an der Seite ihrer rechten Brust entlangstrich. Nein, sie müsste mindestens noch bis zum Orgasmus bei Bewusstsein bleiben. Und wenn sich das in diesem Tempo weiterentwickelte, würde das nicht mehr lange dauern.

Doch Hannas Kuss wurde zärtlicher, langsamer, und schließlich beendete sie ihn mit einer letzten, zarten Berührung von Elfs Lippen. Ihre Hand lag inzwischen in Elfs Nacken. Sie lächelte Elf liebevoll an. Noch immer behindert von ihrem Sektglas, nahm sie die freie Hand nach vorn und streichelte Elfs Wange.

»Wenn ich dieses Ding hier nicht in der Hand hätte, dann hätte ich schon lange …« Hanna beendete den Satz mit einem Schnalzen und einem sehr eindeutigen Blick. Einen Moment lang war Elf nicht sicher, ob es nicht vielleicht besser wäre, wenn Hanna den Sektkelch weiter in der Hand behielte. Sie wusste nicht, ob sie Hannas uneingeschränkte Sinnlichkeit überleben würde.

Doch Hanna löste sich von ihr und stellte das Glas auf dem Tisch ab. Elf war nicht in der Lage, sich zu rühren. Aber ihr Herz klopfte umso heftiger und ließ die Hormone durch ihren Körper rasen.

Hanna blickte sie an. Ihr Blick war verheißungsvoll. Verführerisch.

»Wäre es vollkommen unromantisch, wenn ich dich einfach bei der Hand nähme und in mein Schlafzimmer entführen würde?«

Elf schluckte schwer und krächzte: »Nein.« Was auch immer Hanna tat, sie würde sich sowieso nicht wehren können.

Hanna zog fragend die Augenbraue hoch.

»Ich meine«, sagte Elf mit zitternder Stimme, »nein, es wäre nicht unromantisch. Es wäre sogar geradezu eine humanitäre Hilfeleistung. Ich weiß nicht, wie lange ich die Aufregung sonst ertragen werde.« Sie wagte ein kleines, verschmitztes Lächeln.

Der Blick, mit dem Hanna das Lächeln erwiderte, sandte einen frischen Schwung Adrenalin durch Elfs Adern. Sie küsste Elf kurz auf die Nase, nahm sie bei der Hand und sagte: »Ich hoffe, es wird noch viel aufregender.« Damit zog sie Elf mit sich in Richtung ihres Schlafzimmers.

Hanna ließ Elfs Hand erst wieder los, als sie direkt vor ihrem Bett standen.

Hast du etwa Angst, dass sie fliehen könnte? Der Gedanke war gar nicht so abwegig, wenn sie sich an Elfs Blick vorhin im Wohnzimmer erinnerte. Da hatte Elf dreingeschaut, als habe sie einen Geist gesehen. Aber sie floh nicht. Sie blieb direkt vor dem Bett stehen, reglos.

Der Schein der Flurlampe drang herein und tauchte den Raum in ein schummriges Licht. Hanna verzichtete darauf, weitere Lampen anzuschalten. Nun, da sie Elf hier in ihrem Schlafzimmer hatte – kurz vor dem Moment, von dem sie in letzter Zeit immer geträumt hatte –, überfiel sie plötzlich eine seltsame Schüchternheit. Und auch Elf wirkte gar nicht wie die draufgängerische Liebhaberin, die mit geübten Griffen in Sekunden unter die Kleidung ihrer Geliebten gelangen konnte.

So standen die beiden voreinander und sahen sich an. Eine Ewigkeit lang, so schien es Hanna. Und fast hätte ihr das gereicht, so intensiv war dieser Blickkontakt. Es war, als hielten sie einander in ihrer eigenen Welt, in der es keine Zeit gab und keinen Raum, nur sie beide.

Aber irgendwann musste sie doch schmunzeln. Elf schmunzelte zurück, und das Eis war gebrochen.

Elf hob die Hand, strich Hanna liebevoll eine Strähne aus der Stirn. Als sie die Hand zurückziehen wollte, hielt Hanna sie fest. Wie oft hatte sie diese Hände betrachtet und darüber sinniert, wie feingliedrig und gleichzeitig stark sie waren, wie mühelos sie Musik hervorbrachten – und wie mühelos sie wohl auch andere Dinge vollbringen konnten. Dinge, die sie hoffentlich bald genießen durfte. Sie küsste Elfs Handfläche und presste sie an ihre Wange, die Augen geschlossen. Als sie die Lider wieder öffnete, stand Elf ganz dicht vor ihr und lächelte sie an.

Ganz langsam näherten sie sich einander – Hanna hätte nicht sagen können, von wem die Initiative ausgegangen war –, bis sich ihre Lippen zart berührten. Doch sobald sie den sanften Kontakt spürte, gab es für Hanna kein Zurück mehr. Sie küsste Elf leidenschaftlich und tief. Erforschte ihren Mund und ihre Lippen. Elfs Stöhnen schickte eine Welle der Erregung direkt zwischen ihre Beine. Sie begehrte Elf mit einer Intensität, die sie so an sich gar nicht kannte. Normalerweise verlief selbst ihre Sexualität in geregelten Bahnen. Keine übermäßige Ekstase, aber auch keine einschläfernde Langeweile. Normale sexuelle Begegnungen eben. Elf jedoch schien alle ihre Dämme zum Bersten zu bringen.

Für den Bruchteil einer Sekunde fürchtete sie, Elf zu überwältigen. Aber im selben Moment fuhr Elfs Hand unter ihr Hemd und streichelte leidenschaftlich ihren nackten Rücken, und dann ließ Elf beide Hände nach unten rutschen und über Hannas Po streichen. Sie fasste überraschend fest ihre Hinterbacken und zog Hanna fordernd an ihr Becken. Hanna konnte ein tiefes Stöhnen nicht unterdrücken, als ihr Schambein sich in Elfs Unterleib grub und sie im Gegenzug spürte, wie sich Elfs Geschlecht gegen sie drückte.

Oh Gott, ich bin so nass. Ich komme bestimmt, sobald sie mich berührt. Das wäre unglaublich peinlich.

Als Elf ihren Hintern losließ, um ihre Hände höher und nach vorn wandern zu lassen, war in Hannas Kopf kein Platz mehr für Gedanken. Elf umfasste mit beiden Händen Hannas Brüste, und Hanna musste den leidenschaftlichen Kuss unterbrechen, um nach Luft zu schnappen. Ein erstauntes »Oh!« entschlüpfte ihr, als sie die ganze Tragweite von Elfs Berührung erfasste. Eine neue Flut Nässe machte sich zwischen ihren Beinen breit.

»Du hast unglaublich schöne Brüste«, sagte Elf mit vor Erregung gepresster Stimme und ließ ihren rechten Daumen über Hannas aufgerichtete Brustwarze gleiten. Das kurze Streicheln schoss unmittelbar in ihre Mitte hinein. Es war, als ob Elf den Finger direkt auf ihre Klitoris gelegt hätte.

»Ich will sie ohne das Hemd berühren. Darf ich?«

Hannas von Erregung vernebeltes Gehirn brauchte einen Moment, um zu begreifen, dass das eine Frage an sie war.

»Alles«, flüsterte sie mit einiger Verspätung heiser. »Du darfst alles. Reiß es mir vom Leib, wenn du willst.«

»Aufknöpfen reicht.«

Elf tastete sich mit den Händen in Hannas bereits sehr großzügiges Dekolleté vor und öffnete bedächtig den ersten Knopf. Jede Berührung sandte Stromstöße durch Hannas Körper. Bis Elf in diesem Tempo beim letzten Knopf angelangt war, würde Hanna verrückt werden, da war sie sicher. Doch Elf versüßte ihr das Warten, indem sie sich vorbeugte und das Tal zwischen Hannas Brüsten küsste, während sie den nächsten Knopf öffnete. Sie ließ ihre Zunge einen verschlungenen Weg in Richtung von Hannas rechter Brustwarze schreiben. Ihre Hände wurden eifriger und hatten schon den letzten Knopf in Arbeit. Sobald er offen war, schob sie das Hemd zur Seite und umkreiste Hannas Brustwarze mit ihrer Zunge. Als Hanna aufstöhnte, gab sie jegliche Zurückhaltung auf und nahm die Brustwarze in den Mund.

Auffordernd, fast ungestüm drückte Hanna Elfs Kopf noch näher an sich heran. *Mehr, mehr, ich will mehr. Von allem. Von dir.* Aber sie verkniff es sich, das laut zu sagen. Nur ein Stöhnen entrang sich ihrer Kehle, und sie warf den Kopf zurück.

Elf ersetzte ihren Mund durch eine Hand und küsste Hannas Hals. »Du bist so unglaublich schön. So erregend«, hauchte sie in Hannas Ohr.

Die Schauer, die Hanna über den Körper rieselten, hörten inzwischen gar nicht mehr auf. »*Du* bist erregend«, flüsterte sie zurück. »Nur ein Rest Anstand hält mich davon ab, dir die Kleider vom Leib zu reißen.« Noch während sie sprach, ließ sie sich aufs Bett zurücksinken und zog Elf mit sich. Rasch befreite sie sie von ihrem T-Shirt. Kleine, vollendet gewölbte Brüste kamen zum Vorschein. Kein Gedanke an Anstand hielt Hanna jetzt noch zurück. Sie musste diese Brüste berühren, sofort.

Elf fühlte die Erregung direkt in ihre Mitte schießen, als Hanna voller Verlangen ihre Brüste streichelte. Dann umschlossen Hannas volle Lippen ihre Brustwarze, und der letzte Rest von Vorsicht und Zurückhaltung wurde in einer Flutwelle davongespült. Wie von selbst fuhren Elfs Hände von hinten in Hannas Hose und streichelten verlangend ihre Backen. Sie stöhnte leise, als Hanna leicht auf ihre Brustwarze biss und sich dann von ihren Brüsten mit einem kleinen Kuss verabschiedete.

Ohne dass sie es bemerkt hatte, hatte Hanna ihr bereits die Hose geöffnet und war schon auf dem besten Weg, sie ihr samt Unterhose auszuziehen. Die Aussicht, Hanna nackt zu spüren, nahm Elf fast den Verstand. Sich an sie drängen, Haut an heißer Haut überall, sie in sich fühlen … War es möglich, dass sich die Erregung noch steigern konnte, dass sie noch nasser werden konnte?

Mit einem Anflug von Bedauern trennte sie sich von Hannas weicher Haut, um den Gedanken ›Hanna nackt‹ in die Tat umzusetzen. Während Hanna noch mit Elfs Jeans kämpfte, zog Elf ihr die Hose inklusive Slip in einer einzigen Bewegung bis zu den Knöcheln hinunter. Zwei gut gezielte Tritte von Hanna reichten, um sich der Textilien vollends zu entledigen.

Elf starrte gebannt auf Hannas Körper. Ihre vollen Brüste waren perfekt. Ihr flacher Bauch endete in einem kleinen Dreieck blonder Haare, ihre schlanken Schenkel waren wohlgeformt und athletisch. Hanna war das absolute Idealbild blonder Schönheit. Und mit solch einer schönen Frau durfte sie, Elf, im Bett liegen ... Ein geradezu ehrfürchtiges Gefühl erfasste sie.

Das aber im gleichen Moment schon wieder verflog, als Hanna den Kampf mit Elfs Kleidung aufgab, die Hand auf ihren Venushügel legte und frustriert grollte: »Verfluchte Hose. Ich will dich, jetzt sofort.«

Aus eigenem Antrieb hob sich Elfs Becken Hannas Hand entgegen. Eine neue Welle Feuchtigkeit breitete sich zwischen ihren Schamlippen aus. Hanna hielt Elfs Augen mit ihrem Blick fixiert, als sie zielstrebig den Weg dorthin einschlug. Dann drang Hannas Finger ohne Umschweife in sie ein. Elf schlug stöhnend die Augen zu. Hannas Blick und die intimen Berührungen gleichzeitig – das war zu viel. Sie stand kurz vor der Explosion.

»Hanna«, stöhnte sie.

Hanna stieß mit ihrem Finger noch tiefer in Elf hinein und spürte ihre eigene Vagina zucken aus Erregung über das, was sie da tat. *Ich bin in ihr drin. Sie ist so nass. Wegen mir.* Elf stöhnte immer wieder ihren Namen. Hanna konnte ihr Zittern spüren, das immer stärker wurde.

Wenn ich ihre Klit berühre, wird sie kommen. Das erste Mal. Nur für mich. Hanna brachte ihre zweite Hand ins Spiel und strich zart über Elfs Klitoris. Elfs Becken bäumte sich ihr entgegen, und zärtlich nahm sie den Rhythmus von Elfs Bewegungen auf, die immer wilder wurden. *So viel Leidenschaft ...*

In diesem Moment schlug Elf plötzlich die Augen auf. Ein brennender Blick traf Hanna, und dann kam Elf mit einem rauen Stöhnen, das Hanna fast selbst zum Höhepunkt trieb. Elfs Orgasmus durchlief sie wie ein Feuer. Die zarte Frau in ihren Armen wirkte so überirdisch wie aus einem Märchen. *So schön. So weich.* Noch während Elf die letzten Wellen durchliefen, fanden ihre Hände Hannas Brüste wieder.

»Ich bin süchtig. Nie wieder wirst du mich von deinen Brüsten loskriegen.« Elf rollte sie beide herum und vergrub ihr Gesicht dazwischen.

»Ich würde mich nicht beschweren.«

Hanna konnte es nicht erwarten, dass Elf in Aktion trat. Und sie musste auch nicht warten. Mit einem genussvollen Seufzen nahm Elf sich ihrer rechten Brust an. Hanna antwortete mit einem tiefen, kehligen Laut.

»Elf ...«

»Du bist so unglaublich schön. Und du riechst so gut.«

Elf wollte Hanna mit Haut und Haar. Sie wollte, dass sie vor Entzücken schrie, sie wollte, dass sie kam und alle anderen vergaß, mit denen sie vorher je Sex gehabt hatte. Wie im Taumel wechselte sie zwischen Hannas Brüsten und entlockte Hanna spitze Geräusche, die ihre eigene Erregung wieder ansteigen ließen. Hannas Becken drängte sich an sie, und sie spürte Hannas Nässe an ihrem Oberschenkel.

Gleich werde ich Hanna berühren. Unglaublich ...

Elf ließ ihre rechte Hand nach unten wandern, bis sie Hannas Schamhaar spürte. Hanna schrie leise auf, als Elf nur in die Nähe ihrer geheimen Regionen kam.

»Tiefer«, forderte sie heiser.

Elf musste schmunzeln. So viel Ungeduld musste bestraft werden.

»Wie tief?«, neckte sie Hanna.

Hanna stöhnte auf. »Ist das jetzt die Rache?«

Elf blinzelte unschuldig, während sie an Hannas blondem Schamhaar zupfte. »Aber nein, eine ganz ernst gemeinte Frage. Wie tief soll es denn hinabgehen, Madame? Vielleicht so weit?«, und damit fuhr ihr Zeigefinger bis knapp vor Hannas Klitoris.

»Ja«, hauchte Hanna.

»Oder noch ein wenig tiefer?« Jetzt fuhr sie hinein in die Nässe zwischen Hannas Schamlippen und machte erst kurz vor dem Eingang Halt.

»Oh ja!«, keuchte Hanna mit noch mehr Vehemenz.

»Noch tiefer?« Elf drang ein kleines bisschen in Hanna ein und zog ihren Finger gleich wieder zurück. Sie war sich bewusst, dass sie Hanna maßlos reizte. Aber sie wollte dieses erste Mal mit Hanna so lange wie möglich genießen. Und sie wollte, dass Hannas Erregung vollständig war. Nie hätte sie sich träumen lassen, dass dieses erotische Spiel sie so sehr mitreißen würde.

Das galt für Hanna offensichtlich auch. Mit gespieltem Grollen fragte sie: »Muss ich dir mit Konsequenzen drohen, falls du nicht in den nächsten zehn Sekunden so tief wie möglich gehst?«

Elf gab sich empört. »So ist das also!« Schelmisch lächelnd betrachtete sie Hanna. »Dann bitte: eins.« Langsam begann sie sich an Hannas Körper nach unten zu schieben und zeichnete mit der Zunge eine feuchte Spur auf ihrer Haut.

»Zwei«, murmelte sie auf Hannas linker Brustwarze. Kurz leckte sie darüber und blies dann sachte, bis sich die kleine Erhebung noch weiter zusammenzog. Hanna stöhnte unterdrückt, während sich Elfs Zunge den Weg weiter nach unten bahnte.

»Drei.«

Sie umkreiste Hannas Bauchnabel mit der Zungenspitze und folgte einer imaginären Linie tiefer. Bei »Vier« drückte sie ihre Nase in Hannas Schamhaar und rieb ihre Wange darüber. Hanna zuckte kurz mit dem Becken. Sie schien hochgradig sensibilisiert zu sein. Elf wanderte weiter. *Bald. Aber noch nicht sofort.*

»Fünf.«

In Hannas linker Leiste angekommen, strich sie mit der Zunge über die zarte Haut. Jetzt stöhnte Hanna laut und verlangend. Elf schmunzelte und drängte ihren Wunsch zurück, sofort ans Ziel ihrer Reise zu gelangen. *Langsam.*

»Sechs.«

Sie saugte an Hannas rechter Leiste und leckte mit der Zunge über die Stelle, an der sie Hannas Herzschlag spüren konnte.

»Sieben.«

Elfs Finger, der die ganze Zeit in Warteposition verharrt hatte, verteilte Feuchtigkeit rund um Hannas Eingang. Ein weiteres, stärkeres Zucken von Hannas Becken war die Belohnung. Elf musste sich noch energischer beherrschen, nicht einfach ihrem Verlangen nachzugeben.

»Acht.«

Elfs Finger teilten Hannas Schamlippen.

»Du machst mich wahnsinnig!«

Elf ließ sich nicht beirren, auch wenn der Anblick von Hannas Geschlecht, das sie im Halbdunkel erahnen konnte, sie ganz schwach werden ließ. *Gleich.*

»Neun.«

Ihre Zunge fand Hannas Klitoris und fuhr genießerisch darüber. Hannas heiseres Stöhnen ließ sie erahnen, dass ihre Verzögerungsaktion eine würdige Empfängerin gefunden hatte. Hanna war offenbar nicht mehr in der Lage, irgendeine Art von Protest zu äußern.

»Zehn.« Damit ließ Elf endgültig ihren Finger in Hannas Weichheit hineingleiten und begann gleichzeitig Hannas Klitoris mit aller Ernsthaftigkeit zu lecken.

Hanna spürte die Welle unaufhaltsam auf sich zurollen.

Nein, noch nicht. Ich will das länger spüren. Doch es half nichts. Elfs Zahlenspiel hatte sie bereits an den Rand eines Deliriums geführt. Die Explosion war nicht mehr aufzuhalten.

Elfs Mund auf meiner Klit … oh Gott! Das hatte sie noch keiner Frau beim ersten Mal erlaubt. Normalerweise brauchte sie mehr Zeit, um eine Frau so nahe an sich heranzulassen. Aber bei Elf hatte sie es herbeigesehnt. Spätestens ab der »Fünf« hätte sie am liebsten Elfs Kopf kurzerhand in ihren Schoß gepresst. Als Elf nun anfing, an ihrer Klitoris zu saugen, verschwanden endgültig sämtliche Gedankenfetzen aus Hannas Gehirn. Ein leuchtender Blitz schlug in ihren Körper ein, der sie sekundenlang unter Strom setzte. Sie wusste nicht, was sie schrie. Nur, dass Elf sie festhielt. Ein Arm um ihre Hüfte, die andere Hand fest in ihr vergraben, der Daumenballen auf ihrer Klit. Heftige Wellen durchliefen ihren Körper, wieder und wieder. Noch nie zuvor hatte ein Orgasmus sie so weggespült.

»Oh mein Gott«, stöhnte sie schließlich und zog Elf zu sich hoch.

»Wow.« Elf küsste sie leidenschaftlich auf den Mund. Hanna schmeckte sich selbst an ihrer Zunge. Ein abklingender Schauer durchlief sie.

Elf drängte sich an sie. Ihre Küsse wurden wieder tiefer, und Hanna konnte spüren, dass Elfs Erregung keineswegs abgeebbt war.

Sie will mich. So sehr. Hanna küsste leidenschaftlich zurück. Elfs Begehren ließ sie selbst wieder hochkonzentriert werden. Sie wollte alles zurückgeben, Elf die gleiche Befriedigung schenken, die sie eben erfahren hatte.

»Ich will dich«, flüsterte Elf. »Noch mal.«

»Ja.«

Elf drückte Hanna in die Kissen und setzte sich auf. Wie in Zeitlupe schob sie ein Bein über Hanna und ließ sich langsam rittlings auf ihrer Hüfte nieder. Genauso langsam begann sie ihre Mitte an Hannas zu reiben.

»Du bist so schön«, sagte Elf leise, mit seligem Lächeln. »Dein Anblick allein erregt mich wahnsinnig. Spürst du, wie nass du mich machst?«

Hanna nickte.

»Willst du es fühlen?«

Wieder nickte Hanna. Und ließ gleichzeitig ihre Hand nach unten gleiten. Oh ja, Elf war nass. Sehr sogar. Und wieder schoss ihr durch den Kopf: *Ich will mehr. Von dir.*

Elf wachte auf, als ihr Handy aus den Tiefen des Kleiderbergs am Boden seinen charakteristischen pfeifenden Ton von sich gab. Noch im Halbschlaf löste sie sich aus Decken und anderen Hindernissen und stellte den Weckton nach einigem Wühlen in Kleidungsstücken aus. Sie ließ sich aufs Bett zurückfallen. Erst in dem Moment, als ihr Kopf das Kopfkissen traf, fiel ihr schlagartig ein, wo sie war. Bei Hanna. Im Bett. Nackt. Mit einer ebenso nackten Hanna. Mit der sie letzte Nacht überirdischen Sex gehabt hatte.

Vorsichtig drehte sie sich auf die Seite und betrachtete die schlafende Hanna. Die lag auf dem Bauch, Elf das Gesicht zugewandt, einen geschmeidigen Rücken und den Ansatz einer Brust entblößt, ihre blonden Haare wild um sie ausgebreitet.

Wow …

Die Erinnerungen kamen stückweise und überwältigten Elf beinahe. Wie Hanna auf der Park-Party schamlos mit ihr geflirtet hatte. Wie sie zusammen auf das nächtliche Stuttgart geblickt hatten und Elf nicht gewusst hatte, wohin mit ihrer Aufgeregtheit. Wie sie Hanna den Ring geschenkt hatte und Hanna sie beinahe geküsst hätte, wenn Lizzy nicht diesen kostbaren Moment unterbrochen hätte. Dann die Fahrt zu Hannas Wohnung, aufgeladen mit Unausgesprochenem. Und schließlich bei Hanna im Wohnzimmer, als sie geglaubt hatte, Hannas geballte Erotik nicht aushalten zu können – bis sie selbst erfasst wurde von dem Rausch, der sie beide mit sich riss.

Elf studierte Hannas wohlproportionierte Gesichtszüge mit den vollen Lippen. Diese Lippen hatten ihren Namen geschrien ... Erneut fuhr ihr ein Blitz in die Magengrube und tiefer. Es war unglaublich gewesen. Sie hatte Hanna mit einer Selbstsicherheit zur Ekstase getrieben, die sie selbst überraschte. Und sie hatte sich rückhaltlos von Hanna nehmen lassen. Ohne Einschränkung. Sie hatte alles losgelassen und alles gegeben.

Oh Gott, das muss sie sein. Die große Liebe.

Ganz zart strich sie über Hannas Rücken. Die murmelte im Schlaf zärtliche Worte, ohne aufzuwachen. Elf lächelte. All die Gefühle für Hanna brandeten in ihr auf wie eine Flut, überschwemmten sie. Sie küsste sie sanft auf die Stirn. Mit einem liebevollen Blick stand sie dann auf und zog sich leise an.

Zu dumm, dass sie ausgerechnet heute das Vorstellungsgespräch mit dieser Band hatte, die den vielversprechenden Namen »Blaue Note« trug – in Anlehnung an das Jazz-Label Blue Note Records, jedenfalls deutete Elf es so. Sie hoffte, als Pianistin für die Combo in Frage zu kommen. Aber jetzt hätte sie doch wesentlich lieber mit Hanna zusammen ausgeschlafen und dann, wer weiß, eine Wiederholung von letzter Nacht eingeleitet.

Auch für Hanna musste das zwischen ihnen mittlerweile mehr sein. Da war Elf sicher. Sie hatten dieses Mehr zwar noch nicht angesprochen, aber es hatte spürbar, fast greifbar im Raum geschwebt. Schon seit längerem. Und sie, Elf, war bereit dafür.

Wobei es sowieso kein Zurück mehr gab. Sie war schon rettungslos verloren.

Ein letzter Blick auf die schlafende Hanna, und sie schlich aus dem Zimmer. In der Küche schrieb sie Hanna schnell eine Nachricht auf den Notizblock: »Entschuldige tausendmal! Ich musste zu einem wichtigen Vorstellungsgespräch. Wann kann ich dich wiedersehen? Deine Elf.«

Sie zögerte kurz, bevor sie die letzten zwei Wörter schrieb. ›Deine Elf‹ war vielleicht ein bisschen zu viel. Aber sie wollte ein Zeichen hinterlassen, das deutlich machte, wie viel ihr diese Nacht bedeutete.

Sie streichelte kurz den hoffnungsvoll auf Futter wartenden Lopez und zog leise die Tür hinter sich zu. Alles würde gut werden. Sie würde bald in einer sehr guten Band spielen, sie hatte die Liebe ihres Lebens gefunden und würde glücklich wie im Märchen leben, bis sie und Hanna 120-jährige, verschrumpelte Weibchen wären. Während sie die fünf Stockwerke hinunterlief, pfiff Elf beschwingt vor sich hin. *Liebe* ... Sie lächelte, ohne dass es ihr bewusst war.

Hanna streckte sich genüsslich und ließ ihre Hand suchend auf die andere Bettseite gleiten. Als sie nur kalte Laken ertastete, setzte sie sich ruckartig auf. Außer ihr war das Bett leer – extrem zerwühlt, aber leer. Der Haufen Kleider auf dem Fußboden bestand auch nur noch aus ihren eigenen Sachen, die sie gestern so sorgfältig für das Fest ausgewählt hatte und dann in der Nacht nicht schnell genug hatte ausziehen können.

Sie stand auf und streifte sich schnell ein T-Shirt und eine kurze Jogginghose über. War Elf einfach gegangen? Ein Ansatz von Panik überkam sie. Was hatte das zu bedeuten? Bereute Elf die Nacht? Würde sie sie nie wiedersehen? *Oh Gott, nein.*

Lopez kam angelaufen und forderte laut maunzend die sofortige Herausgabe seines Frühstücks. Hanna ignorierte ihn und lief ins Wohnzimmer. Nichts, keine Elf.

»Elf?«

Die Panik verstärkte sich. Sie schaute ins leere Badezimmer. Als sie in die Küche ging, war sie den Tränen nahe. Sie konnte sich nicht erinnern, wann sie das letzte Mal geweint hatte.

Auf dem Tisch lag ihr Notizblock. Das oberste Blatt war beschrieben. Hanna fiel ein monumentaler Felsbrocken vom Herzen, als sie Elfs Nachricht las.

Deine Elf. Sie lächelte. *Ja!*

Mit Schwung nahm sie die Espressokanne vom Regal und holte das Katzenfutter aus dem Kühlschrank. »Sie ist einfach unglaublich, Lopez.«

Lopez interessierte sich nicht für Hannas Schwärmerei, er visierte die Katzenfutterdose an.

»Sie hat die unglaublichsten grünen Augen, die du dir nur vorstellen kannst.« Hanna sah ihren Kater an und musste lachen, als sie in ein Paar leuchtend grüne Katzenaugen blickte, die sie herausfordernd anschauten. »Guck nicht so. Für Menschen ist das außergewöhnlich.«

Sie häufte Katzenfutter auf Lopez' Teller und stellte ihn auf den Boden. Enthusiastisch stürzte sich der Kater darauf. Für sich selbst stellte Hanna die frisch befüllte Espressokanne auf den Gasherd.

»Wenn sie mich küsst«, fuhr sie fort, »krieg ich weiche Knie.« Sie ließ sich von Lopez' Desinteresse nicht abschrecken. Niemand außer ihm kannte so viele Details von Hannas Seelenleben, nicht einmal Lizzy. Bei ihm waren sie schließlich auch gut aufgehoben.

»Im Bett ist sie einfach unbeschreiblich. Sie hat mich umgehauen. Ich hab mich gar nicht wiedererkannt. Die animalischen Geräusche, die dich heute Nacht aus dem Schlafzimmer ferngehalten haben – das war ich. Kannst du dir das vorstellen, Lopez?«

Die Espressokanne gurgelte vor sich hin. Hanna schenkte sich einen extra starken Kaffee ein.

»Wie mit Elf war es mit noch keiner Frau«, sinnierte sie schlürfend. Lopez war fertig mit seinem Futter und gab einen fragenden Laut von sich.

»Sei nicht so skeptisch. Elf ist anders. Ich bin verliebt. Sehr sogar.« Hanna strahlte ihren Kater an und nahm ihn dann auf den Arm. »Und ich glaube, sie auch, Lopez.«

Sie drückte ihr Gesicht in das weiche Fell und und atmete pures Glück. Lopez genoss die Streicheleinheiten, sie selbst die Gedanken daran, was sie schon bald mit Elf anstellen würde.

Das Telefon unterbrach ihre Phantasien. Wenn das Elf war, würden sie vielleicht schon früher Wirklichkeit werden als gedacht. Vielleicht könnte sie sie überreden, den Nachmittag mit ihr im Bett zu verbringen. Und die kommende Nacht. Sie spurtete zum Telefon und nahm nach dem zweiten Klingeln den Hörer ab.

»Felsberg«, sagte sie in einer verträumten Stimme, die ihr selbst ganz fremd vorkam.

»Hi, Hanna. Hier ist Fritz. Sorry, dass ich dich so früh schon störe«, klang ihr die Stimme von Elfs Bruder ins Ohr. Hanna strahlte. Jede direkte oder indirekte Verbindung zu Elf war ihr heute Morgen recht.

»Kein Problem. Ich war wach. Was gibt's?«

Fritz klang ein wenig zögerlich, als er fragte: »Ist Elf bei dir?«

»Wie kommst du darauf, dass sie bei mir sein könnte?«, fragte Hanna vorsichtig nach. Es konnte doch nicht sein, dass irgendjemand schon von ihnen beiden wusste.

Fritz schien es jetzt peinlich zu werden. Er begann zu stottern. »Öh, na ja, ich dachte nur. Es sah gestern so aus, als ob, na ja, also ... Vergiss, dass ich gefragt habe.«

Hanna hatte Mitleid und unterbrach sein Gestammel: »Nein, schon okay. Sie war da.«

»Und jetzt nicht mehr?«, wollte Fritz es genau wissen.

Hanna schmunzelte. Ihr wäre es auch lieber gewesen, wenn Elf noch da gewesen wäre. »Nein, aber nur, weil sie ein Vorstellungsgespräch hat.«

»Stimmt ja. Hatte ich ganz vergessen. Mit dieser Jazz-Combo. Dann bist du ja jetzt sozusagen zu meiner Schwägerin avanciert. Cool!«, schlussfolgerte Fritz, vorlaut wie immer.

»Hey, mal langsam«, bremste Hanna. Nicht, weil sie Elf nicht hundertprozentig mit Haut und Haar wollte, sondern mehr, weil Fritz' forsche Art ihr in diesem Zusammenhang unangemessen erschien.

Lachend gab er klein bei, wenn auch nur pro forma: »Ja, ja, schon klar. Die Hochzeitsplanung verschieb ich noch auf nächste Woche.«

Hanna lachte auch. Es tat so gut, bis über beide Ohren verliebt zu sein. Rosa Wolken, über dem Boden schweben, das ganze Programm. »Du übertreibst, Fritz«, versuchte sie seine Begeisterung dennoch zu zügeln.

»Ich weiß.« Fritz lachte noch einmal kurz auf, dann wurde er ernst. »Kann ich dich trotzdem um einen Gefallen bitten?«

Sein Tonfall kam Hanna merkwürdig vor, obwohl sie nicht hätte sagen können, warum. Wahrscheinlich wieder irgendwas mit seinem Bein. Noch mehr Unterstützung bei der Physio, oder was auch immer ihm jetzt einfiel. Aber Hanna war in großzügiger Stimmung nach der wundervollen Nacht, die sie mit seiner Schwester verbracht hatte. Seiner ebenso wundervollen Schwester. »Klar, um was geht's?«

»Es ist ein bisschen peinlich. Und ich weiß, dass ich eigentlich nicht fragen sollte«, druckste Fritz herum, plötzlich gar nicht mehr forsch.

»Raus damit«, forderte sie ihn auf. Was konnte es schon Großartiges sein?

»Kannst du Elf Geld leihen?«, platzte Fritz heraus.

Im ersten Moment dachte Hanna, sich verhört zu haben. »Was?«, war alles, was ihr einfiel. Ein bisschen sank sie aus ihrem verliebten Schwebezustand in Richtung Boden der Realität zurück. Aber nur ein bisschen.

Dann führte Fritz aus: »Na ja, wir sind total blank. Elf verdient einfach nicht genug als Kaffeehauspianistin ... und demnächst wird uns noch der Strom abgedreht.«

Und damit platzte Hannas verliebte Seifenblase, und sie landete mit einem harten Aufprall wieder vollends in der unfreundlichen Wirklichkeit. Wie unter Schock fragte sie: »Wieviel?«

»500 bis 1000 Euro fürs Erste. Sie wird ja auch bald mehr verdienen. Und unsere Eltern wollten nichts rausrücken«, bemühte sich Fritz eifrig zu erklären. Dass er damit alles noch schlimmer machte, konnte er natürlich nicht wissen. Aber bei Hanna schrillten sämtliche Alarmglocken. Genau diese Wort hatte sie schon viel zu oft gehört. Erst neulich wieder. Olivia.

»Eure Eltern weigern sich?«, fragte sie ganz sachlich. Sie wollte das klarstellen, nicht einem Missverständnis erliegen. Aber das alles kam ihr so verdammt bekannt vor. Sie fühlte sich wie in einer Zeitschleife gefangen, in der sie dieselben Sätze wieder und wieder zu hören bekam. Und wieder und wieder darauf einging. War sie denn ein Fall für die Klapse? Dieselben Dinge immer wiederholen und darauf hoffen, dass das Ergebnis ein anderes war – das würde bedeuten, dass sie den Bezug zur Realität komplett verloren hatte. Nein, so weit war sie noch nicht.

»Ja«, beantwortete Fritz unterdessen ihre Frage, »die sind immer noch sauer. Und außerdem befürchten sie, dass das Geld für meine Farben draufgehen könnte.« Sein Eifer, die Sachlage zu erläutern, schien sich noch zu steigern. Er musste an ihrer Stimme wahrgenommen haben, dass es nicht so lief, wie er sich das erhofft hatte.

»Was für Farben?«, schoss Hanna sofort zurück. Wie ein Jagdhund nahm sie Witterung auf. Sie würde dem Ganzen auf den Grund gehen.

Fritz schwieg. Aber er hätte genauso gut sagen können: »Scheiße, ich habe mich verplappert«, so beredt war sein Schweigen.

»Fritz, was für Farben?«

Hannas Stimme hatte einen scharfen Ton angenommen, dem sich Fritz nicht entziehen konnte. »Zum Sprayen«, gab er widerwillig preis.

»Graffiti?« Jetzt hatte Hanna eine Spur, die sie nicht mehr verlieren wollte. Hier lag also der Hase im Pfeffer, oder wie auch immer dieses Sprichwort hieß, das zu ihrer neu erwachten Jägermentalität ganz gut zu passen schien. Sie würde nicht lockerlassen, bis sie dieses Durcheinander an Teilwahrheiten, die Fritz von sich gab, entwirrt hatte. Und gleichzeitig mit ihrer Aufklärungswut begann auch eine echte, eine große, heiße Wut in ihr zu brodeln.

Fritz' Antwort kam widerwillig: »Ja.«

Die Informationen durchliefen Hannas Gehirnwindungen in Windeseile und lösten eine Kettenreaktion aus. Fritz war also immer noch Sprayer und hatte nicht, wie er immer behauptete, vor langer Zeit aufgehört. Das hieß, sein Unfall war mit Sicherheit auch beim Sprayen passiert, wie die Polizei vermutet hatte. Elf musste das gewusst haben und hatte ihn gedeckt. Alles genau so, wie sie es geahnt hatte. Aber sie hatte ja Elfs Beteuerungen geglaubt. Jede Lüge gefressen.

»Verdammte verlogene Scheiße!«, schrie sie in den Hörer. Wie die Lava bei einem Vulkan brach die Wut aus ihr heraus. Unaufhaltsam, vernichtend.

»Hanna, komm schon«, versuchte Fritz zu beschwichtigen, »keep cool.« Aber seine panische Stimme verriet, dass ihm klar war, dass Hanna die richtigen Schlussfolgerungen gezogen hatte.

»Leck mich am Arsch, Fritz. Ihr zwei seid ja wohl echt das Letzte. Macht eure krummen Geschichten doch mit anderen Leuten.« Hanna machte keinen Versuch, sich zu bremsen.

»Moment mal. Jetzt übertreibst du aber«, wandte Fritz ein. Aber für rationale Argumentation war es zu spät. Der Strudel von Hannas Wut riss alles mit sich. Vor allem ihren ansonsten so klaren Menschenverstand.

»Ich brauch mich von euch nicht verarschen zu lassen«, brüllte sie. »Die blöde, gutmütige Hanna. Der kann man doch die Story vom Pferd erzählen, oder soll ich sagen von der Katze? Und dann hinterher pumpt man sie noch um Geld an. Ach, und damit es auch für 'ne Weile funktioniert mit dem Anzapfen, hüpft die hübsche Schwester mit ihr in die Kiste und spielt ihr die große Liebe vor. Sehr clever.« Sie spie die Worte mit all der Verachtung aus, die sie in diesem Moment empfand. Verachtung für Fritz und Elf und auch für sich selbst. Dafür, dass sie erneut so naiv hatte sein können.

»Das ist doch alles nicht wahr«, rief Fritz. »Das glaubst du doch selbst nicht.«

Doch seine Beteuerungen stießen auf taube Ohren. Hanna sah nur noch rot. »Mit mir nicht, Fritz. Das ist doch krank.« Ihr war selbst klar, dass sie ein wenig außer Kontrolle geraten war, aber sie fühlte sich berechtigt auszurasten. Alles in ihr schrie *Betrug!*

Noch einmal versuchte Fritz an ihre Vernunft zu appellieren: »Lass uns das in aller Ruhe bereden, sobald Elf zurück ist. Bitte, Hanna. Du hast das alles völlig falsch aufgefasst.«

Doch Hanna nahm seine Worte nur noch als Gefasel eines Überführten wahr. Einer, der alles sagt, um den Kopf aus der Schlinge zu ziehen. Und der sie zu allem Überfluss offenbar für beschränkt hielt. »Ja, die bescheuerte Hanna, zu blöde, um zu kapieren? Schon klar. Ich versteh sehr gut, Fritz. Besser, als du dir vorstellen kannst. Und lass mich dir das hiermit ganz deutlich sagen: Ich bin fertig mich euch, mit dir und deiner Schwester und euren Scharaden. Ein für allemal.«

Das war die einzig schlüssige Konsequenz, die sie ziehen konnte. Alles andere ließ ihre Selbstachtung nicht zu. Und auch nicht die Wut, die immer noch aus ihr hinausdrängte.

»Hanna, bitte, du kannst doch nicht ...«, schrie Fritz verzweifelt in den Hörer.

Pah, verzweifelt. Doch nur, weil sein Plan nicht aufgegangen ist. Weil ich ihn entlarvt habe. »Und ob ich kann.«

Hanna pfefferte den Hörer ihres Mobiltelefons gegen die Wand und riss mit der gleichen Bewegung die ganze Telefonanlage aus dem Router. Betrogen. Schon wieder. Wie hatte sie so dumm sein können? Wie hatte sie nur schon wieder auf die gleiche Masche reinfallen können?

»Toll, ganz toll, Hanna.«

Elf saß in der Stadtbahn und schwelgte in ihrer schlechten Laune. Das Treffen mit der Band war eine Katastrophe gewesen. *»Blaue Note« ... Wenn ich mir es recht überlege, klingt das doch irgendwie konservativ.* Vier eingefleischte männliche Jazzmusiker, die lediglich eine adrette Frau fürs Piano suchten, die nicht aufmucken sollte. *Eigentlich wollen die doch bloß einen hübschen Klavierautomaten. Mich wieder mal verbiegen – das wäre der Preis gewesen, um einzusteigen. Machos verkleidet als distinguierte Jazz-Heinis. Ätz.*

Elf wollte eigentlich gar nicht mehr weiter drüber nachdenken, was dieser neuerliche Reinfall bedeutete: kein Geld, keine Perspektive. Fritz würde ihr wieder was vorjammern und ihr ein schlechtes Gewissen machen. Ob sie noch mal mit ihrer Mutter telefonieren sollte? Vielleicht ließ sie sich ja doch zu einem kleinen Übergangskredit überreden. Obwohl, wenn sie sich an das letzte Gespräch erinnerte ... vielleicht besser doch nicht. Verdammt. Vielleicht wusste Hanna ja einen Rat. Putzen im Krankenhaus oder so. Als Notlösung für kurze Zeit.

Vielleicht, vielleicht, vielleicht. Elf hatte die Nase voll von allem. Nur nicht von Hanna. Sie lächelte vor sich hin. Hanna, gestern Nacht. Sie könnte jetzt einfach zu ihr fahren und sich von ihr trösten lassen. In Hannas Armen alles vergessen. *Hey, das ist doch mal ausnahmsweise ein guter Plan.*

Elf stieg bei Hanna um die Ecke aus. Voller Vorfreude lief sie zur geschnitzten Eingangstür und drückte die verschnörkelte Klingel. Felsberg, 5. Stock. Sie wartete, aber es tat sich nichts.

Komisch. Sie wollte doch zu Hause sein. Vielleicht schläft sie noch. Elf grinste: *Ich war wohl zu viel für sie.* Sie klingelte noch einmal und wartete. Nach Ewigkeiten summte endlich der Drücker.

Mit beschwingten Schritten trat Elf ins Treppenhaus und machte sich daran, die fünf endlosen Stockwerke in Rekordgeschwindigkeit hinter sich zu bringen.

Als es klingelte, war Hanna sofort klar, dass es Elf sein musste. Ihre Wut war noch nicht verraucht. Ganz im Gegenteil, dieser neue Hinweis auf Elfs Dreistigkeit fachte sie nur noch mehr an. Zuerst wollte sie die Tür nicht öffnen. Aber als es erneut klingelte, sagte sie sich, dass die Konfrontation so oder so stattfinden würde.

Na, dann bringen wir das mal hinter uns.

Sie drückte auf den Türöffner und hörte weiter unten die Haustür aufgehen. Falls es jemand anders sein sollte, hatte diese Person schon im Vorfeld ihr tiefstes Bedauern. Aber Elf würde ihr gerade jetzt richtig reinlaufen, ins offene Messer ihres gerechten Zorns.

Je mehr sich Hanna in Rage brachte mit ihren kreisenden Gedanken, desto mehr war sie davon überzeugt, dass Elf gestern Nacht nur mit ihr und ihren Gefühlen gespielt hatte. Sie gezielt ausgenutzt hatte. Erst die naive Hanna verführen, sie verliebt machen, dass sie nicht mehr wusste, wo ihr der Kopf stand – und sie dann ausnehmen wie eine Weihnachtsgans. Dass Fritz auch noch mit im Boot war, setzte dem Ganzen die Krone auf. Hanna hätte kotzen können.

Sie tigerte im Flur vor der Wohnungstür auf und ab und brachte sich verbal in Stellung. Schon konnte sie schnelle Schritte im Treppenhaus hören. Bilder der vergangenen Nacht blitzten in ihrem Gehirn auf, aber sie verbot sich, daran auch nur irgendetwas Positives, Schönes zu finden. In ihrem Kopf wurde aus der hingebungsvollen und leidenschaftlichen Geliebten Elf ein gerissenes Monster in hübscher Verpackung. *Sie hat sich bestimmt ins Fäustchen gelacht, wie sie mich wie ein gut gestimmtes Instrument gespielt und zum Klingen gebracht hat. Eine wahre Virtuosin.* Hanna schüttelte sich, so sehr ekelte sie sich vor sich selbst. *Du Opfer, du.*

Elf kam um die letzte Ecke vor ihrer Wohnungstür und war sichtlich außer Atem. Ein strahlendes Lachen zierte ihr Gesicht. Ganz kurz hüpfte Hannas Herz freudig auf, und ein feuriger Pfeil schoss durch ihren Körper. Elfs Berührungen hatten sich ihr eingebrannt. Und das nach nur einer Nacht. Aber sie untersagte sich die kleinste Schwäche. *Jetzt nicht wieder weich werden, du alter Waschlappen.*

»Was willst du?«

Elf kam ins Stocken. Sie hatte sich Hannas Begrüßung offensichtlich anders vorgestellt.

»Äh ... ich komme gerade von meinem Treffen mit der Jazzband und ...« Sie unterbrach sich, blieb drei Treppenstufen unterhalb der Wohnung stehen und schaute irritiert zu Hanna hoch.

Hanna schnaubte in sich hinein. *Die hübsche Verwirrte, der Unrecht angetan wird. Die Miene sitzt perfekt. Eine wirklich gute Schauspielerin.* »Und was willst du von mir? Geld abholen?«

»Geld?« Elfs Stirn runzelte sich in noch größerer Verwirrung.

»Du kannst deinem Bruder ausrichten, dass euer Plan gescheitert ist. Nix mit Kohle. Aber das müsste er eigentlich kapiert haben.«

»Unser ... Plan? Und wieso Fritz?«

Hanna drückte den Rücken durch, sie stand wie ein Racheengel hoch aufgerichtet in ihrer Wohnungstür. Auf Elfs Frage ging sie nicht ein, sondern setzte nur mit eisiger Stimme nach: »Ach, und mit seinem Sturz hat er sich auch verplappert. Du kannst dir also jede weitere Lüge diesbezüglich sparen. Ihr beiden ekelt mich wirklich an. Was seid ihr nur für ein Geschwisterpaar. In eurer kriminellen Energie scheint ihr ja perfekt zusammenzupassen. Brüderchen und Schwesterchen. Ich bin nur heilfroh, dass ich noch rechtzeitig erkannt habe, was gespielt wird. Du kannst es dir also abschminken, mich weiter um den Finger wickeln zu wollen mit deinen verliebten Katzenaugen. Absolut sinnlos. Aus mir kriegt ihr keinen Cent rausgequetscht. Und damit: Leb wohl. Auf Nimmerwiedersehen. Und fahr zur Hölle.«

Ohne Elf eines weiteren Blickes zu würdigen, drehte Hanna sich um und schlug die Tür zu. *Bamm, das hat gesessen.*

Sie ließ sich aufs Sofa fallen und lauschte zuerst Elfs Klopfen an der Tür, ihren verzweifelten Bitten, zu öffnen, und dann den langsam verhallenden Schritten im Treppenhaus. Erst als nichts mehr zu hören war, begann sie krampfartig zu heulen.

Elf öffnete die Haustür, betrat das notorisch unaufgeräumte Wohnzimmer und rief: »Fritz?« Ihre Stimme klang krank und schwächlich in ihren Ohren.

Fritz kam mit seinen Krücken aus der Küche gehumpelt. »Elf, Gott sei Dank. Endlich bist du da. Mir ist was unglaublich Dummes passiert.«

»Du hast Hanna erzählt, dass du beim Sprayen gestürzt bist?«

»Ja. Woher ...?« Fritz hielt inne, als er seine Schwester das erste Mal genauer ansah. Sie war leichenblass. Ihre Bewegungen wirkten, als stehe sie unter schweren Beruhigungsmitteln.

»Scheiße, du hast schon mit ihr geredet«, stellte er geknickt fest. »Ich wollte dich warnen. Mist. Ich hoffe, es war nicht so schlimm.«

»Schlimmer.« Elf ließ sich aufs Sofa fallen und vergrub das Gesicht in den Händen.

Fritz humpelte ihr nach und rechtfertigte sich: »Sie ist total ausgerastet am Telefon. Dabei hab ich sie nur ganz diplomatisch angepumpt. Und beim Versuch, sie zu beruhigen, ist es mir rausgerutscht. Und ich dachte ...«

Elf schaute auf. »Moment. Du hast sie angepumpt?«

»Ja, aber doch nicht für mich.«

»Ach ja, für wen denn sonst?«

»Na, für dich. Du selbst hättest ja nie gefragt. Und bevor sie uns den Strom abstellen, während ich weg bin ... Ich wollte, dass du ein bisschen Kohle hast, wenn ich übermorgen in Reha gehe. Ich dachte, Hanna würde gar nicht groß rummachen und dir was vorstrecken. Zumal ihr ja jetzt ein Paar seid und alles.« Fritz verstummte, als Elf ihn mit unheilverkündendem Blick ansah.

»Lass mich das zusammenfassen«, sagte sie gefährlich leise. »Du hast Hanna am Morgen, nachdem wir die erste Nacht miteinander verbracht haben, in meinem Namen um Geld gebeten und im Zuge dessen so nebenbei auch gleich ausgeplaudert, dass wir sie die letzten Wochen belogen haben, um deine illegalen Aktivitäten als Sprayer zu vertuschen? Habe ich das richtig verstanden?«

Fritz nickte. »Ja, aber ...«

Weiter kam er nicht. Elf sprang auf und schrie ihn an: »Bist du dir sicher, dass du mein Bruder bist? Oder nicht vielleicht doch mein schlimmster Feind?« Sie versetzte ihm einen Stoß vor die Brust, dass er mit den Krücken fast nach hinten gekippt wäre, und stürmte in die Küche. Ihr Atem ging flach. Sie stützte sich mit beiden Händen am Küchentisch ab. Ihre Fingernägel gruben sich in die Tischplatte.

»Hanna hasst mich«, schrie sie. »Sie wird nie wieder ein Wort mit mir reden. Du hast es auf unnachahmliche Art und Weise geschafft, sie davon zu überzeugen, dass ich das Letzte bin und bloß hinter ihrem Geld her. Oder was auch immer sie sich zurechtgereimt hat.« Mit wildem Blick sah sie sich in der Küche um. Dann steuerte sie das Gefrierfach an.

Fritz kam mühsam hinter ihr hergehumpelt und sah zu, wie sie den Aquavit aus dem Tiefkühler holte. »Das können wir ihr doch erklären«, versuchte er sie zu besänftigen. »Ich nehme alle Schuld auf mich. Ist ja auch so. Ich geh zu ihr.«

Elf setzte die Flasche an und trank ohne den Umweg über ein Glas mehrere große Schlucke. Sie keuchte auf, als sich der Schnaps ihre Kehle hinabbrannte.

»Versuch es«, sagte sie gepresst. »Aber ich kann dir jetzt schon sagen, du wirst auf Granit beißen.« Mit der Flasche in der Hand ging sie nach oben und verbarrikadierte sich in ihrem Zimmer.

5

»Und dann hat sie noch so eine Unschuldsmiene aufgesetzt, als ob sie kein Wässerchen trüben könnte. Gerissen, sage ich dir.« Hanna schmetterte zur Betonung den Ball ins Nirgendwo auf Lizzys Seite der Tischtennisplatte.

Lizzy sah ihm nach. Das war schon der dritte Ball, den Hanna während ihrer Erzählung wutentbrannt weggedroschen hatte. Das sah ihr überhaupt nicht ähnlich, so ausgeglichen und ruhig wie sie sonst immer war.

Seufzend holte Lizzy einen neuen Ball aus der Hosentasche, wartete aber mit dem Anspielen. Sie machte nur nachdenklich: »Hm.«

»Was heißt da ›hm‹?«, fragte Hanna pampig. »Spuck's aus, was du zu sagen hast. Da verhalte ich mich einmal richtig und ersticke eine weitere Gefühlsverfehlung wie mit Olivia im Keim, und du bist skeptisch und sagst ›hm‹. Bist du meine beste Freundin oder nicht?«

Ruhig versicherte Lizzy: »Definitiv bin ich deine beste Freundin. Und gerade deshalb fühl ich mich verpflichtet, dir immer alles ehrlich und unverfälscht widerzuspiegeln.«

»Und was heißt das jetzt? Sonst redest du wie ein Wasserfall, und heute muss ich dir alles aus der Nase ziehen.« Jetzt klang Hanna regelrecht giftig.

»Ich denke«, gab Lizzy bedächtig zurück, »du hast vielleicht einen Fehler gemacht.«

»Indem ich mit Elf geschlafen habe? Ganz bestimmt war das ein Fehler. Ich hätte vorher schon merken sollen, was Sache ist«, erklärte Hanna entschieden. Da gab es ja wohl jetzt überhaupt keine Zweifel mehr.

»Das mein ich nicht«, gab Lizzy ihr zu verstehen. »Ich habe mit Fritz geredet.«

Hanna schnaubte verächtlich. »Ich kann mir schon denken, was da unglaublich Erhellendes herausgekommen ist.«

Lizzy ignorierte den Sarkasmus und fuhr fort: »Elf wusste nichts davon, dass er dich um Geld anpumpen wollte.«

Davon wollte Hanna nichts hören. Sie schüttelte heftig den Kopf. »So, so. Und wusste sie auch nichts davon, dass er in Wahrheit sprayen war und gar keine Katze gerettet hat? Wie dämlich konnte ich nur sein, das zu glauben. Geht es noch naiver?«

Aber Lizzy ließ sich auch von Hannas Selbstanklage nicht davon abbringen, ihre Version zu Ende zu erzählen. »Tatsächlich wusste sie auch nicht, dass Fritz in der Nacht unterwegs war, und hat es erst hinterher erfahren. Und dann hat Fritz natürlich schwesterliche Solidarität eingefordert und sie dazu gebracht, dass sie sein Versteckspiel mitmacht. Es hätte ihm schließlich diesmal eine Strafe nach dem Erwachsenenstrafrecht gedroht.«

Hanna sah sich nur weiter bestätigt. »*Diesmal?* Es gibt also schon eine kriminelle Vorgeschichte. Das sagt doch schon alles.«

So langsam verlor Lizzy die Geduld. »Spiel hier nicht den Moralapostel«, sagte sie, jetzt auch mit etwas lauterer Stimme. »Graffiti ist Kunst und keine Kriminalität. Manche Sprayer haben schon richtig Kultstatus. Das ist doch nur staatliche Willkür, dass das überhaupt strafrechtlich verfolgt wird.«

Gegen Hannas ethische Grundsätze kam sie damit jedoch nicht an. »Du hast gut reden. Wenn dein Haus mit irgendwelchen Kritzeleien vollgeschmiert würde und du die Beseitigung zahlen müsstest, würdest du auch nicht mehr von Kunst reden.«

»Mein Gott, Hanna!« Lizzy platzte der Kragen. »Manchmal solltest du dir selbst mal zuhören. Du klingst wie der letzte Spießer. Wenn du in Bayern leben würdest, würdest du CSU wählen. Außerdem hast du noch nie ein Graffiti von Fritz gesehen. Er macht keine Kritzeleien, er ist echt gut. Großformatige Figuren sind sein Ding. Richtig klasse.«

Aber Hanna ließ sich nicht erweichen. »Und was ändert das an allem? Nichts!«

Das war genug für Lizzy. »Mir reicht's. Pack dein Zeug ein, wir gehen.«

»Was, wieso das denn? Das geht doch nicht, das Training fängt gleich an, und wir haben in drei Wochen das Turnier. Du weißt genau, dass Vera ausrastet, wenn wir jetzt einfach gehen.«

»Scheißegal«, brauste Lizzy auf. »Herrje, mach doch einmal in deinem Leben was Unvernünftiges. Komm jetzt!« Sie zog Hanna am Arm in Richtung Umkleidekabine. Der verwunderten Vera rief sie im Weggehen zu: »Familiärer Notfall. Wir müssen ganz dringend weg.« Hastig stopfte sie alle Kleider in ihre Sporttaschen, und bevor Hanna weitere Proteste anbringen konnte, saßen sie schon in Lizzys Auto.

»Was ist mit meinem Fahrrad?«, war alles, was Hanna überrumpelt hervorbrachte. »Und wo fahren wir überhaupt hin?«

»Das holen wir nachher. Halt jetzt die Klappe.«

Sie fuhren quer durch die Stadt und quälten sich im Stau den Pragsattel hoch. Hanna rutschte unruhig auf ihrem Sitz hin und her, verkniff sich aber jeden weiteren Kommentar. Eine neuerlich explodierende Lizzy am Steuer wäre eine Gefahr für Leib und Leben.

Lizzy bog ab zu einer ehemaligen Fabrik, die jetzt ein Club war. Sie fuhr in den Hof und hielt.

»Steig aus«, befahl sie Hanna. Hanna zog die Augenbraue hoch, befolgte aber die Anweisung. Sie lief hinter Lizzy her um eine Ecke und blieb stehen.

Auf die Backsteinwand vor ihr war eine riesige, schwarzweiße Figur gesprüht. Trotz der starken Kontraste war ganz deutlich Miles Davis mit Trompete zu erkennen, wie er mit kugelrunden Wangen in sein Instrument blies. Man konnte die Musik förmlich hören, die in diesem Moment eingefangen war. Das Bild war fantastisch. Hanna hatte gar nicht gewusst, dass man mit Spraydosen solche Kunstwerke erschaffen konnte.

»Das ist das Corpus Delicti«, sagte Lizzy hinter ihrem Rücken. Hanna drehte sich zu ihr um.

Lizzy beantwortete ihre unausgesprochene Frage: »Das ist das Graffiti, an dem Fritz in der Nacht gearbeitet hat, als er gestürzt ist. Ich finde fast, es hat sich trotz seiner üblen Verletzungen gelohnt. In gewissen Kreisen ist das Ding bereits Kult, obwohl es nicht ganz fertig geworden ist. Der Club hat sich jedenfalls nicht beschwert, vollkommen umsonst in seinem Hinterhof so eine geile Deko zu kriegen. Die haben sogar schon ein Foto davon in ihren Online-Auftritt eingebaut. Ist das jetzt immer noch ein krimineller Akt für dich, Frau Moralapostel?«

Hanna sagte nichts. Sie hatte sich längst wieder dem Graffiti zugewandt. Lizzy grinste und ging leise zum Auto zurück.

Fritz ist richtig gut. Ein Künstler mit Spraydose. Hannas Gedanken kreisten. Wenn Fritz also ein Künstler war, war die Vertuschung des Ganzen wohl eher so etwas wie Notwehr, um nicht von der Polizei geahndet zu werden und womöglich seinen Job zu verlieren. Vielleicht war sie da ja etwas zu verbohrt gewesen in ihrer Haltung. Da war es kein Wunder, dass ihr niemand die Wahrheit hatte sagen wollen. Nicht mal ihre beste Freundin. Denn offensichtlich wusste Lizzy über alles bestens Bescheid. Also konnte sie Elf daraus auch nicht so richtig einen Vorwurf machen. Und für Elf war Fritz nun mal nicht irgendwer, sondern ihr Bruder. So schnell verriet man seinen Bruder nicht, nur um ethische Grundsätze zu bewahren. Das sah Hanna ein.

Aber da war ja noch die Sache mit dem Geld. *Wenn ich bei dem Graffiti so danebenlag, vielleicht hab ich bei der Geldgeschichte tatsächlich was in den falschen Hals gekriegt?* Wenn Fritz ohne Elfs Wissen nach Geld gefragt hatte, wie Lizzy versichert hatte, hieß das, Hanna hatte vollkommen überreagiert. Von ihren schlechten Erfahrungen mit Olivia auf Elf geschlossen. Sich von ihren Vorurteilen leiten lassen und Elf die Chance verweigert, zu beweisen, dass sie anders war als Olivia.

Langsam ließ sie den Gedanken an die Elf zu, die sie anfangs kennengelernt hatte. Eine talentierte Frau auf der Suche nach einem Weg, der ihr nicht von anderen vorgezeichnet wurde. Eine Frau mit Selbstzweifeln und Mut. Mit Witz und Sinn für Ungewöhnliches. Eine Schwester, die ihrem Bruder loyal zur Seite stand. Eine Naturgewalt in Hannas Bett. Eine Frau, in die sie sich haltlos verliebt hatte.

Habe ich die große Liebe auf dem Altar meiner Ignoranz geopfert?

In dem alten Fabrikhinterhof, direkt vor Fritz' Graffiti, gab es nur eine Antwort auf diese Frage. Hanna stöhnte gequält auf. Dann ging sie zu Lizzys Auto zurück und stieg ein.

»Okay, ich habe einen gewaltigen Fehler gemacht«, sagte sie zu Lizzy.

Elf schälte sich aus ihren Decken und blinzelte in ihrem Zimmer umher. Lichtstreifen schienen hell durch die Ritzen in den geschlossenen Fensterläden. Das hieß, die Sonne schien. Seit Fritz in Reha und sie ganz allein im Haus war, war niemand da, der sie dazu zwang, aufzustehen und am Leben teilzunehmen.

Doch, ich selbst.

Entschlossen wühlte sich Elf aus dem Bett. *Genug ist genug.* Sie würde sich nicht länger von Hanna runterziehen lassen, dazu war sie sich zu gut. Hanna hatte ihr mehr als deutlich zu verstehen gegeben, wofür sie sie hielt. Für nicht besser als eine Prostituierte. Nein, schlimmer. Sie unterstellte ihr, dass sie aus reiner Heimtücke eine Verführung angestrebt hatte. Zu einer Heiratsschwindlerin hatte sie sie erklärt. Zu einer Kriminellen. Zum letzten Abschaum.

»Hanna, du kannst mich mal«, verkündete Elf vehement ihrem leeren Zimmer. Nach all der Trauer und Depression stieg zum ersten Mal Wut in ihr auf.

Tagelang hatte sie geheult und getobt. Nachdem Hanna ihre Dauerversuche per Telefon ignoriert hatte, hatte sie aufgegeben. Sie war nach allen Regeln der Kunst abgestürzt, hatte sich besoffen und dem Liebesleid hingegeben. Die erste Nacht war sie sogar hackedicht versumpft. Bis obenhin zu mit Aquavit, Wodka und anderen Spirituosen, hatte sie sich von einer Vollbutch aus einem Schwulenclub abschleppen lassen. Am nächsten Morgen war sie bei der Frau im Bett aufgewacht mit einem Kopf, der sich so groß wie eine gigantische Wassermelone anfühlte, und hatte sich erst mal die Seele aus dem Leib gekotzt. Die Frau war total nett gewesen. Als Elf anschließend von Heulattacken überfallen wurde, hatte sie ihr erklärt, dass nichts passiert sei zwischen ihnen. Dass Elf viel zu betrunken gewesen sei und einfach nur komatös geschlafen habe. Mit einem dicken Kater hatte sie sich heimgeschleppt und erst einmal Fritz beruhigt, der verzweifelt war, weil er das ganze Drama verursacht hatte, und halb verrückt vor Sorgen und schlechtem Gewissen.

Elf war weinend eingeschlafen und hatte sich mehrere Tage nur aus dem Bett gequält, um zur Toilette zu gehen. Mittendrin war Fritz zur Reha abgefahren, äußerst unwillig, aber das war Elf in dem Moment egal gewesen. Das Telefon hatte zigmal geklingelt, aber sie war nicht drangegangen. Bestimmt wollte Fritz kontrollieren, dass mit ihr alles in Ordnung war. Aber da nichts in Ordnung war, überhaupt gar nichts, hielt sie es für überflüssig, ihm das noch einmal zu sagen. Sollte sie ihm vorlügen, dass alles bestens sei, nur damit er sich beruhigt seiner Physiotherapie zuwenden konnte, als ob nichts passiert wäre? Nein, dazu war sie immer noch zu sauer auf ihn. Sollte er ruhig einen Teil ihrer Seelenpein mittragen.

Und Hanna, die hehre Hanna ... Ihre Gedanken kehrten zum Ausgangspunkt zurück, schlossen den Kreis. Wahrscheinlich sonnte sich Hanna jetzt in ihrer rechtschaffenen moralischen Empörung und ließ sich im geregelten Ablauf ihres ordentlichen Lebens keinen Millimeter aus der Bahn werfen, schon gar nicht durch so einen läppischen Zwischenfall mit solch einer unwürdigen Person wie Elf. Sie steigerte sich wieder in ihr gedankliches Hanna-Bashing. Aber auch ihr würde das jetzt alles nichts mehr ausmachen. Auch sie würde sich einen Eispanzer zulegen. Jetzt sofort. Und Taten folgen lassen.

Elf schälte sich aus ihrem karierten Schlafanzug und warf ihn auf einen großen Haufen Schmutzwäsche. Sie holte ihre neueste Hose aus einem der sauberen Kleiderstapel auf dem Boden und ein richtig geiles Oberteil, das sie auf einem Wochenendtrip mit Pernilla in Paris entdeckt hatte. Heute würde sie sich aufbrezeln.

Jetzt beginnt ein neues Leben. Die neue Elf nimmt ihre Zukunft in die Hände. Ohne Hanna. Der würde sie es noch beweisen: dass sie sich gnadenlos getäuscht hatte in Elf. Und sich eine richtige Klassefrau hatte entgehen lassen. Hanna würde ihr noch nachheulen, das schwor sich Elf in diesem Moment. Damit es aber dazu kommen würde, hieß es »Action«. Sie würde ihren Weg gehen und Erfolg haben. Und wenn Hanna dann bitter bereute, dass sie Elf so eiskalt abserviert hatte, würde es zu spät sein. Elfs Herz würde sich in Eis verwandelt haben, damit ihr nie wieder eine Frau solche Schmerzen zufügen könnte.

Elf sah sich auf einer Bühne stehen, schmachtende Frauen zu ihren Füßen, Hanna unter ihnen. Aber ihre ganze Leidenschaft würde ihrer Musik gelten, nichts und niemandem sonst. Elf schnaubte durch die Nase und musste über sich selbst und ihre klischeebeladenen Vorstellungswelten kurz ein bisschen lachen. *Kindisch, okay.*

Trotzdem, jetzt wollte sie es sich beweisen. Sich selbst. Nicht Hanna. Sie würde etwas auf die Beine stellen.

Frisch geduscht und gestylt packte sie wenig später ihre Gitarre und ihre Noten zusammen. Vor einer halben Stunde hatte sie mit Fritz' Freund Tim telefoniert. Er arbeitete als Tontechniker beim Fernsehen und hatte zu Hause ein Tonstudio eingerichtet, in dem er Aufnahmen für seine eigene Band, aber auch für andere Musiker machte. Sie hatte mit ihm vereinbart, endlich ihr Demoband aufzunehmen: eine Mini-CD mit fünf Liedern. Da er von Fritz schon von ihrer heiklen finanziellen Lage wusste, hatte er ihr sogar einen Spezialpreis gemacht. Sie musste lediglich ein paar hundert Euro aufbringen. Und zufällig hatte er heute sogar Zeit, und sie konnte gleich vorbeikommen.

Elf trug Noten und Gitarrenkasten in die Bibliothek und ging entschlossen in ihr Zimmer zurück, wo sie sämtlichen Kram und die Wäscheberge zur Seite räumte. Sie würde es tun. Sie würde Tante Gerdas Perserteppich versetzen. Was brachte es, sich an ihm festzukrallen und keinen Schritt weiterzukommen in ihrem Leben? Er gehörte ihr, also konnte sie damit machen, was sie wollte. Sie musste niemanden bitten oder fragen. Ein bisschen blutete ihr das Herz dabei. Mit seinen leuchtenden Farben war es wirklich ein besonders schönes Stück. Er war echt, handgeknüpft und bestimmt mindestens hundert Jahre alt. Tante Gerda hatte ihn in ihrem Testament ausdrücklich Elf hinterlassen und sich vermutlich erhofft, dass sie ihn in Ehren hielt. Aber was sein musste, musste sein.

Elf rollte ihn sorgfältig zusammen und band zwei alte Gürtel darum. *Nicht wehmütig werden, es ist für die gute Sache.* Der Teppich würde sicher genügend abwerfen für das Tonstudio und die Kopien. Und wenn sie Glück hatte, würde noch etwas übrigbleiben, um ihren Anteil an der Stromrechnung und sonstigen Ausgaben fürs Haus zu bezahlen. Sie musste ihn erst einmal schätzen lassen und danach klug verkaufen. Aber das sollte kein Problem sein. Sie war bereits mehrfach an einem erlesenen Teppichhändler vorbeigefahren, der auch anbot, Teppiche zu schätzen.

Elf brauchte all ihre Kraft, um sich den großen Teppich auf die Schulter zu hieven. *Verflixt, wie viel wiegt so ein Ding? Nur gut, dass Fritz sein Auto da gelassen hat.* Schwer beladen wankte sie aus ihrem Zimmer hinaus.

Im Umkleideraum für die Ärztinnen und Schwestern war Hanna gerade dabei, sich ihre weiße Hose zuzumachen, als Mechthild Wienert, die Assistentin von Professor Wertheimer, den Kopf zur Tür hereinstreckte. »Hier sind Sie. Ich habe Sie schon überall gesucht, und Ihr Piepser ist auch mal wieder nicht an«, blaffte sie in ihrem üblichen unfreundlichen Tonfall.

»Ich fange gerade erst meinen Dienst an«, antwortete Hanna kühl. Sie hatte längst gelernt, sich von unhöflichen Menschen, wie man sie leider in ihrem Beruf häufig antraf, weder einschüchtern noch schikanieren zu lassen.

»Interessiert mich nicht. Kommen Sie in einer halben Stunde hoch ins Büro vom Wertheimer. Er will Sie sehen. Und wenn der Chef pfeift, tanzen alle. Sie also auch.« Grußlos ließ die Assistentin die Tür zufallen.

Ganz wunderbar, dachte Hanna. *Bin ich hier eigentlich Leibeigene oder was? Das hat mir zu allem Unglück noch gefehlt.* Mit hängenden Schultern stand sie vor ihrem Spind. Eigentlich, fand sie, war es schon genug, dass sie sich jeden Tag aus dem Bett quälen musste, nachdem sie sich Nacht um Nacht nur herumwälzte und an Elf denken musste. Detailgenau spielte ihr Gehirn immer und immer wieder jedes kleinste Detail ihres Zerwürfnisses ab. Eine Endlosschleife, in der sich ihre Überreaktion und Fehlinterpretation der Situation mit schmerzhafter Genauigkeit analysieren ließ. Nicht zu vergessen die mindestens ebenso qualvolle Dauerschleife der leidenschaftlichen Nacht mit Elf. Wenn es das Fegefeuer gab, musste es in etwa so aussehen wie Hannas Tage und Nächte.

Sie betrachtete ihr Gesicht in dem kleinen Spiegel in ihrer Spindtür. *Wie siehst du denn aus?* Schwarze Ringe zeichneten ihre Augen, die merkwürdig fiebrig wirkten. Ihre helle Haut war noch blasser als sonst, regelrecht leblos. Ihre Lippen aufgesprungen und trocken. *So will dich sowieso niemand.* Hanna schloss die Tür, um sich nicht länger sehen zu müssen.

Das Einzige, was sie momentan aufrecht hielt, war Lizzy – Lizzy und ihre Zwangsaufmunterungen. Sie war der Ansicht, dass noch nicht alles verloren war. Was allerdings nichts daran änderte, dass Hanna alles tiefschwarz sah. *Elf muss mich hassen. Das kann gar nicht anders sein.*

Wenn Lizzy sie nicht gezwungen hätte, zum Tischtennistraining zu gehen, hätte Hanna mit Sicherheit die Teilnahme am Turnier abgesagt. Gemeinsam mit Vera hatte Lizzy ihr versichert, sie sei die Einzige in der Mannschaft, die auch nur annähernd eine Chance hätte, die Angstgegnerin der anderen Mannschaft zu schlagen: ihre beste Spielerin Trixi, die für ihre fiesen Psychotricks bekannt war. Die Ehre des Vereins laste auf ihren Schultern, meinte Vera. Mehr nicht, nur die Ehre des ganzen Vereins, hatte Hanna sie sarkastisch gefragt. Aber letzten Endes hatte sie sich dann doch breitschlagen lassen, anzutreten.

Und jetzt auch noch der Wertheimer. Sie seufzte und beeilte sich, fertig zu werden.

»Ah, Dr. Felsberg, da sind Sie ja. Kommen Sie, setzen Sie sich«, begrüßte Professor Wertheimer sie jovial.

Das machte Hanna gleich stutzig. Wertheimer war nicht jovial und freundlich. Wenn er so war, wollte er etwas. Sie würde auf der Hut sein müssen.

»Ihr Zeitvertrag läuft ja in den nächsten Wochen aus, und ich sehe eine glänzende Zukunft für Sie hier in meiner Abteilung. Ich habe Frau Wienert bereits ein Zeugnis für Sie in Auftrag gegeben, das Sie mitnehmen können, wenn Sie wieder runtergehen. Ein hervorragendes natürlich. Und im Anschluss an Ihre befristete Assistenzzeit können Sie gleich weiterarbeiten. Ich werde eine Stelle für Sie freischaufeln. Da lässt sich so einiges arrangieren, ich habe hier und da noch ein Stundenkontingent und Projektgelder, die ich umleiten kann. Frau Wienert wird Ihnen den Vertrag die nächsten Tage zum Unterschreiben vorbeibringen.«

Das war ein bisschen viel auf einmal. Vor allem: ein bisschen viel, wozu Hanna gar nicht gefragt worden war. »Ich wollte eigentlich erst mal einen Urlaub einlegen«, wandte Hanna ein und gab sich einen kräftigen Ruck, um hinzuzufügen: »Und dann sehen, was ich sonst noch an Möglichkeiten finden kann.« Auch wenn es den Anschein machte, als ob Wertheimer längst für sie entschieden hatte – komplett unterordnen würde sie sich nicht.

»Wollen Sie mehr Geld rausschinden, Dr. Felsberg?« Wertheimer lachte. »Sehr gut. Die Chuzpe hätte ich Ihnen gar nicht zugetraut. Aber lassen Sie mal, ich sorge schon dafür, dass Sie mehr als angemessen einsteigen und dann auch entsprechend zügig in höhere Gehaltsklassen aufsteigen. Dann ist das geklärt.« Er stand auf und ging zu seiner kleinen Hausbar, die, wie Hanna wusste, in einem Wandschrank versteckt war. Sie war bisher nur einmal in den Genuss des zehn Jahre alten Cognacs gekommen, den Wertheimer zu besonderen Anlässen anbot.

»Darauf einen kleinen, edlen Weinbrand.«

Wertheimer fragte nie. Er teilte großzügig zu, egal, ob man nun Antialkoholiker war oder Cognac verabscheute. Man hatte einfach zu trinken. Schon bei dem Gedanken, um zwei Uhr nachmittags Cognac ihre Speiseröhre hinunterzwingen zu müssen, wurde Hanna leicht übel. Und danach noch auf Station Patienten behandeln, die ihre Fahne bestimmt auf einen Kilometer Entfernung riechen würden ... Aber das Schlimmste war, dass Wertheimer schon wieder wie eine Planierwalze über ihren Einspruch hinweggerollt war. Als ob er über sie verfügen könnte, wie es ihm beliebte. Als ob sein Angebot so umwerfend wäre, dass niemand, und schon gar keine brave Hanna Felsberg, auf die Idee käme, es abzulehnen.

Was die Stelle anging, musste sie wahrscheinlich tatsächlich froh sein, sie praktisch auf dem Silbertablett präsentiert zu bekommen. Sie wusste von manchen ihrer ehemaligen Kommilitoninnen und Kommilitonen, dass das zum Teil gar nicht so selbstverständlich war. Jungen Medizinern wurden in Krankenhäusern oft Hungerlöhne gezahlt – und gleichzeitig unmenschliche Arbeitszeiten von ihnen erwartet. Viele gingen deshalb ins Ausland. In Wertheimers Abteilung hatte sie weit weniger düstere Aussichten und zusätzlich ein anspruchsvolles, herausforderndes medizinisches Arbeits- und Forschungsfeld. Das war schon verflixt attraktiv.

Aber Bedenkzeit wollte sie trotzdem. Dann würde sie sich wahrscheinlich eh dafür entscheiden. Aber so überrollt zu werden – das ging ihr gehörig gegen den Strich.

Wertheimer hatte inzwischen zwei Cognacschwenker mit einer mehr als großzügigen Menge der braunen Flüssigkeit gefüllt und reichte einen davon Hanna. Die seufzte innerlich. *Danach bin ich betrunken.* Sie machte sich bereit, das Zeug runterzustürzen, komme, was wolle.

Wertheimer schwenkte sein Glas und schnupperte genüsslich daran, bevor er einen Schluck nahm, den er zuerst im Mund hin und her schlürfte und dann erst hinunterschluckte. »Ahh. Sehr gut.«

Er sah Hanna erwartungsvoll an, die ergeben an ihrem Cognac nippte. Wertheimer stellte zufrieden sein Glas ab.

»Noch ein Sache«, setzte er hinzu.

Jetzt kommt es, dachte Hanna. *Das, weshalb er mich eigentlich in sein Büro bestellt hat. Alles andere hätte er auch über die grässliche Wienert mitteilen lassen können.*

»Als mein Protegé und zukünftige Führungskraft – denn das werden Sie sein, kein Zweifel – erwarte ich, dass Sie auch gewisse repräsentative Pflichten für das Krankenhaus und für meine Abteilung übernehmen werden.«

»Meinen Sie damit Vorträge?«, fragte Hanna nach. »Tagungen? Das habe ich erwartet.«

»Das ist selbstverständlich, darüber brauchen wir gar nicht zu reden. Ich meine Ihr Privatleben. Auch das muss dem Bild unseres Hauses entsprechen.«

Privatleben? Hannas Gedanken rasten. Sie hatte sich ihrem Chef gegenüber nie offiziell geoutet. Die Kollegen auf Station wussten Bescheid, und Hanna hatte einfach angenommen, dass sich das bis zu Wertheimer herumgesprochen haben müsste. Ging es darum? Und dann ›Bild unseres Hauses‹ – damit konnte er doch nur seine eigenen Vorstellungen meinen, die mit Sicherheit aus einem früheren Jahrhundert stammten. *Scheiße.*

»Mein Neffe studiert momentan in Harvard«, fuhr Wertheimer fort, »wird aber im Laufe des nächsten halben Jahres seinen Doktor in der Tasche haben und nach Deutschland zurückkehren.«

Nanu? Hanna verstand nicht, worauf er hinauswollte. Was hatte der Neffe plötzlich in diesem Gespräch zu suchen? Sie hatte eine ernste Ansprache in Sachen Homosexualität erwartet.

»Er ist ein gefälliger junger Mann mit Ambitionen. Geht ganz seinem Onkel nach, haha.« Wertheimer feixte über seinen kleinen Witz. »Derzeit ist er gerade in Stuttgart, um einige Formalitäten zu erledigen. Sie werden mit ihm am Samstag in die Oper gehen. *La Traviata.* Er wird Sie gegen sechs abholen, dann gehen Sie vorher noch gepflegt etwas essen. Ihre Adresse entnehme ich Ihren Unterlagen.«

Wertheimer fixierte sie mit einem kalten Blick.

Hanna stockte der Atem. *Das ist der Moment. Sklaverei oder Freiheit. Wenn du jetzt ja sagst, bist du in einem Jahr mit dem Neffen verheiratet.*

Sag was. Wende es ab.

Sie versuchte sich diplomatisch aus der Affäre zu winden: »Ich habe am Samstag leider keine Zeit.«

»Schnickschnack. Das lasse ich nicht gelten. Alles lässt sich umdisponieren mit dem nötigen Willen.«

Wertheimer taxierte sie. Es schien tatsächlich nicht nur um eine kleine Gefälligkeit zu gehen. Mit einem jungen Mann einen Abend verbringen, damit er etwas in einer unbekannten Stadt erlebte, Fachgespräche führen unter Medizinern, Kontakte knüpfen auf internationaler Ebene – nein, darum ging es ganz sicher nicht. Sonst hätte Wertheimer das genau so formuliert. Er führte definitiv mehr im Schilde. Hannas Zukunft – darum ging es. Nicht mehr, nicht weniger. Genau deshalb hatte er ihr das auch so und nicht anders serviert. Keine Wahl, keine Frage, kein Drumherumgerede: Neffe, Oper, Uhrzeit, fertig.

Los, Hanna, aufrecht stehen oder untergehen. Oder beides. Warum konntest du mit Elf hart wie Kruppstahl sein, wo es noch nicht mal gerechtfertigt war, und bei Wertheimer knickst du beim geringsten Gegenwind ein? Nicht jetzt. Auf gar keinen Fall jetzt. Und auch sonst nie wieder.

Hanna atmete einmal tief ein.

»Ihnen sind doch über Frau Wienert sicherlich die Gerüchte über mich von der Station zugetragen worden, nehme ich an.«

»Gerüchte, Gerüchte. Ich gebe nichts auf Gerüchte.«

»Es sind ja auch keine, sondern Tatsachen.« *Los, raus damit.* »Ich bin lesbisch.« Hanna sah Wertheimer direkt an. Der lehnte sich zurück und lächelte.

»Liebe Frau Dr. Felsberg, dieses moderne Gehabe um homosexuelle Neigungen lehne ich fachlich ab. Das ist alles überbewertet.

Wie der Volksmund so schön und richtig sagt: Da muss nur der Richtige kommen, dann ist dieser Kinderkram vergessen. Die Natur ist auf Heterosexualität ausgerichtet, das muss eigentlich allen Medizinern klar sein. Es wundert mich, dass Sie sich da so fehlleiten lassen bei Ihrem Intellekt. Aber jeder macht seine Dummheiten.« Er verschränkte onkelhaft die Arme vor der Brust und fügte großmütig hinzu: »Also drücke ich bei Ihren jugendlichen Eskapaden ein Auge zu.«

»Sie müssen kein Auge zudrücken.«

Wertheimer lächelte. »Ich wusste, dass Sie zur Vernunft kommen.«

»Oh ja, ich bin endlich vernünftig. Und Sie müssen kein Auge zudrücken, weil es nichts zuzudrücken gibt. Homosexualität ist eine Spielform menschlicher Sexualität, so wie Heterosexualität auch. Nicht besser, nicht schlechter.«

Wertheimer winkte ungeduldig ab. Aber jetzt kam Hanna erst so richtig in Fahrt. »Auch wenn Betonköpfe wie Sie noch hundert Jahre brauchen, um das zu akzeptieren. Und weder Sie noch sonstwer wird mich dazu bringen, mich zu verleugnen. Lange genug haben Lesben und Schwule das mit sich machen lassen. Sich versteckt, Heterosexualität vorgetäuscht, Scheinehen geführt. Da ist mir die Karriere scheißegal.«

In ihrem Kopf hörte Hanna Lizzy jubeln. Wie oft hatte sie sie wegen ihrer mangelnden politischen Haltung gemaßregelt. Lizzy war stets kämpferisch, wenn es um Homophobie, Diskriminierung und Frauenfeindlichkeit ging. Hanna hatte sie manchmal schon übermäßig radikal gefunden. Aber jetzt brach es aus ihr selbst nur so heraus. *Dieses miese Schwein!*

»Und um es ganz deutlich auszusprechen«, fuhr sie fort, ehe ihr Chef etwas einwerfen konnte, »ich werde nicht mit Ihrem Neffen ›ausgehen‹.« Sie malte abfällig Gänsefüßchen in die Luft. »Lesbisch hin oder her: Die Anfrage ist grenzüberschreitend. Auch wenn ich heterosexuell wäre, wäre das unverschämt. Das grenzt an sexuelle Belästigung, Nötigung oder was auch immer.« Aufgeplustert vor Empörung kam sie zu einem wenig pointierten Ende. Aber sie hatte gesagt, was gesagt werden musste.

Wertheimer sah sie mit unbewegter Miene an. »Wenn das Ihr letztes Wort ist, haben wir uns nichts mehr zu sagen. Sie verstehen natürlich, dass mit Ihrem neuen Vertrag noch nicht alles geklärt ist. Es steht in den Sternen, ob ich den so schnell durchbekommen werde – oder überhaupt. Falls Sie es sich jedoch anders überlegen sollten ...« Er ließ den Satz bewusst offen enden.

»Das wird immer besser hier.« Hanna traute ihren Ohren nicht. Wertheimer war wirklich ein selbstgefälliger, großbürgerlicher Machtmensch der schlimmsten Sorte, einer von denen, die dachten, sie könnten sich alles erlauben. »Ihr Erpressungsversuch geht nach hinten los. Der Vertrag ist mir in dem Fall vollkommen egal. Im Gegenteil. Ich kann mir überhaupt nicht mehr vorstellen, überhaupt für jemanden wie Sie zu arbeiten. Nur mal angenommen, ich hätte unser Gespräch jetzt auf Band aufgezeichnet ...« Sie hielt gezielt inne, damit Wertheimer die volle Tragweite dieser Möglichkeit erfassen konnte. Der Anflug von Panik, der über sein Gesicht flackerte, verschaffte ihr eine gewisse Genugtuung.

Ruhig fuhr sie fort: »Dann könnte ich Sie nach Strich und Faden verklagen. Aber leider habe ich mit so etwas Abgründigem dann doch nicht gerechnet. Ihr Glück.« Sie stand auf. »In Zukunft wäre ich ein bisschen vorsichtiger, wenn ich Sie wäre. Der Gesetzgeber sieht die Lage inzwischen mehr in meinem Sinne.«

An der Tür warf sie ein schnippisches »Tschüß« über die Schulter zurück und ging ohne einen weiteren Blick auf Wertheimer hinaus ins Vorzimmer. Hier würde sie als Allererstes von der Wienert ihr Zeugnis einkassieren – das zweifellos so erstklassig formuliert war wie er angekündigt hatte –, bevor er es verschwinden lassen konnte.

Wie unter Schock brachte Hanna ihren Dienst zu Ende. Nachdem das Adrenalin abgeflaut war, kam das große Bibbern und Zittern, die Angst vor dem eigenen Mut. Sie versuchte sich selbst strikte Anweisungen zu geben, nicht darüber nachzudenken, was das Gespräch mit Wertheimer für Konsequenzen nach sich ziehen würde. Trotzdem konnte sie es nicht verhindern, dass ihre Gedanken immer wieder genau darum kreisten. Nur mühsam konnte sie sich auf ihre Patienten konzentrieren. Nach Dienstende vergaß sie dann sich umzuziehen. Noch ganz in weiß stand sie vor der Tür von Frau Doll.

»Hanna? Ich hatte Sie gar nicht erwartet heute Abend. Kommen Sie rein.« Frau Doll musterte sie aufmerksam. Die weißen Kleider konnten ihr nicht entgangen sein.

»Entschuldigen Sie die späte Störung, Frau Doll. Aber ich muss unbedingt mit Ihnen reden.«

»Sie sehen mitgenommen aus«, stellte Frau Doll fest. »Ist etwas passiert?« Sie wackelte voraus ins Wohnzimmer, wo sie sich in ihrem Lieblingssessel niederließ. Daneben lagen auf einem Tischchen ein aufgeschlagenes Buch auf dem Gesicht und Frau Dolls Lesebrille. Ihre rosa Krücken lehnte sie ans Bücherregal dahinter.

Hanna setzte sich aufrecht aufs Sofa und wusste plötzlich nicht mehr, wie anfangen. Die Anspannung der letzten Stunden wich einer dumpfen Verwirrung. Sie sah Frau Doll nur unsicher an.

»Sie kommen also direkt aus dem Krankenhaus?«, fragte Frau Doll das Offensichtliche, um Hanna zum Reden zu bringen. Die nickte stumm mit dem Kopf.

»Da Sie sich noch nicht einmal umgezogen haben, nehme ich jetzt mal an, dass dort etwas passiert ist«, konstatierte Frau Doll.

Hanna nickte abermals.

»Und da Sie schon das eine oder andere blutige medizinische Erlebnis hatten, nehme ich weiter an, dass es nicht so etwas war. Sondern vielmehr vielleicht ein nettes Zusammentreffen mit diesem liebreizenden Menschen, den Sie zum Chef haben?«

»Woher wissen Sie das?«, fragte Hanna erstaunt.

Frau Doll lächelte leicht. »Menschenkenntnis, Erfahrung, hohes Alter. Eine Kombination daraus. Aber kehren wir zum Entscheidenden zurück. Wertheimer hat sich also mal wieder von seiner besten Seite gezeigt?« Ihre Stimme triefte vor Sarkasmus.

Tonlos erzählte Hanna: »Er hat mir einen unbefristeten Vertrag mit sehr guten Bedingungen und Aufstiegschancen angeboten.«

»Das erstaunt mich nicht. Er denkt ja schon seit längerem, dass Sie zu seinem persönlichen Kontingent an Leibeigenen gehören.«

Hanna ging auf die Provokation nicht ein, sondern fuhr fort: »Aber nur unter der Bedingung, dass ich mit seinem Neffen ausgehe.« Voilà, sie hatte es gesagt. Das war der Kern des Problems.

Frau Doll blinzelte. Offenbar hatte es sogar ihr die Sprache verschlagen. Aber nur für einen Augenblick.

»Ausgehen in dem Sinne, wie wir das Wort früher verwendet haben?«, fragte sie nach. »Nicht bloß auf einen Kaffee, zum Reden? Aber was frage ich. Natürlich nicht.«

Hanna nickte mechanisch. »In die Oper am Samstag. Und in einem Jahr wäre ich dann mit ihm verheiratet gewesen. Das garantiere ich Ihnen.« Dieser Gedanke ließ ihre Wut wieder aufflammen – und damit auch ihre Lebensgeister.

»Hat er das etwa genau so gesagt, der alte Despot?«

»Nein, aber aus seinen Bemerkungen zum Thema Homosexualität ging das eigentlich deutlich hervor. Wenn nicht mit seinem Neffen, dann mit einem anderen passenden Mann seiner Wahl.« Das war Hanna inzwischen völlig klar. Wertheimer hätte sie vermarktet wie ein Stück Vieh. Wahrscheinlich hätte sie auch noch den passenden Nachwuchs produzieren müssen – die beste Genetik für den medizinischen Nachwuchs, in Wertheimers Sinn. *Widerlich!*

»Moment.« Frau Doll hob ihre gepflegte Alte-Damen-Hand wie ein Verkehrspolizist an der Kreuzung. »Jetzt mal von vorn. Geben Sie mir genau wieder, wer was gesagt hat. Das ist mir zu kryptisch. Wenn Sie von mir eine Analyse der Situation erwarten, dann geht es nur mit Detailwissen.«

Hanna bemühte sich, das Gespräch mit Wertheimer Wort für Wort nachzuerzählen, inklusive ihrer Gedankengänge währenddessen, bis hin zu ihrem Abgang aus dem Büro. »Und dann habe ich sofort mein Arbeitszeugnis bei seiner Assistentin abgeholt«, schloss sie. »Ich war froh, dass ich daran gedacht habe. Am Nachmittag hat sie mich noch mal auf Station angerufen, ich sollte es zurückbringen, es würde noch was fehlen. Ich habe zugesagt, habe es aber natürlich nicht zurückgebracht. Ich bin zwar manchmal langsam, aber nicht dämlich.«

»Hm«, machte Frau Doll abwesend.

»Oh je, was heißt das? Finden Sie, ich habe überreagiert?« Hanna rutschte nervös auf dem Sofa hin und her. Wenn das Frau Dolls Analyse war, war sie geliefert.

»Ach was! Sie hätten noch mehr auftrumpfen können. Chapeau, dass sie ihm so deutlich Kontra gegeben haben.« Frau Doll zog ihren imaginären Hut vor Hanna. Dann fuhr sie resolut fort: »Ich bin schon einen Schritt weiter und denke über Rache nach. Es ist doch unglaublich, dass dieser selbstgefällige Fatzke mit solch einem Verhalten davonkommt.« Das erste Mal, seit Hanna sie kannte, wirkte sie so richtig wütend und empört. Sonst war sie ja immer ganz abgebrüht. Eine, die über den Dingen stand.

»Der Weg über die Justiz scheidet natürlich aus«, sinnierte sie weiter. »Sie haben keine Beweise, Aussage steht gegen Aussage. Er würde Sie mit teuren Anwälten fertigmachen. Ich denke mehr an subtile, langfristig wirksame Mittel.«

Hanna musste zum ersten Mal nach der Konfrontation wieder schmunzeln. Das war Frau Doll in Höchstform. Nicht unterzukriegen und sofort wieder bereit, in den Kampf zu ziehen.

»An was denken Sie?«, hakte sie nach.

»Ich überlege, wen ich kenne, der in seinen Kreisen verkehrt. Oder vielleicht in Kreisen, die in der gesellschaftlichen Stellung noch einen Tick darüber sind. Jemand, der Einfluss auf seine Projektvergaben hat. Oder ihn aus dem Golfclub werfen lassen könnte. Oder ihm seinen Privatkredit bei der Bank kündigt. Oder denken wir einmal in eine andere Richtung: Vielleicht können wir seine Putzfrau dazu bringen, dass sie seine Zahnbürste immer beim Putzen in die Toilette taucht und wieder zurückstellt.«

Jetzt musste Hanna lauthals loslachen. Schon die Vorstellung davon war äußerst befreiend. Frau Doll grinste zurück.

»Sie sehen, Rache kann wunderbare Formen annehmen, die viel Spaß bringen.« Ernsthaft fuhr sie fort: »Aber Scherz beiseite – ich werde mal sehen, was ich ausrichten kann.«

»Halten Sie mich auf dem Laufenden«, bat Hanna. »Den Genuss will ich mir nicht entgehen lassen.«

»Sie erfahren es als Erste, wenn sich was tun sollte. Und machen Sie sich keine Sorgen um die Zukunft. Ich war ja eh der Ansicht, dass Sie bei Wertheimer völlig fehl am Platz waren. Manchmal ist das so im Leben, die vermeintlichen Katastrophen führen einen erst auf neue Wege, die man sonst nicht beschritten hätte.«

Da war sich Hanna noch nicht ganz sicher. »Sie haben gut reden. Aber vielleicht ist das der Tritt in den Hintern, den ich gebraucht habe, um endlich eine andere medizinische Richtung einzuschlagen. In einem Jahr kann ich das eventuell so sehen. Momentan fühlt es sich mehr nach Weltuntergang an.« Sie lehnte sich zurück. In diesem Moment schien all ihre Energie aufgebraucht. Ohne jede Körperspannung hing sie in Frau Dolls geschmackvollem Diwan.

Frau Doll musterte sie aufmerksam. »Sie haben doch noch was auf dem Herzen«, mutmaßte sie. »Das Weltuntergangsgefühl kommt doch nicht nur von Wertheimer.«

Hanna beschloss, einfach loszulassen, Frau Doll alles zu erzählen, die ganze unerfreuliche Angelegenheit. *Mein Waterloo.* Es hieß doch immer, darüber zu reden würde es leichter machen. Und es abzustreiten, dazu hatte sie ohnehin keine Kraft.

»Sie erinnern sich an meinen Geburtstag? An Elf und mich? Wie es geknistert hat zwischen uns? Ist niemandem entgangen, einem Fuchs wie Ihnen sicher auch nicht.«

Frau Doll nickte bestätigend. »Meine Hoffnungen auf ein Happy End für mein Lieblings-Frauenpaar waren an diesem Abend enorm angestiegen«, schmunzelte sie.

Hanna holte tief Luft. »Wir haben miteinander geschlafen. Und es war toll.« Sie sah Frau Doll direkt in die Augen. Die zeigte keine Reaktion, nur abwartende Neugier.

Wow. Sie ist wirklich eine coole alte Lady. Sex zwischen zwei Frauen offen ansprechen, kein Problem.

»Aber bevor Sie jubeln,« fuhr sie fort, »es endete in der Katastrophe. Sie ist am nächsten Tag früh losgegangen zu einem Vorstellungsgespräch, war also nicht da, als ihr Bruder Fritz – den kennen Sie ja inzwischen auch – bei mir angerufen hat und in ihrem Namen um Geld gebeten hat.«

Frau Doll zog erstaunt die Augenbrauen hoch, sagte aber nichts dazu.

»Ja, genau so ging es mir auch. Ich war total perplex. Bloß, dass bei mir noch schlechte Erfahrungen dazukamen. Meine Exfreundin hat mich nach Strich und Faden ausgenutzt, bis ich endlich kapiert hatte, dass sie nicht mich, sondern nur die komfortable Melkkuh geliebt hat.« Hanna zog eine Grimasse. Selbst beim Reden über Olivia kam alles wieder hoch: die Verachtung, die Wut auf Olivia und auf sich selbst.

»Und Sie dachten, mit Elf passiert dasselbe in grün?«, fragte Guste Doll.

Hanna nickte. »Als Fritz dann noch so nebenbei erwähnte, dass er bei seinem Sturz – Sie wissen, angeblich hat er eine Katze retten wollen – in Wahrheit illegal Graffiti sprühen war, ist bei mir eine Sicherung durchgebrannt. Ich dachte plötzlich, dass alles Lüge ist bei den beiden. Wer Elf ist, wie sie mit mir umgeht, was sie an Gefühlen für mich zeigt – alles nur Lügen, um mich einzuwickeln. Die schöne Nacht mit ihr hatte sich in meinem Kopf auf einen Schlag ins Gegenteil gekehrt. Ich war richtiggehend von mir selbst angewidert. Von Elf ganz zu schweigen. Als sie dann vorbeigekommen ist, habe ich sie im Grunde nur beschimpft. Ich wollte gar nichts von ihr wissen. Wollte ihre Version gar nicht hören. Ich hatte mich vollkommen festgefahren darin, wie ich mir vorstellte, dass alles abgelaufen war. Total verbohrt und hirnverbrannt.«

Frau Doll setzte zu einer Bemerkung an, aber Hanna unterbrach sie: »Und bevor Sie etwas dazu sagen – ich weiß inzwischen, dass ich auf dem Holzweg war. Lizzy hat mir den Spiegel vorgehalten und einiges geradegerückt. Elf wusste nichts von Fritz' Geldbitte, und für seine Graffitis kann sie ja schließlich nichts. Ich kann verstehen, dass sie ihren Bruder nicht verpfeift. Zumal ich dann auch gesehen habe, was für tolle Kunstwerke er mit der Spraydose schafft. Die Einsicht ist aber zwecklos, das ändert an der Situation rein gar nichts.« Sie ließ den Kopf auf die Sofalehne zurückfallen und starrte an Frau Dolls stuckverzierte Decke.

»Ganz schlug das Rad den Kreis, ich unterliege.« Shakespeare, King Lear, oder? Trifft es jedenfalls genau. Das sind die tiefsten Tiefen der Hölle. Alles ist im Arsch, mein ganzes Leben eine Müllhalde an Fehlentscheidungen, Fehltritten, Menschen, die ich verloren habe. Sie dachte an ihre Mutter, die sich nach Australien abgesetzt hatte, als Hanna zwölf war. Ohne Bedauern, ohne an Hanna zu denken, ohne sich hinterher um Kontakt zu bemühen. Eine alte Wunde. Tränen traten ihr in die Augen.

Heul doch, du Memme. Selbstmitleid hilft dir jetzt auch nichts mehr.

Nach einer Ewigkeit der Stille, in der nur Frau Dolls große Standuhr das Verstreichen der Zeit durch ihr unüberhörbares Ticken anzeigte, räusperte sich Guste Doll. »Darf ich jetzt auch mal was beitragen? Oder wollen Sie schon wieder nicht hören, was Ihr Gegenüber zu sagen hat?«, fragte sie wenig sensibel in Hannas herunterlaufende Tränen hinein. Hanna hob den Kopf und wischte sich schniefend die Augen.

»Seien Sie bitte nicht so wüst zu mir, Frau Doll«, murmelte sie. »Ich weiß, manchmal brauche ich eine harte Hand, aber heute bin ich wirklich schon weit über die Grenze dessen hinaus, was ich verkraften kann.«

Frau Doll formte nachdenklich mit den Händen eine Turmspitze. »Na schön, mit Samthandschuhen und diplomatisch verpackt also.« Sie tippte ihre Fingerspitzen aneinander und wirkte wie eine Psychologin – eine steinalte, aber deshalb umso weisere –, die im Begriff war, die alles entscheidende Frage zu stellen, nach der sich sämtliche Ungereimtheiten mit einem Schlag klären würden. *Schön wär's,* dachte Hanna.

»Die Ansprache über Elf und ihren Charakter kann ich Ihnen offensichtlich ersparen, da Sie ja selbst bereits zu der Erkenntnis gekommen sind, dass Sie falsch lagen. Aber was ich doch wissen möchte, ist, ob Sie sich schon offiziell und angemessen bei ihr entschuldigt haben?«

Hanna setzte sich auf in Erwartung der Schelte, die gleich unweigerlich losbrechen würden. »Nein.«

Auf den strengen Blick von Frau Doll hin senkte sie die Augen. »Ganz ehrlich – ich hatte noch nicht den Mut dazu.« Das Thema bereitete ihr geradezu körperliche Qualen. Trotzdem rang sie sich auch den Rest der Erklärung ab: »Ich weiß, ich sollte es, aber Elfs Reaktion kann nur gnadenlos sein. Ich könnte es nicht ertragen, in ihren Augen die Ablehnung zu lesen, die sie nach der Aktion für mich empfinden muss. Oder sogar Hass.«

Frau Doll löste ihre Hände voneinander und legte sie auf die Armlehnen ihres roten Brokatsessels. Ihre Geste hatte etwas sehr Bestimmtes. »Das ist zweitrangig«, behauptete sie. »Sie schulden ihr so oder so eine Entschuldigung. Je schneller die kommt, desto besser. Und umso schneller können Sie an einer Aussöhnung arbeiten.«

»Aussöhnung? Frau Doll, daran ist gar nicht zu denken. Daraus wird sowieso nichts werden. Wie auch? Ich habe alles zerstört.«

»Ach was«, sagte Frau Doll entschieden. »Das ist doch kindisch. Wegen solch eines blöden Missverständnisses lässt man doch nicht die Liebe sausen.«

Aber für Hanna waren das leere Worte. Sie nickte nachdrücklich mit dem Kopf: »Doch, Frau Doll. Das war's. Kein Happy End, sondern nur Desaster und gebrochene Herzen. Und jetzt noch Weltuntergang dazu. Lizzy hat mir mal eine Postkarte geschenkt, auf der stand: ›Lächele und sei froh, es könnte schlimmer kommen. Und ich lächelte und war froh, und es kam schlimmer.‹ Das ist genau das Gefühl, das ich im Moment habe. Ganz genau so. Wer weiß, was als Nächstes kommt.«

Das erste Mal an diesem Abend seufzte Frau Doll. »Ach, Hanna – das Leben geht weiter. Mit meinen bald neunzig Jahren darf ich diesen platten Spruch anwenden. Und gleich noch ein Spruch, den Sie sich hinter die Ohren schreiben sollten: Wenn dir das Leben eine Zitrone schenkt, mach Limonade daraus. Mit oder ohne Elf, Sie werden Ihr Leben weiterleben. Aber wäre es mit Elf nicht viel schöner?« Sie zwinkerte Hanna zu und bat dann unvermittelt: »Helfen Sie mir mal hoch.«

Hanna sprang auf – Hilfsbereitschaft überlagerte bei ihr alle anderen Hirnfunktionen – und eilte an Frau Dolls Seite.

»So spät am Abend bin ich immer etwas steif«, ächzte diese und arbeitete sich mit Hannas Unterstützung aus ihrem Sessel hoch. »Diese müden alten Knochen müssen jetzt ins Bett. Entschuldigen Sie, dass ich keine bessere Gastgeberin bin. Aber wenn Sie wollen, können Sie heute Nacht im Gästezimmer schlafen. Es ist alles gerichtet. Ich würde mich über die Gesellschaft freuen.« Sie nestelte mit ihren Krücken herum.

Eine gewaltige Welle der Zuneigung überkam Hanna. So klein, so zerbrechlich Guste Doll auch war, für Hanna war sie gerade ein wahres Bollwerk gegen die Stürme des Lebens.

»Danke, das ist nett«, sagte sie gerührt. »Und wenn Lopez nicht auf mich warten würde, würde ich es sofort annehmen. Aber er muss eh schon so viel allein sein, und außerdem habe ich ihm nicht ausreichend Trockenfutter hingestellt.«

Frau Doll hatte inzwischen ihre Krücken unter Kontrolle gebracht und begann in Richtung Flur zu humpeln. Hanna wich ihr nicht von der Seite.

»Schade, dass ich Ihren tierischen Lebensgefährten noch nicht kennenlernen konnte. Ich liebe Katzen. Früher hatte ich immer eine Katze. Aber fünf Stockwerke ohne Aufzug, das ist gerade nicht zu machen für mich.«

Hanna legte den Arm um Frau Doll, so dass sie sich darauf stützen konnte. Frau Doll war zwar immer so selbstgenügsam, aber heute Abend nahm sie Hannas Hilfe ausnahmsweise ohne Proteste an. Beiläufig sagte Hanna: »Irgendwann werden Sie den großartigen Charmeur noch persönlich treffen. Ich begleite Sie noch in Ihr Schlafzimmer.«

Doch an Guste Doll ging nichts so einfach vorbei. »Wenn ich in meiner Jugend gewusst hätte«, zog sie Hanna auf, »dass mich einmal eine wunderschöne blonde Frau mit diesem Satz am Arm nehmen würde, hätte ich mir das mit den Männern vielleicht noch mal überlegt.«

Sie lachte ihr wundervoll rauchiges Lachen, und Hanna fühlte, wie ein zarter Rosaton ihr Gesicht überzog und ihre Ohren glühten. *Diese Frau!*, dachte sie trotz ihrer Verlegenheit liebevoll.

Schubert hallte durch die Altbauwohnung. Wieder saß Guste Doll in ihrem rotsamtenen Sessel und lauschte Elfs Klavierspiel.

Die Laune der Pianistin war offensichtlich am Tiefpunkt: Ein Stück war düsterer als das andere. Als Elf schließlich die Hände von den Tasten nahm, klatschte Guste Doll dreimal dezent.

»Schön, aber traurig«, meinte sie. »Schubert kann genau das Richtige sein in einer melancholischen Stimmung.«

Sofort wies Elf diese Einschätzung weit von sich: »Ich bin nicht melancholisch. Im Gegenteil, ich bin bestens drauf.«

»Wenn Sie das sagen«, konterte Frau Doll mit leichter Süffisanz.

Elf hatte keine Lust, dieses Thema weiter zu erörtern. Unvermittelt fragte sie: »Wie alt sind Sie eigentlich, Frau Doll?«

Guste Doll schmunzelte. »Eigentlich fragt man das eine Dame nicht so direkt.«

Schulterzuckend entgegnete Elf: »Ich bin eben ungehobelt.«

»Und ich keine Dame«, kam es prompt von Frau Doll.

Sie lachten verschwörerisch miteinander.

»Also?«, hakte Elf nach.

»In zwei Monaten werde ich neunzig.«

Das hatte Elf nicht erwartet. Dass Frau Doll alt war, stand zwar außer Frage, auch wenn sie Stil hatte und voller Energie steckte. Aber *so* alt ... »Wow. Neunzig – das ist echt ein stolzes Alter. Machen Sie ein großes Fest?«

Diesmal zuckte Frau Doll mit den Schultern. »Nein. Ich wüsste nicht, wen ich einladen sollte. Die Menschen, mit denen ich gern feiern würde, sind schon tot. Ausgenommen Sie natürlich und Hanna.«

Elf zog eine gequälte Grimasse. *Das wäre ja das Bombengeburtstagsfest – ich und Hanna als einzige Gäste.*

»Und beim übriggebliebenen Rest«, fuhr Frau Doll fort, scheinbar ohne das Zucken in Elfs Miene zu bemerken, »bin ich froh, wenn ich sie nicht sehen muss.«

»Haben Sie eigentlich Kinder?«, erkundigte sich Elf. Das hatte sie sich schon eine ganze Weile gefragt.

Wieder schmunzelte Frau Doll. »Heute sind Sie sehr neugierig, Elf. Ich hatte eine Tochter, Anneliese. Sie ist vor zwei Jahren mit 64 an Brustkrebs gestorben. Und ihr Sohn ist ein elender Popanz. Ein unerträglicher Wichtigtuer. Ich vermute, er wartet nur darauf, mich endlich beerben zu können, aber da wird er ganz schön Augen machen, wenn es mal so weit ist. Warum fragen Sie das alles?«

Elf klimperte auf ein paar Tasten herum und mied Frau Dolls Blick. »Es interessiert mich eben. Sie interessieren mich. Neben Ihrer ganzen Lebenserfahrung erscheinen mir meine Probleme immer ganz lächerlich.«

Ihr war klar, dass Frau Doll bereits gehört haben musste, was zwischen ihr und Hanna passiert war. Bestimmt hatte sich Hanna nicht verkneifen können herauszuposaunen, wie übel ihr mitgespielt worden war. Eigentlich wunderte sich Elf, dass sie überhaupt noch bei Frau Doll spielen durfte, nachdem diese Hannas Geschichte gehört hatte. Vermutlich hatte Frau Doll dank ihrer Erfahrung und Weisheit einfach nicht alles geglaubt, was Hanna sich zusammengereimt hatte. Ja, so musste es sein, sonst säße sie nicht hier. Wahrscheinlich hielt die alte Frau das alles für die typischen dramatischen Verwirrungen der Jugend.

»Sie amüsieren sich sicher über die kleinen Albernheiten meines Lebens«, setzte sie nach.

Frau Doll schüttelte entrüstet den Kopf. »Wie können Sie so etwas nur sagen.«

»Na ja ... Ihnen sind sicherlich nie so Katastrophen passiert wie mir. Sie sind so klug, Sie haben bestimmt alle Eisberge der Liebe schon vorher erkannt und sie umschifft.«

Guste Doll schnalzte abfällig mit der Zunge. »Ha. Wenn Sie wüssten. Mein Liebesleben glich der Titanic, um bei Ihrer Eisberg-Metapher zu bleiben. Sehen Sie das Foto da drüben?« Sie drehte sich im Sessel um und zeigte in Richtung ihrer Bücherwand.

»Linkes Bücherregal, ungefähr in der Mitte?«, fragte Elf. Sie betrachtete das Schwarzweiß-Porträt eines Mannes Anfang vierzig. Er hatte das Aussehen eines Schauspielers aus einem *Film noir:* distinguiert und distanziert, auf intellektuelle Art gutaussehend.

»Das war Wenzel«, sagte Guste Doll leise. »Die große Liebe meines Lebens. Der Vater von Anneliese.«

»Waren Sie verheiratet?«, fragte Elf aus einer Eingebung heraus.

»Ja. Aber nicht miteinander.«

»Oh«, konnte Elf darauf lediglich sagen.

Frau Doll nickte wie zur Bestätigung, dass Elf die Tragweite der Geschichte gleich richtig verstanden hatte. »Zur damaligen Zeit war das ein großes Problem. Man ließ sich nicht so einfach scheiden wie heute. Trotzdem hatte ich mich von meinem Mann getrennt.«

Elf war wie gebannt. »Und weiter?«

»Wenzel hat es nicht geschafft, sich von seiner Frau zu trennen«, antwortete Frau Doll. Zum ersten Mal, seit Elf sie kannte, klang sie resigniert.

Jetzt brannte sie darauf, auch den Rest zu hören. »Was haben Sie gemacht?« Die Tragik von Frau Dolls Geschichte sickerte erst so langsam durch.

»Nichts.« Frau Doll sah sie mit traurigen Augen an. Augen, die normalerweise funkelten und jetzt so gar nicht mehr wild und lebenslustig wirkten.

»Nichts?«, fragte Elf verblüfft. Diese Frau hatte doch immer für alles eine Lösung. Nur für sich selbst nicht?

Frau Doll sah weg, als ob das Eingeständnis sie schmerzte. »Absolut nichts. Ich hab ihn aufgegeben. Hab ihn seiner Frau überlassen.«

»Wieso?« Elf konnte es nicht fassen. Frau Doll konnte doch kämpfen wie eine Löwin. Herrgott, sie war fast neunzig, das wurde man nicht ohne Kampfeswillen. Oder?

Die alte Frau seufzte tief. »Das ist die Frage meines Lebens. Aus falsch verstandener Moral? Aus schlechtem Gewissen seiner nichtsahnenden Frau gegenüber? Aus Angst, er könnte sich tatsächlich für mich entscheiden und dann feststellen, das es ein Fehler war? Ich weiß es nicht. Als ich 83 endlich den Mut hatte, mir einzugestehen, dass ich den größten Fehler meines Lebens gemacht hatte, indem ich nicht bis zum Letzten um ihn gekämpft hatte, war es zu spät. Er war gestorben. Seine Frau hat mir ein Bündel Briefe gegeben, die an mich adressiert waren, die er aber nie abgeschickt hatte. Ich muss es ihr hoch anrechnen, dass sie sie nicht aufgemacht oder vernichtet hat.« Frau Doll schaute versonnen auf das Foto ihrer großen Liebe.

Elf folgte ihrem Blick und betrachtete noch einmal Wenzels Gesicht. Natürlich bedeutete das kleine Lächeln auf den markanten Zügen nicht das Gleiche für sie wie für Guste Doll, es löste keinerlei tiefe Gefühle aus. Trotzdem war sie gefesselt von Frau Dolls tragischer Liebesgeschichte. »Was stand drin?«, wollte sie wissen.

»Das war das Schlimmste. Ich war auch für ihn die große Liebe gewesen. Immer wieder hatte er überlegt, seine Frau doch noch zu verlassen. Aber er war sich nicht sicher, ob ich ihn noch wollen würde. Und deshalb ist er bei seiner Frau geblieben.« Frau Doll wandte den Blick wieder zu Elf. »Können Sie sich das vorstellen? Wie ich mich nach der Lektüre gefühlt habe? Ein ganzes Leben, einfach so dahin. Eine Chance auf die große, die wirkliche Liebe einfach vertan. Wir waren beide zu feige.«

Sie blinzelte Elf traurig an. Von der Energie, die sie sonst ausstrahlte, war plötzlich nichts mehr zu spüren. Sie wirkte klein, schwach und erschöpft.

Der Anblick brach Elf das Herz. »So radikal müssen Sie das nicht abwerten«, versuchte sie die alte Dame zu trösten.

»Doch, weil alles andere Schönfärberei wäre.« Da war sie wieder, die resolute Guste Doll, die keine Zeit für Schnickschnack hatte, die das Leben mit ihrer Willenskraft in die Knie zwang. »Und da wir gerade dabei sind«, setzte sie hinzu, »Sie machen vielleicht gerade denselben Fehler.«

Kurz verstand Elf nicht, worauf die alte Dame hinauswollte. Als es ihr klarwurde, schnappte sie empört zurück: »Wieso mache ich einen Fehler? Die edle und hehre Hanna von der goldenen Moral macht einen Fehler. Einen ganz beschissenen Fehler.« Sie unterstrich die Aussage mit einem Mollakkord, den sie unvermittelt aus dem Flügel hämmerte.

Das ließ Frau Doll natürlich nicht gelten. Wie immer hatte sie eine dezidierte Meinung, die wie fast immer von Elfs abwich.

»Niveaulose Wortwahl, aber ganz recht erkannt«, bestätigte sie. »Hanna hat einen riesigen Fehler begangen, das sehe ich auch so. Sie müssen mir gar nicht erzählen, was aus Ihrer Sicht passiert ist. Ich kann es mir schon ausmalen. Hanna hat Sie sehr verletzt. Und das weiß sie auch, seien Sie sich dessen sicher. Aber das heißt ja nicht, dass Sie jetzt genauso geistig beschränkt handeln müssen wie Hanna.«

Doch Elf blieb hart. »Das Thema ist durch. Ich werde doch nicht vor ihr kriechen und betteln, dass sie mich nimmt, obwohl ich in ihren Augen unter ihrem Niveau bin. Aussatz praktisch. Ein Kretin. Nicht würdig, mit ihr die gleiche Luft zu atmen.«

»Sie weiß, dass das nicht so ist«, widersprach Frau Doll. »Dass sie falsche Schlüsse gezogen hat. Tun Sie mir nur einen kleinen Gefallen, Elf. Denken Sie nochmals darüber nach, ob Sie nicht um Hanna kämpfen sollten.«

Aber auch dieser Appell an Elfs Vernunft erzielte keine Wirkung. Elf blickte Frau Doll ganz direkt an und verkündete: »Hanna ist für mich gestorben.«

»Sie ist manchmal borniert und stur. Aber das kaschiert lediglich, dass sie im Grunde ihres Herzens weich und geradezu edelmütig ist. Und davor hat sie eine enorme Angst, vor dieser zarten Seite.«

»Hm«, war alles, was Elf dazu von sich gab. So hatte sie das noch gar nicht betrachtet. Aber das wollte sie jetzt auch nicht mehr. Es war eh zu spät.

»Denken Sie darüber nach. Mir zuliebe.«

Ein kurzes Nicken von Elf, das in ein Kopfschütteln überging. Zu mehr Zugeständnissen war sie für den Moment nicht bereit. Ohne weiteren Kommentar fing sie wieder mit Schubert an.

Nein, sie würde das Thema Hanna auf keinen Fall wieder aufrollen, da konnte Frau Doll noch so inständig bitten. In dieser Richtung lag der Wahnsinn, ein Abgrund mehrere Kilometer tief, in den sie zu stürzen drohte. Das konnte und wollte sie sich nicht zumuten. Die Geschichte mit Hanna hatte nur ein Gutes gehabt: Sie hatte einen richtigen Tritt in den Hintern gebraucht, und Hanna hatte ihn ihr verpasst – auf die mieseste und schmerzhafteste Art. Und das war's.

Nachdem sie sich endlich aus dem Bett gequält hatte, vor nunmehr zwei Wochen, war es für Elf bisher bestens gelaufen. Tante Gerdas Teppich war mehr als gut angelegt. Herr Demiral, der ihn ihr abgekauft hatte, hatte schon gesabbert vor Glück, als sie ihn auszurollen begann – um dann darüber zu stöhnen, wie sie ein solch edles Stück lediglich mit zwei alten Gürteln verschnürt zu ihm transportieren konnte. Der Rest war dann wie von selbst gegangen. Elf glaubte nicht, dass er ihn weiterverkaufen würde; so, wie seine Augen gestrahlt hatten und er Details des Musters hervorhob, sah es eher so aus, als würde der Perser in seine Privatsammlung wandern. Das fand sie sehr beruhigend. Sie hatte sich auf die bestmögliche Art von dem Erbstück getrennt und ein stolzes Sümmchen dafür kassiert, das ihre Erwartungen sogar noch übertroffen hatte.

In Tims Tonstudio hatte sie dann ihre fünf Lieder aufgenommen und war mehr als zufrieden mit dem Ergebnis. Tim hatte sofort verstanden, was für einen Sound sie erzeugen wollte, wie sie klingen wollte. Ein bisschen Folk, ein bisschen Punk, ein bisschen Country, ein bisschen Pop – und das zu einem Ganzen vermischt, das dann Elfs eigener, persönlicher Stil war. Ein Sound, mit dem sie sich identifizieren konnte.

Tim hatte gute Verbindungen in der Musikszene und hatte ihr einen Super-Sonderpreis im Kopierwerk ausgehandelt. Außerdem hatte er eine Grafikerin an der Hand, die aus einem von Elfs Stockholm-Fotos ein geniales Cover gemacht hatte. Er hatte sie auch überredet, ein sechstes Lied aufzunehmen, mit Klavier statt mit Gitarre. Auch das war die richtige Entscheidung gewesen. Elf fand, dass die sechs Lieder sie richtig gut repräsentierten, mit ihrer Vielfalt und ihren besonderen Stärken.

Da sie in Stuttgart noch niemanden kannte – außer Hanna, aber den Gedanken ignorierte Elf standhaft –, hatte die CD bisher niemand gehört, abgesehen von den Leuten um Tim. Bei denen war das Feedback klasse, aber die waren ja auch alle irgendwie involviert. Auch Pernilla, der sie zwei Stücke als MP3 nach Stockholm geschickt hatte, war begeistert. *Aber hey, sie ist meine älteste Freundin. Das ist zu erwarten.* Jetzt gerade vermisste Elf sie mal wieder kolossal.

In einer Woche würde sich zeigen, wie ein unvoreingenommenes Publikum auf Elfs Lieder reagieren würde: Tim hatte sie zu einer Release-Party überredet. Anfangs hatte sie sich strikt geweigert. Sie fand das zu aufschneiderisch – das erste Mal sechs Lieder aufgenommen, die ja hauptsächlich als Demoband gedacht waren, und dann gleich ein Riesenevent daraus zu machen. Aber Tim meinte, Selbstvermarktung sei alles. Mit Zurückhaltung und Understatement käme man in der Musikbranche nirgendwohin. Das hatte Elf schließlich eingesehen. Die Party sollte in einer alten Lagerhalle stattfinden, die inzwischen hauptsächlich von Künstlern als Atelier genutzt wurde. Alles Bekannte von Tim, und er hatte dort mit seiner eigenen Band selbst schon improvisierte Konzerte gegeben. Sie würde nur mit ihrer Gitarre auftreten, der Aufwand mit Mikros, Mischer und sonstiger Technik hielt sich also in Grenzen.

Momentan war sie noch mit der Gästeliste beschäftigt. Auch da war Tim mit seinen Connections behilflich, aber auch Fritz brachte aus der Reha seine Kontakte ins Spiel. Ihr Radius an Menschen war in Stuttgart einfach noch zu gering. Frau Gäbler vom Kurhotel war die Einzige, die sie selbst eingeladen hatte.

Und jemand anders durfte natürlich auch nicht fehlen. Elf brach mitten im Stück ab und drehte sich unvermittelt zu ihrer Zuhörerin um.

»Frau Doll, ich wollte Sie noch zu meiner CD-Release-Party einladen.«

Die alte Frau hatte während Elfs Spiel ein bisschen vor sich hin gedöst, aber jetzt war sie wieder hellwach. »Schön, dass Sie sich jetzt doch noch dazu entschieden haben«, meinte sie.

»Nächsten Samstag«, erklärte Elf. Sie hatte sich bisher noch nicht wirklich mit dem Gedanken an die Party angefreundet. Erst jetzt, als sie mit Frau Doll darüber sprach, kroch zum ersten Mal Vorfreude in ihr hoch. »Ich gebe Ihnen eine Skizze mit einer Anfahrtsbeschreibung. Sie kommen bestimmt mit dem Taxi, oder?«

Frau Doll sah skeptisch aus. »Ich weiß nicht, ob ein unbestuhltes Konzert das Richtige für mich ist.« Sie zeigte auf ihr ehemals gebrochenes Bein. »Natürlich möchte ich Sie unterstützen, keine Frage. Aber manchmal muss auch ich dem Alter seinen Tribut zollen.«

Aber jetzt war es an Elf, nicht lockerzulassen. »Das gilt nicht, Frau Doll. Ich organisiere Ihnen einen bequemen Sessel. Sie werden mein VIP-Gast.«

»Ich weiß nicht, liebste Elf ...« Frau Doll sah sie bedauernd an.

»Bitte«, flehte Elf. Die Aufregung, die sie eben noch empfunden hatte, drohte in sich zusammenzufallen. »Ohne Sie geht es nicht. Ich kenne hier doch so wenige Leute, da brauch ich jede Unterstützung, die ich kriegen kann. Vor allem Ihre.« Sie schaute Frau

Doll mit großen, bittenden Augen an. Und tatsächlich gab die alte Frau nach.

»Dieser brennenden Rede habe ich natürlich nichts entgegenzusetzen. Ich komme.«

Als Elf jubelnd die Arme in die Luft warf, setzte sie rasch hinzu: »Aber nur, wenn ich den versprochenen Ehrensessel bekomme.«

Hanna stand an ihrer Wohnungstür und lauschte Lizzys Schritten, die sich die fünf Stockwerke hocharbeiteten. Seit der Konfrontation mit Elf an genau dieser Stelle war der Ort für Hanna wie verseucht. Immer wenn sie durch die Tür ging oder wie jetzt darauf wartete, dass jemand heraufkam – was seither kaum vorgekommen war, nur Lizzy und einmal ihr Vater hatten sie besucht –, musste sie an Elf denken und daran, wie sie die größte Fehlreaktion ihres Lebens gehabt hatte. Was sie wiederum die Liebe einer ganz wunderbaren Frau gekostet hatte. Einer Frau, wie sie sie vielleicht nie wieder treffen würde.

»Mensch, kannst du nicht umziehen?« Schnaufend kam Lizzy um die Kurve. »Ich verstehe nicht, wie du hier deine Einkäufe hochschleppst.« Sie quetschte sich an Hanna vorbei und warf ihre Tasche in den Flur. »Und außerdem siehst du echt beschissen aus. Hast du heute schon mal in den Spiegel geschaut?«

Sie wartete gar keine Antwort ab, sondern ging gleich durch die Küche auf den Balkon. Hanna folgte ihr und setzte sich neben sie auf die kleine Bank.

»Danke für das Kompliment«, sagte sie ironisch. »Tatsächlich ging es mir schon mal besser, und das ist unleugbar auch an meinem Äußeren zu bemerken. Aber jetzt, da du hier bist und mich so warmherzig aufbaust, ist alles nur noch halb so schlimm. Was zu trinken?«

Lizzy grinste sie sarkastisch an. »Nein, danke. Ich kann nur sagen, selbst schuld. Du hast es in der Hand, Hanna.«

Hanna stöhnte auf. Wie oft hatten sie das in letzter Zeit schon durchgekaut. »Fang bitte nicht schon wieder an.«

»Gut, ich bin ruhig«, lenkte Lizzy ein. »Dann ist aber auch Schluss mit dem Gejammere. Wir gehen heute aus. Und zwar jetzt sofort.« Damit stand sie wieder auf, nahm Hannas Hand und zog daran.

Aber Hanna blieb sitzen. »Muss das sein? Ich habe keine Lust auszugehen. Außerdem muss ich morgen arbeiten.« Sie versuchte sich bleischwer zu machen und lehnte sich noch weiter auf der Bank zurück. Lizzy zog trotzdem noch mal mit Schwung.

»In einem Job, der demnächst ausläuft«, erinnerte sie Hanna. »Mach eben mal blau.«

Hanna entwand ihr ihre Hand. »Kugel mir nicht den Arm aus«, beschwerte sie sich. »Und außerdem hatten wir das auch schon gefühlte hundertmal. Ich teile deine Arbeitsmoral nicht, beziehungsweise den Mangel daran.« Betont abweisend starrte sie über die Dächer ihrer Nachbarschaft. Ausgehen war so ziemlich das Letzte, wonach ihr in ihrer momentanen Stimmung der Sinn stand. Sie wollte daheim bleiben und sich ihrem Elend hingeben.

Aber so schnell gab Lizzy nicht auf. »Wie du willst, dann mach nicht blau. Aber ausgehen werden wir. Ich muss was mit dir besprechen.«

Lopez wählte diesen Moment, um übers Dach anmarschiert zu kommen. Das Nachbargebäude hatte ein Flachdach und grenzte lückenlos an Hannas Wohnung. Lopez hatte seine geheimen Wege und Verstecke auf den Dächern; er kam und ging, wie es ihm passte. Seit kurzem vermutete Hanna sogar, dass er irgendwo ein Gebäude weiter auch eine Zweitwohnung hatte, denn manchmal roch er nach fremdem Parfüm.

Nicht mal eine Katze kann ich an mich binden. Hanna erhob sich ergeben, ging in die Küche und kam ihrer Pflicht nach: Katzenfutterdose öffnen. »Ist Ihnen Thunfisch heute recht, Graf Lopez?«, fragte sie den schnurrenden Kater, der voller Vorfreude um ihre Beine strich. Ein bestätigendes Miau, und Hanna häufte das Futter auf sein Tellerchen. Kaum hatte sie es abgestellt, stürzte sich der Kater bereits mit Gusto darauf.

Lizzy hatte währenddessen aufbruchbereit im Türrahmen der Balkontür gestanden. Hanna sah sie an und hob herausfordernd eine Augenbraue. »Was willst du besprechen? Können wir das nicht genauso gut hier? Lopez würde sich über Gesellschaft freuen.«

Zu ihrem Pech beendete genau in diesem Moment Lopez seine Mahlzeit, streckte sich einmal kurz und machte sich geschäftig auf den Weg. Innerhalb von Sekunden war er wieder übers Dach verschwunden. Lizzy grinste Hanna triumphierend an. Hanna kapitulierte.

»Na schön. Ihr habt euch gegen mich verschworen. Wo gehen wir hin?«

Lizzy ging in den Flur und nahm ihre Tasche wieder auf. »Wilhelmspalais«, war ihre knappe Antwort.

»Ich wusste nicht, dass die Stadtbücherei so spät noch offen hat.« Hanna nahm sich ihren Schlüssel und ging mit Lizzy zur Tür hinaus. Ihr war ohnehin alles egal. Dann gingen sie eben in die Stadtbücherei. So verging wenigstens die Zeit. Ein kleiner Teil ihrer restlichen Lebenszeit ohne Elf. Irgendwann würde es vielleicht nicht mehr so sehr wehtun. Hieß es nicht, dass mit der Zeit alles erträglich wurde? *So in etwa zehn Jahren,* schätzte Hanna.

Etwas später saßen Lizzy und Hanna in orangefarbenen Liegestühlen zwischen Säulen aus Sandstein, mit Blick auf eine Freitreppe zu ihren Füßen. »Du hättest mir ruhig sagen können, dass die Stadtbücherei inzwischen eine Bar ist«, sagte Hanna vorwurfsvoll.

Das klassizistische Wilhelmspalais am Charlottenplatz hatte lange Zeit die Zentralbücherei beherbergt. Da es nun eine schicke neue Bibliothek gab, hatte das Palais ausgedient, und als Zwischennutzung hatte eine Bar in dem historischen Gemäuer eröffnet.

»Du kriegst auch rein gar nichts mit, was in der Stadt los ist.« Lizzy lächelte einer gutaussehenden Frau fünf Liegestühle weiter charmant zu. Natürlich lächelte die Frau zurück.

Hanna rollte die Augen nach oben. Wie Lizzy das immer machte. *Für sie ist alles spielend leicht. Und bei mir? Saumäßig schwer und trotzdem erfolglos.*

»Hab noch nie behauptet, am Puls der Zeit zu sein«, grummelte Hanna, schon wieder einen Tick deprimierter. Sie wollte das hier hinter sich bringen und dann möglichst schnell heim in den Schutz ihrer Wohnung. »Also, jetzt raus damit: Was willst du mit mir besprechen? Und warum musste ich dafür quer durch die Stadt fahren?«

Lizzy unterbrach ihr Geflirte mit der Frau und konzentrierte sich wieder auf Hanna. »Einfach nur so«, behauptete sie. »Damit du mal aus deinem Mief rauskommst. Mal merkst, dass die Welt um dich rum nicht stehengeblieben ist. Dass da draußen noch immer Menschen sind.« Sie machte eine ausschweifende Armbewegung, die das ganze Palais, die ganze Stadt und besonders die Frau fünf Liegestühle weiter, die Lizzy immer noch aus dem Augenwinkel zu beobachten schien, mit einschloss.

»Ich weiß, dass überall Menschen sind«, brummte Hanna. »Schließlich treffe ich jeden Tag mehr oder weniger angenehme Exemplare im Krankenhaus. Deine Sorge ist übertrieben. Menschen, so weit das Auge reicht.«

»Ja, beliebige Menschen sind überall. Aber wo ist eigentlich Elf?«, fragte Lizzy mit Verve.

Nicht schon wieder. Nicht schon wieder eine Detailanalyse des Dramas, ihres Versagens, ihrer schlimmsten Niederlage in Sachen Liebe. Mit dem letzten Rest Energie, den sie zur Abwehr noch in sich hatte, zischte Hanna mahnend: »Lizzy.«

Aber vergebens.

»Ja, ja, jetzt willst du wieder nichts hören. Aber heute lasse ich nicht locker. Du wirst mit mir jetzt über Elf reden. Dein einziger Ausweg wäre, dich auf die Kreuzung zu stürzen und von der Autolawine überrollen zu lassen, aber ansonsten …« Lizzy breitete die Arme aus und zuckte mit den Schultern, um zu demonstrieren, dass jeder Widerstand vergebens war.

Hanna seufzte. Genervt, aber auch ratlos. »Was willst du denn noch? Ich habe bereits mehrfach zugegeben, dass ich einem fatalen Irrtum aufgesessen bin und mich infolgedessen wie eine Wildsau verhalten habe. Voilà. Du hast gewonnen. Gespräch beendet.«

Der Barbetreiber wählte geschickterweise genau diesen Moment, um ihre Getränke zu servieren: Bier in kleinen, bauchigen Fläschchen.

Lizzy nahm einen kräftigen Schluck und setzte dann da an, wo sie aufgehört hatten: »Gut, dass du es endlich vollständig und mit allen Konsequenzen einsiehst. Damit sind wir einen Schritt weiter.«

»Es gibt keine weiteren Schritte. Was ich getan habe, ist für Elf mit Sicherheit unverzeihlich. Ich habe ihr das Mieseste unterstellt. Sie ja fast zur Teilzeit-Prostituierten gemacht. Sex gegen Geld. Ich würde bei so was nicht einfach ›Schwamm drüber‹ sagen.« Hanna nahm abschließend einen Schluck Bier.

»Ist dir schon mal in den Sinn gekommen«, fragte Lizzy langsam, »dass eine Entschuldigung vielleicht einiges geraderücken würde?« Ihr Tonfall suggerierte, dass sie es mit einer geistig eingeschränkten Person zu tun hätte. Oder einer, die eins und eins nicht korrekt zusammenrechnen konnte. Bei der immer drei herauskam.

Hanna murmelte in ihre Bierflasche: »Hat Frau Doll auch schon gesagt.«

»Kluge Frau. Und?« Lizzy hatte immer noch denselben Ton drauf, der offenbar Hannas Gehirnblockade aufweichen sollte.

»Kann ich nicht.« Hanna begann das Etikett ihrer Bierflasche stückchenweise abzureißen.

Lizzy warf in gespielter oder vielleicht auch teilweise echter Verzweiflung die Arme gen Himmel. »Na, toll. Wer dich zur Freundin hat, kann sich ja glücklich schätzen. Da hast du also angeblich endlich eine gefunden, die ganz genau richtig für dich wäre, in die du wie noch nie verliebt bist, die fantastisch im Bett ist …«, hier grinste sie Hanna unverschämt an, »… nehme ich mal an.« Hannas vernichtenden Blick ignorierte sie, sondern lamentierte weiter: »Und du schaffst nicht mal so viel Bemühung, eine Entschuldigung auf welchem Wege auch immer rüberzubringen? Bravo, Hanna, ganz großes Kino.«

Hanna zupfte weiter unbeeindruckt an ihrem Etikett. Sie hatte es bereits zur Hälfte ab. »Manchmal weiß man eben, wann etwas unwiderruflich zerstört ist«, murmelte sie und riss den Rest in einem großen Fetzen von der Flasche.

»Dann doch so viel Kampf für die Frau, die du liebst?«, fragte Lizzy sarkastisch. »Falls zwischen uns mal was wäre, schätze ich, du hättest mich bereits nach zehn Minuten abgeschrieben. Schließlich bin ich nur die beste Freundin.«

Jetzt endlich stellte Hanna ihre Bierflasche zur Seite. »Das ist doch was ganz anderes.«

»Nein, ist es nicht.« Lizzy lehnte sich vor und war ernst wie nur selten. »Komm jetzt endlich mal auf die Erde zurück von deinem Selbstkasteiungsplaneten und fang an, Pläne zu schmieden. Fang an, drüber nachzudenken, wie du bei Elf wiedergutmachen kannst, was du gesagt hast. Und ganz vielleicht nimmt sie dich zurück.«

Hanna schüttelte vehement den Kopf. »Niemals. Sie hasst mich.«

»Ich hab ja auch nur gesagt, ganz vielleicht. Wenn du so richtig vor ihr auf den Knien durch den Dreck robbst. Ein Gang nach Canossa steht an, Hanna.«

Die Bestimmtheit in Lizzys Ton drang zu Hanna durch. Selten sprach Lizzy so mit ihr. Die Stimme der Vernunft kam sonst immer Hanna zu. Lizzy war der Schalk, der Clown, der Kasper mit der Freiheit zu Übertreibung und Frechheiten. Dass sie nun die entgegengesetzte Rolle einnahm, ließ Hanna einknicken. Was konnte sie anderes tun? Zuerst Frau Doll und jetzt auch noch Lizzy ... Zusammen mussten sie wohl recht haben. Und auch wenn Hanna es sich bei Tageslicht nicht eingestehen mochte – in ihren nächtlichen Grübeleien war sie auch selbst bereits zu dem Schluss gekommen, dass eine Entschuldigung das Mindeste war. Dass sie das eigentlich sogar von sich selbst erwartete. Das musste doch irgendwie zu schaffen sein.

»Aber wie soll ich das denn machen?«, fragte sie kleinlaut. »Anrufen geht gar nicht. Einen Brief würde sie bestimmt gleich zerreißen, ohne ihn zu lesen. Einfach bei ihr vorbeigehen?« Der bloße Gedanke machte sie ganz zittrig.

»Lass nur die fantastische Lizzy machen. Ich hab da eine Idee«, grinste Lizzy. Kaum hatte sie ihren Triumph, Hanna überzeugt zu haben, war sie schon wieder Lizzy der Harlekin, bereit, die Welt mit seinem Schabernack zu überziehen.

Hanna wehrte sofort ab: »Oh nein, ich lass dich überhaupt nichts ohne mein Einverständnis einfädeln. So viel Vertrauen in deine Strippenzieherei habe ich dann doch nicht. Schließlich geht es um mein Leben. Ich muss im Endeffekt dastehen und eine Entschuldigung angemessen in Worte fassen.«

Oh Gott, wie auch immer ich das hinkriegen soll.

»Keep cool, du alte Bedenkenträgerin«, sagte Lizzy lachend. »Es ist ganz harmlos. Du kommst am Samstag einfach mit auf Elfs CD-Release-Party. Das ist der beste Anlass.«

»Was für eine CD-Release-Party? Hat Elf eine CD gemacht?« Mit einem Mal hatte Hanna das Gefühl, dass Elf schon Welten von ihr entfernt war. Sie hatte gar nichts von einer CD gewusst. Das Herz sank ihr vollends in den Magen. Elf war plötzlich wie eine Fremde – eine schöne, unerreichbare Fremde.

Elf prüfte noch ein letztes Mal, ob die Saiten ihrer Gitarre auch richtig gestimmt waren. Okay, das hatte sie bereits mindestens zehnmal gemacht, aber schaden konnte es nicht. Unruhig trat sie von einem Bein auf das andere und klammerte sich an ihrer Gitarre fest, die sie sich schon vor zwanzig Minuten umgehängt hatte. Hinter dem großen Rolltor drang gespanntes Gemurmel zu ihr durch. Dann Tims Stimme, die sie ankündigte.

Wie viele waren überhaupt gekommen? Vor einer Stunde hatte sie lediglich Frau Doll begrüßt und sie zu ihrem Spezialsessel direkt am Bühnenrand geführt – das hieß, »Bühnenrand« war übertrieben, denn die »Bühne« war die ehemalige Laderampe, an der die Laster früher die Waren aufgenommen hatten. Jedenfalls waren da noch nicht so wahnsinnig viele Leute da gewesen, was Elf ganz recht war. Aber jetzt hörte es sich nach mehr an. Elf linste vorsichtig durch einen Spalt im Rolltor und musste schlucken. Der Platz vor der Rampe war vollgepackt mit Menschen. Verdammt viele Leute waren das.

Tim erzählte gerade ihre halbe Lebensgeschichte – *habe ich ihm das so erlaubt?* – und schien langsam zum Ende zu kommen.

Jetzt wird's ernst.

Das Publikum klatschte frenetisch, einige Pfiffe waren auch zu hören, und irgendjemand schrie: »Elf!« *War das Frau Doll?*

Mit bis zum Hals klopfendem Herzen trat Elf durch die offen stehende Seite des Rolltores hinaus, lachte und winkte unter Applaus hinunter auf etliche bekannte Gesichter. Aber auch extrem viele unbekannte. Als sie ans Mikrofon trat, wich die Aufregung einer kribbeligen Euphorie.

Das war es. Dafür war sie gemacht.

»Schön, dass ihr alle gekommen seid«, rief sie ins Mikrofon. »Und vielen Dank für die Vorschusslorbeeren. Dann werde ich sie mir jetzt mal verdienen.« Sie zwinkerte Frau Doll in ihrem Ehrensitz zu, schlug den ersten Akkord an und fing an zu singen. *Sweet Temptation.* Einen der Songs, die entstanden waren, als sie sich gerade in Hanna zu verlieben begann. Nicht gerade ihr Thema im Moment, sehr bittersüß, wie irgendetwas Giftiges. Aber es war eines ihrer besten Lieder, also musste sie da durch. Danach war alles, was aus ihrer Feder kam, nur noch tieftraurig gewesen.

Elf gab sich ganz der Musik hin und sang voller Inbrunst. Wie gut konnte sie sich noch an das Gefühl erinnern, als es wahr gewesen war.

Hey! Sweet temptation!
One moment, one look, one kiss
Let me be, let me be the one
Could you, could you just once
Be my one, be my one and only.
One moment, one look, one kiss
Hey! Sweet temptation!

Oh Gott, ich glaube, ich falle in Ohnmacht. Sie ist so umwerfend. Sehnsucht überflutete Hanna in einer großen, unaufhaltsamen Welle. So dynamisch, so voller Leidenschaft hatte sie Elf noch nie spielen hören. Bisher war alles eher in Molltönen gewesen, mit viel Weltschmerz. Aber das hier war überwältigend. Das war eine Elf, der niemand widerstehen konnte. Eine wilde und erotische Elf. *Nicht, dass sie melancholisch nicht auch wahnsinnig sexy ist …* Aber das war eine andere Art von sexy.

Obwohl sich Hanna im hinteren Teil des Publikums versteckt hielt, hatte sie einen ungehinderten Blick auf Elf auf der Bühne. *Wo kommen überhaupt all die Leute her?* Mit diesem Andrang hatte sie überhaupt nicht gerechnet. Lizzy hatte erzählt, dass es kein öffentliches Konzert war. Man musste die Einladung erhalten haben, und dann konnte man noch ein paar Gäste mitbringen. Eintritt musste man keinen zahlen, nur die Getränke. *Kennt Elf so viele Leute in Stuttgart?* Es waren bestimmt 300, wenn nicht mehr.

Hanna war irritiert – irgendwie. Sie hatte Elf mehr in die Kategorie »schüchterne Einsiedlerin« eingeordnet. *Viel zu viele voreilige und falsche Annahmen, Hanna.* Elf konnte also auch anders. *Wäre schön, wenn ich auch anders könnte als dieses ewige Schubladendenken.*

Lizzy hatte sie überreden wollen, mit ihr weiter nach vorn zu gehen, aber Hanna hatte sich standhaft geweigert. Sie wollte nicht, dass Elf – falls sie sie sah – durch ihre Anwesenheit aus dem Konzept kam. Aber offensichtlich wäre diese Vorsichtsmaßnahme gar nicht nötig gewesen. Bei diesen Massen von Leuten hätte sie sich schon direkt an die Rampe stellen müssen, um Elf aufzufallen. Außerdem spielte Elf wie ein junger Gott. Und falls ihr die Sache mit Hanna nachhing, war davon absolut nichts zu merken. Im Gegenteil, sie wirkte wie befreit.

Super, Hanna. Da siehst du's. Ohne dich geht es ihr besser. In Hannas Kopf, aber auch in ihrem Herzen herrschte ein ungewohntes Durcheinander. Sie erlaubte sich nicht, weiter in allzu destruktive Richtungen zu denken, sonst hätte sie jeden Mut verloren. Und dann könnte sie das mit der Entschuldigung vergessen. An ein Mehr im Sinne von Versöhnung konnte sie ohnehin nicht denken. Durfte sie nicht denken.

Aber ein Funke Hoffnung hatte doch in ihr zu glühen begonnen.

Elf war beim letzten Lied ihres Sets angekommen. Sie hatte schon mehr gespielt als in der Einladung angekündigt. Eigentlich hatten es nur die sechs Lieder auf der CD sein sollen, aber sie hatte noch zusätzlich ein paar ganz alte Songs rausgekramt und eine Coverversion zum Besten gegeben. Jetzt würde sie mit einem traurigen Lied enden. Ganz ohne Melancholie ging es nicht, das wäre sonst nicht die wahre Elf.

Sie spürte, dass sie ihr Publikum im Bann hatte. Aber umgekehrt war es genauso. Sie war auf die Leute vor ihr eingestimmt, spürte jede kleine Nuance in der Stimmung, sog die gesamte Atmosphäre in sich auf. Mit schnellen Fingern spielte sie einen kurzen Melodiepart und fing dann wieder an zu singen, während sie auf der Gitarre die Akkorde virtuos in einem komplizierten Picking-Muster zupfte. Heute gelang ihr alles mühelos. Sie war die Musik, und die Musik war sie.

Die Worte, die sie sang, waren bitter, ihre Stimme klagend, fast rau:

Friends turn to strangers
Blink and then they're gone
My heart is sore
It always ends. It ends.
My heart is sore
I've seen it all before
I should get out of here anyway ...

Elf ließ den letzten Akkord auf ihrer Gitarre mit hängendem Kopf ausklingen. Kurze, beeindruckte Stille – und dann stürmischer

Applaus, Gejohle und Pfiffe. »Zugabe«-Rufe kamen auf. Elf grinste ins Publikum, sah Frau Doll strahlend Beifall klatschen und ihr zunicken, Tim, der ihr zwei erhobene Daumen zeigte, da stand auch Lizzy und pfiff lautstark auf den Fingern, Frau Gäbler winkte ihr und johlte – johlte! –, Menschen, die sie noch nie im Leben gesehen hatte, jubelten ihr zu.

Geil!

Sie öffnete ihren Gitarrengurt und ließ ihr Instrument liebevoll hinuntergleiten. Bis gerade eben waren sie noch eine Einheit gewesen. Nach ein paar Verbeugungen ging sie noch mal zum Mikrofonständer und wartete, bis sich der Applaus beruhigte.

»Sorry, Leute, ich hab leider keine Zugaben vorbereitet.«

Ein »Ohhhh!« aus vielen Kehlen schallte ihr entgegen.

»Aber ihr könnt gern eine CD von mir kaufen«, scherzte sie. »Ich geb euch auch ein Autogramm.«

»Und auch Küsse?«, fragte eine unbekannte weibliche Stimme aus dem Publikum zurück.

Gelächter brandete auf. Auch Elf lachte kurz und winkte ab. »Küsse gibt es keine. Danke noch mal, ihr seid ein tolles Publikum!«

Unter erneutem Applaus trat Elf mit der Gitarre in der Hand von der Bühne – besser gesagt, hinters Rolltor zurück – und atmete erst mal tief durch. Dann lachte sie auf und schrie: »Yeah!«

Hanna bahnte sich einen Weg durch die Menschenmenge, auf der Suche nach Frau Doll und Lizzy. Inzwischen lief schon wieder Musik, aber aus der Konserve; es hörte sich nach Swing an. Gutgelaunte Menschen versperrten ihr den Weg. Hanna verschaffte sich höflich Durchlass und wurde schließlich fündig. Weiter vorn am Bühnenrand fand sie Frau Doll, die in einem bequemen Sessel thronte. Elf war Gott sei Dank nicht dabei. Hanna vermutete sie in dem Pulk von Menschen auf der anderen Seite der Rampe. Ihre Nerven flatterten bei dem Gedanken, zu der Menge hinzutreten und vor den Augen der Fans Elf um Verzeihung zu bitten. *Nein, auf keinen Fall. Wie unpassend.*

»Hanna«, begrüßte Frau Doll sie, »wie schön, Sie hier zu sehen. Das kann nur Gutes bedeuten, hoffe ich.«

»Wenn schon allein die Anwesenheit Pluspunkte gibt, dann ja. Was den Rest angeht …« Hanna ließ den Satz unbeendet.

»Das heißt, Sie haben noch nicht mit Elf geredet?«

»Nein. Eigentlich hatte ich es vor, aber ...« Wieder blieb der Satz in der Luft hängen.

Da trat Lizzy aus der Menschenmenge zu ihnen. »Hier steckst du«, rief sie Hanna entgegen. »Hätte ich mir ja denken können, dass du dich bei Frau Doll versteckst.«

»Was heißt da verstecken? Ich schmeiß mich doch da jetzt nicht in die Menge und werfe meine Entschuldigung zwischen zwei verkauften CDs in Richtung Elf. Das käme bestimmt ganz toll an«, schoss Hanna sarkastisch zurück.

Frau Doll war ausnahmsweise auf ihrer Seite. »Es kann nicht schaden, noch ein wenig zu warten«, bestätigte sie besänftigend.

»Oh nein, Hanna. Rückzieher sind nicht erlaubt. No way!«, verkündete Lizzy kompromisslos. Frau Doll gab ihr mäßigende Zeichen, aber offenbar war Lizzy wieder mal mit einer Mission unterwegs.

Hanna hatte plötzlich das Gefühl, jeder versuche sie in eine andere Richtung zu zerren, wobei sie selbst völlig unterging. »Was soll ich hier? Sie ist doch umlagert.« Ihre Stimme klang verloren.

»Na und? Was hast du erwartet?«, konterte Lizzy. Gleichzeitig meinte Frau Doll: »Machen Sie sich nicht so viele Gedanken. Es wird der passende Moment kommen. Sie müssen nur klug abwarten können.«

Das Engelchen auf der einen und das Teufelchen auf der anderen Schulter. Das half Hanna auch nicht weiter. Sie hob den Kopf.

»Das ist alles zwecklos. Ich gehe«, verkündete sie mit plötzlicher Entschlossenheit. »Ich werde es hinter mich bringen. Und hinterher fahre ich Sie dann nach Hause.« Sie straffte sich ein wenig und sah Frau Doll mit festem Blick an.

Lizzy hielt wohlweislich den Mund, grinste aber zufrieden vor sich hin.

Elf verkaufte gerade die fünfzigste CD. Unglaublich! Dass es fünfzig gewesen waren, wusste sie nur, weil es die letzte aus dem Karton war. Der Käufer war Rainer, ein Freund von Fritz. Sie schrieb ihm noch schwungvoll ein Autogramm ins Booklet, bevor sie ihm ihr Werk stolz überreichte.

Bisher hatte sie jede der CDs mit Stolz verkauft. *Ab der wievielten wird es wohl ganz normal werden?*

»Cool«, sagte Rainer und besah sich die CD. Elf hinter ihrem kleinen Tisch wurde wieder ein paar Zentimeter größer.

»Ich hab dich übrigens so ein bisschen mit meinem Smartphone gefilmt und hab Fritz gleich ein paar Ausschnitte geschickt. Er hat voll mitgefiebert, und ich soll dir gratulieren. Du sollst dich melden, sobald du mal Zeit hast.«

Elf strahlte. Wie schön, dass Fritz etwas von ihrem Konzert hatte mitkriegen können. Trotz der Spannungen, die vor seiner Abreise zwischen ihnen geherrscht hatten, hatte sie es sehr bedauert, dass er heute nicht dabei sein konnte. Zumal er sie aus der Reha schon tatkräftig unterstützt und per Mail, SMS, Twitter und weiß der Teufel auf was für weiteren Wegen seine Freundinnen und Freunde aktiviert hatte. *Aber alles andere hast du ganz allein geschafft.* Sie klopfte sich innerlich auf die Schulter.

»Danke, mach ich«, sagte sie zu Rainer. »Hey, und kann ich die Clips auch mal sehen?«

»No prob. Ich schick sie dir.« Rainer begann gleich an seinem Handy rumzufummeln.

»Hey, Meister, willst du die Künstlerin komplett für dich allein behalten? Andere Leute wollen auch noch ihre Aufwartung machen«, schaltete sich die Frau hinter ihm scherzhaft ins Gespräch ein. Elf erkannte die vorlaute Stimme wieder, die vorhin nach Küssen gefragt hatte. Sie holte einen neuen Karton mit CDs unterm Tisch hervor und begann ihn aufzureißen.

»Ich nehm dann auch ein Dutzend«, verkündete die Frau forsch. »Okay, war ein Scherz, leider nur eine. Aber die mit Autogramm. Besonders schön geschrieben, bitte.« Sie zwinkerte Elf übertrieben zu.

Die stöhnte innerlich auf. Plumpes Geflirte ging ihr grundsätzlich auf den Zeiger. Das waren wohl die Nachteile, wenn man erfolgreich ein Konzert hinter sich gebracht hatte. *Groupies.* Fast hätte sie laut aufgelacht bei diesem Gedanken. Die ein, zwei Frauen – die Männer hatte sie komplett ausgeblendet –, die sie hier am Tisch bisher angeschmachtet hatten, waren dezenter gewesen. Angenehm. Das hatte ihr tatsächlich geschmeichelt. Aber auf dieses Exemplar hier hätte sie verzichten können.

Elf legte einen neuen Stapel CDs auf den Tisch und war gerade dabei, sich eine kühle Abfuhr zu überlegen, als sie im Augenwinkel eine Figur wahrnahm, die in ihrem Inneren sofort Großalarm auslöste. Stand da nicht Hanna? Nur wenige Meter vom Tisch entfernt?

Sie versuchte, vorbei an der aufdringlichen Frau, die immer noch auf sie einplapperte, unauffällig in die entsprechende Richtung zu schielen. Tatsächlich, Hanna. Und es sah fast so aus, als warte sie auf Elf. *Oh nein.* Eine weitere Lektion von Hannas Moral konnte Elf gerade überhaupt nicht ertragen. Oder was auch immer Hanna sonst wollte. Es konnte nichts Gutes sein, davon war Elf überzeugt. Auch wenn Frau Doll versucht hatte, sie umzustimmen – Hanna war für sie gestorben, dabei blieb es. Sollte sie doch einmal ihre eigene bittere Medizin schlucken und sehen, was sie angerichtet hatte. Und vor allem, was ihr mit Elf für ein Hauptgewinn entgangen war.

Im Bruchteil einer Sekunde entschied Elf, dass die Frau, die sie Momente vorher noch dringend hatte loswerden wollen, ihr nun doch ganz gelegen kam. Hanna sollte sehen, dass Elf nicht ohne Optionen war. Dass andere Frauen sie umwarben, dass sie sofort eine andere haben könnte, wenn sie nur wollte. Jawohl, Elf hatte es nicht nötig, gramgebeugt auf Hannas huldvolle Anwesenheit zu warten.

Super, Elf, das ist ja eine ganz alte Masche. Geradezu infantil. Aber sie zwang sich zu lächeln. Versuchte sogar einen verführerischen Ausdruck in das Lächeln zu legen. Sie vermutete zwar, dass es eher schief aussah, aber es musste ja nur aus ein paar Metern Entfernung enthusiastisch wirken.

»Gern schreibe ich dir noch eine persönlich Widmung drauf. Wie heißt du denn?«, fragte Elf die erwartungsvoll dreinschauende Frau und drehte sich mit dem Rücken in die Richtung, in der Hanna stand.

Hanna hatte genug gesehen. Sie zog sich zurück von ihrer Beobachterposition in der Nähe des CD-Tisches und tauchte wieder in der Menge unter, die nach dem Konzert geblieben war und feierte.

Was soll das alles? Es ist doch eh zwecklos. Man wusste ja schließlich, wie das so lief in der Musikbranche: Je mehr Erfolg, desto mehr Sex-Appeal und willige Groupies, die sich den Stars an den Hals warfen. Und Elf schien das Ganze zu genießen und nicht abgeneigt zu sein, die Vorzüge des Ruhms auszukosten.

Vorsicht, Hanna, Schubladendenken!, ermahnte sie sich selbst. Voreilige Schlussfolgerungen hatten sie schon einmal bei Elf in Schwierigkeiten gebracht. Wobei »Schwierigkeiten« noch untertrieben war für das Desaster, das sie immer noch auszubaden hatte. Ehe man den Kopf schüttelt, vergewissere man sich, ob man einen hat, dachte Hanna. Truman Capote. Hanna erst neulich in Erinnerung gerufen von Frau Doll. Sie gab ausnahmsweise zu, dass das zu ihr passte. Aber egal, was in oder mit ihrem Kopf vor sich ging – hier und jetzt war nicht der Ort, Elf anzusprechen.

Nur, verdammt, was mache ich mit Lizzy und Frau Doll? Die würden nicht lockerlassen, ehe Hanna sich komplett vor Elf erniedrigt hatte. Am besten noch auf der Bühne übers Mikrofon. *Warum nicht gleich in eine dieser Fernsehsendungen gehen und sich vor einem Millionenpublikum emotional entblößen?*

Hanna beschloss, sich erst mal zu verstecken und abzuwarten. Das war vielleicht nicht gerade das reifste Verhalten, aber es würde das Problem zumindest kurzfristig lösen. Sie sah sich um. Da mittlerweile auch in der alten Lagerhalle Leute herumliefen, entschied sie sich, hinter dem Gebäude nach einem geeigneten, ruhigen Platz zu suchen. Sie mied die Stelle auf der linken Seite, an der Frau Dolls Sessel stand und wo sie mit Sicherheit den beiden Furien direkt in die Arme laufen würde, und ging rechts um die Halle herum.

Der Weg war etwas überwuchert, und sie quetschte sich durch das üppige Grün. Inzwischen war eine helle, sternenklare Sommernacht angebrochen, aber Hannas Augen hatten sich schnell an das Dunkel gewöhnt. Hinter der Lagerhalle entdeckte sie einen Holzschuppen mit einer Bank davor.

Kein Mensch weit und breit. Perfekt. Hier würde sie erst einmal niemand finden.

So langsam verließen Elf der Enthusiasmus und die Energie. Der Smalltalk beim CD-Verkaufen war einfach nur noch anstrengend. Und dass Hanna hier irgendwo war, half nicht. Sie zu sehen hatte sie mehr aufgewühlt, als sie erwartet und gehofft hatte. Hatte sie sich nicht vorgenommen, die Eiskönigin zu sein – gefrorenes Herz und alles? Aber bei Hannas Anblick war das erst mal vergessen gewesen. Für die Millisekunde, die sie gebraucht hatte, um sich wieder in den Griff zu kriegen, hatte sie Freude überkommen, Sehnsucht – und, verdammt noch mal, sogar Liebe.

Wo bleibt dein Selbstrespekt?

Die unangenehme Frau, mit der sie aus reinem Trotz geflirtet hatte, lungerte mit ihren Freundinnen immer noch in Sichtweite herum und schien darauf zu warten, dass Elf frei wurde. *Oh Mann, wie werde ich die nur wieder los?*

Elf nutzte einen kurzen Moment, als gerade niemand mehr an den Tisch trat, um schnell die bereits ausgepackten CDs zurück in den Karton zu werfen, die Kasse zuzuklappen und sich alles unter den Arm zu klemmen. Innerhalb von Sekunden hatte sie sich in Richtung Rampe aus dem Staub gemacht. Sie hatte Glück, ein paar Leute winkten ihr zu, aber niemand sprach sie in ihrer Eile an. Mit raschen Schritten ging sie die Treppe zur Bühne hoch, wo sie sich noch zu Beginn des Abends so wohlgefühlt hatte. Aber inzwischen war das Hochgefühl komplett verflogen. Sie war wieder ganz die Elf, die lieber in Ruhe gelassen wurde, die lieber ihren Gedanken nachhing, als mit fremden Menschen Party zu machen. Irgendwie war sie beides, war beides ein unverzichtbarer Teil von ihr: die Musikerin, die vor Publikum aufblühte, und die schüchterne Person, der Menschen manchmal zu viel waren.

Und jetzt gerade dominierte Letzteres. Außerdem wollte sie auf keinen Fall Hanna begegnen. Wer war überhaupt auf die Idee gekommen, sie einzuladen? Wahrscheinlich hatte Lizzy sie mitgebracht. Nein, bestimmt steckte Frau Doll dahinter. Mit der hätte sie ein Hühnchen zu rupfen, falls das so sein sollte.

Elf brachte die Kasse und die CDs in das kleine Büro zu ihrer Gitarre und ihrem restlichen Kram und schloss alles ein. Dann griff sie sich ein Bier aus dem Getränkevorrat. Das hatte sie sich jetzt verdient: in aller Ruhe und ganz allein dieses Bier zu trinken. Verstecken konnte man das nicht nennen. Kontemplation nach dem Konzert vielleicht eher. Dass das den Vorteil mit sich brachte, Hanna aus dem Weg gehen zu können, war zweitrangig.

Oder?

Elf schlich sich durch die Halle, vorbei an Tim, der damit beschäftigt war, die Technik aufzuräumen. Kurz plagte sie das schlechte Gewissen, weil sie ihm nicht half. Es war ja schließlich ihr Konzert gewesen. Aber sie würde sich später noch um alles kümmern, wenn die Leute weg waren.

Sie nahm den Hinterausgang und ging in der Dunkelheit vorsichtig die verrottete Treppe hinunter, in das überwucherte Gelände hinter der Halle. Hier hatte sie am Nachmittag eine Bank entdeckt, die gemütlich hinter dem baufälligen Schuppen stand. Der perfekte Platz für eine kleine Auszeit.

Elf umrundete die Ecke des Schuppens – und stand vor Hanna. Von allen Leuten auf der Welt musste ausgerechnet Hanna dort sitzen und ihr entgegenstarren. Wie vom Blitz getroffen blieb Elf stehen. Alles in ihr schien zu Stein zu erstarren. Sie brachte kein Wort heraus. Auch Hanna schien wie gelähmt.

Als Elf den Schock überwinden konnte, drehte sie sich wortlos um. *Nur weg von ihr. So schnell wie möglich.*

»Warte.« Dieses eine Wort von Hanna brachte sie zum Innehalten.

Zwischen all der Verwirrung fühlte Elf Ärger in sich aufkochen. *Wie viel Macht sie immer noch über mich hat.*

Als Elf mit dem Rücken zu ihr stehen blieb, setzte Hanna sanft hinterher: »Bitte.«

Elf wandte sich um und sah sie mit eiserner Miene an. Jetzt sah Hanna, dass sie ein Bier in der Hand hielt. Elf hatte wohl einfach nach dem Konzert entspannt etwas trinken wollen. Allein. Ohne Frauen, die sie anschmachteten. Sicherlich hätte sie mit der Frau mitgehen können, aber sie war hierhergekommen. Hanna spürte den Funken der Hoffnung in sich wachsen. Das hier war ihre Elf – noch immer. Als Elf zuerst um die Ecke gekommen war, hatte ihr der erste Schock die Sprache verschlagen. Aber jetzt wollte sie endlich alles loswerden. Das war die Gelegenheit.

»Ich würde gern einen Moment mit dir reden«, sagte sie zu der noch immer reglosen Elf. Gleichzeitig wurde ihr klar, wie absurd es war, dass sie sich ausgerechnet hier trafen. Hinter einem abgelegenen Schuppen, mitten in der Dunkelheit. So wie damals in der Bibliothek. Das war genauso abwegig gewesen. *Wie vorher verabredet oder arrangiert.*

»Irgendwie ist es doch fast Schicksal, dass wir hier aufeinandertreffen.« Sie versuchte es mit einem kleinen Lächeln.

Aber der Versuch ging nach hinten los. Elf reagierte ganz und gar ungehalten. »Was willst du, Hanna? Mir noch mal sagen, was für ein schlechter Mensch ich bin? Wie sehr du mich verachtest?«, schleuderte sie Hanna ins Gesicht.

Hanna fuhr auf ihrer Bank zurück wie von einem Schuss getroffen. Hastig sagte sie: »Das tut mir unendlich leid. Dass ich jemals solche Dinge zu dir sagen konnte.«

Elfs Züge lockerten sich nicht. Sie sagte nur: »Ach?«

Unter ihren eisigen Blicken wurde Hanna immer kleinlauter. Es lief genau so, wie sie es befürchtet hatte. Elf war wütend und wollte gar nichts von ihr hören. Aber da musste sie jetzt durch. Diese Suppe hatte sie sich selbst eingebrockt.

»Ich will mich entschuldigen. Wirklich, Elf.«

Elfs Blick blieb hart, aber immerhin ging sie nicht weg. »Gut, ich höre.«

Für einen Moment war Hanna schwindlig, und sie konnte keinen klaren Gedanken fassen. Dann sprudelte es aus ihr heraus: »Ich lag völlig falsch mit allem, was ich mir in meinem Wahn nach Fritz' Anruf zusammengereimt habe. Ich habe vollkommen überreagiert. Ich habe von anderen Menschen, mit denen ich in der Vergangenheit schlechte Erfahrungen gemacht habe, voreilig auf dich geschlossen. Ich weiß, dass ich dich schrecklich verletzt habe.«

Sie hatte Elf nicht angesehen, sondern in das Gras vor der Bank gestarrt. Erst jetzt sah sie zu Elf auf. Bisher keine Regung. Elf sah weiterhin mit steinerner Miene auf sie herab.

»Ich habe einen riesigen Fehler begangen, vielleicht den größten in meinem bisherigen Leben«, sagte Hanna mit Inbrunst. »Und ich habe keine Worte dafür, wie sehr ich das bereue. Wenn ich es ungeschehen machen könnte, würde ich es tun. Kannst du meine Entschuldigung annehmen?«

Schon einmal hatte sie Elf das gefragt: als sie sich ausgesprochen hatten, was ihr erstes unschönes Aufeinandertreffen an der Garderobe anging. Sie hatte sich dafür entschuldigt, Elf eine Saite an ihrer Gitarre ruiniert zu haben. Was für ein unwesentliches Vergehen das gewesen war – und das lag jetzt gerade mal zwei Monate zurück. Damals war ihr die Entschuldigung leichtgefallen. Und Elf hatte schmunzelnd »Akzeptiert« gesagt und ihr dann ein Ständchen gesungen. Jetzt würde Hanna nicht so einfach davonkommen.

Elf sah sie lange an, ohne etwas zu erwidern.

»Entschuldigung vernommen«, sagte sie nach einer halben Ewigkeit. »Ich weiß zwar nicht, warum du Wochen dafür brauchst, dich dazu durchzuringen, aber okay. Nur – denkst du im Ernst, dass das jetzt irgendwas ändert? Denkst du, du kannst damit wiedergutmachen, was du mit mir gemacht hast?« Ihr Tonfall steigerte sich von einigermaßen neutral zu wütend.

Hanna war klar, dass sie das verdient hatte. Vermutlich hatte sie noch viel Schlimmeres verdient. Aber sie wollte Elf trotzdem alles erklären.

»Nein, aber vielleicht ...«, brachte sie geknickt heraus.

Weiter kam sie nicht, denn Elf ließ sie nicht ausreden. »Wahrscheinlich denkst du, die blöde kleine Elf lässt sich schon um den Finger wickeln mit ein bisschen traurig schauen und einer herzerweichenden Entschuldigung.« Inzwischen schrie sie richtiggehend. Ihre Augen blitzten, aber trotzdem schien eine Kälte von ihr auszugehen, die Hanna erzittern ließ.

Wehrlos und hilflos konnte Hanna nichts anderes tun, als alles, was Elf ihr an den Kopf warf, über sich ergehen zu lassen: »Aber ich will dir mal was sagen, in mir ist in diesem Moment in deinem Treppenhaus was abgestorben. Jedes Gefühl, das ich mal für dich gehabt habe, wurde so gründlich mit der Wurzel ausgerissen, dass nichts mehr davon existiert. Und da kannst du noch so viele Entschuldigungen anbringen. Du bist für mich gestorben, Hanna. Manche Dinge kann man nicht ungeschehen machen. Es interessiert mich noch nicht mal mehr, warum du mich nicht gefragt hast, was Sache ist. Nicht eine einzige kleine Frage. Ich dumme Kuh hatte gedacht, dass unsere gemeinsame Nacht nicht nur mir was bedeutet hat. Und das ist im Übrigen noch etwas, das an diesem Morgen ausgemerzt wurde: die naive Elf, die an die große Liebe geglaubt hat. Die ist auch gestorben.«

Elf beendete ihre Tirade. Hanna weinte inzwischen mit großen Schluchzern und war nicht mehr imstande, Elf anzusehen. Es tat zu weh. Dicke Tränen tropften ins Gras. Ungerührt drehte Elf sich um, und diesmal ging sie wirklich. Eine am Boden zerstörte Hanna blieb in der Dunkelheit zurück.

Guste Doll machte sich so langsam Sorgen. Es war nicht Hannas Art, Verabredungen nicht einzuhalten oder etwas zu versprechen, um es dann nicht zu halten. Natürlich hätte sie sich auch ein Taxi rufen können, schließlich hatte sie sich dieses lästige Handy gerade für solche Notfälle angeschafft. Aber darum ging es gar nicht. Sie hatte Hanna gedrängt, etwas zu tun, wozu sie nicht bereit gewesen war – und jetzt war sie verschwunden. Frau Doll hoffte, dass das nichts Schlimmes bedeutete.

Auch Lizzy schien nervös zu sein. Sie hatte versucht, es zu überspielen und so zu tun, als ob es auf Festen durchaus mal passieren konnte, dass Hanna einfach verschwand. Aber auch falls das stimmte – Guste Doll hätte Stein und Bein schwören können, dass Hanna sie niemals einfach so hocken lassen würde wie bestellt und nicht abgeholt. Und schließlich hatte Lizzy Frau Doll in ihrem VIP-Sessel zurückgelassen und sich auf die Suche gemacht.

Auch Elf war irgendwann von ihrem CD-Verkaufstisch verschwunden und lange nicht mehr aufgetaucht. Inzwischen konnte Frau Doll sie aber in der alten Lagerhalle ausmachen, wie sie Gerätschaften verpackte und Kabel ordnete. Ein bisschen merkwürdig fand sie es schon, dass Elf gar nicht mehr zu ihr kam und sich zumindest verabschiedete. Das sah ihr so gar nicht ähnlich … *Da ist doch was im Busch.*

Sie beobachtete Elf, wie sie zusammen mit einem jungen Mann in Knickerbockers – *dass es das wieder gibt!* – Kisten hin und her schleppte. Die Menschenmenge vor der Rampe hatte sich inzwischen deutlich reduziert. Nur noch vereinzelte Grüppchen standen herum. Deshalb sah sie Hanna auch sofort, als sie aus dem Gebüsch an der Seite des Gebäudes hervortrat.

Sie steuerte direkt auf sie zu. Irgendetwas war ganz und gar nicht in Ordnung mit ihr, das sah Guste Doll schon von weitem. Die Arme vor dem Körper krampfhaft verschränkt, hängende Schultern und hängender Kopf, aufgelöste Frisur. Als Hanna vor ihr zum Stehen kam und den Blick hob, konnte Frau Doll sehen, dass ihr Gesicht und ihre Augen ganz rot und geschwollen waren. *Oh wei.*

»Sollen wir gehen?«, fragte Hanna mit heiserer Stimme, bevor Frau Doll Gelegenheit hatte zu fragen, was passiert war. Aber dass die Entschuldigung bei Elf wohl nicht besonders gut angekommen war, das war offensichtlich. Sie hatte gehofft, dass Elf verantwortungsvoller und reifer reagieren würde. *Schade. Für beide.*

»Ja«, antwortete sie, »lassen Sie uns gehen. Können Sie so überhaupt fahren?« Sie beäugte Hanna mitfühlend.

»Es wird schon gehen. Ich hole das Auto her, damit Sie nicht so weit laufen müssen.« Hanna klang, als würde sie gleich wieder anfangen zu weinen. Sie ging sofort los in Richtung Parkplatz.

Guste Doll seufzte tief. Dann holte sie aus ihrer Damenhandtasche ihr Handy hervor und drückte auf die Nummer, die sie erst kurz zuvor unter »Lizzy« gespeichert hatte.

»Sie ist aufgetaucht und fährt mich jetzt heim.« Frau Doll lauschte. »Nein, fahren Sie besser getrennt nach Hause, wenn das geht. Sie war ganz aufgelöst. Ich will sehen, ob ich sie zum Reden bringe. Ich melde mich morgen bei Ihnen.«

Sie lauschte noch einmal kurz und drückte dann entschieden auf den Knopf mit dem kleinen roten Hörer. Ihr erstes Telefonat mit dem Teufelsding! War doch gar nicht so übel. Sie griff sich die hinter den Sessel geklemmten Krücken und stemmte sich aus dem Sessel hoch. *Das geht auch immer besser. Bald brauche ich diese verfluchten Dinger nicht mehr.*

Langsam setzte sie sich in Bewegung. Sie war noch keine zwanzig Meter in Richtung Parkplatz gelaufen, da hielt Hanna mit dem BMW ihres Vaters neben ihr, stieg aus und öffnete ihr die Beifahrertür. Wortlos half sie Frau Doll in den Wagen und stieg dann selbst wieder ein. Genauso wortlos fuhren sie durch die Stadt. Ab und an kam aus der Dunkelheit des Wagens ein Schniefen vom Fahrersitz, und im Licht der Straßenlaternen konnte Frau Doll sehen, dass Hanna Tränen über die Wangen liefen. Bis sie vor Frau Dolls Haus ankamen, hatten sie noch kein Wort gewechselt.

Hanna stellte den Motor ab.

»Sie kommen mit rein und übernachten heute bei mir. So lasse ich Sie nicht gehen«, verkündete Guste Doll ohne Raum für Widerworte. Sie würde es sich nie verzeihen, wenn sie Hanna in diesem Zustand gehen ließe und sie dann womöglich einen Unfall baute. Für suizidal hielt sie sie nicht, aber man konnte nie wissen, was Verzweiflung in einem Menschen auslöste. Und Hanna war verzweifelt, das sah ein Blinder. Auch wenn sie bisher nicht erzählt hatte, was vorgefallen war.

Tonlos meldete Hanna Einspruch an: »Ich muss meinem Vater das Auto zurückbringen.«

»Der wird am Sonntagmorgen nicht gleich einen Termin haben.« Guste Doll ließ keinerlei Einwände gelten. In diesem Fall würde sie nicht lockerlassen.

»Lopez …«, setzte Hanna an.

»Hält es auch mal eine Nacht ohne Sie aus«, ergänzte die alte Dame. Sie stieg aus, und Hanna folgte ihr widerstandslos ohne ein weiteres Wort.

Wie jeden Mittwoch um die Mittagszeit stand Elf bei Frau Doll vor der Tür, um ihre Übungsstunde zu beginnen. Sie hatte von der alten Dame seit dem Konzert am Samstag nichts mehr gehört. Das war ungewöhnlich. Aber sie konnte sich ungefähr denken, was der Grund dafür war.

Nach der Konfrontation mit Hanna war sie so durch den Wind gewesen, dass sie Frau Doll aus dem Weg gegangen war. Sie wusste, dass Frau Doll ihr an der Nasenspitze hätte ansehen können, was sie getan hatte. Und sie wusste, wie Frau Doll das finden würde. Also hatte sie sich so lange mit Organisatorischem aufgehalten, bis sie von weitem beobachten konnte, wie die alte Dame mit Hanna abfuhr. Sie hatte auch bemerkt, sogar aus der Ferne, dass Hanna noch immer aussah, als ob sie weinte. In diesem Moment wäre sie am liebsten zu ihr gegangen. Ihre Wut war verflogen gewesen, restlos, als hätte sie all ihre negativen Gefühle mit ihrer Tirade gegen Hanna ausgespien. Aber irgendetwas hatte sie zurückgehalten.

Jetzt stand sie also vor Frau Dolls Tür, mit einer Schachtel voll Sushi und einem enorm schlechten Gewissen. Gerade als sie zu zweifeln begann, ob Frau Doll ihr überhaupt aufmachen würde, öffnete sich die Tür.

Ohne Begrüßung kam Frau Doll gleich zum Eingemachten. »Jetzt sind Sie also quitt. Sie haben es Hanna mit gleicher Münze heimgezahlt«, knallte sie Elf vor den Latz.

Jetzt kriege ich meine Abreibung mit der Stahlbürste.

Ohne auf eine Entgegnung zu warten, drehte sich Frau Doll mit der Unterstützung nur einer Krücke um und marschierte in Richtung ihres Wohnzimmers. Nach ein paar Schritten blieb sie stehen und wandte sich zu Elf.

»War es das, was Sie wollten? Sie genauso tief und gnadenlos verletzen, wie sie es mit Ihnen gemacht hat?«

Wieder lief sie ein paar Schritte weiter, und wieder blieb sie stehen.

»Bloß, dass Sie noch grausamer waren. Hanna hat in der Situation vor ein paar Wochen reagiert wie ein verletztes Tier und instinktiv diejenige gebissen, von der sie annahm, dass sie sie verletzen wollte – nämlich Sie, Elf. Aber Sie haben es ganz bewusst gemacht. Kaltblütig.« Ihre sonst so beherrschte Stimme klang jetzt eindeutig aufgebracht.

Diesmal lief sie bis zu ihrem Sessel. Sie setzte sich mühelos hin und fixierte Elf. »Gratuliere«, sagte sie zynisch. »Ich hätte nicht gedacht, dass man innerhalb von so kurzer Zeit so abgebrüht werden kann. Ich denke, jetzt sind Sie reif für die Musikbranche. Über Leichen gehen können Sie inzwischen.« Ganz ernst sah sie Elf an.

Die konnte das nicht auf sich sitzen lassen. Leise sagte sie: »Sie sind ungerecht, Frau Doll. Für Hanna haben Sie Verständnis, aber für mich keinen Fatz.«

Sie stellte das Sushi auf Frau Dolls Kaffeetisch ab und ließ sich auf dem Diwan nieder. »Ich war mit der Situation am Samstag total überfordert. Sie hat Ihnen vielleicht erzählt, dass wir uns vollkommen unerwartet hinter einem Schuppen getroffen haben?«

Frau Doll nickte nur bestätigend.

»Außerdem musste die Wut, die ich auf Hanna hatte, auch endlich mal ein Ventil finden.« Elf pustete, als sei die Luft, die sie ausblies, ein Sinnbild dafür.

»Die Wut, die Sie *hatten?* Sie haben sie also nicht mehr?«, fragte Frau Doll spitzfindig wie immer.

Elf lächelte sie an. »Zähneknirschend muss ich es eingestehen, dass es was Reinigendes hatte, Hanna so anzuschreien und ihr alles ins Gesicht zu sagen, was ich mir in meiner Phantasie zurechtgelegt hatte.« Sie schluckte und fuhr etwas kleinlauter fort: »Alles, was sie verletzen würde. Wie eine Riesin stand ich über ihr und habe sie zerquetscht. Der Nachgeschmack war allerdings sehr schal.«

Frau Doll sagte nichts. Elf nestelte an einem überstehenden Faden an einer der Zierkordeln des Diwans.

»Jemanden zu treten, der vor einem am Boden liegt, ist wenig befriedigend. Um nicht zu sagen beschämend«, gestand sie, den Blick auf die Zierkordel gerichtet. »Vor allem, wenn es jemand ist, den man mal geliebt hat. Und ... vielleicht noch immer ein wenig liebt.«

Sie schaute wieder zu Frau Doll auf. Die alte Frau zog die Augenbrauen hoch – erstaunt, aber ohne den zornigen Ausdruck, der eben noch in ihrem Blick gelegen hatte.

»Ja, ich bereue es.« Es war befreiend, das zu sagen, dachte Elf. »Ich hätte lieber mit ihr vernünftig reden sollen.«

Wie eine Hohepriesterin nahm Frau Doll ihre Beichte huldvoll entgegen. Als sei das etwas, worauf sie schon lange gewartet hatte; als sei sie selbst sogar schon fast am Ende ihrer Geduld, weil diese Erkenntnis die einzig logische Entwicklung war. Zum ersten Mal an diesem Tag lächelte sie Elf an.

»Sie trägt übrigens immer noch Ihren Ring. An einer Kette um den Hals«, war alles, was sie zu dem Thema zu sagen hatte.

Elf strahlte trotzdem. Das war das Einzige, was sie wirklich wissen musste. Hanna hatte sie also noch nicht ganz abgeschrieben. Trotz allem, was sie ihr am Samstag gesagt hatte. Dass jedes Gefühl in ihr gestorben sei – dass Hanna für sie gestorben sei.

Was komplett gelogen war, dachte Elf beschämt.

»Was haben Sie da mitgebracht?«, unterbrach Frau Doll ihre Gedanken. Sie deutete auf die weiße Tüte auf dem Kaffeetisch. Elf zog sie zu sich und packte die Sushi-Box aus.

»Sushi zum Mittagessen«, verkündete sie, froh darüber, dass der Seelenstriptease überstanden war. »Ich dachte, ich führe Sie mal in die japanische Küche ein.«

»Liebe Elf, bald werde ich neunzig Jahre alt. Denken Sie wirklich, ich habe noch nie die japanische Küche probiert? Da waren Sie noch gar nicht auf der Welt, als ich in den 60ern das erste Mal Sushi gegessen habe.« Frau Doll lachte ihr raues Lachen.

Am liebsten wäre Elf im Erdboden versunken. »Hups, wie peinlich.«

Doch Frau Doll fühlte sich offenbar zu weiteren Ausführungen inspiriert. Sie fuhr fort: »Das war bei einer Soirée auf einem kleinen Landschloss, das einem Bankier gehörte. Très distinguée, die Familie war mit der niederländischen Königin verwandt. Danach musste ich mich allerdings drei Tage lang übergeben. Der Fisch war wohl nicht so frisch, wie er hätte sein sollen.« Sie schmunzelte Elf an.

Treffer, versenkt. Gegen Guste Doll war einfach kein Punkt zu machen. Immer wieder überraschte sie Elf. Jetzt schon wieder, als sie nachlegte: »Ich war auch auf mehreren Dienstreisen in Japan.

Tokyo und Osaka. Man könnte also sagen, ich kenne die japanische Küche ganz gut. Trotzdem freue ich mich, jetzt mit Ihnen Sushi zu essen. Ich hoffe, Sie haben ein paar Maki mit diesem eingelegten Rettich mitgebracht.«

Elf öffnete die Box, in der kein einziges Rettich-Maki lag, und schaute Frau Doll bedauernd an. »Heute scheine ich keinen Blumentopf bei Ihnen gewinnen zu können.«

Die alte Frau winkte ab: »Ach was. Nicht weiter tragisch. Solange Sie die Moral der Geschichte im Auge behalten: Menschen voreilig in Schubladen zu stecken, ist geistlos. Das predige ich Hanna auch immer.«

Hanna. Ob sie überhaupt noch eine Chance hatte, Hanna zurückzugewinnen? *Vielleicht brauch ich da Unterstützung,* dachte Elf. Die beste Strategin saß ihr ja bereits gegenüber.

»Kann ich Sie wenigstens mit meinem zweiten Mitbringsel um den Finger wickeln?« Sie holte eine ihrer CDs aus der Tasche. »Handsigniert mit einer Widmung. Für die beste aller Zuhörerinnen. Ihre Elf«, las sie vor und überreichte Frau Doll ihr Präsent. Dann sah sie ihr Gegenüber hoffnungsvoll an. »Sind wir wieder okay?«, fragte sie.

»Wenn Sie in die Küche gehen, mein japanisches Porzellan holen und mir endlich ein paar Sushi servieren.« Guste Doll grinste Elf schelmisch an.

Scheißturnier. Scheißwelt. Scheißliebe.

Hanna hatte ihre letzten beiden Spiele verloren. Nicht irgendwie verloren, sondern haushoch verloren. Praktisch keinen einzigen Punkt gemacht, alle Sätze abgegeben, zu Null verloren – so haushoch. Wenn nicht Lizzy, Vera und Jenni, ihre Mannschaftskolleginnen für dieses Turnier, die meisten ihrer Spiele gewonnen hätten, sähe es ganz mau aus. Gut, es ging um nichts, schließlich war es nur eine vereinsübergreifende Aktion für den guten Zweck. Die zwei größten Sportvereine der Stadt hatten sich zu einem Tag der offenen Tür zusammengetan, und Tischtennis war nur ein Teil der Veranstaltung und auch nicht unbedingt der Publikumsmagnet, weshalb sie schon gleich morgens dran waren. Es ging um ein bisschen Publicity und Mitgliederwerbung für die zwei Vereine. Und nicht zu vergessen um die Ehre der einzelnen Abteilungen.

Die Ehre der Frauen-Tischtennismannschaft zu retten, dazu hatten sie sogar noch eine Chance – trotz Hannas mieser Ergebnisse. In der Theorie. Denn dafür müsste Hanna jetzt gegen Trixi Burgstätter gewinnen. Die berüchtigte fiese Trixi, gegen die Vera sie noch letzte Woche als Wunderwaffe betrachtet hatte. Das dürfte sich im Laufe des Tages auch erledigt haben.

»Jetzt reiß dich mal zusammen«, predigte Vera auf Hanna ein. »Ich weiß zwar nicht, was mit dir los ist, aber du musst jetzt die Kurve kriegen. Sonst macht die dich platt.«

Na toll. Wenn sie helfen wollte, hätte sie vielleicht eine andere Taktik wählen sollen. Drohungen waren ja nicht gerade psychisch hilfreich. Desillusioniert grummelte Hanna: »Mir geht's nicht gut. Ich werd mit Sicherheit auch jetzt verlieren.«

Vera warf verzweifelt die Arme in die Luft und stapfte entlang der kniehohen Absperrungen davon. In der Halle waren lediglich vier Tischtennisplatten aufgebaut, die jeweils durch ausreichend Abstand und die niedrigen grünen Absperrungen voneinander getrennt waren. Bei einem richtigen Wettkampf wären es je nach Anzahl der Spiele und Spielerinnen mehr Platten gewesen, aber heute ging es ja nur um die Demonstration.

Hanna begann in ihrer Tasche zu wühlen und holte ihren frisch bezogenen Lieblingsschläger heraus. Vielleicht konnte die alte Gurke ja noch was bewirken. Sie hatte das Ding schon ewig, und eigentlich war er nicht mehr geeignet, aber er war wie ein altes Maskottchen. Sie hielt ihn probeweise in Aufschlagsstellung. *Wenigstens liegt er gut in der Hand.* Wenn sie schon blamabel untergehen musste, dann wenigstens so angenehm wie möglich.

Lizzy setzte sich neben sie auf die Bank. In ein paar Minuten würde das Spiel gegen die Burgstätter losgehen. Wahrscheinlich wollte Lizzy sie auch noch mal anfeuern. Aber was gab es da schon anzufeuern? Es war eh alles verloren. Alles, worauf es ankam.

Elf.

Die ganze Zeit nach dem Zerwürfnis hatte sie tief in ihrem Inneren immer daran geglaubt, dass sie irgendwie, irgendwo, irgendwann wieder zusammenkommen würden. Sogar – paradoxerweise – während sie sich eingeredet hatte, dass sie Elf verachtete. Und jetzt musste sie lernen zu akzeptieren, dass das nie mehr passieren würde. Nie mehr würde sie Elf in einer Geste der Versöhnung in die Arme schließen. Nie mehr würde Elf ganz allein für sie singen. Nie mehr leidenschaftlich ihren Namen hauchen. Alles andere war Hanna gerade völlig egal. Sollte Trixi sie doch zerlegen. Es würde nichts ändern.

Lizzy neben ihr schwieg und betrachtete die Zuschauerränge. Nicht, dass es da so viel zu sehen gab. Das Interesse am Tischtennis war nicht zu vergleichen mit dem an Fußball, schon gar nicht in der Kreisklasse. Wie immer waren hauptsächlich Vereinsmitglieder da – aus Hannas Verein und aus dem der gegnerischen Mannschaft.

Trotzdem schien Lizzy die Zuschauer abzusuchen. Bestimmt wartete sie auf irgendeine Flamme. Hanna brachte noch nicht einmal die Energie auf, sie danach zu fragen. Das wechselte ohnehin ständig.

Vielleicht macht Lizzy es ja doch ganz richtig. Sich nicht weiter einlassen, nur so für ein paar Wochen Spaß haben und dann weiter zur Nächsten. Liebe tat nur höllisch weh.

Trixi Burgstätter, ganz das wasserstoffblonde Schnittchen in ihrem Tischtennisröckchen, kam aus den Umkleideräumen. Kaugummi kauend und selbstbewusst stolzierte sie auf die gegnerische Bank zu und warf einen abfälligen Blick in Hannas Richtung.

Was für eine Unsympathin.

»Eigentlich solltest du sie fertigmachen, nur um dieses fiese Grinsen aus ihrem Gesicht zu wischen«, kommentierte Lizzy jetzt doch neben ihr.

Elf war spät dran. Viel zu spät. Sie hatte gegoogelt wie eine Irre, danach mit Pernilla geskypt und sich tausend gute Ratschläge von ihr geholt. Dann hatte noch ihre Mutter angerufen und einfach nicht auflegen wollen. Kein Wunder eigentlich, es gab wahnsinnig viel zu besprechen. Vielleicht hätte sie die Bombe nicht gestern gleich platzen lassen sollen, aber sie war so aufgeregt gewesen. Außerdem hatte sie gewusst, wie sehr sich ihre Eltern freuen würden. Ihre Elf wieder auf dem richtigen Weg. Nicht ganz so wie erträumt, aber immerhin.

Das letzte Stück des Weges rannte sie. Die Zeit war ihr heute einfach zwischen den Fingern zerronnen, und jetzt war sie für das wichtigste Ereignis seit der Mondlandung zu spät dran. Sie betrat die Sporthalle und versuchte sich zu orientieren. Sport war so gar nicht ihr Ding, und Sportvereine hatte sie schon immer grauenvoll gefunden. Es war Jahre her, dass sie zuletzt in einer Sporthalle gewesen war. Sie hatte es auch nicht vermisst. Der Geruch allein – nach Schweiß und Plastikboden – widerlich. *Aber was tut man nicht alles aus Liebe?*

Frau Doll und Lizzy hatten gemeinsam für sie gehirnt und waren mit der Idee gekommen, dass sie zu Hannas Turnier gehen sollte. Weil Tischtennis ein so wichtiger Teil von Hannas Leben sei. Weil sie damit zeigen könnte, dass sie für Hanna da sein wollte. Moralische Unterstützung, Reuebekenntnis, Liebeserklärung – alles verpackt in ein praktisches Paket. *Three in one.*

Jetzt wurde sie so langsam richtig hibbelig. Was, wenn Hanna sie jetzt doch nicht mehr wollte? Wenn schon zu viel kaputtgegangen war zwischen ihnen? Wenn sie von *»three in one«* nur eins oder zwei wollte, aber nicht das entscheidende Dritte: Reue ja, Unterstützung ja, aber keine Liebe? Das hatte sie noch gar nicht bedacht in ihrem Elan der letzten Tage. Ein nervöser Druck ballte sich in ihrem Magen zusammen.

Hier war es ja doch ziemlich voll. Elf quetschte sich durch die Zuschauerreihen nach vorn. Sie hatte Instruktionen von Lizzy erhalten, wo sie hinzukommen hatte – alles so ausgeklügelt, dass Hanna sie auf alle Fälle sehen würde. Sie konnte vier Tischtennisplatten auf dem Spielfeld der Halle ausmachen, die durch lustige kleine Gartenzäune umrahmt waren. So was wie Absperrungen, aber für Hobbits. Fast hätte Elf nervös gekichert. Sie hatte noch nie ein Tischtennisturnier gesehen, noch nicht mal im Fernsehen. Das hatte sie bisher null Komma gar nicht interessiert. Wenn sie gewusst hätte, dass es Spielerinnen wie Hanna gab, hätte sie vielleicht sehr viel früher sehr viel mehr Interesse für diese Sportart aufgebracht.

Und da war sie. Hanna saß mit Lizzy auf einer Bank an der Stirnseite der Halle, offensichtlich mit irgendwelchen Vorbereitungen beschäftigt. Jedenfalls wühlte sie ständig in ihrer Sporttasche und holte Dinge daraus hervor. Elf konnte einen Tischtennisschläger ausmachen, den Hanna inspizierte. Jetzt entdeckte Lizzy sie und lächelte ihr kurz zufrieden zu. Elfs Nervosität steigerte sich noch. Sie hätte nicht gedacht, dass das überhaupt noch möglich war, aber gleich würde sie bestimmt in Ohnmacht fallen.

Super. Plan vereitelt. Ich kippe einfach um, und aus die Maus. Hanna würde nicht erfahren, dass sie da war, und alles wäre verloren. Elf steigerte sich immer weiter in ihre absurden Gedanken hinein, während sie Hanna und Lizzy beobachtete. Lizzy hatte die Vermutung angestellt, dass das letzte Spiel des Tages an der Platte stattfinden würde, auf die die Zuschauer den besten Blick hatten. Genau da stand Elf jetzt parat. Direkt am Geländer, das die Zuschauerreihen vom Feld trennte. Das hieß aber auch, dass sie gerade keinen so tollen Blick auf Hanna hatte, die noch immer weit weg auf der Spielerinnenbank saß. Ihre Haare hatte sie zum Pferdeschwanz zurückgebunden, und irgendein Sport-Outfit hatte sie an, aber sonst konnte Elf wenig erkennen. Ein Fernglas wäre nicht schlecht …

Jetzt stand Hanna auf, nahm eine Getränkeflasche, sagte noch irgendwas zu Lizzy und setzte sich in Bewegung. Genau auf sie zu.

Oh Gott, oh Gott.

Hanna fügte sich in ihr Schicksal. Sie wollte das Spiel gegen die fiese Trixi nur noch hinter sich bringen. Lizzy hatte ihr ein merkwürdiges Grinsen zugeworfen, das Hannas Meinung nach überhaupt nicht zur Situation passte. Kurz bevor sie an der zugewiesenen Platte für das Spiel ankam und gerade über die Absperrung steigen wollte, hob Hanna den Blick von ihrem Schläger und ließ ihn abwesend ins Publikum schweifen. Und blieb stehen.

Da stand Elf. Direkt am Spielfeldrand. Und sah sie an.

Hannas Herz setzte für eine Sekunde aus und begann dann zu rasen. Ihre Gedanken rasten mit. Zuerst nahm sie wahr, wie Elf aussah: elfenhaft hübsch, dunkles Haar wild um den Kopf, T-Shirt mit weitem V-Ausschnitt, Jeans, fragender Gesichtsausdruck. Ihre Gehirnwindungen schlängelten sich noch einmal um Elfs weiten Ausschnitt, bevor sie zu essentiellen Fragen übergingen: *Warum ist sie hier? Was hat das zu bedeuten?* Dann atmete sie einmal tief durch, und wie von selbst lieferte ihr Hirn, gut trainiert in der Kunst logischer Erörterung, die Antworten: *Sie steht ganz vorn, weil sie will, dass ich sie sehe. Wenn sie das will, soll mir das was sagen. Sie will mir sagen, dass sie extra für mich gekommen ist.*

Jetzt lächelte Elf sie scheu an. Noch vorsichtig, wie es schien, dennoch war es eindeutig ein Lächeln. Hanna kam es vor, als ob ihr Gehirn für die Verarbeitung all dieser Prozesse unendlich lange brauchte.

Steh nicht da wie eine Idiotin, mach was!

Angesichts all der Möglichkeiten, die sich mit Elfs zaghaftem Lächeln auftaten, begann ihr Herz so laut zu klopfen, dass sie meinte, es wolle ihr aus der Brust springen. Sie fing ebenfalls an zu lächeln. Dazu brauchte sie sich gar nicht aufzufordern. Ganz tief aus ihrem Inneren kam dieses Lächeln.

Lange standen sie so da und sahen sie sich an. Bis Hanna sich aus ihrer Starre lösen konnte. Sie rannte die letzten Meter zur untersten Zuschauerreihe und zu Elf. Es war ihr egal, dass alle warteten, egal, dass alle in der Halle sie mit den Augen verfolgten. In ihrem Kopf gab es nur einen Gedanken: Elf.

Elf lachte ihr inzwischen breit entgegen. »Hallo, ich bin die elfte Fee, und du hast einen Wunsch frei.«

Außer Atem vor Aufregung keuchte Hanna ihre Antwort heraus, ehe ihr Verstand ihr etwas anderes eingeben konnte, ehe sie erwachte und feststellen musste, dass sie nur träumte: »Dass du mich zurücknimmst.«

Aber sie wachte nicht auf. Der Traum ging weiter. Ganz dicht standen sie voreinander, und die Welt um sie herum, die Sporthalle voll Menschen, die darauf warteten, dass Hanna ihr Spiel begann, hörten auf zu existieren.

»Das gilt nicht«, sagte Elf. »Das steht eh schon fest. Aber das geht nur, wenn du mich auch zurücknimmst.«

Das war mehr, viel mehr als Hanna zu hoffen gewagt hatte in den paar Sekunden, die es gedauert hatte, ihren Wunsch zu formulieren. Ihr Herz tat einen Hüpfer. Elf wollte sie zurück ... sie, Hanna, die sie so elendig behandelt hatte. »Einverstanden«, brach es aus ihr heraus. *Einverstanden mit allem, was du willst.*

Sie grinsten sich an. Hanna versank in diesen grünen Augen, die ihr alles Glück der Welt versprachen.

Und sie hätte lange so stehen bleiben können, wenn sich nicht plötzlich eine unangenehm grelle Stimme aus dem Hintergrund bemerkbar gemacht hätte: »Felsberg, was ist los? Traust du dich nicht?«

Unwillig drehte sich Hanna in Trixi Burgstätters Richtung. Trixi stand bereits an der Platte und tippelte ungeduldig hin und her.

Mit einem abfälligen Grinsen musterte sie Hanna und mit einem Seitenblick auch Elf.

»Du kannst das Spiel auch einfach gleich verloren geben«, höhnte sie. »Spart uns Zeit. Du hast heute ja eh so gut wie keinen Punkt gemacht.« Lässig ließ sie ihren Kaugummi knallen.

Hanna lächelte Elf noch einmal an, zuckte mit den Schultern und wandte sich um. Sie war schon fast bei der Platte angekommen, da rief Elf ihr noch hinterher: »Hey! Was ist nun dein Wunsch an die elfte Fee?«

Hanna drehte sich lachend wieder zu ihr. Elf war einfach toll. Brachte sie so einfach dazu, den ganzen Kummer und Herzschmerz zu vergessen und wieder zu lachen. Zuerst wollte ihr kein Wunsch einfallen, da ihr wirklich größter schon in Erfüllung gegangen war: *Elf zurück.* Dann dachte sie an das, was sie jetzt noch hinter sich bringen musste, bevor sie mit Elf zusammen sein konnte.

»Jetzt gleich gewinnen?«, fragte sie.

»Erledigt!«, verkündete Elf grinsend.

Mit einem strahlenden Lächeln ging Hanna auf die Platte zu und war sicher, dass sie ein paar Zentimeter über dem Boden schweben müsste.

Elf beobachtete Hanna ungeniert. Schmauste mit ihren Augen von ihrer blonden Schönheit. Unternahm eine visuelle Exkursion von Kopf bis Fuß und genoss es, jede von Hannas Bewegungen in sich aufzunehmen. *Sie hat »einverstanden« gesagt.* Erst jetzt brach die Erleichterung sich Bahn, sie hatte das Gefühl, eine schwere Last sei von ihren Schultern verschwunden, die sie bis gerade eben niedergedrückt hätte. Sie wollte gar nicht weiter darüber nachdenken, was sie gemacht hätte, wenn Hanna nicht freudestrahlend vor ihr gestanden hätte.

Auf den spontanen Einfall mit der elften Fee war sie richtig stolz. Und Hanna hatte den Spruch ja auch sofort kapiert. Das gefiel Elf so gut an Hanna, dass sie bei so etwas komplett auf derselben Wellenlänge lagen. Na ja, außer allem anderen, was ihr gefiel, vor allem ihre blauen Augen. Und ihre Brüste. Elf ließ ihre Blicke wandern. *Jetzt nicht sabbern* … Hanna war wirklich ein appetitlicher Anblick in ihrer kurzen schwarzen Hose und dem schwarzweißen Sport-Shirt. Sie hatte einen Ärmel hochgekrempelt und ihren Bizeps freigelegt – perfekt geformt, fand Elf ganz unvoreingenommen. Ein heißes Prickeln breitete sich in ihr aus. Bald schon würde sie dieses köstliche Wesen wieder berühren dürfen.

Mit aller Willenskraft musste sie ihre Gedanken in die Sporthalle zurückzwingen. Sie hatte gar nichts vom Spiel mitbekommen, das schon eine ganze Weile lief. Auch wenn sie keine Ahnung von Tischtennis hatte – abgesehen von dem, was sie sich auf die Schnelle in Wikipedia angelesen hatte –, war es sogar ihr klar, dass Hanna ihre Gegnerin in Grund und Boden spielte. Es stand 10 zu 2 im zweiten Satz, wie sie der Anzeigetafel entnahm. Und den ersten Satz hatte Hanna auch schon gewonnen mit 11 zu 6. *Respekt.* Elf wusste ja, dass Hanna gern und gut spielte, aber aus Lizzys Erzählungen zu schließen, war ihr Gegenüber keine einfache Kontrahentin. Hanna schmetterte – dank dem Internet erkannte Elf das sogar – einen Ball ins Feld der Gegenspielerin und gewann damit auch den zweiten Satz. Elf klatschte wie verrückt.

»Hanna, mach sie fertig«, schrie sie und erntete von ihrer Angebeteten an der Tischtennisplatte ein breites Grinsen. Die Leute um sie herum sahen sie irritiert an, aber ausnahmsweise war Elf das völlig egal.

Der dritte und letzte Satz begann, und Elf fieberte jetzt richtiggehend mit. Hanna schien nicht zu stoppen zu sein. Im Gegensatz zu ihrer sonstigen kontrollierten Art sprühte sie vor sportlicher Aggressivität. Elf konnte sich nur an eine einzige Gelegenheit erinnern, bei der Hanna genauso unbändig gewirkt hatte: *während unserer einen glorreichen Nacht.* Der Gedanke elektrisierte sie bis in die Nervenenden. Hanna mit so überbordernder Energie, das war das stärkste Aphrodisiakum, das sie sich vorstellen konnte.

Aus völlig anderen Gründen hingegen verging gerade Hannas Gegnerin Hören und Sehen. Das überschminkte Püppchen versuchte es mit allen Tricks, auch solchen, die bestimmt nicht ganz koscher waren, wie Elf vermutete: überlanges Warten bis zum Aufschlag, Verzögerungen mit dem Handtuch, um Schweiß von der Platte zu wischen, Anzeigen angeblicher Fehler von Hanna, die zu Diskussionen mit dem Schiedsrichter führten. Aber es nützte ihr nichts. Hanna ließ sich durch nichts von ihrem Spiel abbringen. Überraschend schnell stand es bereits wieder bei 10 zu 3.

Hanna spielte wie gedopt. Die Glückshormone, die dank Elfs Anwesenheit ausgeschüttet worden waren, setzte sie in Energie um. Sie hatte noch nie so gut gespielt. Mit Leichtigkeit gelangen ihr die schwierigsten Bälle, und sie schien schon vorher zu ahnen, wie Trixi kontern würde, und ließ ihr keine Chance. Es war ihr selbst fast unheimlich. In Rekordgeschwindigkeit holte sie einen Punkt nach dem anderen, denn die Ballwechsel waren so kurz, dass es fast schon langweilig war.

Nur am Rande nahm Hanna wahr, dass es bereits wieder 10:3 stand und sie mit dem nächsten Punkt den dritten Satz gewinnen könnte – und damit das Spiel und das Turnier für ihren Verein entscheiden würde. Aber in ihrem Überflug erschien das nebensächlich. Alles, was zählte, war Elf.

Sie servierte ihren Aufschlag, der schon normalerweise ihr bester Schlag war, in absoluter Perfektion. Und der armen Trixi gelang es nicht, ihn anzunehmen. *Das war's.* Applaus brandete auf.

Während Trixi anfing, erneut mit dem Schiedsrichter zu diskutieren, um Hannas Aufschlag für ungültig erklären zu lassen, konnte Hanna endlich klar denken. Sie hatte tatsächlich das Spiel gewonnen. Sie sah, wie der Schiedsrichter vehement den Kopf schüttelte und auf der Anzeigetafel ihr letzter Punkt zum Stand von 11 zu 3 erschien. *Tatsächlich gewonnen.*

Und jetzt wartete Elf auf sie. Elf, die sie zurücknahm. Da hatte ihr alter Lieblingsschläger ihr also tatsächlich mal wieder Glück gebracht. Sie warf ihn hoch in die Luft und stieß einen ganz und gar uncharakteristischen Schrei aus. Einen wilden Jauchzer, ganz tief aus ihrer Brust, mit dem sich überschäumende Freude und gleichzeitig die Befreiung von der Niedergeschlagenheit und Perspektivlosigkeit der letzten Wochen entluden.

Da vorn stand Elf und wartete auf sie. *Nichts wie hin.*

Endlich kam Hanna zu ihr. Sie strahlte. Und ganz verschwitzt war sie, aber das war Elf egal. Eine verschwitzte Hanna war immer noch zum Dahinschmelzen sexy.

»Yeah! Du hast es geschafft!«, rief sie Hanna strahlend entgegen.

Hanna wischte sich mit einem Handtuch übers Gesicht. »Ich dachte, das war der Wunsch, den du mir erfüllt hast?«, sagte sie, als sie vor Elf stehen blieb.

Das Geländer der Zuschauertribüne trennte sie wie ein meilenweiter Abgrund. Elf wollte es am liebsten wie Superwoman einfach rausreißen. Sie zuckte mit den Schultern. »Ich hab gelogen. Ich kann gar keine Wünsche erfüllen. Das warst ganz allein du. Du warst fantastisch!«

Sie strahlte Hanna an, selbst voller Stolz über das überwältigende Spiel ihrer Freundin. *Freundin ...? Darf ich das schon so denken? Denkt sie das schon so?*

»Danke«, sagte Hanna bescheiden. Dann schwieg sie und lächelte Elf nur noch an.

Elf hingegen wollte nicht mehr schweigen. Sie wollte Hanna mit Worten umgarnen, sie bei sich halten und zum Lachen bringen, sie nie wieder aus den Augen lassen. Sie wusste, dass Hanna jetzt bestimmt zu ihren Teamkolleginnen gehen musste, vielleicht mit ihnen feiern wollte, dass sie duschen und sich umziehen wollte oder was auch immer man nach einem gewonnenen Spiel machte. Aber sie wollte den Moment der Trennung so lange wie möglich hinauszögern.

»Ich hab mich für heute extra vorbereitet mit einer ausführlichen Wikipedia-Recherche über Tischtennis«, erklärte sie in der Hoffnung, Hanna damit klarzumachen, wie wichtig sie ihren Sport nahm.

Hanna zog schmunzelnd die rechte Augenbraue hoch, und etwas in Elf hüpfte vor Freude wie wild. Sie liebte dieses Mienenspiel.

»Wusstest du, dass Tischtennis ursprünglich aus England kommt und gar nicht aus China?«, fragte sie und hielt Hanna mit ihren Blicken fest. Hanna nickte lächelnd.

Elf wusste noch mehr. Alles nutzloses Zeugs, aber sie sprudelte weiter: »Aber wusstest du auch, dass der längste Ballwechsel in der Tischtennisgeschichte über acht Stunden gedauert hat?«

Hanna schüttelte lachend den Kopf.

Weiter so. Sie findet dich amüsant. »Und wusstest du, dass ein Profispieler bei Wettkämpfen durchschnittlich dreieinhalb Kilo Gewicht verliert?«

Hanna sah an sich hinunter, lachte wieder und schüttelte erneut den Kopf. Dann fixierte sie Elf mit einem warmen, tiefgründigen Ausdruck.

Jetzt küsst sie mich ... Elf schloss sehnsuchtsvoll die Augen.

»Na, wenn das nicht ein erstaunlicher Zufall ist. Meine beiden Lieblingsturteltäubchen wieder vereint«, unterbrach Lizzy mit ihrem untrüglichen Gespür für den allerschlechtesten Moment.

Verflucht, Lizzy. Wenn du nicht so hilfreich gewesen wärst, würde ich dich jetzt erwürgen.

Hanna war erschrocken zurückgezuckt, und Elf warf Lizzy einen ›Du störst‹-Blick zu. Aber Lizzy ignorierte ihn gekonnt.

»Schön, dass du da bist, Elf«, meinte sie frech und blinzelte ihr unschuldig zu. Hanna schien davon nichts mitzubekommen. Elf nahm sich vor, ihr später von der konspirativen Absprache zu erzählen, die zu ihrer Anwesenheit geführt hatte. Aber nicht jetzt.

Da Lizzy nicht bereit schien, sie wieder allein zu lassen, kanalisierte Elf ihre aufgestauten Gefühle in die Begeisterung über Hannas Spiel. »War das nicht fantastisch, wie Hanna gespielt hat?«, fragte sie voller Enthusiasmus.

Lizzy warf den Arm um Hannas Hüfte, streckte sich ein paar Zentimeter und drückte ihr einen Kuss auf die Wange. Elf schaute neidisch zu. Ihr selbst war bisher noch nicht einmal ein so unverfängliches Küsschen auf die Wange vergönnt gewesen.

»Du bist über dich selbst hinausgewachsen, Schätzchen.« Lizzys Augen funkelten vor Stolz, aber auch einem gewissen Anteil von Schalk. »Wie hast du nur die Wende von der kompletten Loserin zur absoluten Checkerin innerhalb von fünf Minuten hingekriegt?«

Hanna wurde knallrot, Ohren und alles. Und schaute verlegen zu Elf.

Elf schaute verliebt zurück. *Ich liebe ihre roten Ohren!*

Lizzy begutachtete beide voll Befriedigung wie eine Grundschullehrerin zwei besonders artige Schülerinnen. Dann schien ihr die ganze dümmliche Glückseligkeit zu viel zu werden. Sie rollte genervt die Augen und schubste Hanna aus ihrer Umarmung. »Geh duschen, Frau Doktor. Ich passe so lange auf, dass Elf nicht wieder verschwindet. Und dann mach ich euch das Taxi. Überlegt euch schon mal, wo ich euch absetzen soll.«

Mit einem letzten flammenden Blick trollte sich Hanna unwillig in Richtung Seitentüre, und Elf schaute ihr sehnsuchtsvoll nach.

»Bingo. Hat doch geklappt wie geplant. Sind Frau Doll und ich nicht großartig?«, fragte Lizzy selbstgefällig.

Elf ignorierte die Angeberei, riss den Blick von der inzwischen geschlossenen Tür los und nickte. Eine Träne stahl sich aus ihrem rechten Auge. Sie ließ sie rollen und lächelte Lizzy an. »Das seid ihr.«

Die Suchaschewskische Wohnküche war so aufgeräumt, wie Hanna sie noch nie gesehen hatte. Fritz' Abwesenheit ließ Elfs Vorlieben deutlicher zu Tage treten, und dazu gehörte offensichtlich keine eingesaute Küche. Hanna mochte das alte Haus, in dem die beiden Geschwister lebten. Die Mischung aus Erbstücken von der Großtante und neuen Möbeln ergab ein tolles Ambiente. So sehr wie heute war ihr das noch nie aufgefallen – wahrscheinlich, weil es sonst immer überdeckt gewesen war mit herumliegendem Zeug.

Ein wenig befangen stand sie in der Küche und wusste nicht, wohin mit sich, während Elf die Terrassentür öffnete. Sie war hinter Elf hergelaufen wie in Trance, nachdem Lizzy sie beide vor dem Haus abgesetzt hatte. Die Konversation im Auto hatte sowieso Lizzy bestritten, die ganz aufgekratzt war. Elf und Hanna hatten sich angelächelt, ohne damit aufhören zu können. Hanna konnte alles noch gar nicht richtig fassen. Es war so schnell gegangen. Elfs unerwartetes Auftauchen, ihr spektakulärer Sieg, und jetzt war sie schon mit Elf hier allein ... Hanna wusste nicht, was sie sagen oder tun sollte. Dabei war sie bis vor ein paar Augenblicken noch voll gewesen mit Dingen, die sie Elf unbedingt sagen wollte. Sagen musste. Aber jetzt war sie wie blockiert.

Elf legte ihre Umhängetasche ab und wandte sich zu Hanna.

»Hast du Hunger?«, fragte sie, ganz so, als frage sie das jeden Tag.

Elf kam sich vor wie mit der Gehirnkapazität eines Einzellers ausgestattet. Immer musste sie Hanna anstarren, als sei sie eine Erscheinung und könne sich jeden Moment in Luft auflösen.

Ihre harmlose Frage schien Hanna überrumpelt zu haben. Erst nach kurzem Nachdenken antwortete sie: »Komischerweise ja. In letzter Zeit konnte ich eigentlich kaum was runterbringen. Aber jetzt plötzlich könnte ich einen Bären verschlingen.«

Wieder konnte Elf ihren Blick nicht von ihr lösen. Hanna hatte noch immer feuchte Haare von ihrer raschen Dusche nach dem

Turnier und sah wie aus dem Ei gepellt aus – wie immer. Aber irgendetwas hatte sich verändert. Sie wirkte nicht mehr so stocksteif. Lockerer, gelöster – Elf wusste nicht genau, woran sie das festmachen sollte. Auch ihre Haare waren nicht wie sonst streng nach hinten gebunden, sondern fielen Hanna lose ums Gesicht.

So sieht sie noch besser aus. Falls das überhaupt möglich war. Hannas Schönheit war für Elf wie ein Mysterium. Sie wusste nicht, warum sie so auf sie reagierte, aber im Angesicht von Hannas Pracht war sie machtlos. Sie versuchte sich zusammenzureißen und ihre wirren Gedanken zu sortieren: *Hanna hat Hunger und will einen Bären verschlingen.*

»Wie wäre es statt Bär mit Lachs?«, fand sie endlich zu ihrem ursprünglichen Plan zurück. »In weiser Voraussicht habe ich ein Stück selbst gebeizt. Nach dem Rezept der Mutter meiner besten Freundin Pernilla, die du hoffentlich auch mal kennenlernen wirst.« Sie holte eine 70er-Jahre-Tupperdose aus dem Kühlschrank. »Hier: echt schwedisch gebeizter Lachs, von mir für dich eingelegt. Setz dich.«

Hanna setzte sich an den langen Tisch, der bereits mit edlen Porzellantellern, Silberbesteck und zwei schön geschliffenen Kristallgläsern gedeckt war. Sicher Bestände von der Großtante, mutmaßte Hanna. Die Frage, wieso Elf schon im Voraus für zwei Personen gedeckt hatte, kam ihr nicht in den Sinn. Sie sah Elf erwartungsvoll an. Die öffnete die Tupperdose und ließ Hanna einen Blick hineinwerfen. Mehrere schöne Filetstücke Lachs lagen darin mit Pfefferkörnern, Dill und anderen Gewürzen, soweit Hannas Nase das ausmachen konnte.

»Sieht sehr lecker aus und riecht auch sehr verlockend.« Sie lächelte Elf an.

Elf ging zur Arbeitsplatte, stellte die Tupperdose ab und holte noch zwei Schälchen aus dem Kühlschrank. Über die Schulter bemerkte sie: »Lizzy hat gesagt, du liebst Lachs.«

Hanna schaute ihr andächtig zu, wie sie geschäftig das Essen vorbereitete. *Sie ist so süß. Extra für mich hat sie sich die ganze Mühe gemacht.* Vor Glück wurde ihr ganz warm. Erst mit Verspätung drang eine Information in ihr mit verliebten rosa Schwaden verhangenes Gehirn durch: »Lizzy hatte also ihre Finger im Spiel?

Das hätte ich mir denken können. Woher hättest du sonst wissen sollen, wann und wo das Turnier stattfindet.«

Ein kleiner Teil von ihr wollte sich ärgern. Einmischung und Intrigen waren etwas, das sie verabscheute. Aber die Dankbarkeit über ihr Happy End überlagerte die Regung.

Elf nickte zustimmend, während sie den Lachs mit einem riesigen Messer in dünne Scheiben schnitt. »Sei ihr nicht böse. Frau Doll meinte ...«

»Frau Doll! Wusste ich es doch, dass die sich nicht raushalten kann.« Das wurde ja immer besser. Was hatte sie noch alles nicht mitgekriegt? Vielleicht war sie doch ein klein wenig sauer über dieses Komplott, das da hinter ihrem Rücken geschmiedet worden war. Aber bevor sie sich weiter hineinsteigern konnte, legte Elf das Messer beiseite, drehte sich um und sah Hanna ernst an.

»Offensichtlich haben wir ja Hilfestellung gebraucht. Auf uns allein gestellt scheinen wir ja zu blöde zu sein«, stellte sie fest.

Da musste ihr Hanna zustimmen. Bisher waren sie eine einzige Katastrophe gewesen, abgesehen von einer berauschenden Nacht. »Aber ich hoffe, dass das in Zukunft anders sein wird«, verkündete sie.

Diese Versicherung zauberte Elfs Lächeln zurück. Sie wandte sich wieder ihrer Arbeitsfläche zu und legte die Lachsscheiben auf eine Platte. Dann brachte sie den Lachs zusammen mit zwei Schälchen Dip an den Tisch.

Hanna fühlte sich ganz wunderbar umsorgt. Wann hatte eine Frau überhaupt schon mal für sie ein Essen zubereitet? Olivia zumindest nie. Die hatte höchstens beim Pizza-Service angerufen – zahlen musste dann natürlich Hanna. Umso mehr genoss sie es jetzt, hier mit Elf in der Wohnküche schwedischen Lachs serviert zu bekommen. Von niemand Geringerem als der Frau, die ihr Herz erobert hatte wie keine andere zuvor.

»In Zukunft«, hatte Hanna gesagt. Damit war Elf genau an dem Punkt, den sie unbedingt ansprechen wollte: Wie könnten sie beide eine Zukunft schaffen? Wie konnten sie solche Desaster wie die der letzten Wochen vermeiden? Noch mal würde sie so was nicht durchstehen, da war sie sich sicher. Doch sie wollte eine Zukunft mit Hanna. Eine funktionierende. Es gab nichts, was sie mehr wollte.

»Vielleicht sollten wir damit anfangen, mehr zu reden«, sagte sie und nahm den Brotkorb von der Arbeitsplatte. »Eigentlich kennen wir uns ja noch gar nicht richtig.«

Schmunzelnd meinte Hanna: »Wir waren ja mehr damit beschäftigt, uns wechselweise anzugiften und unmöglich zu finden. Am Anfang und am Schluss des ganzen Dramas auch mit Anfassen.« Damit nahm sie der Situation ein wenig von der Schwere, die sich eingeschlichen hatte – zumindest in Elfs Gedankenwelt.

Elf schmunzelte zurück und platzierte den Brotkorb exakt mittig zwischen ihren beiden Tellern. Noch immer hatten sie sich nicht einmal geküsst. Ganz vorsichtig und zart gingen sie miteinander um, versuchten das zarte Pflänzchen ihrer neu erkeimten Liebe erst zu hegen und zu pflegen. Elf konnte das einen Moment so von außen wahrnehmen und fand sie beide ganz entzückend, wie sie da umeinander kreisten.

So muss es sein – ein perfekter Neustart in die große Liebe. Und du hast ihr erzählt, die Elf, die an die große Liebe glaubt, sei gestorben. Dabei ist sie putzmunter.

Sie setzte sich Hanna gegenüber und dachte daran, wie sie Hanna das erste Mal geliebt hatte. »Anfassen« war da gar kein Ausdruck. Obwohl ihr jetzt gerade so ein kleines bisschen Anfassen schon genügen würde ... Sie versuchte sich zu zügeln.

»Das ist ein gutes Stichwort, ›Anfassen‹. Nichts täte ich lieber, aber wir haben ja gesagt, zuerst reden.« Das sagte sie ebenso zu sich selbst wie zu Hanna. Dann nahm sie den Faden wieder auf, der zu einer gemeinsamen Zukunft führen sollte, zu mehr Offenheit und mehr Verständnis: »Also, wer hat dich so verletzt, dass du befürchtet hast, ich könnte es genauso machen?«

Elfs Frage schien zwischen ihnen zu schweben, während Hanna sie dabei beobachtete, wie sie Mineralwasser in die beiden Kristallgläser einschenkte. Sie hatte nicht wirklich Lust, über ihre wenig berauschenden Erfahrungen mit Exfreundinnen zu sprechen. Aber um das Drama und die Verletzungen, die zwischen ihnen passiert waren, restlos aus der Welt zu schaffen, musste es wohl sein.

Sie neigte zu Frauen, die ihr absolutes Gegenteil waren – so wie Elf. Aber bisher war diese Neigung immer ein paar Schritte zu weit gegangen: zu Frauen, die nicht nur unkonventionell und wild waren, sondern mehr oder weniger verkrachte Existenzen. Olivia, von der Hanna sich viel zu lange hatte ausnutzen lassen, war der krönende Abschluss dieser Serie gewesen.

Fast wie bei manchen Heterofrauen, die mit untrüglicher Treffsicherheit immer an die falschen Männer geraten. Ich bin die lesbische Variante davon. Hanna ging mit sich selbst hart ins Gericht. *Wäre ich nicht so eine Idiotin in Liebesdingen gewesen, hätte es sicherlich den Eklat mit Elf auch nicht gegeben.*

Aber so etwas würde nicht noch einmal passieren. Wenn sie jetzt stark war und sich endlich vorbehaltlos öffnete. Sie holte tief Luft.

Elf tat ihnen beiden Lachs auf und beförderte schwungvoll jeweils einen Klecks Dip daneben, während Hanna langsam zu erzählen begann. Sie spürte, dass Hanna sich überwinden musste, und ein bisschen tat es ihr leid, sie zu quälen. Aber so sehr sie die Beziehung zu Hanna wollte – ohne klärende Worte wäre sie nicht in der Lage, sich uneingeschränkt auf Hanna einzulassen, körperlich wie emotional. Sie brauchte das hier, um ihr wieder nahezukommen. Das offene Gespräch, das gemeinsame Essen, die Beseitigung sämtlicher unterschwelliger Vorbehalte und Befürchtungen.

Natürlich tat es ein bisschen weh, Hanna von ihren Exfreundinnen sprechen zu hören. Aber die waren ja offenbar alle nicht das Wahre gewesen – unreif, verantwortungslos, unselbständig. Elf begann ein wenig besser zu verstehen, warum Hanna auf Fritz' Anpumpversuch so drastisch reagiert hatte. Die Frage war nur, ob Hanna inzwischen auch verstand, dass Elf anders war.

»Iss deinen Lachs«, sagte sie, als Hanna eine Pause machte.

Hanna tat wie geheißen. »Das ist köstlich«, schwärmte sie nach dem ersten Stückchen.

Elf ließ sie nicht aus den Augen. Erst als Hanna sofort den nächsten Bissen in Angriff nahm, war sie beruhigt: Es schien Hanna wirklich zu schmecken. Sie häufte selbst ein wenig Lachs auf ihre Gabel, hatte aber nicht wirklich großen Appetit. Viel zu aufgewühlt. Hormonhigh, vor Liebe ganz wuschig – aber auch nervös. Die wichtige Frage hatte Hanna ihr noch nicht beantwortet.

Anstandshalber aß sie ein paar Happen mit, während Hanna nun richtig zulangte. *Das mit dem Bären war nicht übertrieben.* Als Hanna ihren ersten Hunger gestillt hatte, sprach sie weiter. Von Olivia, ihrer letzten Freundin. Die sie nach Strich und Faden ausgenommen und ihre Gutmütigkeit und Verliebtheit ausgenutzt hatte.

Elf musste schlucken. Das hatte sie nicht gewusst. Ja, jetzt war ihr in der Tat vieles klarer.

»Und ich habe es zugelassen«, schloss Hanna. »Bis es nicht mehr zu ertragen war.«

Sie schwieg. Und Elf schluckte erneut. Sie musste ihre Frage stellen, sonst würde es ihr keine Ruhe lassen.

»Du weißt aber inzwischen schon, dass ich nicht so bin, oder? Dass ich keine lesbische Heiratsschwindlerin bin?« Wenn sie von Frau Doll in den letzten Monaten eines gelernt hatte, dann dies: dass wichtige Dinge am besten frontal in Angriff zu nehmen waren. Kein langes Drumherumgeschwafel. Anvisieren und raus damit. Erleichterung machte sich in ihr breit. Frau Doll wäre stolz auf sie.

Hanna allerdings schien erschrocken zu sein. Sie verschluckte sich an einem Bissen Lachs und hustete. Vielleicht wäre ein bisschen mehr Diplomatie in diesem Fall doch besser gewesen als die Dollsche Direktkonfrontation.

»Elf, es tut mir so leid«, keuchte Hanna, immer noch hustend. Offenbar hatte sie wirklich nicht damit gerechnet, dass dieses Thema Elf weiterhin umtrieb. Ganz schuldbewusst schaute sie drein, lehnte sich zu Elf über den Tisch und sah ihr eindringlich in die Augen. »Ich habe beim Konzert versucht, dir das angemessen zu erklären. Aber ...« Sie hielt inne.

Elf schlug die Augen nieder. »Ich weiß ... und es tut *mir* leid, dass ich dir nicht besser zugehört habe.« Hanna hatte ihre Frage sehr eindeutig beantwortet. Das war wunderbar. Aber um sich erleichtert fühlen zu können, musste Elf jetzt auch noch etwas anderes klären.

»Ich war noch zu wütend auf dich«, gab sie zu. »Und deswegen war ich sehr unfair. Ich kann nicht mal sagen, dass ich nicht anders konnte – weil ich mit Absicht so gemein war. Ich wollte dich verletzen, so wie du mich verletzt hattest. Das war dumm. Unterste Schublade. Und es tut mir wahnsinnig leid.«

Hanna hatte jede ihrer Regungen konzentriert verfolgt. »Und jetzt?«, fragte sie gespannt. »Bist du immer noch wütend?«

Elf lächelte sie an. »Nein. Bin schon fast drüber weg.« Wie froh sie über den Verlauf des Gesprächs war. Sie wagte es noch nicht zu Ende zu denken, aber jetzt war der Weg wirklich frei für sie beide – zusammen. Sie grinste. »Mit ein bisschen sanfter Spezialbehandlung durch eine Ärztin meines Vertrauens werden auch die letzten Narben verschwinden.«

Auf Hannas Gesicht breitete sich ebenfalls ein Lächeln aus. Sie nahm Elfs flirtende Friedenserklärung im selben Ton auf: »In Spezialbehandlungen bin ich besonders gut.«

Elf stand auf, ging mit aufreizend wiegenden Schritten um den Tisch herum zu Hanna, blieb vor ihr stehen und schaute schmunzelnd auf sie hinunter. Es war endlich Zeit, zu dem zurückzukehren, woran sie zu Beginn des Gesprächs fast zwanghaft hatte denken müssen.

»Daran kann ich mich noch besonders gut erinnern, glaub mir.«

Sie beugte sich über Hanna und drückte ihr einen zarten Kuss auf die Lippen. Ihren ersten in der neuen Zeitrechnung. Und wie süß er war. Elf liebte Hannas volle Lippen. Gern hätte sie sie stundenlang weitergeküsst. Und das hatte sie auch vor. Aber nicht hier in der Küche.

»Komm.« Sie hielt Hanna auffordernd ihre Hand hin.

Hanna nahm sie, fragte aber gleichzeitig: »Abräumen?«

Ah, die wohlerzogene und ordentliche Hanna gibt es also immer noch. Elf lächelte liebevoll. Auch diese Seite an Hanna, die noch auf dem Weg zu ihrer Verführung an das Geschirr in der Küche dachte, fand sie ganz wunderbar. Solange sie nicht Überhand nahm. Solange der Frau mit den Verführungsabsichten der Vorzug gegeben wurde.

»Vergiss es«, meinte Elf lapidar und zog Hanna kurzerhand hoch. Sie führte sie zur Treppe und weiter in den ersten Stock hinauf. Hanna folgte ihr wie ein Lämmchen. Mit einem Lächeln im Gesicht, das Elf signalisierte, sie wäre überall mit ihr hingegangen, auch in den Kohlenkeller. Aber Elf nahm sie mit sich in die Bibliothek.

»Hier hat alles angefangen«, meinte Hanna fast ehrfürchtig, als sie hinter Elf in den großen Raum trat. Und tatsächlich kam es ihr so vor, als ob ein Teil ihrer gemeinsamen Geschichte – kurz und stürmisch wie sie war – an diesen Ort gebunden war.

»Was hältst du eigentlich von Reenactment?«, fragte Elf unvermittelt und zog sie zum Sofa.

Der unerwartete Begriff riss Hanna aus ihren seligen, vorfreudig-erregten Gedanken heraus. Sie brauchte einige Sekunden, um ihn zu verorten. Männer mit Schwertern kamen ihr in den Sinn.

»Du meinst so Mittelalter-Zeugs?«, fragte sie verunsichert.

Elf drehte sich zu ihr um und zog sie an sich. »Ich meine eher im Sinne von ›Nachstellen historischer Ereignisse‹.« Sie grinste Hanna an.

Und da dämmerte Hanna, wohin Elfs Gedanken gingen. »Gewisse historische Ereignisse, die uns wider alle Animositäten zusammengeführt haben?«, fragte sie, nun ebenfalls lächelnd.

Elf, die wegen ihrer unterschiedlichen Größe leicht zu ihr hochschauen musste, funkelte sie mit ihren grünen Augen an und nickte schelmisch.

»Spielt bei diesen historischen Ereignissen ein Ledersofa in Übergröße eine entscheidende Rolle?«, fragte Hanna amüsiert weiter. Mit Elf zu flirten, machte fast genauso viel Spaß wie andere Dinge, denen sie sich hoffentlich bald zuwenden würden. Aber nur fast.

Elf nickte wieder, und Hanna lachte. Elf war wirklich fantastisch mit ihren ungewöhnlichen Denkmustern. Wo Hannas Überlegungen stets geradlinig waren, dachte Elf in Sprüngen, Kurven und Haken. Und welch reizender Haken ihr da gerade mal wieder eingefallen war ... Begierig wollte Hanna mitspielen. Sie löste sich aus Elfs Umarmung und ging zum Sofa.

»Also, wenn ich mich richtig erinnere, lag ich hier und du auf der anderen Seite.« Hanna legte sich zurecht. Elf tat es ihr gleich. So lagen sie auf verschiedenen Seiten des riesigen Sofas und sahen sich verträumt an.

»Und jetzt? Wie ging's weiter?«, fragte Hanna, kribbelig vor Spannung und Erwartung.

Elf zuckte mit den Schultern. »Ich hab keine Ahnung. Ich hab geschlafen.«

Sie mussten beide loskichern.

»Also«, sagte Hanna, »irgendwie muss ich zu dir auf deine Seite kommen.« Sie fing an, in Elfs Richtung zu robben. Elf lachte schallend, und Hanna konnte nicht anders als laut mitzulachen.

»Es erscheint vollkommen unmöglich, dass ich zufällig bei dir gelandet sein soll. Aber ich schwör's, es war so.« Hanna ließ sich ziemlich unelegant neben Elf plumpsen.

Elf feixte: »Na, ich weiß nicht.«

»Kommen wir doch zum nächsten Punkt.« Hanna beugte sich über Elf und bohrte ihren Blick in Elfs Katzenaugen. »Wie kamen deine Hände unter meinen Pullover?«

Ganz kurz schien Elf verlegen zu werden. Aber dann nahmen ihre Augen einen wahrlich koboldhaften Ausdruck an. »Ich schätze mal, ich habe sie einfach druntergeschoben.« Und damit schickte sie sich an, das Gesagte in die Tat umzusetzen. Hanna trug heute nur ein T-Shirt. Umso leichter fiel es Elf, ihre Hände unter dem Kleidungsstück an Hannas Rücken hochgleiten zu lassen, bis sie am Verschluss ihres BHs ankam.

»Ich liebe Reenactment«, grinste Hanna, beugte sich vor und küsste Elf vorsichtig auf die Lippen. Aber Elf hatte jetzt offenbar genug von all dem langsamen Vortasten und vorsichtigen Ausloten. Sie küsste Hanna mit all den aufgestauten Gefühlen zurück, die in den letzten Wochen keinen Ausdruck hatten finden können. Gleichzeitig öffnete sie Hannas BH und fuhr in einer einzigen Bewegung darunter und nach vorn, um Hannas volle Brüste zu umfassen.

Hanna stöhnte entzückt auf. Diese Elf liebte sie von allen Persönlichkeitsfacetten am allermeisten: dieses kleine, wilde Biest, das sie zur Besinnungslosigkeit trieb. Und sie war bereits auf gutem Weg dorthin. Schon spürte sie die Nässe zwischen ihren Beinen. Das war auch Elf-spezial. So schnell hatte es bisher keine geschafft, dass sie unanständig nass wurde. Elf musste sie fast nur anschauen mit ihrem grünen Katzenblick, und es war um sie geschehen – beziehungsweise um ihr Höschen.

Prompt fuhr ihr Elf von hinten in die Hose, während sie gleichzeitig Hannas T-Shirt hochschob und anfing, Hannas linke Brust zu küssen. Als sie schließlich ihre Brustwarze in den Mund nahm und daran saugte, konnte Hanna sich kaum noch über ihr halten. Ein erregender Schock fuhr ihr durch alle Glieder.

Sie keuchte »Elf«, weil sich alles so gut anfühlte. Weil sie es noch nicht recht glauben konnte, dass sie jetzt wieder hier lagen, auf dem magischen Sofa. Weil ihre Gefühle für Elf so überwältigend waren. Sie schaute Elf an, wie sie andächtig an ihrer Brust saugte, ihr kleines, wildes Biest.

Elf gab ihre Brustwarze frei und schaute sie schelmisch an. »Das passt jetzt aber nicht. Damals wusstest du doch noch gar nicht, dass ich es bin, die dir an die Wäsche geht.«

Biest! Hanna lachte erregt auf. »Wer hier wem an die Wäsche geht, werden wir ja noch sehen.«

Sie zog Elf an sich, und in der gleichen Bewegung rollte sie sich mit ihr zur Seite. Und da sie Elf jetzt schon überrumpelt hatte, nutzte sie den Moment, um ein paar Kleidungsstücke von ihr loszuwerden. Von der Zurückhaltung, mit der ihre erste Nacht vor einer Ewigkeit begonnen hatte, war kein Hauch mehr übrig. Hanna wollte Elf mit Haut und Haar, und zwar jetzt sofort.

Und auch Elf hielt sich kein bisschen zurück. Nicht so wie an Hannas Geburtstag, als sie nach dem Champagner zuerst aus ihrer Wohnung hatte flüchten wollen. Jetzt hatten sie zu lange aufeinander gewartet, um sich mit Verhandlungen und Rückversicherungen aufzuhalten. Die Zeit der Schüchternheit lag endgültig hinter ihnen.

Mit diesem Gedanken ließ Hanna Elfs T-Shirt und Sommerhose hinter das Sofa fliegen. Tanktop und Slip würden bald folgen. Sie konnte Elf nicht schnell genug nackt in ihren Armen haben. Ihre Haut fühlte sich zu köstlich an, um noch länger zu warten.

Aber die weitere Ausführung ihrer Pläne wurde in diesem Moment unterbrochen, weil Elf ihre Hand vorn in ihre geöffnete Hose – *wann hat sie mir die Hose geöffnet?* – gleiten ließ. Und auch gleich weiter in ihren Slip, zwischen ihre Schamlippen. Für einen flüchtigen Moment war Hanna ihre Nässe peinlich.

»Ist das alles für mich?«, fragte Elf unnötigerweise, aber eindeutig freudetrunken.

Hanna konnte nur kurz bestätigend keuchen. Zu sehr war sie mit dem beschäftigt, was Elf mit ihrer Hand auslöste. Sie zog Elfs Kopf zu sich heran und küsste sie leidenschaftlich, während sie sich an sie drängte, mit ihrem Becken gegen sie stieß. Ihr Denken und Fühlen war nur noch auf eines ausgerichtet: dass Elf sie nahm. ›Sich von Elf nehmen lassen‹ – allein der Gedanke ließ ihre Erregung unermesslich steigen.

Und Elf ließ sich nicht lange bitten. Gezielt glitt sie in Hanna hinein. Etwas behindert von Hannas Hose, aber nichtsdestotrotz effektiv. Im Rhythmus von Hannas Becken zog sie den Finger wieder heraus, fuhr kurz über Hannas Klit und stieß wieder in sie.

Ihre andere Hand bespielte Hannas linke Brustwarze, und ihre Zunge tanzte mit Hannas einen berauschenden Pas de deux.

Hanna war sicher, dass sie jeden Moment explodieren würde. Die Erregung war so schnell über sie gekommen, hatte sich so schnell gesteigert, dass ihre Nerven und Synapsen nicht mehr mitkamen. Waren das schon die ersten, großartigen Anzeichen eines nahenden Orgasmus? Sie konnte doch nicht jetzt schon kommen, nach gefühlten Sekunden? Ekstatischen Sekunden, aber dennoch ... normalerweise kam sie nicht so schnell. Nicht *so* unglaublich schnell.

Schon war Elf wieder in ihr, und Hanna wusste plötzlich nicht mehr, wo oben und unten war. Sie machte sich von Elfs forderndem Mund los, warf den Kopf zurück, stöhnte wild auf und kam. Kam mit einem Schrei, der sich in ihren eigenen Ohren fremd und roh anhörte. Kam in einer nicht enden wollenden Welle, die von Elfs emsigen Händen immer weiter ausgedehnt wurde. Nichts existierte in diesem Moment außer Elf und den Wundern, die sie mit ihren Händen vollbrachte.

Elf war im Rausch. Hannas Orgasmus war so fantastisch, Hanna so unglaublich schön – fast überirdisch strahlend. Ihr Schrei war ihr durch und durch gegangen. Sie wollte diesen Moment für immer festhalten: ihre Hand in Hannas Hose, Hanna neben ihr, noch immer bebend in den letzten Wellen ihres Orgasmus, und Elfs ganze Welt in diesem einen Augenblick gefangen.

Hanna schlug die Augen auf und strahlte sie an. Ihre Augen waren so blau, wie sie Elf noch nie gesehen hätte. *Macht das der Orgasmus mit ihr?* Während ihrer ersten gemeinsamen Nacht hatte sie Hannas Augen nicht so genau sehen können in dem funzeligen Licht, das aus Hannas Flur ins Schlafzimmer geschienen hatte. Aber jetzt, dieses leuchtende Saphirstrahlen – das war umwerfend. Ein weiterer Grund, Hanna zur Ekstase zu treiben. Nur einer unter vielen anderen. Zum Beispiel, dass sie süchtig nach Hannas Körper war. Diesem perfekten, weichen, durchtrainierten, wohlgeformten, gut riechenden, wunderbar schmeckenden Körper.

Der Gedanke »wunderbar schmeckend« veranlasste Elf, unverzüglich Hannas nächsten Orgasmus zu planen, noch während

Hanna sich von dem ersten erholte. Hanna endlich von ihren Kleidern zu befreien, war der erste Schritt. Weiter als bis zur geöffneten Hose und dem geöffneten BH war sie ja nicht gekommen. Mit einem bewundernden Blick auf Hannas Busen unter dem hochgeschobenen T-Shirt machte sie sich daran, ihn vollständig freizulegen. Sie zog der widerstandslosen Hanna, die sie im Nachglühen selig beobachtete, das T-Shirt samt BH über den Kopf. Dabei kam etwas zum Vorschein, das Elf innehalten ließ: der Ring, den sie Hanna geschenkt hatte, an einer dünnen silbernen Kette um ihren Hals.

Genau wie Frau Doll erzählt hatte. *Ganz nah an ihrem Herzen.* Elf nahm den Ring in die Hand und sah Hanna voller Rührung an. Ganz kurz vergaß sie ihre Pläne und verlor sich in Hannas bedeutungsvollem blauem Blick.

Aber nur ganz kurz. Dann drückte sie ihr einen schnellen Kuss auf den Mund und wandte sich Hannas Hose zu. Mit Hilfe von Hanna, die bereitwillig ihre Hüften anhob, hatte sie ihr Slip und Hose im Handumdrehen abgestreift und auf den Haufen hinter dem Sofa befördert. Dass sie selbst immer noch in Unterwäsche war, störte sie für den Moment noch nicht. Sie kniete vor Hanna und konnte nicht umhin, sie anzustarren.

So anbetungswürdig schön … Andächtig strich sie über Hannas schlanke Schenkel mit der hellen, weichen Haut, die sie so liebte.

»Du machst mich ganz nervös, wenn du mich so musterst«, schaltete sich Hanna ein. Sie hörte sich ein kleines bisschen unsicher an. Aber gleichzeitig auch noch immer wohlig befriedigt. Elf riss ihren Blick von Hannas wunderschönem Torso los und richtete ihn auf Hannas nicht minder anmutiges Gesicht.

»Ich mustere dich nicht, ich bete dich mit meinen Augen an. Du bist so unglaublich schön, dass ich es nicht fassen kann«, sagte sie mit Bestimmtheit, denn genau so meinte sie das auch.

Hanna lächelte sie an. »Du übertreibst«, meinte sie und schüttelte liebevoll den Kopf.

Elf erwiderte die Geste schmunzelnd und beugte sich vor. Küsste sich entlang der Schenkel, die sie eben noch gestreichelt hatte, nach oben. Dorthin, wohin sie die ganze Zeit gewollt hatte: in Hannas mystisches blondes Dreieck.

»Elf!« Hanna schrie kurz auf. »Was hast du vor?«

Aber Elf antwortete nicht. Sie blinzelte Hanna nur von unten herauf an und ließ lieber ihre Zunge vielsagend vordringen, über Hannas noch immer empfindliche Klitoris. Hanna zog scharf die Luft ein. Sie warf Elf einen ungläubigen Blick zu, dann lächelte sie und öffnete ihre Beine ein bisschen weiter.

Oh ja!

Elf begann Hanna ausgiebig zu lecken. Ganz sanft und vorsichtig, so, als habe sie alle Zeit der Welt. Hanna spürte, wie erneut Leben in ihre Klit kam. Fast musste sie über sich selbst lachen. Eigentlich war sie keine Multi-Orgasmus-Frau. So schnell hintereinander war sie normalerweise einfach nicht zu erregen. Normalerweise, eigentlich – aber eben nicht mit Elf, wie es schien. Das Pulsieren und das sich verstärkende Prickeln weiter südlich sprachen eine andere Sprache.

Und wenn sie Elf dabei beobachtete, wie sie zwischen ihren Beinen lag, den Mund in ihr Geschlecht vergraben, und ihre Zunge immer wieder zwischen ihren Schamlippen aufblitzen sah, wurde das Prickeln noch intensiver. Die heißen Blicke, die Elf ihr zwischendurch aus ihren Katzenaugen zuwarf, ließen eine Lavawalze durch ihr Inneres fließen. Es war also durchaus im Bereich des Möglichen, dass Elf sie noch einmal zum Höhepunkt brachte. Aber plötzlich stellte Hanna fest, dass ihr das nicht reichte. Sie wollte mehr: Sie wollte Elf ebenfalls berühren, wollte sie ebenfalls zur Ekstase treiben. Die Erinnerung daran, wie eine erregte Elf sich anfühlte, sich anhörte, sich bewegte, wie losgelassen eine leidenschaftliche Elf war, wenn sie kam, ließ ihren ganzen Körper vor Verlangen vibrieren. Das wollte sie jetzt haben, jetzt sofort. Gleichzeitig machte es sie süchtig, was Elf mit ihrer Zunge vollbrachte. Auch das wollte sie haben, unbedingt.

Beides zusammen ging nicht, oder?

Warum denn nicht?, beschloss Hannas ganz und gar unzivilisierte Seite in diesem Moment. Sie strich Elf über das verwuschelte Haar, hob ihr Kinn an und unterbrach sie in ihrer hingebungsvollen Zungenfertigkeit: »Und was ist mit dir?«

Elf schaute sie an wie ein Kind, dem man den Marmeladentopf weggenommen hat. »Später«, sagte sie nur und wollte den Kopf schon wieder senken. Aber Hanna ließ sie nicht. Die Hand immer noch unter Elfs Kinn, hielt sie sie zurück.

»Nicht später. Jetzt.« Sie grinste Elf breit an. Die schaute nur verständnislos.

»Komm über mich«, wies Hanna sie an und machte mit dem Finger eine Kreisbewegung in der Luft. Da endlich schien Elf ein Licht aufzugehen. Sie wurde doch tatsächlich knallrot wie eine Tomate.

Hanna lächelte. *Es gibt also etwas, das die wilde Elf rot werden lässt ... Sehr, sehr köstlich.* Ihr Herz hüpfte vor lauter überquellender Liebe.

Und gleichzeitig wollte sie den Plan, der dieses hinreißende Erröten verursacht hatte, noch dringender in die Tat umsetzen. Jetzt erst recht. Sofort. Sie zog Elf sanft zu sich hoch, bis sie über ihr kniete, küsste sie kurz und begann sich dann unter ihr in die Gegenrichtung zu schieben. Elf half mit, indem sie sich drehte, und bald hatte Hanna Elfs Höschen über sich. Sie fackelte nicht lange und zog es herunter. Elfs wundervolles Geschlecht war direkt vor ihrer Nase.

Können Geschlechtsorgane unterschiedlich schön sein?, dachte sie mit dem kleinen Teil ihres Gehirns, der nicht von Hormonen überflutet war. Oh ja, sie konnten. Aus medizinischer Sicht ein absurder Gedanke, aber hier und jetzt war sie keine Ärztin, sondern einzig und allein Elfs Liebhaberin. Als solche konnte sie die Schönheit von Elfs zarter Klitoris und ihren elegant geschwungenen Schamlippen würdigen. Von der Nässe, die auf sie wartete, ganz zu schweigen. Selig lächelnd zog sie Elf weiter zu sich herunter und ließ ihre Zunge zum ersten Mal Elfs Mitte kosten. Himmlisch. Vor allem auch das zeitgleiche Stöhnen, das sie von Elf vernahm. Als Elf dann noch da weitermachte, wo sie kurz zuvor aufgehört hatte – nämlich genau auf Hannas Klit –, hatte kein Gedanke mehr Platz in Hannas Hirn, nur noch wilde, alles umfassende Leidenschaft.

Während sie Elfs Mitte mit ihrem Mund ausführlich erforschte und liebkoste, brachte Elf sie mit ihrer Zunge schon wieder in ungeahnte Höhen. Hanna bebte unter Elf. Ihr gedämpftes Stöhnen vermischte sich mit Elfs, die über ihr immer heftiger zu zucken begann. Schon baute sich der Orgasmus langsam in ihr auf. Hanna versuchte sich zu zügeln, sie wollte noch durchhalten, bis Elf kam. Das musste doch zu schaffen sein ... Aber Elfs Zunge war so kunstfertig, dass die Welle unaufhaltsam auf sie zurollte.

Als sie endlich merkte, dass Elf auch kurz vor dem Höhepunkt war, gab sie alle Zurückhaltung auf und überließ sich ganz dem Strudel, der sie mit sich riss. Sie ließ ihre Zunge breiter und fester über Elfs Klit gleiten, hungrig nach Erfüllung. Nur wenig später kam Elf über ihr mit einem unterdrückten Schrei, den Hanna durch sich hindurchhallen fühlte, während ihre Nervenenden in Flammen standen und Oben und Unten, Himmel und Erde in einem gewaltigen Orkan durcheinanderwirbelten. Gemeinsam wanden sie sich in einem bombastischen Orgasmus, der Hannas Gehirnwindungen verschmoren ließ in seiner Intensität.

Schließlich konnte Elf sich nicht länger über ihr halten und sank auf sie herab. Sie blieben in einem Knoten aus Gliedmaßen liegen. Ihr gemeinsames schweres, nur allmählich ruhiger werdendes Atmen erfüllte den Raum.

Als Hannas Sinne langsam ihre normale Funktion wieder aufnahmen, hörte sie in ihrer liebestrunkenen Erschöpfung ein kleines, glucksendes Lachen aus Richtung ihrer Hüfte, wo Elf sich eingekringelt hatte. Sie hob den Kopf. Ihr Blick traf auf Elfs amüsierte Katzenaugen.

»Du bist unglaublich«, verkündete Elf.

Hanna lächelte sie verliebt an. Das hätte sie jetzt argumentativ widerlegen können. Aber sie nahm es so, wie es gemeint war: als Kompliment. »Komm her«, war alles, was sie sagte. Sie breitete die Arme aus.

Elf rappelte sich auf, zog in einer einzigen geschmeidigen Bewegung ihr Tanktop aus und schmiegte sich in Hannas Arme. Ganz so, als mache sie das immer so – und nicht gerade zum ersten Mal.

Wohlig erschöpft lag Elf in Hannas Armen, den Kopf auf ihrer Schulter und der Länge nach an sie geschmiegt, wie hingegossen, mit geschlossenen Augen. Sie konnte gar nicht nahe genug liegen. Jeder Millimeter ihrer nackten Haut wollte Hanna spüren. Ein Bein über Hannas geworfen, kostete sie die abklingende Erregung aus, die immer noch in ihrer Mitte pulsierte.

Es war einfach unbeschreiblich gewesen. Was sie gerade erlebt hatte, hätte sie sich bisher nicht einmal vorstellen können – und schon gar nicht, dass es ihr gefallen könnte. Aber mit Hanna war es die Erfüllung gewesen. Ach was, Erfüllung war absolut untertrieben. Zusammen mit Hanna zu kommen, war ein Gefühl, das sie nie loslassen wollte, nach dem sie süchtig war.

Sie ließ die linke Hand spielerisch auf Hannas Brustbein kreisen und um den Ring an der Kette. Ihre Finger malten zarte Muster auf Hannas weiche Haut. Wie Porzellan war sie, diese Haut – weiß, glatt und ebenmäßig. An manchen Stellen zeichneten sich Adern blau darunter ab, was sie sehr zerbrechlich wirken ließ. Aber wirklich zerbrechlich war Hanna keineswegs. Unter der makellosen Haut schlummerten wohldefinierte Muskeln, das hatte sie Elf gerade eben mal wieder bewiesen. Hanna hatte Kraft, das gefiel Elf besonders gut.

Was gefällt dir denn an ihr nicht besonders gut?, lachte sie in sich hinein. Hanna war einfach wundervoll. Wundervoll und fast perfekt.

Hanna drückte ihr einen Kuss auf die Stirn und dann noch fünf oder sechs weitere. Streichelte ihr über den Rücken. Elf brummte vor sich hin wie eine schnurrende Katze.

»Ich höre übrigens im Krankenhaus auf«, unterbrach Hanna aus

heiterem Himmel ihr genießerisches Dahintreiben. »Wertheimer hat mich sozusagen gefeuert. Oder ich mich selbst, je nachdem, wie man es betrachten will.« Sie hatte den Kopf gehoben und versuchte Elf anzusehen. Elf konnte es spüren, aber noch weigerte sie sich, die Augen aufzumachen.

»Ich weiß«, murmelte sie in Hannas Halsbeuge hinein.

»Frau Doll?«, fragte Hanna nach und strich ihr übers Haar.

Jetzt öffnete Elf doch die Augen und sah Hanna an. Offensichtlich wollte Hanna reden. Und so sehr sie es genoss, eng an Hanna geschmiegt vor sich hin zu träumen – es war noch schöner, mit Hanna zu reden, auf Augenhöhe zu kommunizieren, aus dieser unglaublichen postorgasmischen Nähe heraus ernsthafte Dinge zu besprechen. Wichtige Dinge, wie die Zukunft zum Beispiel. Ihre gemeinsame, wenn es nach Elf ging. Sie stützte sich auf den Ellenbogen.

»Frau Doll«, bestätigte sie Hannas Vermutung. »Gratuliere noch nachträglich zu diesem Schritt.« Das zum Anlass nehmend, küsste sie Hanna. Tief und ausgiebig. Erst nach einer langen Zeit lösten sie ihre Lippen und Zungen voneinander und lächelten sich an.

Hanna nahm den Faden wieder auf: »Ich werde versuchen, mich naturheilkundlich weiterzubilden. Aber ehrlich gesagt habe ich noch keinen Plan von wegen wie, wo, was.« Sie zuckte die Achseln.

Kurzfristig musste Elf ihre Aufmerksamkeit zwischen dem Gespräch und Hannas Brüsten aufteilen, die durch die Geste in leichtes Schaukeln versetzt wurden. Sie konnte nicht widerstehen, die Brust zu streicheln, die ihr am nächsten war. *Ein Hoch auf Multitaskingfähigkeit.*

»Hört, hört«, sagte sie grinsend. »Und das von Dr. Hanna Felsberg, die immer so genau weiß, wo es langgeht.« Sie riss ihren Blick für einen Moment von Hannas wundervoll geformter Brust los, um ihr keck blinzelnd in die Augen zu schauen.

Hanna fing ihre freche Hand ein. »Ich kann dich plötzlich viel besser verstehen«, erklärte sie ernsthaft, ohne auf Elfs scherzhaften Tonfall einzugehen.

»Ach ja?« Jetzt horchte Elf auf. Dass Hanna so gar nicht nachvollziehen konnte, warum sie an der Akademie aufgehört hatte, alles hingeschmissen hatte ohne Perspektive – das wäre auch jetzt noch ein Wermutstropfen gewesen, eine winzige Einschränkung ihrer ansonsten vollkommenen Harmonie. Aber Hanna hatte ja jetzt im Grunde dasselbe getan. Einfach hingeschmissen im Krankenhaus, zumindest den Folgevertrag. Damit hätte Elf nie gerechnet. Offenbar hatte in Hanna ein Prozess stattgefunden, eine Revision von Lebensgrundsätzen und Zielen.

»Manchmal weiß man eben, dass etwas für einen nicht passt, und muss gehen, ohne zu wissen wohin«, bestätigte Hanna Elfs Gedanken.

Konnte ihr Glück noch größer werden? Ihre große Liebe verstand sogar ihre schlimmsten Abgründe … *Große Liebe?* Der Gedanke ließ Elf einen winzigen Moment innehalten. Aber genau das war Hanna. Daran glaubte sie fest. Auch wenn sie mal verkündet hatte, nicht mehr an die große Liebe zu glauben – hier lag sie, in ihren Armen.

Hanna zog Elf noch fester an sich. Einen Moment schwiegen sie einträchtig. Dann stützte Elf sich wieder auf den Ellenbogen und schaute ernst auf Hanna hinunter.

»Aber manchmal muss man auch wieder zurückgehen«, sinnierte sie.

Hanna stockte der Atem. »Wie meinst du das?«, fragte sie entsetzt. »Findest du, ich sollte zu Wertheimer zurück?« Das wäre ja jetzt der Clou. Es würde ihre Welt zum Wanken bringen, falls Elf das so sehen würde.

Die sah sie ganz ernst an. »Nein, ich habe von mir gesprochen«, erklärte sie mit ruhiger Stimme.

Erneut fuhr Hanna ein Schock durch die Glieder. *Sie will zurück nach Schweden.* War es das, was sie ihr sagen wollte? Jetzt hatten sie sich gerade wiedergefunden und sollten sich schon wieder verlieren ... Wie würde sie das nur aushalten?

Elf schien ihre Angst zu spüren. Sie lächelte und streichelte ihr besänftigend über die Wange. »Keine Sorge. Ich gehe nicht nach Schweden zurück.«

Gedankenübertragung. Hanna küsste sie stürmisch in ihrer Erleichterung. Einen Moment wusste sie gar nicht, was sie eigentlich fühlte, Glück oder Schreck oder atemlose, überbordende Freude. Mit Elf musste man offenbar immer auf eine Achterbahnfahrt vorbereitet sein: tiefste Abgründe und höchste Höhen. *Aber Hauptsache, Elf geht nicht weg.*

»Ich werde hier mein Studium zu Ende bringen«, erklärte Elf. »Ich wurde an der Musikhochschule angenommen.«

Das war neu. Hanna hatte gar nicht gewusst, dass Elf sich beworben hatte. *So vieles weiß ich noch nicht von ihr und will es am liebsten sofort nachholen. Elf studieren, wie ein spannendes neues Fachgebiet. Ein Diplom erwerben in Elfologie, einen Doktor machen in Elfkunde, eine Ausbildung als Elfsachverständige ... Jetzt wird's absurd,* schob Hanna ihren verliebten Albernheiten den Riegel vor. *Elf will hier ernsthaft ihre Zukunft besprechen.* Sie sah ihre kleine Elfe aufmunternd an.

Die erläuterte: »Ich muss nur so circa das letzte Jahr nachholen, das mir auch in Stockholm noch gefehlt hat.«

»Sinnvoll«, war Hannas trockener Kommentar.

Elf zwickte sie in die Seite für den überheblichen Ton, und Hanna schrie quiekend auf. »Zu der Erkenntnis bin ich inzwischen auch gekommen«, stellte Elf klar. »Hat eben ein bisschen gedauert. Und danach, mit einem Abschluss in der Tasche, kann ich immer noch sehen, was geht.« Sie legte sich zurück, so als sei für den Augenblick alles gesagt.

Hanna drehte den Kopf, um sie anzuschauen. »Verkehrte Welt irgendwie«, bemerkte sie lächelnd. »Du folgst der logischen Kopfentscheidung, und ich mache, was mein Herz mir sagt.«

Elf lächelte sie verständnisinnig an. »Ist doch schön, dass wir offensichtlich auch die Rollen tauschen können.« Sie zwinkerte Hanna zu.

Ganz und gar unverschämt fand Hanna das und sehr, sehr liebenswert und sexy. »Das heißt, jetzt kommst du auf meine Seite des Sofas gerutscht, und ich stecke meine Hände frech unter deinen Pullover?«, gab sie lachend zurück.

Elf sah mit gespielter Überraschung an sich hinunter. »Ich habe gar keinen Pullover an.«

»Und ich liege bereits auf deiner Seite. Umso praktischer.« Ohne Umschweife umfasste Hanna Elfs kleine Brüste und begann mit ihren Brustwarzen zu spielen.

Epilog
Ein Jahr später

Hanna öffnete die Terrassentür und trat in die Wohnküche. »Hallo? Jemand zu Hause?«

Das ganze Haus war in einem chaotischen Zustand. In der Küche stapelten sich Getränkekisten, im Wohnbereich noch der Rest von Fritz' Umzugskartons. Die würde er erst morgen, nach seinem Auszugsfest, in einen Transporter verladen, mit dem er dann nach Schweden fahren würde. Fritz zog nach Stockholm zurück. Hanna hatte nicht die ganze Geschichte gehört, aber sie vermutete, dass eine Frau namens Ebba dabei eine Rolle spielte. Denn irgendwann hatten die ewigen Spielchen, die Lizzy und Fritz so gern gespielt hatten, aufgehört. Kein Gebalze um schöne Frauen mehr für Fritz. Und gleichzeitig war der Name Ebba in Gesprächen häufiger gefallen, nachdem Fritz seinen Urlaub bei den Eltern in Schweden verbracht hatte. *Eindeutig verliebt!*

Hier unten war niemand, aber Hanna hörte, dass Elf Klavier spielte. Auf Frau Dolls Flügel, den diese ihr inzwischen als Dauerleihgabe überlassen hatte, zur Unterstützung für das wiederaufgenommene Studium. Hanna fragte sich, wie der Flügel jemals wieder herunterkommen sollte. Sie hatte nicht daran geglaubt, dass es überhaupt möglich war, ihn hoch in die Bibliothek zu kriegen. Aber Frau Doll hatte das beste Transportunternehmen engagiert, und über einen Rückzug des Instruments in ihre Wohnung brauchte sich momentan niemand Gedanken zu machen.

Hanna ging die Treppe hinauf und betrat die Bibliothek durch die geöffnete Tür. Wie sie das liebte, wenn Elf spielte. Das hatte sich kein bisschen verändert, obwohl sie Elf im letzten Jahr oft genug hatte zuhören dürfen. Immer noch war sie voll Ehrfurcht für Elfs Kunst, und allein der Anblick von Elf am Klavier löste eine Gänsehaut aus. So auch heute. Elf spielte ein Stück, das sie noch nicht gehört hatte. Sie kannte sich mit klassischer Musik immer noch nicht besonders gut aus, aber dank Elfs geduldigem Einfluss hatte sie schon einiges aufgeholt.

Als sie Hanna bemerkte, brach Elf mitten im Stück ab und sprang auf. »Du bist ja schon da.« Sie fiel Hanna um den Hals und drückte ihr einen genussvollen Kuss auf die Lippen.

»Ich konnte früher gehen«, erklärte Hanna. »Der Kollege ist doch noch erschienen. Hat sein Auto abschleppen lassen und sich dann eins ausgeliehen.«

Hanna arbeitete inzwischen in einer psychosomatischen Klinik und war bisher sehr glücklich mit der Stelle. Sie verdiente nicht ganz so viel wie es der Fall gewesen wäre, wenn sie seinerzeit Wertheimers unmoralisches Angebot angenommen hätte, aber die Arbeitsatmosphäre war so angenehm, dass sie der Nuklearmedizin keine einzige Träne nachheulte. Der Kontakt zu den Patienten war sehr eng, und dass sie sich ständig auf alternativen Gebieten der Medizin fortbildete, gehörte zum Selbstverständnis der Klinik. Sie war mehr als zufrieden damit, wie sich ihre Karriere entwickelt hatte.

Wertheimer war nur noch eine Erinnerung mit schlechtem Nachgeschmack, die ihr ab und an auch ein Schmunzeln entlockte. Immer dann, wenn sie daran zurückdachte, wie Frau Doll ein paar Wochen nach dem ganzen Vorfall in einem Nebensatz fallen ließ, dass die Sache mit der Putzfrau geregelt sei. Fall abgeschlossen.

»Gut, dass wir noch ein bisschen Zeit haben, bevor Fritz' Gäste einfallen«, unterbrach Elf ihre Erinnerungen. »Ich wollte dich schon seit längerem was fragen, habe mich aber nicht getraut.« Sie zog Hanna mit in ihr Zimmer. Dort ließen sie sich auf den Futon fallen. An dessen Härte hatte Hannas Rücken sich immer noch nicht so richtig gewöhnt, aber meistens schliefen sie eh bei ihr, damit Lopez nicht allein sein musste.

»Sollte ich mich auf was gefasst machen?«, fragte sie und strich Elf eine Strähne aus dem Gesicht.

»Vielleicht«, lautete die kryptische Antwort.

Hanna ließ sich nicht hinhalten. Sie hatte gelernt, mit Elf immer alles anzusprechen, um Missverständnisse und Schubladendenken im Keim zu ersticken. »Raus damit, Elf.«

Elf zögerte noch kurz, dann begann sie nachdenklich: »Wir gehen ja jetzt zusammen meine Eltern besuchen.«

Hannas erster Gedanke war, dass Elf sie nun doch nicht ihren Eltern vorstellen wollte, weil sie nicht gut genug sei. Dann nahm sie sich zusammen, überließ ihrem Verstand wieder das Ruder und fragte nach: »Und du willst das nicht mehr?«

Wenn es so wäre, dann würde sie das akzeptieren müssen. Aber Elf sorgte dafür, dass sie ihre Befürchtungen gleich ad acta legen konnte. »Nein, natürlich will ich das noch. So schnell kommst du nicht drum herum, den Schwiegereltern vorgestellt zu werden. Ich hab es schließlich auch bei deinem Vater überlebt.« Sie schmiegte sich an Hanna, und alles war wieder gut.

»Und er mag dich sehr«, betonte Hanna. »Frau Doll nimmt übrigens Lopez zu sich in Pension, solange wir weg sind. Jolanda liebt Katzen auch, das ist also kein Problem.«

Frau Doll hatte inzwischen eine Haushälterin, die bei ihr wohnte, weil sie beschlossen hatte, dass sie sich das mit neunzig gönnen könne. Außerdem wollte sie ihrem Enkel so wenig wie möglich hinterlassen, wenn sie mal das Zeitliche segnete. Erstaunlicherweise war Jolanda ihr gewachsen. Oft kabbelten sie miteinander, aber das ließ Guste Doll nur umso mehr aufblühen.

»Sehr gut«, murmelte Elf in Hannas Halsbeuge – einer ihrer Lieblingsstellen, wie sich herausgestellt hatte. Elf behauptete immer, dass sie ihre Nase dort so gern vergrub, weil sie süchtig nach Hannas Geruch war, und an der Halsbeuge sei er am allerbesten.

Nach einigen Sekunden strich Hanna ihr auffordernd über den Rücken und fragte: »Und sagst du mir jetzt endlich, was du mich fragen wolltest? Oder muss ich erst vor Anspannung an den Nägeln kauen?«

Sie spürte, wie sich Elfs Gesicht an ihrem Hals zu einem Grinsen verzog. »Als ob du jemals so etwas Unfeines und Unnützes wie Nägelkauen machen würdest«, sagte Elf und hob den Kopf.

»Elf!«, mahnte Hanna sanft.

Nervös fing Elf an: »Ja, also, da wir ja jetzt sozusagen mit dem Besuch bei deinen Schwiegereltern in eine neue Phase unserer Beziehung treten …« Sie begann an Hannas T-Shirt herumzuzupfen.

»Ich war mir dessen gar nicht bewusst«, warf Hanna trocken ein.

Elf quittierte das mit einem bösen Blick und fuhr fort: »… und Fritz zwar noch die nächsten zwei Monate seinen Anteil an den Nebenkosten zahlt, ich aber auf alle Fälle jemanden suchen muss, der hier einzieht, dachte ich …« Sie beendete den Satz nicht.

»Dachtest du?«, drängte Hanna liebevoll. Ein bisschen ahnte sie schon, was kommen würde. Zumindest hoffte sie es.

Da nahm Elf offenbar allen Mut zusammen und sprudelte heraus: »Willst du einziehen? Großtante Gerdas Haus ist groß genug. Wir könnten sogar Lizzy noch fragen, ob sie in das Zimmer neben dem Wohnzimmer ziehen möchte, das bisher hauptsächlich als Rumpelkammer gedient hat. Aber es ist wirklich schön, mit Blick ins Grüne. Dann wäre es mehr eine WG und nicht gleich so zweiermäßiges Beziehungswohnen, falls du das nicht willst. Und Lopez hätte endlich einen Garten. Schön verwildert und alles. Aber falls du das zu viel findest und lieber in deiner Wohnung bleiben willst, kann ich das auch verstehen. Kein Thema. Ich dachte nur …«

Hanna legte ihr den Finger auf die Lippen und stoppte ihren nervösen Redeschwall. »Das trifft sich ja gut, dass ich das passende Einzugsgeschenk unten im Auto habe«, strahlte sie Elf an.

»Was für ein Einzugsgeschenk?«, fragte Elf sofort. Und gleich darauf: »Moment, heißt das ›Ja‹?«

»Ja«, sagte Hanna schlicht und schaute Elf innig an. Das Leuchten in Elfs grünen Augen ließ ihr Herz überfließen.

Aber wie ein Kind konnte Elf nicht vergessen, dass das Wort »Geschenk« gefallen war. »Und was hast du nun mitgebracht?«

Hanna lachte. »Es ist unten im Auto. Du kannst mir helfen, es hochzutragen.«

Elf sprang auf, stürmte aus dem Zimmer und galoppierte die Treppe hinunter. Als Hanna nicht im gleichen Tempo nachkam, sah sie ihr von unten entgegen und rief: »Komm schon, du Schnecke. Ich will mein Geschenk.«

Gemeinsam traten sie vors Haus, wo Hanna ihr neues Auto geparkt hatte. Da sie für die neue Stelle täglich aus der Stadt hinausfahren musste, war sie um den Kauf nicht herumgekommen. Sie öffnete den Kofferraum.

Für den Transport waren die Lehnen der Rücksitze umgeklappt. Elf starrte auf die große, in Plastik gewickelte Rolle, die fast die ganze Länge des Wagens einnahm, und fragte ungläubig: »Hanna, was ist das?«

»Wonach sieht es denn aus?«, fragte Hanna frech. Elfs kindliche Überwältigung war einfach zu niedlich.

»Dass es ein Teppich ist, seh ich schon.« Elf stieß ihr in die Rippen. »Aber was für einer?« Ihre Stimme war neugierig und auch ein wenig hoffnungsvoll.

»Dein ehemaliger Lieblingsteppich«, sagte Hanna ganz sachlich. »Tante Gerdas Erbstück.«

Elf schrie auf wie angestochen. »Hanna, bist du wahnsinnig?« Glück und Empörung mischten sich in diesem Schrei. »Der war doch viel zu teuer. Der Händler hat doch bestimmt das Dreifache verlangt.«

Aber Hanna hatte sich das sehr gut überlegt und nicht voreilig gehandelt. Der Teppich war wertvoll und könnte in Zukunft noch wertvoller werden. Eine gute Geldanlage, durchaus vernünftig. Und außerdem etwas, womit sie Elf glücklich machen konnte. So einfach war das. Eine Win-win-Situation.

»Nachdem ich ihm die Geschichte mit dem Erbstück und deiner Geldnot vor einem Jahr ausführlich erläutert hatte, war er sehr zuvorkommend«, beruhigte sie die fassungslos dreinschauende Elf. »Er wollte nur die Summe, die er dir auch gegeben hatte, plus die Reinigungskosten. So, und jetzt hilf mir, ihn hochzutragen.«

»Du bist unglaublich.« Elf drückte Hanna schnell einen Kuss auf die Lippen und packte dann mit an. Gemeinsam hatten sie das edle Stück im Handumdrehen in Elfs Zimmer getragen und an seinem alten Platz ausgebreitet.

»Dafür bekommst du ein Ständchen«, verkündete Elf und ging zum Flügel in die Bibliothek. »Etwas, das ich mir für einen besonderen Moment aufgehoben habe, aber schon lange für dich geübt habe.«

Sie setzte sich auf der Klavierbank zurecht. Hanna stellte sich neben den Flügel und wartete gespannt. Dann fing Elf an zu spielen, und sie erkannte es sofort: *Für mich soll's rote Rosen regnen* – das hatte sie sich damals im Kurhotel gewünscht, als sie noch gar nicht zusammen waren.

Hanna summte den Anfang mit und wünschte sich genau wie die Knef, dass ihr sämtliche Wunder begegneten. Zusammen mit Elf.

Elf sang das Lied so schnodderig und gelassen, wie es sein musste, und trotzdem mit viel Gefühl. Gerade genug, dass es nicht völlig schnulzig klang und immer noch die Coolness und Chuzpe der Knef ausdrückte. Lächelnd sang sie Hanna an. Sang von Hannas Wunschvorstellungen, von Hildegard Knef in so wunderbar poetische Worte gefasst: ihren eigenen Weg zu gehen, nicht allein zu sein, aber gleichzeitig auch frei.

Ein Zwinkern folgte der Zeile übers Alleinsein und Freisein. Hanna verstand sofort: So wollten sie zusammen sein. Da waren sie sich einig. Zusammen, aber nicht eingeengt. Große Liebe, harmonisch, eng aufeinander bezogen und trotzdem nicht in einem Beziehungskäfig gefangen. Das war Hannas Ideal. Elf war Hannas Ideal. Die perfekte Frau für sie.

Elf stimmte den Refrain an, sang mit Inbrunst von dem Wunsch, es möge rote Rosen regnen, und dass das Glück sich ihr gegenüber sanft verhalten möge. Hannas Herz tat mal wieder einen Hüpfer. Sie fing an mitzusingen – nicht so wunderbar wie Elf, aber das war ihr in diesem Moment ganz und gar egal – und quetschte sich neben Elf auf die Klavierbank. Sobald der letzte Akkord angeschlagen war, zog sie Elfs Gesicht zu sich und küsste sie ungehemmt und stürmisch.

Und Elf schien es kein Stückchen zu abrupt. Im Gegenteil, sie küsste genauso leidenschaftlich zurück und drückte Hanna noch fester an sich.

»Hey, ihr Turteltäubchen. Genug mit dem Geknutsche.«

Das war mal wieder typisch. Lizzy stand in der Tür und klatschte in die Hände, wie um tatsächlich zwei Tauben aufzuscheuchen. »Es gibt noch viel zu tun. Außerdem seid ihr schon fast ein Jahr zusammen, da müsste das ganze Verliebtheitsgedöns doch langsam mal gut sein. Nicht, dass ich da Erfahrung hätte.« Sie trat ein und blieb provozierend mitten im Zimmer stehen, damit Hanna und Elf sich erhoben und ihren Anweisungen folgten.

»Vielleicht sollten wir uns das mit der WG noch mal überlegen«, flüsterte Hanna in Elfs köstlich wohlgeformtes kleines Ohr, bevor sie widerwillig ein paar Zentimeter Abstand nahm.

Prompt kam auch Fritz ins Zimmer und grinste beim Anblick der beiden, wie sie eng aneinandergeschmiegt auf der Klavierbank hockten. »Sobald ich weg bin, könnt ihr den ganzen Tag aufeinanderkleben. Aber heute Abend feiern wir, und ihr müsst euch voneinander losreißen. Außerdem hast du zugesagt, liebe Schwägerin, dass du das Barbecue übernimmst.«

Hanna warf ihm einen vernichtenden Blick zu. Nicht weil sie nicht grillen wollte – sie war eine geübte Grillmeisterin –, sondern weil sie es hasste, wenn er sie »Schwägerin« nannte. Das klang so komplett altmodisch. Natürlich wusste Fritz das und tat es umso lieber und öfter.

»Und du, Schwesterherz«, fuhr er ungerührt fort, »hast mir einen Kartoffelsalat versprochen.«

»Na dann«, meinte Elf und zog Hanna mit sich hoch. Während sie hinter Lizzy und Fritz die Treppe hinuntergingen, ließ sich Elf ein paar Schritte zurückfallen und flüsterte Hanna ins Ohr: »Wenn uns das alles zu bunt wird, können wir uns immer noch wie vor einem Jahr in die Bibliothek zurückziehen.«

Hanna nickte enthusiastisch und flüsterte zurück: »Aufs Sofa.« Als Elf grinste wie ein Honigkuchenpferd, konnte sie es sich nicht verkneifen, noch eins draufzulegen: »Zum Reenactment.«

Aber Elf dachte wie immer noch um eine Ecke mehr. »Oder zum Reenactment des Reenactments.«

ENDE